Die kleine
Dorfbäckerei

WEITERE TITEL VON TILLY TENNANT

In deutscher Sprache

Alle Herzen führen nach Rom

Die kleine Dorfbäckerei

In englischer Sprache

An Unforgettable Christmas Series

A Very Vintage Christmas

A Cosy Candlelit Christmas

From Italy with Love Series

Rome is Where the Heart is

A Wedding in Italy

Honeybourne Series

The Little Village Bakery

Christmas at the Little Village Bakery

Christmas in Paris

A Home at Cornflower Cottage

The Cafe at Marigold Marina

My Best Friend's Wedding

The Hotel at Honeymoon Station

The Little Orchard on the Lane

The Time of My Life

The Spring of Second Chances

Once Upon a Winter

Cathy's Christmas Kitchen

Worth Waiting For

The Waffle House on the Pier

The Break Up

The Garden on Sparrow Street

Hattie's Home for Broken Hearts

The Mill on Magnolia Lane

The Christmas Wish

The Summer Getaway

The Summer of Secrets

TILLY TENNANT

Die kleine Dorfbäckerei

Übersetzt von Michaela Link

bookouture

Für meine Mum, die mich gelehrt hat, dass alles möglich ist.

EINS

Am bisher heißesten Tag des Jahres standen schimmernde Miniaturregenbögen über den Rasensprengern auf der Festwiese des winzigen Dorfes Honeybourne. Jasmine Greens Drillinge, Rebecca, Rachel und Reuben, rannten kreischend durch den künstlichen Regen und die Mini-Fontänen, während Jasmine die letzten Wimpel ihres Standes für Kunsthandwerk und Möbel zusammenlegte.

»Heute hat das Wetter gut mitgespielt – es war ein fabelhafter Tag«, sagte sie wohlgelaunt zum Pfarrer, der gerade herbeigeschlendert kam.

»Auf jeden Fall«, pflichtete er ihr bei und ließ den Blick zu den anderen Verkaufsständen schweifen, die die Wiese säumten und deren Besitzer ebenfalls ihre Waren einpackten. »Ich liebe dieses Fest; es ist der einzige Tag im Sommer, an dem das ganze Dorf fröhlich zusammenkommt.«

»Die Kinder haben das Fest dieses Jahr definitiv genossen.« Sie sah voller Zuneigung zu ihren inzwischen tropfnassen Sprösslingen hinüber, deren Gesichter vor Vergnügen strahlten.

»Einige der Erwachsenen haben sich ebenfalls gut unterhalten«, antwortete er und deutete mit dem Kopf auf Rich,

Jasmines Ehemann, der in einem Liegestuhl saß und trotz seines dunklen Haars und seines ebenfalls dunklen Teints deutlich sichtbar einen Sonnenbrand davongetragen hatte. Er grinste beschwipst und starrte ins Leere.

Sie blies sich eine Locke in Zuckerwattenrosa von ihrer feuchten Stirn und kicherte. »Ich habe ihn vor Frank Stephensons Cidre gewarnt.«

»Wer hat Cidre?«, fragte Rich und spähte jetzt zu ihnen empor.

»Für dich gibt es heute keinen mehr«, tadelte Jasmine ihn, wenn auch nur halbherzig. Er zog einen Schmollmund wie ein kleiner Junge, und sie lächelte nachsichtig. »Falls du noch sicher auf den Beinen bist, könntest du eigentlich die Kinder einsammeln und mir helfen, diese Waren wieder im Van zu verstauen?« Sie verschränkte die Arme vor der Brust. »Ich werde wohl auch die Heimfahrt übernehmen müssen, da du deine Gliedmaßen ja nicht mehr vernünftig koordiniert bekommst ...«

Rich hievte sich aus dem Liegestuhl hoch. »Wer kann seine Gliedmaßen nicht koordinieren? Wart's ab, meine süße kleine Hippiebraut«, sagte er und nahm sie in seine starken Arme. »Ich werde dir zeigen, wie gut ich noch alles koordiniert bekomme.«

»*Richard Green*, der Pfarrer steht direkt neben uns!« Jasmine kicherte.

»Beachten Sie mich gar nicht«, sagte der Pfarrer freundlich, »ich werde mir einfach die hübschen Sachen ansehen, die an Ihrem Stand übrig geblieben sind. Ehrlich, diese Metallarbeit ist ziemlich spektakulär.« Er griff nach einem Anhänger und betrachtete ihn von allen Seiten. »Sie haben hier viele herausragende Dinge, Mrs Green. Sie verfügen über ein bemerkenswertes Talent für die Anfertigung ungewöhnlicher Schmuckstücke.«

»Nehmen Sie etwas davon für Ihre Frau mit«, bot Rich ihm

mit einem Grinsen an. »Bei meiner besseren Hälfte funktionieren schöne Kinkerlitzchen immer.«

»Nicht, wenn deine bessere Hälfte sie selbst angefertigt hat, o nein«, widersprach Jasmine mit einem gespielten Stirnrunzeln.

»Wohl wahr.« Rich bekam einen Schluckauf. Er war einen guten Kopf größer als Jasmine, und sie musste sich recken, um ihn zu küssen.

»Geh und hol deine Kinder, sei ein braver Junge.« Sie lachte.

Er ließ sie los und torkelte davon. Als Jasmine das nächste Mal aufschaute, jagte er die Kinder über die Wiese mit den Rasensprengern und machte dabei Monstergeräusche, bis sie vor Vergnügen kreischten. Einige andere Dorfbewohner hatten sich mit ihren Kindern dazugesellt. Jasmine unterbrach das Zusammenpacken einen Moment und beobachtete das ausgelassene Treiben.

»Wissen Sie, Herr Pfarrer«, sagte sie mit einer Stimme voller träger Zufriedenheit, »ich glaube wirklich nicht, dass es auf der Welt einen glücklicheren Ort zum Leben gibt als unser Dorf.«

Hundert Meilen nördlich von dort, wo Jasmine Green ihre trödelnde Familie in einen Van scheuchte, stand Millicent Hopkin – Millie für die Handvoll Menschen, die es wagten, ihr so nahe zu kommen – in ihrer Küche und schluchzte. Es fühlte sich an, als würde sie derzeit kaum etwas anderes tun, obwohl sie immer darauf achtete, es sich zu verkneifen, bis sie allein war. Ihr Schmerz würde einige Leute sehr freuen. Wahrscheinlich verdiente sie es nicht besser, aber das gab trotzdem niemandem das Recht, sie zu schikanieren.

Das Auto war der Tropfen gewesen, der das Fass zum Überlaufen gebracht hatte. Sie hatte die vergangenen drei

Stunden mit dem Versuch verbracht, die abscheulichen Worte wegzuschrubben. Wer immer sich den alten Sinnspruch »Stock und Stein brechen das Gebein; Worte allein bringen keine Pein« erdacht hatte, war im Irrtum gewesen. Die eingeschlagenen Fenster, die durch ihren Briefschlitz geschobenen Fäkalien, die mysteriösen Taxis und Pizzalieferungen in den frühen Morgenstunden, für die sie hatte zahlen müssen, wenn der Fahrer oder Lieferant darauf beharrte, dass sie sie bestellt hatte – all das hatte sie mit stiller Größe ertragen. Aber die Worte ... Worte besaßen Magie, sie besaßen Macht – die Macht zu heilen, wehzutun und Dinge Wirklichkeit werden zu lassen; und die Worte, die sie nicht von ihrem Auto entfernen konnte, obwohl sie geschrubbt und geschrubbt hatte, bis ihre Hände ganz aufgeschürft waren, hatten ihr genauso wehgetan, wie das irgendein Stock oder Stein vermocht hätte. Es reichte.

Millie trocknete ihre Tränen und versuchte, sich auf die vor ihr liegende Aufgabe zu konzentrieren. Die einzige Konstante in ihrem Leben war jetzt ihre Kreativität, und Backen war die einzige kreative Beschäftigung, die ihr noch blieb und die andere erfreute. Obwohl sie in letzter Zeit nicht mehr wusste, wen sie damit beglücken konnte, nachdem die Menschen, die sie einst Freunde genannt hatte, sich alle gegen sie gewandt hatten. Sie hatte versucht, ein guter Mensch zu sein und alles richtig zu machen, aber am Ende war es vergebens gewesen. Sie schenkte ihre Aufmerksamkeit der Rührschüssel vor sich, fügte der Mixtur Zutaten hinzu – Zimt und Muskat, Vanille, ein Pfund Trockenfrüchte und ihre unfreiwilligen Tränen – und dachte darüber nach, dass sie einen Neuanfang brauchte, irgendwo weit weg, wo niemand sie kannte. Irgendwo, wo die Menschen sie nicht verurteilen oder verletzen würden, wo ihr niemand die Schuld an allem gab, was in der Vergangenheit geschehen war.

Sie konzentrierte sich mit Macht auf diesen Gedanken, auf das Foto eines halb verfallenen alten Gebäudes auf einem

Immobilienportal, das ihre Fantasie geweckt hatte, ein Gemäuer in einem Dorf mit einem entzückenden Namen, das vielleicht genau den Neuanfang bot, nach dem sie suchte. Sie schloss die Augen und sah die Bäckerei vor sich – *ihre* Bäckerei –, und sie versuchte, sich die süßen Düfte auszumalen, die leuchtenden Farben der Kuchen, das Geplapper der Kunden, wenn sie jeden Morgen die Fensterläden öffnete und den neuen Tag willkommen hieß; sie versuchte, sich daran zu erinnern, wie Glück sich anfühlte, wie es war, leben zu wollen. Sie sehnte sich mit jeder Faser ihres Seins danach. In weniger als einer Woche und wenn das Universum endlich auf sie herablächelte, würde sie es vielleicht herausfinden.

Als der Teig fertig war, goss sie ihn in eine Form und flüsterte einen letzten Wunsch, bevor sie alles in den Ofen schob. Sie brauchte einen Neuanfang. Vielleicht würde der Kuchen ihn einläuten.

»Wer ist das?« Rich stieß Jasmine an, während er eine Frau beobachtete, die schwankend die alte Bäckerei betrat, beladen mit einem riesigen Karton, den sie gerade von der Ladefläche eines Vans gezogen hatte. Auf dem Van stand der Name einer landesweiten Autovermietung. Die Frau – er schätzte sie auf Ende zwanzig oder Anfang dreißig – war schlank und trug das glatte, schwarze Haar zu einem niedlichen Bob geschnitten. Ihre Schönheit hatte etwas Katzenhaftes, das den Wunsch weckte, sie anzustarren.

Zumindest weckte sie in Rich diesen Wunsch.

»Vielleicht«, antwortete Jasmine und bedachte ihren Mann mit einem trockenen Lächeln, »solltest du dir den Sabber abwischen und sie fragen, ob sie Hilfe braucht.«

»Das könnte ich«, entgegnete er, »aber ich will dich nicht eifersüchtig machen.«

»Ich glaube, das würde ich überleben«, gab sie zurück und

richtete den Blick gen Himmel, während er rückwärts über die verlassene Straße ging und Jasmine die ganze Zeit über angrinste.

Bis Rich herumwirbelte und die Unbekannte mit einem »Hallo!« begrüßte, gerade als diese wieder herauskam und sich mit einer Hand über die Stirn wischte. »Ziehen Sie hier ein?«

Die Frau sah ihn an. In ihren Augen stand ein argwöhnischer Ausdruck, und er geriet kurz ins Stocken. »Ich bin Rich«, stellte er sich vor, riss sich zusammen und streckte freundlich eine Hand aus.

Die Frau ergriff sie, ohne fest zuzudrücken, und schüttelte sie. »Millicent ...«

»Übernehmen Sie die Bäckerei?«, fragte er und deutete mit dem Kopf auf das Gebäude. Bevor Millicent antworten konnte, war Jasmine zu ihnen getreten und hakte sich bei ihrem Mann unter. »Oh, das ist Jasmine, meine Frau.«

Millicents Lächeln für Jasmine war herzlicher. »Freut mich, Sie kennenzulernen«, sagte sie.

»Und Sie ... Sie heißen Millicent, haben Sie gesagt?«

»Nennen Sie mich Millie. Millicent lässt mich so klingen wie irgendjemandes Großtante.«

»Machen Sie das hier ganz allein?«, fragte Jasmine und musterte die offen stehenden Türen des Vans.

»Traurigerweise, ja.«

»Wir würden Ihnen sehr gern helfen. Rich und ich haben ein paar Stunden frei, bevor wir die Schreckgespenster aus der Schule abholen müssen.«

»Schreckgespenster?«, wiederholte Millie.

Rich grinste. »Auch bekannt als die Kinder der Greens. Sie sind wahrscheinlich nicht so schlimm, wie die Leute behaupten, aber die Lehrer haben kanisterweise Tränengas und Schutzausrüstung bekommen, nur für den Fall der Fälle.«

Jasmine stieß ihm kichernd einen Ellbogen in die Rippen.

»Wenn das so ist, wäre mir Hilfe überaus willkommen«,

sagte Millie, entspannte sich und lächelte ebenfalls. »Als ich all diesen Kram eingepackt habe, schien es mir nicht viel zu sein. Erst wenn man beim zwanzigsten Karton angekommen ist und es nicht danach aussieht, als würde es jemals aufhören, wird einem klar, wie viel man besitzt.«

»Das haben wir auch gemerkt, als wir aus unserem winzigen Cottage in unser jetziges Haus umgezogen sind. Sie würden nicht glauben, was man alles in ein Haus mit nur einem Schlafzimmer hineinzwängen kann.« Jasmine strich sich eine verirrte Locke aus der Stirn. »Und auf dem Dachboden stehen immer noch Kartons, die wir nie ausgepackt haben, nicht mal Jahre später.«

»Was nur wieder zeigt, wie dringend wir die Sachen gebraucht haben.« Rich grinste.

»Oder wie faul du bist«, versetzte Jasmine mit einem Feixen.

»Hey, ich habe einen überaus anspruchsvollen Job!«

»Glauben Sie ihm kein einziges Wort«, riet Jasmine Millie mit einem lauten Flüstern. »Er sitzt den ganzen Tag auf seinem Hintern und werkelt in seinem Aufnahmestudio bei uns im Haus herum, und das nennt er dann Arbeit.«

»Sie sind Musiker?«, fragte Millie und sah Rich mit unverhohlener Ehrfurcht an.

»Manch einer bestreitet das vielleicht.« Er lachte. »Aber damit verdiene ich mir meinen Lebensunterhalt.«

»Also ... Sie übernehmen die alte Bäckerei?«, fragte Jasmine.

»Es wird eine Menge Arbeit, ich weiß.« Millie stemmte die Hände in die Hüften, drehte sich um und betrachtete das Gebäude. »Aber ich hoffe, dass ich ihr wieder zu ihrem früheren Glanz verhelfen und Backwaren darin verkaufen kann.«

»Das Dorf könnte jedenfalls eine Bäckerei gebrauchen«, stellte Jasmine fest. »Es war mal ein wunderschöner Ort, um

Menschen zu treffen und sich etwas Leckeres zu kaufen. Fünf Meilen entfernt gibt es einen Supermarkt und ein kleines Geschäft, das alles Mögliche verkauft, aber das ist nicht dasselbe wie eine richtige Konditorei.«

»Was haben Sie noch gleich gesagt, woher Sie kommen?«, erkundigte sich Rich und schob mit einem freundlichen Lächeln die Hände in seine Taschen.

»Ich habe gar nichts darüber gesagt.« Millies Gesichtsausdruck verdüsterte sich plötzlich. Rich warf Jasmine einen unsicheren Blick zu, aber der Moment verstrich schnell.

»Beachten Sie ihn gar nicht«, sagte Jasmine. »Keine Umgangsformen – immer geradeheraus.«

»Nun«, warf Rich mit einem verlegenen Lachen ein, »ich nehme an, Sie könnten uns erklären, wo diese Kartons hinsollen, dann fassen wir mit an.«

»Ich kann die Kinder jederzeit allein abholen, wenn wir hier noch nicht fertig sind«, sagte Jasmine zu Rich. »Und du könntest weiter Millies Sachen ins Haus schaffen.«

»Ich kann Sie unmöglich bitten, alles stehen und liegen zu lassen und den ganzen Nachmittag meine Kartons zu schleppen«, murmelte Millie, die die Vorstellung in Angst und Schrecken zu versetzen schien. »Sie haben sicher Pläne.«

»Nichts, das nicht warten kann«, beteuerte Jasmine mit einem Lächeln. »Und da wir beide selbstständig sind, sind die Chefs ziemlich nachsichtig in puncto Freizeit.«

»Komponieren Sie auch?«

»Gott, nein! Ich bin Kunsthandwerkerin. Ich stelle Schmuck und allen möglichen Schnickschnack her.«

»Kommt das da aus Ihrer Werkstatt?« Millie betrachtete anerkennend einen Anhänger aus gebürstetem Silber, den Jasmine um den Hals trug.

»O ja«, bestätigte Jasmine und strich mit einer Hand über das Schmuckstück, um festzustellen, um welches es sich handelte.

»Der Anhänger ist wunderschön.« Millie trat vor und umfasste ihn vorsichtig mit den Fingern. Dann sah sie mit einem strahlenden Lächeln zu Jasmine auf. »Wissen Sie, dass das ein keltisches Symbol ist?«

»Ach ja?« Jasmine lachte. »Ich habe das Bild aus einem Buch.«

»Ja, und in Ihrem Fall ist das Schmuckstück auch sehr passend. Es ist das Symbol für Inspiration und Kreativität.«

»Wow. Sie scheinen ja eine Menge darüber zu wissen«, warf Rich ein.

Millie zuckte die Achseln und ließ den Anhänger los, und wieder glitt etwas Düsteres über ihre Züge. »Ein wenig. Ich lese viel über Mythologie.« Sie drehte sich erneut zu Jasmine um, und der Schatten wich aus ihren Augen, so schnell er gekommen war. »Und Ihr Haar sieht ebenfalls toll aus. Es ist mir schon aufgefallen, als Sie noch auf der anderen Straßenseite standen.«

»Ich nehme an, es ist schwer zu übersehen.« Jasmine zwirbelte verlegen ein rosa Löckchen. Ihr Haar war zum Dutt hochgesteckt, eine Explosion süßer, auf ihrem Kopf aufgetürmter Locken, und die eine oder andere entflohene Strähne umrahmte ihr Gesicht.

»Ich wünschte, ich wäre mutig genug, mein Haar ähnlich zu färben.«

»Warum sollten Sie das tun? Ihr Haar ist doch prachtvoll, so wie es ist.«

»Aber manchmal hat man einfach das Gefühl, man bräuchte eine große Veränderung, müsste etwas ganz anderes machen ... Wissen Sie, was ich meine?«

Rich unterbrach ihr Gespräch mit einem Räuspern. »Ich nehme an, wir sollten diese Kartons wirklich hineinschaffen.«

»Sie haben recht«, stimmte Millie ihm zu. »Der Van muss bald zurück.«

»In diesem Fall stehen wir Ihnen zu Diensten.« Rich salutierte. »Also, sagen Sie uns, wo alles hinsoll.«

»Sie scheint nett zu sein«, bemerkte Jasmine, während sie Salat aus einer Tüte auf fünf Teller kippte. Obwohl es früher Abend war, schien die Sonne draußen vor dem offenen Fenster immer noch mit Kraft, und der Duft von frisch gemähtem Gras, der in die Küche wehte, überlagerte den Geruch nach Brathuhn. Jasmine war barfuß und hatte ihr langes Sommerkleid gegen abgeschnittene Jeans und eine mit indischen Mustern bestickte leichte Kittelbluse eingetauscht. Ihre Kurven waren Jasmine nie peinlich gewesen, und dieses Zutrauen in ihren eigenen Körper ließ sie wie von innen heraus leuchten und machte sie umso attraktiver, trotz der kleinen Extrapölsterchen hier und da.

»Wen meinst du?« Rich leckte sich die Finger ab.

»Hey.« Jasmine runzelte die Stirn. »Was habe ich dir über das Tranchieren gesagt? Leck dir hinterher die Finger ab, nicht währenddessen.«

»Entschuldigung, Miss«, entgegnete Rich mit einem Schmollmund. »Hab ich vergessen.«

»Du bist ein ekliges Schwein.«

Rich schlenderte zu ihr hinüber, legte Jasmine einen Arm um die Taille und zog sie fest an sich. »Ich weiß. Gerade deswegen hast du mich geheiratet ...«

Jasmine versetzte ihm einen spielerischen Klaps auf den Arm. »Nicht jetzt! Da drin sind drei hungrige Kinder.« Sie deutete mit einer Kopfbewegung zur Tür des Wintergartens, wo ihre Drillinge mit einer riesigen Kiste voller Legosteine spielten. »Dein unanständiges Benehmen ist der Grund, *warum* wir drei hungernde Kinder haben.«

»Es gehören zwei dazu, unanständig zu sein, Miss.«

»Ganz recht. Und deshalb kannst du deine schmierigen, abgeleckten Hände bei dir behalten und Getränke für die

Kinder holen, bevor du mich in Versuchung führst, noch mehr Ärger zu machen.«

Rich grinste und gab ihr einen flüchtigen Kuss auf die Nase. »Denk nicht, dass ich das später nicht noch mal probieren werde.«

»Probieren kannst du es, aber das heißt nicht, dass du Erfolg haben wirst.«

»Keine Sorge«, sagte Rich und tappte zum Kühlschrank, »bis neun werde ich zu beduselt sein, um mehr zu tun, als zu schnarchen.«

»Hm, es muss ja so ermüdend sein, den ganzen Tag Tasten auf einem Yamaha-Keyboard zu drücken.«

»Hey, es ist emotional anstrengend!« Rich stellte drei Plastikbecher auf die Arbeitsfläche. »Außerdem habe ich Kartons geschleppt.«

»Ziemlich viele sogar.« Jasmine hielt inne. »Vielleicht hätten wir sie zum Abendessen einladen sollen. Ich wette, sie hat noch nichts, worauf sie kochen kann.«

»Von wem sprichst du?«

»Von Millie.«

Rich machte eine abwägende Handbewegung. »Sie kann sich bestimmt etwas kommen lassen und sich zum Essen auf den Boden setzen. Das machen alle an ihrem ersten Abend in einer neuen Wohnung.«

»Ja, aber die sitzen auch nicht allein in einer baufälligen alten Bäckerei, noch dazu am ersten Abend in einem Dorf, in dem alle Fremde sind.«

»Meinst du nicht, es wäre eine Spur zu freundlich?«

»Sie zum Abendessen einzuladen?«

»Es ist ein wenig forsch – wir haben sie schließlich heute erst kennengelernt.«

»Das hat dich noch nie aufgehalten.«

Rich, der gerade Saft eingeschenkt hatte, hielt inne und sah Jasmine an. »Ich weiß ... Sie hat so etwas an sich ... keine

Ahnung ... etwas, dem ich nicht recht traue.«

»Wirklich?« Jasmine suchte Besteck aus einer Schublade zusammen. »Mir kam sie einsam vor. Es sieht dir gar nicht ähnlich, dir so schnell eine negative Meinung zu bilden.«

»Sie wirkt ausweichend.«

»Du bist zu neugierig, deshalb hat sie diesen Eindruck gemacht.«

»Es sind meine angeborene Freundlichkeit und mein unbefangener Charme, die du hier mit Neugier verwechselst.«

»Hast du je daran gedacht, dass manche Menschen immun sein könnten gegen deinen unbefangenen Charme?«

»Was!« Rich grinste. »Wie kannst du so etwas sagen? Bei dir hat es funktioniert.«

Jasmine zog die Brauen hoch. »Ich denke, wir haben vor langer Zeit geklärt, dass ich nicht so bin wie andere.«

»Das ist wahr, meine Süße.« Rich hüpfte durch die Küche und nahm sie erneut in den Arm. »Und deshalb liebe ich dich.«

Jasmine küsste ihn kichernd. »Spinner.«

Mit einem Niesen wischte sich Millie eine Spinnwebe aus dem Haar und schaute sich in dem trostlosen Raum um. Sie fühlte sich am ganzen Leib klebrig von der feuchten Hitze, die mit der schwülen Luft durch das offene Fenster kam. Die Sonne ging jetzt langsam unter, aber es blieb trotzdem schwülwarm. Nicht mal eine Katzenwäsche in dem gesprungenen alten Waschbecken, das ihr als Ersatz für ein Luxusbadezimmer diente, kam infrage, zumindest bis sie es gesäubert, die riesige Spinne (jede Kreatur von dieser Größe sollte Gemeindesteuern zahlen) entfernt und wieder Wasser in der Leitung hatte. Als sie die Verkaufsanzeige für diese alte Bäckerei im Internet entdeckt hatte, war sie ihr wie die perfekte Antwort auf alle Fragen erschienen, aber jetzt war sie sich nicht mehr so sicher. Ihr Urteilsvermögen war nicht immer ganz ungetrübt, zumindest nicht in letzter Zeit. Vielleicht hätte sie herkommen und sich das Haus ansehen sollen, bevor sie es gekauft hatte ... Sie betrachtete die kahlen Wände und die Risse in der Decke – hatten die Tarotkarten sich geirrt? Das hier sah jedenfalls nicht wie ein Ort für einen erfolgreichen Neustart aus. Und sie hatte noch nicht einmal gewagt, sich die Backöfen anzusehen, die funktionstüchtig sein mussten, damit sie sich ihren Lebensunterhalt verdienen konnte. Sie stieß einen tiefen Seufzer aus.

»Jetzt bin ich hier«, verkündete sie dem leeren Raum, »daher werde ich wohl einfach das Beste daraus machen müssen.«

Langsam zeichnete sie mit den Spitzen ihrer Ballerinas einen Kreis in den Staub auf den alten Bodenfliesen und trat dann hinein. War Honeybourne ein Ort, an dem sie sich sicher fühlen konnte? Sie betrachtete die Stapel von Kartons, die nebeneinander an der Wand standen. Vielleicht würde sie nicht alles finden können, was sie für die Nacht brauchte, da es irgendwo in den Tiefen verschiedener ungeöffneter Kartons schlummerte, aber wenigstens wusste sie, wo der nächste Supermarkt war, weil sie am Morgen mit dem Van daran vorbeigefahren war. Eine Flasche Wein und ein Sandwich schienen ihr eine gute Idee zu sein. Sie schnappte sich ihre Schlüssel und ging zur Tür.

Gerade als sie abschloss, grüßte sie jemand mit tiefer Stimme. »'n Abend.«

Vor Millie stand ein Mann von schätzungsweise Mitte zwanzig, lässig gekleidet in bequem geschnittene Jeans und ein graues T-Shirt, und lächelte auf sie herab. Er kam ihr bekannt vor, obwohl sie nicht hätte sagen können, warum – irgendetwas lag in seinem Lächeln und der ungekünstelten, furchtlosen Wärme seiner Augen.

»Ich wollte Sie nicht erschrecken«, entschuldigte er sich. »Mir ist vorhin Ihr Van aufgefallen, und ich habe überlegt, ob jemand hier eingezogen ist. Ich wollte nur mal eben anklopfen, aber Sie sind mir zuvorgekommen. Ich wohne gleich dort drüben, sehen Sie ...« Er zeigte quer über die Dorfwiese und an einem kleinen Ententeich vorbei auf ein winziges, steinernes Cottage.

»Das kleine weiße Haus?«, fragte sie.

»Genau das.«

»Und da wohnen nur Sie?«

»O ja. Es ist so klein, dass ich schon Mühe habe, zusätzlich zu mir Platz für einen Besen zu finden, geschweige denn für andere Menschen.«

Millie lächelte höflich, antwortete aber nicht.

»Na ja, ich sollte Sie wohl in Ruhe lassen ...«, fügte der Mann verlegen hinzu. Offensichtlich spürte er Millies Widerstreben, ein längeres Gespräch zu führen.

»Es tut mir leid, ich bin sehr müde und muss mir wirklich etwas zu essen besorgen, bevor ich ohnmächtig werde.«

»Der Supermarkt ist meilenweit entfernt. Etwas näher gibt es noch einen Nachbarschaftsladen. Ich kann Ihnen auch etwas bringen, damit Sie bis morgen früh durchhalten. Es würde keine Mühe machen.«

»Ich würde mir lieber selbst etwas kaufen, wenn Sie nichts dagegen haben.«

»Natürlich ...« Er zögerte. »Oder Sie könnten rüberkommen ... auf einen Willkommensdrink und ein Sandwich. Ich meine, ich kann Ihnen kein Drei-Gänge-Menü versprechen, aber ...«

Millie bremste ihn mit einer Hand in der Luft. »Wirklich, es ist sehr nett von Ihnen, aber ich habe immer noch so viel zu tun ...«

»Klar, sicher. Nun, falls Sie irgendetwas brauchen, ich bin gleich dort drüben. Haben Sie keine Bedenken, mich zu stören, Sie können jederzeit klopfen.«

»Danke. Das mache ich.«

Er nickte ihr auf eine Weise zu, die fast an eine altmodische Verbeugung erinnerte. »Vergessen Sie es nicht.«

»Das werde ich nicht.«

Ohne ein weiteres Wort steckte Millie die Schlüssel zur Bäckerei in ihre Tasche und ging zu dem gemieteten Van, den sie immer noch benutzte. Und bei jedem Schritt spürte sie den Blick des Mannes in ihrem Rücken.

Männer. Millie hatte wahrhaftig genug emotionale Traumata mit Männern hinter sich, dass es ihr für ein ganzes Leben reichte. So attraktiv der Besitzer des weißen Cottages auch sein mochte (und es ließ sich nicht bestreiten, dass sein glattes sandfarbenes Haar, seine sanften, haselnussbraunen Augen und sein athletischer Körperbau alles sehr begehrenswerte Attribute waren), schien es ihr das Beste zu sein, sich von ihm fernzuhalten. Manche Leute sagten, sie habe das Unglück, das ihr widerfahren war, selbst herbeigeführt, aber um ihr gebrochenes Herz zu flicken hatte sie eine Menge Blut und Wasser geheult, und sie war sich immer noch nicht sicher, ob es wieder ganz war. So etwas wollte sie nicht noch einmal erleben.

»Ach, Dylan hat gestern Abend angerufen, als du im Bad warst.« Rich steckte den Kopf durch die Tür der Werkstatt. Der Tag versprach, genauso heiß zu werden wie der vorangegangene, und schon jetzt, um kurz nach neun, brannte die Sonne durch die winzigen Fenster des Nebengebäudes.

»Hat er gesagt, was er wollte?«, fragte Jasmine und schaute von der zierlichen silbernen Rose auf, die sie gerade formte.

»Nicht wirklich. Ich habe ihm gesagt, du rufst zurück.«

»Ehrlich, er wohnt drei Meter entfernt«, murmelte Jasmine und beugte sich wieder über ihre Arbeit. »Er könnte einfach vorbeikommen.«

Rich grinste. »Das würde viel zu viel Energie kosten.«

»Ich weiß. Wenn der Kerl das Leben noch gemächlicher angehen würde, müsste für ihn die Zeit rückwärts laufen.«

»Du liebst ihn wirklich sehr.«

»Viel zu sehr. Es ist nur so, dass er mich in den Wahnsinn treibt.«

»Trotzdem solltest du ihn lieber anrufen.« Richs Stimme verklang, als er ins Haupthaus zurückkehrte. »Er soll nicht denken, ich hätte es dir nicht ausgerichtet. Und du solltest mit ihm unbedingt auch ein Wörtchen über *die Angelegenheit* reden ...«

»Welche Angelegenheit?«, rief Jasmine ihm nach. Sie wusste natürlich, was gemeint war, aber sie war unerklärlicherweise verärgert über die Tatsache, dass Rich es zur Sprache gebracht hatte. Sie hatten erst am vergangenen Abend eine ganze Stunde lang über *die Angelegenheit* diskutiert. Ihre Familie war nicht perfekt, aber es war nicht nötig, dass er ihr das immer wieder unter die Nase rieb. Seine Familie war auch nicht so wahnsinnig perfekt. Sie wusste, dass sie es tun musste, und sie war fest entschlossen, mit Dylan über *die Angelegenheit* zu sprechen, aber wenn es ihr passte und ohne dass jemand ihr deswegen ständig zusetzte. Nicht dass es etwas nutzen würde. Als Rich nicht antwortete, griff sie nach einer kleinen Zange und bog mit einer geübten und präzisen Bewegung ein Blütenblättchen ihrer Rose. Dann lehnte sie sich zurück und betrachtete die Rose einen Moment lang aus einer gewissen Entfernung, bevor sie den Kopf senkte, um ein zweites Blättchen zu formen. Sie arbeitete noch ein Weilchen und bog behutsam einzelne Teile des Schmuckstücks mal hierhin, mal dorthin, bis sie zufrieden damit war, wie die Rose aussah.

»Na schön, Mr Faulpelz«, sagte sie, legte das Stück zur Seite und schaute auf ihre Armbanduhr. »Dann wollen wir mal sehen, was du diesmal willst.«

Jasmine klopfte an die Tür des winzigen Cottages. Die Sonne brannte ihr im Nacken, während sie vor der Tür wartete. Das träge Summen von Bienen und der Duft von Geißblatt erreichten sie von der verästelten Kletterpflanze, die sich die Fassade hinaufrankte. Wenn jemand sich ein Bild des perfekten britischen Sommertages machen wollte, würde es so aussehen, da war Jasmine sich ziemlich sicher. Es schien ein guter Tag für einen Besuch zu sein, trotz all der Arbeit, die sich daheim in ihrer Werkstatt auftürmte. Vielleicht würde es ohnehin besser sein, das später in Angriff zu nehmen, wenn die Kinder im Bett waren und es etwas abgekühlt hatte. Irgendeinen Vorteil musste es schließlich haben, dass man sein eigener Chef war.

Als sie ein Weilchen gewartet hatte und immer noch niemand die Tür öffnete, klopfte Jasmine noch einmal an, mit mehr Nachdruck diesmal. Wie sie Dylan kannte, hatte er die ganze Nacht mit Computerspielen verbracht und lag noch im Bett, oder schlimmer noch, vielleicht hatte er irgendein Mädchen zu Besuch. Natürlich ging sie das alles nichts an, aber die Vorstellung ärgerte sie trotzdem. Was gab ihm das Recht, so zu leben? Warum konnte er nicht erwachsen werden und ein wenig Verantwortung für sein Leben übernehmen, wie der Rest der Bevölkerung es musste, statt sich wie ein fauler Halbwüchsiger aufzuführen? Er war ihr Bruder, und sie liebte ihn heiß und innig, aber das schloss ja nicht aus, dass sie sich von Zeit zu Zeit über ihn ärgerte. Doch sie musste ehrlich sein und sich fragen, ob es seine Untätigkeit selbst war, die ihr zu schaffen machte, oder die Tatsache, dass er es sich mühelos leisten konnte, nicht zu arbeiten, nachdem er die Hälfte des elterlichen Vermögens geerbt hatte. Er entschied sich dafür, wie ein trauriger Playboy zu leben, während sie und Rich ihre Hälfte in ihre jeweiligen Unternehmen investiert hatten, und jetzt hatten sie nichts vorzuweisen, abgesehen von langen Arbeitstagen, um die Hypothek abzubezahlen und dafür zu sorgen, dass die Kinder etwas anzuziehen hatten.

Eine vertraute Stimme ließ sie in ihren Überlegungen innehalten und sich umwenden. Dylan kam ihr auf dem Pfad zum Haus entgegen.

»Verdammt, hat heute dein Bett gebrannt? Oder hat dich sonst etwas aus dem Haus getrieben?«, rief Jasmine und beschirmte die Augen gegen das grelle Licht der Sonne.

Dylan grinste. »Wenn du es unbedingt wissen musst, ich habe meine gute Tat für heute verrichtet.«

»Jetzt weiß ich, dass irgendwas nicht stimmt. Worum ging es dabei? Ist Ade das Bier ausgegangen? Brauchte Julien die Nummer eines guten Dealers?«

Dylans Grinsen verwandelte sich in ein Stirnrunzeln. »In Ordnung, genug davon ...«, sagte er und schaute sich wachsam um, obwohl das nächststehende Haus zu weit entfernt war, als dass irgendjemand ihr Gespräch hätte mitanhören können. »Ich war gegenüber bei Millie.«

»Das ging aber schnell, selbst für deine Verhältnisse. Sie ist gestern erst eingezogen.«

»So doch nicht«, sagte Dylan, während er in seiner Tasche nach dem Schlüssel kramte. »Kommst du rein, oder bist du nur hier, um ein Urteil über mein Privatleben zu fällen?«

»Ein wenig von beidem. Rich hat gesagt, du hättest angerufen. Und ich wollte dich zum Abendessen einladen.«

»Es gibt Telefone und SMS und alles Mögliche andere, weißt du, um deine Beine zu schonen.« Dylan öffnete die Tür, und Jasmine folgte ihm in den kühlen, mit Schieferplatten ausgelegten Flur.

»Wenn du dich so aufführen willst, gehe ich eben wieder.«

»Nimm es doch nicht so persönlich. Ich meinte nur, dass du etwas von deiner Arbeitszeit abzwackst, nur um mich zu sehen.«

»Nun ...«

»Ich weiß. Du hast Mum irgendwann, als ihr euch mal lang und ernst unterhalten habt, versprochen, immer auf mich aufzupassen. Schon komisch, dass sie nie eins dieser Gespräche mit mir geführt hat.«

Jasmine runzelte die Stirn, als sie in die Küche gingen und sie das schmutzige Geschirr bemerkte, das sich in der Spüle türmte. Ein Brummer zog träge Kreise um den obersten Topf herum. Außerdem lag auch ein leicht besorgniserregender Geruch in der Luft, wie von Fleisch, das gerade verdorben war. Jasmine versuchte, nicht darüber nachzudenken, und hoffte, dass er aus einem Abfalleimer kam und nicht aus der Speisekammer. Sie war inzwischen klug genug, Dylan nicht über seine häuslichen Angelegenheiten zu belehren. Er hörte nie auf sie, und am Ende klang sie immer wie eine Nervensäge ersten Grades, und das ging ihr restlos gegen den Strich. Dylan, der anscheinend nichts von Jasmines Unbehagen mitbekam, ging zum Kühlschrank.

»Willst du etwas Kaltes?«, fragte er und riss die Tür auf.

»Was hast du denn da?«

»Willst du ein Bier?«

»Dylan, es ist mitten am Tag ...«

Dylan nahm den Kopf aus dem Kühlschrank und grinste seine Schwester an.

»Sehr witzig«, seufzte Jasmine. »Also, was *hast* du?«

»Cola, Cola oder Cola.«

»Sonst nichts?«

»Ähm ... Cola mit Schuss ...«

»Du weißt, dass ich diesen Mist nicht trinke.«

»Ich hatte ja keine Ahnung, dass du kommen würdest. Und der Getränkemarkt hatte gerade keinen Weizengras-Hippie-Essenz-Saft mehr.«

»Gehst du nicht wenigstens mit dem Gedanken einkaufen, dass du Besuch bekommen könntest und vielleicht etwas für deine Besucher im Haus haben solltest?« Jasmine ließ sich an den Tisch plumpsen und verschränkte die Arme vor der Brust. »Ein einfaches Glas Orangensaft hätte genügt.«

»Coole Kids gehen nicht einkaufen.«

Jasmine versuchte, die Stirn zu runzeln, aber nach ein oder zwei Sekunden konnte sie sich ein kleines Lächeln nicht mehr verkneifen. So frustrierend er auch sein konnte, Dylans Wesen hatte etwas Ansteckendes. Ärgerlicherweise war er tatsächlich cool. Ein anderes Wort gab es nicht für ihn. Alles, was er tat, alles, was er sagte, war auf mühelose Weise charmant und beeindruckend. »Also, was hast du gegenüber bei Millie gemacht?«, wechselte sie das Thema, als Dylan sich ihr gegenüber hinsetzte und eine Coladose öffnete.

»Oh, so dies und das.«

»Soll heißen?«

»Ich habe ihr geholfen, einige Kartons zu schleppen.«

»Du hast tatsächlich jemandem geholfen, körperliche Arbeit zu verrichten?«

»Weißt du, ich bin nicht total nutzlos.«

»Aber du bist total faul.«

Dylan lachte. »Du unterschätzt die Macht einer attraktiven Frau, Schwesterherz.«

Jasmine verdrehte die Augen. »Ich habe schon überlegt, wann das in der Gleichung auftauchen würde. Ich glaube nicht, dass du da viel erreichen wirst. Sie wirkt viel zu reif und vernünftig, um auf deine billige Anmache reinzufallen.«

»Aber du kannst mir keinen Vorwurf daraus machen, dass ich es versuche.« Dylan nahm einen Schluck Cola und spähte Jasmine über den Rand seiner Dose hinweg an.

»Ich wünschte, du würdest es nicht tun. Langweilt es dich eigentlich nie, Frauen nachzujagen?«

»Ich halte einfach Ausschau nach der Richtigen.«

»Ja. Deshalb sind die einzigen Frauen in diesem Dorf, die nicht auf deinem Radar auftauchen, ich und die alte Ruth Evans.«

»Das ist hart.«

Jasmine hielt inne. »Okay. Lass es mich mal so ausdrücken – hast du mit Amy Parsons geschlafen?«

»Was?«

»Amy Parsons. Hübsch ... blond ... etwas naiv ...«

»Das ist ja reizend. Ich dachte, du magst sie.«

»Das ist auch so, aber sie muss naiv sein, wenn sie auf deine Anmache reingefallen ist.«

Er lehnte sich auf seinem Stuhl zurück und verschränkte die Arme vor der Brust. »Nur zu. Wer hat geplaudert?«

»Niemand. Jake, ihr Sohn, geht mit den Drillingen in eine Klasse, oder hast du das vergessen? Kinder reden. Sie tauschen alle möglichen Geheimnisse aus. Jake hat Reuben erzählt, dass du Samstagnacht bei ihnen zu Hause warst. Er hat gesagt, er ist aufgewacht, weil er ein Geräusch gehört hat, ist in den Flur gegangen und hat dich dort mit seiner Mum gesehen. Er hat gesagt, ihr habt gelacht und miteinander gerungen. Amy hat ihn zurück ins Bett geschickt, und dann hat er dich und Amy weiter lachen hören, und ihr seid auf dem Bett auf und ab gesprungen ...« Jasmine zog die Brauen hoch. »Hat es dir Spaß gemacht, mit Amy auf dem Bett herumzuspringen? Was denkst du, wie ich mich fühle, wenn Reuben nach Hause kommt und mir so etwas erzählt – dass mein Kind so etwas über seinen Onkel hört? Und nicht nur das, er hat es auch Rich erzählt.«

»Reuben kapiert doch gar nicht, was das bedeutet«, gab Dylan zurück, aber Jasmine fragte sich, ob sie da ein ganz schwaches Erröten wahrnahm. Es hatte etwas ungemein Befriedigendes. Es weckte in ihr den Wunsch, das Gespräch weiter voranzutreiben. Ihn zu beschämen war vielleicht die einzige Möglichkeit, damit er verstand, was für einen Schlamassel er aus seinem Leben machte.

»Jetzt kapiert er es nicht, aber eines Tages wird er es kapieren. Eines Tages wird er sich alles zusammenreimen. Was für ein Vorbild gibst du ab?«

»Er hat seinen Dad als Vorbild. Das ist nicht mein Job ...«

Jasmine runzelte die Stirn.

»Okay, hör mal ... Ich habe im Pub etwas getrunken, und sie ist einfach zufällig aufgetaucht. Wir sind ins Reden gekommen, sie war ein wenig beschwipst, und dann habe ich sie nach Hause begleitet. Sie hat mich hereingebeten, und bevor ich wusste, wie mir geschah ...« Er zuckte die Achseln. »Ich wollte nicht, dass die Sache außer Kontrolle gerät.«

»Hm. Dann wird es schon okay sein. Ich überlege nur, wem Jake seine kleine Geschichte sonst noch erzählt hat. Ich frage mich, ob sein Dad, der beruflich in Düsseldorf ist, einen Telefonanruf bekommen wird, um sich die Geschichte anzuhören, wie seine Mum und Dylan Smith mitten in der Nacht auf dem Bett auf und ab gesprungen sind.«

»Ich werde ein Wort mit Amy reden, wenn ich sie sehe ...«

»Darum geht es nicht! Du kannst nicht immer einfach deine Spuren verwischen in der Hoffnung, dass es schon gutgehen wird! Du übernimmst keine Verantwortung und hast scheinbar kein Gewissen. Amy – Gott steh ihr bei, weil sie eine Idiotin ist – hat alles zu verlieren, und darauf hättest du ein wenig mehr Rücksicht nehmen sollen.«

»Hey! Zum Tangotanzen gehören zwei, Schwesterherz. Ich habe sie nicht gezwungen, in den Pub zu kommen und sich zu betrinken und mich zu bitten, mit ihr nach Hause zu gehen.«

»Aber es gehört nur eine Person dazu, zu so etwas Nein zu sagen.«

Dylan stieß einen Seufzer aus. Er schwieg einen Moment und starrte aus dem Fenster. »Okay, okay ... Ich weiß, du hast recht, ich bin ein totaler Scheißkerl.«

»Warum machst du dann solche Sachen? Wenn du weißt, dass du ein Scheißkerl bist, warum hörst du dann nicht damit auf?«

Er beugte sich über den Tisch. »Weiß Gott, wieso. Ich wünschte, ich täte es, Jas. Es ist, als wäre jemand anderer in meinem Kopf, der mir sagt, ich soll das tun, auch wenn ich weiß, dass ich es lassen sollte.«

»Wer auch immer diese Person ist, sie braucht einen ordentlichen Klaps. Ich hab dich lieb, Dylan, aber ich bin es leid, dich zu verteidigen. Alle im Dorf wissen, was du verzapfst, und scheren uns über einen Kamm.«

»Niemand denkt so über dich. Die Leute lieben dich und Rich, ihr seid Honeybournes Glanzpaar. Du bist einfach nur paranoid.«

»Ach ja? Kannst du nicht wenigstens ein einziges Mal ein wenig Selbstbeherrschung zeigen?«

»Vielleicht will ich das ja gar nicht ...« Bei dem Blick, den sie ihm zuwarf, zuckte er zusammen. »Du hast recht. Ich weiß nicht, was das ist. Ich gerate da hinein, und dann ist es, als ... als könnte ich nicht anders. Manchmal fühle ich mich so einsam und sehne mich nach Gesellschaft, verstehst du?«

Das war etwas, das Jasmine nachvollziehen konnte. Sie hatte Rich und die Kinder, aber Dylan hatte niemanden, nicht wirklich, und sie konnte sich nicht vorstellen, wie das Leben für ihn gewesen sein musste, als ihre Eltern ums Leben gekommen waren. Aber er konnte sich nicht ewig hinter seiner Trauer verstecken. Sie beide hatten ihre Eltern verloren, wie so viele andere vor ihnen, und die waren auch nicht alle entgleist. Wenn die vielen oberflächlichen Sexgeschichten ein Symptom für etwas Tiefsitzendes war, dann musste er sich dem stellen und damit fertig werden.

»Warum suchst du dir nicht einen Therapeuten, wie wir es besprochen haben?«, fragte Jasmine sanft.

Dylan schüttelte den Kopf. »Das ist doch Quatsch.«

»Das weißt du nicht, bevor du es ausprobiert hast.«

»Du hast es ausprobiert. Bist du deshalb anders als vorher?«

»Ich vögel nicht alles, was sich bewegt.«

»Du hast Rich. Du hattest immer irgendjemanden, selbst ... na, vergiss es.«

»Vielleicht solltest du versuchen, mit einer Frau auszugehen, mit der du zusammenzubleiben beabsichtigst, und dann wirst du vielleicht auch jemanden haben.«

»Das will ich ja. Ich will die zugezogene Frau kennenlernen. Sie scheint nett zu sein.«

»Millie? Sie scheint tatsächlich nett zu sein, aber ich weiß nicht, ob das klug ist. Am Ende wirst du mit ihr schlafen und verlassen wie alle anderen.«

»Vielleicht nicht. Wie dem auch sei, woher weißt du, dass es nicht genau das ist, was sie will?«

Eine tiefe Falte tauchte zwischen Jasmines Brauen auf.

»War nur ein Witz!« Dylan lachte. »Ehrlich! Aber egal. Wie kommt es, dass du so viel über sie weißt? Sie ist erst seit zwei Minuten im Dorf.«

»Rich und ich haben gestern gesehen, wie sie vor dem Haus vorgefahren ist, und wir haben ihr geholfen, ihre Sachen in die Bäckerei zu tragen.«

»Nun, sie scheint nett zu sein, und sie ist heiß wie ...« Er brach ab, als Jasmine erneut die Stirn runzelte. »Sie ist zauberhaft, und sie kennt mich noch nicht.«

»Nun, dann solltest du besser hoffen, dass sie nicht in absehbarer Zeit mit Amy Parsons ins Gespräch kommt.«

Dylans Blick wanderte zu seinem Telefon, das auf dem Tisch lag. Jasmine stöhnte, als sie den Blick interpretierte. »O Mann, Dylan! Sag mir bitte, dass Amy sich nicht schon wieder mit dir treffen will!«

Er zuckte die Achseln.

»Wag es ja nicht!«, kreischte sie. »Sie ist verheiratet, oder hast du dieses Detail *schon wieder* vergessen?«

»Ich mach ja gar nichts; so dumm bin ich nun auch nicht.«

»Dumm genug, um dich überhaupt von ihr abschleppen zu lassen. Das hier ist nicht London. Hier reden die Leute, und Neuigkeiten verbreiten sich schnell.«

»Ich weiß, ich weiß, das hast du bereits bemerkt ... Du hast recht, es tut mir leid. Ist es das, was du von mir hören willst?«

»Ich will, dass du aufhörst, wahllos mit Frauen ins Bett zu gehen.«

»Mach ich. Ich werde es hinkriegen, versprochen.«

»Also wirst du Millie in Ruhe lassen?«

Dylan sah sie an. »Ich dachte, du wolltest, dass ich echte Dates habe. Warum soll ich sie auf einmal in Ruhe lassen?«

»Weil ich sie mag, und ich mag dich, und ich glaube nicht, dass ich die Peinlichkeit ertragen könnte.«

Dylan machte eine wegwerfende Handbewegung und griff nach seiner Coladose.

»Es ist mir wichtig«, sagte Jasmine mit plötzlichem Ernst. »Es ist eine potenzielle Katastrophe.«

Dylan stellte seine Dose auf den Tisch und fuhr sich mit einer Hand durchs Haar. »Wie um alles in der Welt willst du das wissen?«

»Bitte, Dylan. Tu es einfach nicht.«

Dylan verzog das Gesicht. »Du bist nicht Mum. Und nicht einmal die hätte mir vorgeschrieben, mit wem ich ausgehen darf.«

»Ich schreibe dir nicht vor, mit wem du ausgehen darfst. Ich sage dir nur, dass es ein böses Ende nehmen wird.«

Dylan trank einen Schluck Cola und zwinkerte Jasmine zu, und der alte Schalk kehrte in seine Augen zurück, wie um ihre Aussage zu unterstreichen. »Wir werden sehen.«

Eine Stunde später trat Jasmine wieder hinaus in den Sonnenschein. Sie konnte nicht recht entscheiden, in welcher Stimmung sie war. So fühlte sie sich oft nach Gesprächen mit Dylan – es war eine seltsame Mischung aus Missbilligung und Neid über die Art und Weise, wie er durchs Leben zu segeln schien, ohne auch nur einen Hauch von Angst vor dem, was es für ihn in petto haben könnte. Sie wusste, dass er verletzlich und einsam war, aber er stellte sich als emotional unverwundbar dar, mit der schier unheimlichen Fähigkeit, das Leben immer positiv zu sehen. Was ihn auf seltsame Art attraktiv machte, wie seine lange Abfolge verlassener Freundinnen bezeugen konnte. Ihre Mutter hatte oft den Wunsch geäußert, er möge mit einer netten Frau sesshaft werden, und Jasmine verstand das mehr denn je, während sie beobachtete, wie er in seiner selbstauferlegten emotionalen Seifenblase älter wurde. Sie fragte sich oft, wie sie sich fühlen würde, wenn sie mitansehen müsste, wie Reuben zu einem Mann wie Dylan heranwüchse, und die Vorstellung machte sie auf eine Weise traurig, die sie nicht in Worte fassen konnte.

»Hey, Jasmine!«

Jasmine hielt mit ihre Überlegungen inne und sah, dass Millie ihr vom anderen Ende des Dorfplatzes aus zuwinkte. Sie trug eine alte Jeans und ein übergroßes Hemd – ebenfalls aus Jeansstoff – mit hochgekrempelten Ärmeln, und ihre Unterarme waren schmutzig. Außerdem trug sie ein geblümtes Kopftuch. Selbst in ihrem Vogelscheuchenoutfit wirkte sie anmutig und auf eine fast unwirkliche Weise strahlend.

»Selber hey«, antwortete Jasmine und ging hinüber. Da Millie vor nur einer Stunde der Gegenstand eines schwierigen Gespräches mit ihrem Bruder gewesen war, überkam Jasmine bei deren Anblick eine seltsame Mischung von Gefühlen. Die andere Frau hatte Jasmine am Vortag ziemlich beeindruckt, und sie konnte nicht verhindern, dass sich ein breites Lächeln auf ihrem Gesicht zeigte, aber eine nagende Stimme in ihrem Hinterkopf schwächte es ab. Wie sie Dylan kannte, würde er nicht leicht davon abzubringen sein, sich an Millie heranzumachen, jetzt, da er sie ins Visier genommen hatte, und Gott allein wusste, welcher Ärger auf sie alle wartete. Jasmine glättete ihre Gesichtszüge, als die beiden Frauen sich draußen vor der Bäckerei trafen.

»Ich habe dir noch gar nicht richtig dafür gedankt, dass ihr mir gestern so geholfen habt«, sagte Millie warmherzig. Sie waren beim Kartonschleppen zum Du übergegangen. Millie wirkte jetzt viel entspannter als bei Jasmines und Richs Abschied am vergangenen Abend.

»Nicht der Rede wert.« Jasmine lächelte. »Rich liebt es, hilflosen Ladys zur Hand zu gehen. Du hättest ihn nicht davon abhalten können, selbst wenn du es versucht hättest.«

»Und welche Ausrede hast du?«

»Ich muss dafür sorgen, dass er nichts fallen lässt.«

Millie lachte. »Dann hast du deine Sache großartig gemacht.«

»Wie läuft es da drin?« Jasmine deutete mit einer Kopfbewegung zur offen stehenden Tür des Hauses, in dem ein wackliger Turm von Kartons inmitten eines mit allem möglichen Krempel übersäten Bodens zu sehen war.

»Oh, es ist immer noch Staub von fünfzehn Jahren in jedem Raum, die Backöfen sind so versifft und verfettet, dass man ein Wikingerlangschiff damit wasserdicht machen könnte, und ich musste einen Räumungsbefehl für die größeren Spinnen erwirken ... Aber ich denke, es ist ganz okay.«

»Hast du gestern Nacht hier geschlafen?«, fragte Jasmine und verzog das Gesicht.

»Nun ... der Mann von gegenüber – der übrigens die schlimmsten Anmachsprüche hat, die mir je zu Ohren gekommen sind – hat mir sein Bett angeboten, aber ich dachte, da versuche ich mein Glück lieber mit den Mäusen hier.«

»Dylan?«, fragte Jasmine, schärfer als beabsichtigt.

Millie erbleichte. »Er wohnt in dem weißen Cottage ... O Gott, kennst du ihn? Ich meine ... er hat gesagt, er würde auf dem Sofa schlafen ... Ich habe es nicht so gemeint, als ich gesagt habe, er sei ...«

Jasmine rief sich innerlich zur Ordnung. Sie hatte überreagiert, genau wie sie es vorhergesehen hatte. Dylan war ein erwachsener Mann, das musste sie sich immer wieder ins Gedächtnis rufen. Sie zuckte entschuldigend die Achseln. »Er ist mein Bruder. Ich kann nicht sagen, von welcher Seite der Familie er sein Mundwerk hat, auf mich ist es jedenfalls nicht übergegangen.«

»Er hat mir heute Morgen geholfen, ein paar Dinge ins Haus zu bringen. Er ist sehr nett. Ich wollte nichts Negatives sagen. Ich wusste nicht, dass er dein Bruder ist, aber selbst wenn …«

Jasmine hob eine Hand, um sie zu bremsen. »Keine Sorge. Ich weiß genau, wie er ist.«

Millie schaute zurück zu ihrer offenen Tür und dann wieder zu Jasmine, und ein verlegenes Schweigen breitete sich aus.

»Dann lass ich dich mal weitermachen«, sagte Jasmine.

Millie kaute auf ihrer Unterlippe. Dann nickte sie. »Ich sollte mir vermutlich diese ätzenden Backöfen vornehmen.«

»Wenn du irgendetwas brauchst«, sagte Jasmine im Gehen, »Rich und ich wohnen in der umgebauten Scheune ganz am Rand des Dorfes. Du kannst uns nicht verfehlen«, fügte sie lächelnd hinzu. »Wir sind die mit der riesigen Poseidon-Skulptur im Garten.«

Millie trat aus dem grellen Sonnenschein in die dämmrige Bäckerei. Verdammt, warum sagte sie immer das Falsche? Jetzt hatte sie Jasmine ganz aus dem Konzept gebracht, die erste Frau, die sie im Dorf kennengelernt hatte und für die sie sich sofort erwärmt hatte, jemand, von dem sie spürte, dass er vielleicht ein verwandter Geist war. Wenn sie sich hier in Honeybourne ein neues Leben aufbauen und ihre schwierige Vergangenheit ein für alle Mal hinter sich lassen wollte, war eine Freundin wie Jasmine vielleicht genau das, was sie brauchte.

Mit einem resignierten Seufzer richtete sie ihre Aufmerksamkeit wieder auf ihr neues Zuhause. Dafür, überlegte sie, während sie sich das Chaos im Verkaufsraum ansah und sich ausrechnete, wie viel Arbeit noch zu tun war, brauchte sie eine starke Dosis Mary-Poppins-Magie. Aber traurigerweise funktionierte das Leben nicht so. Also würde sie sich die Ärmel hochkrempeln und alles mit ihrer Hände Arbeit machen müssen –

wie alle anderen. Und nachdem sie in der vergangenen Nacht so schrecklich schlecht geschlafen hatte, war das Schlafzimmer vielleicht doch der beste Ort, um anzufangen. Sie hätte die Öfen und die Backstube in Schuss bringen können, aber wozu, wenn sie zu müde war, um mit dem Geschäft loszulegen. Mehr denn je wünschte sie sich inzwischen, sie hätte gewartet und sich zuerst eine Geschäftspartnerin gesucht. Vor ihr lag ein gewaltiges Unterfangen, das viel mehr erforderte als die festlichen Torten, die sie in ihrer kleinen, heimeligen Küche in den Midlands auf Bestellung gebacken hatte. Wie idiotisch war sie gewesen zu denken, sie könnte das hier allein stemmen. Sie wusste wirklich nicht, wie man seine Bücher in Ordnung hielt, und hatte auch keine Ahnung von all den anderen Dingen, die nötig waren – eine Betriebshaftpflichtversicherung, Lebensmittelhygiene, Werbung, Kontoführung für Geschäftsleute und so weiter, eine Liste von verschiedenen Kleinigkeiten, die so lang war wie ihr Arm. Schon jetzt zerbröselte ihre naive Vorstellung, in einer ländlichen Idylle Kuchen zu backen, zerbröselte wie die Dachsparren über ihrem Kopf, in denen seit Jahrhunderten Holzwürmer nagten.

Ihre Gedanken wurden von einem Klopfen am Türrahmen unterbrochen. Als Millie herumwirbelte, sah sie Jasmines Bruder in der offenen Tür stehen und grinsen.

»Tschuldigung, ich bin's schon wieder. Ich musste nur schnell meine Schwester loswerden, bevor ich herkommen konnte.«

»Wie gesagt, so freundlich dein Angebot auch ist, ich kann allein saubermachen und auspacken, du brauchst dich wirklich nicht zu bemühen.«

»Mhm.« Dylan trat über die staubige Türschwelle und verschränkte die Arme, als er sich in den Türrahmen lehnte, von hinten beleuchtet von der grellen Sonne. »Das mag wahr sein, aber ich habe zu Hause nur rumgelungert und nichts getan. Stell dir nur vor, wie schuldig ich mich fühlen werde, wenn ich weiß, dass ich mit einer Dose Bier auf meinem Hintern sitze, während du ganz allein schwere Kisten schleppst.«

»Ich wusste nicht, dass Jasmine deine Schwester ist«, lenkte Millie das Gespräch in eine andere Richtung. So dringend sie Hilfe brauchte, sie war sich nicht sicher, ob sie sie von Dylan wollte. Irgendwie machten sein unbefangener Charme und sein Selbstbewusstsein ihr Angst.

»Jas?« Er drehte sein Gesicht, sodass sie ihn im Profil sah, und strich sich übers Kinn. »Ist dir die verblüffende Ähnlichkeit entgangen?«

»Jetzt kann ich es sehen.«

Er grinste. »Ich nehme an, es ist das rosafarbene Haar, das dich verwirrt hat. Und die Locken. Und das Nasenpiercing. Vielleicht auch die Brüste«, fügte er mit gespielter Nachdenklichkeit hinzu. »Nichts davon habe ich, daher kann ich verstehen, warum die Leute zuerst durcheinander sind.«

Millie konnte sich ein Lächeln nicht verkneifen. »Jetzt kann ich es sehen. Aber sie ist hübscher als du.«

»Zum Teufel mit dieser Frau!« Dylan schnippte mit den Fingern. »Kein Wunder, dass Rich Green mich nicht heiraten wollte.«

Millie verschränkte die Arme und musterte ihn. »Du hörst niemals auf, dich aufzuplustern, hm?«

»Wenn ich es täte, würde ja niemand lachen. Und was gibt es sonst noch im Leben, außer Gelächter?«

Millie ging zu einem Karton und spähte hinein. »Ich würde dir ja eine Tasse Tee anbieten, aber ich habe keine Ahnung, in welchem Karton sich der Wasserkocher befindet, außerdem habe ich keinen Strom, um ihn zu benutzen.«

»Dann erlaub mir, dir einen Tee anzubieten.«

»Nein, ich ...«

»Keine Bange, du brauchst nicht zu mir nach Hause zu kommen.« Er tat so, als überlaufe ihn ein Schauder.

»Wirklich, du solltest definitiv nicht zu mir nach Hause kommen. Ich werde dir eine Tasse rüberbringen. Wie hört sich das an?«

Millie hielt kurz inne und runzelte die Stirn. Dann lächelte sie schwach. »Das hört sich nett an.«

»In Ordnung.« Dylan wandte sich zum Gehen, blieb dann aber noch einmal stehen und drehte sich um. »Aber ich hoffe, du hast keinen allzu großen Durst, denn ich muss zuerst einkaufen gehen. Ich habe keine Milch mehr ... und keinen Tee ... und möglicherweise auch kein sauberes Geschirr.«

Und mit diesen Worten sprang er zur Tür hinaus und auf die helle Straße draußen, und sie blieb zurück und schüttelte staunend den Kopf.

Millie steckte bis zu den Ellbogen in einem Karton mit Reinigungsmitteln, als Dylan eine halbe Stunde später mit zwei großen Teetassen zurückkam.

»Wie versprochen«, bemerkte er grinsend.

»Oh, das ist so lieb von dir.« Millie wischte sich die Hände an einem Lappen ab, der an ihrem Gürtel baumelte, und schlenderte hinüber zur Ladentheke.

»Ich wette, du lechzt förmlich nach einem Tee, nicht wahr?«

»Ehrlich gesagt ist gerade Miss Evans, die einige Häuser weiter wohnt, vorbeigekommen und hat Hallo gesagt. Sie hat angeboten, mir etwas zu trinken zu machen, also ... habe ich bereits eine Tasse Tee getrunken«, erwiderte Millie ein wenig verlegen. Sie konnte sich ein Lachen nicht verkneifen, als sie Dylans langes Gesicht sah. Er wirkte so jämmerlich.

»Ich könnte gut noch einen Tee vertragen«, fügte sie hinzu.

Er reichte ihr eine Tasse. »Ich hätte wissen müssen, dass die alte Ruth Evans dich inzwischen beschnuppert hat. Es überrascht mich, dass sie gestern noch nicht hier war. Ihr entgeht nichts, was im Dorf passiert.«

»Anscheinend hat ihr Reizdarm ihr gestern besonders zugesetzt, und sie war ...« Millie verzog das Gesicht. »*Eine Sklavin ihres Toilettensitzes.*«

Dylan lachte und ließ sich auf eine alte Holzbank im Erkerfenster plumpsen, während Millie sich auf die Ladentheke stützte. »Typisch Ruth«, sagte er. »Sie lässt keine Gelegenheit zum Ausfragen aus, aber sie denkt auch, alle anderen wollten Näheres über sie wissen, ganz gleich, wie abscheulich die Details sind. Du hättest sie mal über ihre Hysterektomie reden hören sollen. Ich war erst neun, als sie das hat machen lassen. Die Wörter, die ich in der Woche gelernt habe, haben mich fürs Leben gezeichnet, das kann ich dir sagen. Ich interessiere mich für weibliche Anatomie genau wie jeder andere Mann, aber *so viele* Details brauche ich nun auch wieder nicht.«

Millie musste kichern, obwohl ihr bewusst war, dass sie damit die falschen Signale aussandte. Es bestand kein Zweifel, dass Dylan mit seiner schlanken Gestalt und seinen schelmisch funkelnden Augen eine Anziehungskraft besaß, die man nur schwer ignorieren konnte. Ihr Blick fiel auf seinen Oberkörper, dessen Konturen sich reliefartig unter dem Stoff seines locker fallenden T-Shirts abzeichneten. Während seine Schwester behagliche, weiblich-weiche Kurven aufwies, war Dylan straff und kantig, und kein Gramm überflüssiges Fett war zu sehen. Selbst sein Kiefer sah aus, als sei er aus Stein gemeißelt, wie bei einer klassischen Statue. Millie schüttelte sich, als ihr ihr plötzliches Schweigen bewusst wurde. Dylan sah sie mit fragender Miene an.

»Entschuldigung, ich habe an all die Dinge gedacht, die hier zu tun sind«, erklärte Millie. »Ich überlege langsam, ob ich Hilfe engagieren muss.«

»Du hast doch nicht im Ernst gedacht, dass du die Bauarbeiten selber übernehmen kannst?«, stotterte Dylan.

»Was soll das heißen?«, erwiderte Millie mit plötzlicher Kälte. »Ich bin eine Frau, also verstehe ich nichts von handwerklichen Tätigkeiten?«

»Nein, das meinte ich nicht, natürlich nicht.« Dylan hob in einer Geste der Kapitulation die Hand. »Aber ich würde das hier auch nicht alles allein in Angriff nehmen.« Er schaute zu den Holzbalken über ihnen. »Es sieht so aus, als müsse sehr viel grundsaniert werden.«

»Meinst du?«, fragte Millie, und ein Unterton von Furcht kroch in ihre gespielte Tapferkeit.

»Ist das in deinem Gutachten nicht alles bereits aufgeführt?«

»Tja ... Ich hatte keinen Makler ...«

»Aber du hast sicher ein Gutachten für die Hypothek gebraucht, oder?«

Millie biss sich auf die Unterlippe. »Ich brauchte keins, weil ich das hier nach dem Verkauf meines alten Hauses bezahlt habe.«

Dylan schüttelte leicht den Kopf. »Du hättest trotzdem ein Gutachten machen lassen sollen.«

Millie hielt inne. Jetzt war wahrscheinlich nicht der richtige Zeitpunkt, Dylan zu erzählen, dass sie einfach ein *gutes Gefühl* gehabt hatte und davon ausgegangen war, dass der Laden in Ordnung sein würde, und dass sie auf der Flucht vor einem elenden Leben war, das sie so verzweifelt hinter sich zu lassen wünschte. »Das hätte eine Menge Geld gekostet, von der ich dachte, dass ich sie besser darauf verwende, das Geschäft auf die Beine zu stellen.«

»Das ist alles gut und schön, aber du kannst kein Geschäft führen, wenn dir dein Haus überm Kopf einstürzt.«

»Das weiß ich«, blaffte Millie. Sie war nicht dumm, warum also gaben Dylans Bemerkungen ihr das Gefühl, als sei sie es?

Dylan musterte sie einen Moment lang, ungerührt von ihrem Ausbruch. »Ich habe ein paar Kumpel, die vielleicht helfen können. Sie sind spottbillig und werden ordentliche Arbeit leisten.«

»Aber ich weiß nicht mal, was getan werden muss.«

»Wie wäre es, wenn ich sie anrufe? Sie können herkommen, einen Blick auf das Ganze werfen und auflisten, was erledigt werden muss, dann weißt du zumindest Bescheid. Es wäre ein Anfang, oder?«

Millie nickte unsicher. Sie war in der Absicht, neu anzufangen, nach Honeybourne gekommen, ohne Verpflichtungen und ohne etwas, das sie an irgendjemanden band außer an sich selbst, und schon jetzt häufte sie moralische Schulden für Gefälligkeiten an, die erwidert oder zumindest zur Kenntnis genommen werden mussten. Aber dann betrachtete sie den Zustand der alten Bäckerei – ihrer neuen Heimat – und musste zugeben, dass sie tatsächlich Hilfe brauchen würde, ob es ihr gefiel oder nicht.

»Ja, das wäre gut, danke.«

»Ich rufe sie an, sobald ich meinen Tee ausgetrunken habe.«

Millie nahm einen Schluck aus ihrem Pott. »Sie sind richtige Handwerker, nicht wahr?«

Dylan runzelte die Stirn. »Wofür hältst du mich?«

»Tut mir leid, es ist nur ... das hier ist mein ganzes Leben, alles in diesem maroden Haus. Ich habe sonst nichts.«

»Sei dir da nicht so sicher.« Dylan zwinkerte ihr zu. »Du hast mich.«

DREI

»Rebecca sagt, Mr Johns sucht Freiwillige, die nächste Woche beim Schulausflug helfen.« Rich schaute am nächsten Morgen über seine Zeitung, während Jasmine eine Scheibe Toast mit Butter bestrich und sie Reuben reichte, dem einzigen Kind, das noch am Tisch saß und sein Frühstück beendete. Er war immer der Letzte, der für die Schule fertig war, einfach weil sein Appetit so viel größer war als der seiner Schwestern.

»O ja, stimmt.« Reuben nickte, bevor er sich ein Toastdreieck in den Mund schob.

»Beim letzten Mal habe ich mich freiwillig gemeldet«, erklärte Jasmine. »Und jemand hat sich auf den hinteren Sitzen des Busses über mir erbrochen ...« Sie warf Reuben einen vielsagenden Blick zu, und der kleine Junge errötete.

»Tut mir leid, Mum.«

»Komm schon, Jazzy, sei nicht so hart zu ihm. Als ich acht war, ist mir im Auto ständig übel geworden.«

»Dann trägst du offensichtlich die Schuld an meinem ruinierten Monsoonkleid« bemerkte Jasmine und sah ihren Mann mit einem gespielten Stirnrunzeln an. »Ich musste einen ganzen Haufen Windlichter machen, um das Geld dafür zusammenzubekommen.«

»Wenn ich reich und berühmt bin, werde ich dir einen ganzen Laden voller Monsoonkleider kaufen.« Jetzt grinste Rich.

»Das sagst du schon seit fünfzehn Jahren.«

»Sag niemals nie, meine Süße. Nächstes Jahr um diese Zeit könnten wir Millionäre sein.« Rich schüttelte seine Zeitung und begann erneut zu lesen.

»Bitte, Mum«, sagte Reuben. »Die anderen Kinder lieben es, wenn du hilfst.«

»Wirklich?«

Reuben nickte heftig. »Du bist die coolste Mum im Dorf.«

Jasmine lachte und legte den Deckel auf die Butterdose. »Danke, mein zauberhafter Junge, aber das heißt nicht viel. Schließlich ist es ein sehr kleines Dorf.« Sie zerzauste ihm das Haar, während er sich seinen letzten Bissen Toast in den Mund stopfte und schluckte.

»Also, geh dich umziehen, bevor wir wieder zu spät kommen und Mr Johns *mich* nachsitzen lässt.«

Reuben schnappte sich eine übriggebliebene Scheibe Toast von Jasmines unbeachteter Portion und huschte gehorsam von dannen.

»Es ist schon wieder glühend heiß.« Jasmine schaute zum Küchenfenster, wo die Sonne sich auf dem makellos weißen Rahmen widerspiegelte und eine Biene einige Male gegen das Glas prallte, bevor sie davonflog, um nach Blüten zu suchen.

Rich schaute von seiner Zeitung auf und folgte ihrem Blick. »Ich weiß. Natürlich habe ich mir die heißeste Woche des Jahres ausgesucht, um mit einem Haufen von Leuten in einem blöden Büro herumzusitzen. Normalerweise würde ich im Garten rumlümmeln und vor mich hin summen.

»Es ist nur heute. Du musst diesen Deal unter Dach und Fach bringen, für den Olli sich so ins Zeug gelegt hat.«

»Natürlich, und genau das habe ich vor. Die Sache ist ohnehin mehr oder weniger in Sack und Tüten. Es gefällt ihnen wirklich, was sie bereits gehört haben. Heute geht es um Formalitäten, und morgen werde ich dann einen wunderschönen Vertrag für einen Film über eine Romanze im Griechenland des neunzehnten Jahrhunderts in der Tasche haben, und englischer Dorfregen wird mir als Inspiration dienen.«

»Ich bezweifele, dass es in absehbarer Zeit regnen wird. Doug aus dem Pub sagt, die Langzeitprognose des Wetterdienstes prophezeit ein stabiles Hoch. Außerdem wird ein Mann mit deinen kreativen Fähigkeiten ein kleines Hindernis wie Regen gewiss überwinden, falls der Wetterdienst sich doch irren sollte.« Jasmine balancierte einen Stapel Teller und Tassen, ging zur Spüle und stellte das Ganze in eine Schüssel mit Seifenwasser. Rich folgte ihr durch den Raum, und schloss von hinten die Arme um sie, dann drückte er die Lippen gegen ihren Hals, während sie versuchte, zu spülen.

»Rich, ich muss das hier schnell zu Ende bringen. Ich bin noch nicht einmal angezogen, und du kannst die Kinder heute nicht wegbringen.«

»Ich weiß«, antwortete er träge, und sein Atem streifte heiß ihr Ohr. Er schob eine Hand in ihre Pyjamahose und arbeitete sich unbekümmert bis zu ihrem Schritt vor, während er sie auf den Hals küsste. »Aber das hier wird nicht lange dauern ...«

Jasmine schnappte nach Luft, und ein träges Lächeln breitete sich auf ihrem Gesicht aus. Hitze schoss ihr in den Unterleib, während er sie streichelte.

»Die Kinder ...«, murmelte sie und zog seine Hand dann sanft aus ihrer Hose, bevor sie ihm Seifenschaum ins Gesicht schnippte.

Rich grinste. »In Ordnung. Aber denk nicht, dass ich dich später nicht erwischen werde.«

Sie küsste ihn, und ihr wurde ganz schwummerig bei dem Gedanken. »Wenn du mich einfängst, kannst du mich haben.«

»Oh, und ob ich dich fangen werde ...« Rich spannte die Bizepse an wie ein Bodybuilder und ging lachend davon.

»Du bist ein böser Mann, Richard Green«, rief sie ihm nach.

»Was hat Daddy jetzt schon wieder angestellt?« Rebecca erschien an der Hintertür.

Jasmine runzelte die Stirn. »Was hast du im Garten gemacht? Du solltest oben sein und dich für die Schule fertigmachen.«

»Ich bin fertig. Ich war draußen, um Clarice zu füttern.«

»Das Kaninchen hätte warten können, bis ich die Hühner füttere. Im Moment musst du dich um dich selbst kümmern.«

Rebecca warf ihrer Mum einen schnellen, vielsagenden Blick zu und musterte sie von Kopf bis Fuß. »Du trägst noch deinen Pyjama.«

»Nun, ich würde ihn nicht mehr tragen, wenn andere Leute mich voranmachen lassen würden. Jetzt geh und sorg dafür, dass Rachel und Reuben sich anziehen, ja? Sei ein braves Mädchen.«

Rebecca schlenderte folgsam davon. Jasmine sah ihr nach. Obwohl die Kinder Drillinge waren, waren sie sich nicht alle gleich ähnlich. Rebecca war eine Spur größer als die beiden anderen und schon bei ihrer Geburt die Größte gewesen. Ihr Teint war dunkler als der ihrer beiden Geschwister, und ihr Haar war von Natur aus gelockt. Rachel und Reuben dagegen wirkten wie Zwillinge mit Rebecca als älterer Schwester. Beide hatten sandfarbenes Haar im Ton von Jasmines eigener, natürlicher Farbe, aber glatter als Richs Haare, und sie hatten dunklere Augen als Rebeccas mit ihrem helleren, bräunlichen Grün. Jasmine hatte die drei vollkommen natürlich empfangen und damit für einen ziemlichen Wirbel im Dorf gesorgt, als das bekannt wurde. Rich war so stolz gewesen, und im Pub, dem *Dog and Hare,* hatte es monatelang Witze über sein *mächtiges Sperma* gegeben. Auf jeden Fall war ihre Familie damit komplett. Zuerst war es harte Arbeit gewesen, aber, wie Jasmine häufig mit einem Lachen bemerkte, nach diesem Wurf würden sie nie wieder Kinder aufs Töpfchen setzen müssen. Ein Jahr später hatte Kate Stevens Zwillinge zur Welt gebracht, und als die Lokalzeitung von der Geschichte Wind bekam, wurde das Dorf in der Abendschlagzeile *Das fruchtbarste Dorf in Hampshire* getauft.

Jasmine schüttelte sich und wandte sich wieder dem Abwasch des Frühstücksgeschirrs zu. Häufig brachte Rich die Kinder in die Schule, damit sie beizeiten mit ihrer Arbeit beginnen konnte, aber heute war sie jetzt schon spät dran, und die Fahrt zur Schule würde sie in ihrem Arbeitsplan noch weiter zurückwerfen.

Nach der morgendlichen Begrüßung und ein wenig Klatsch und Tratsch auf dem Schulhof kündigte das Läuten den Beginn des Schultages an, und Jasmine küsste die Drillinge zum Abschied. Als ihre Sprösslinge gerade im Schulgebäude verschwunden waren, kam ein Mann von Ende zwanzig herausgestürmt und mit einem breiten Lächeln auf sie zu.

»Morgen, Spencer! Oder sollte ich *Mr Johns* sagen, während wir auf dem Schulgelände sind?«

»Hey, Jas.« Spencer grinste. »Haben die Kinder dir erzählt, dass wir bei unserem Schulausflug deine Hilfe gebrauchen könnten?«

»Sie haben heute Morgen etwas darüber gesagt ...«

»Und?«

Jasmine kaute auf ihrer Unterlippe, während er mit ernster Miene auf ihre Antwort wartete, den Blick seiner riesigen, blauen Augen unter langen, schwarzen Wimpern auf sie gerichtet.

»Ich habe im Moment in der Werkstatt irgendwie ziemlich

viel zu tun. Im Sommer finden die meisten Handwerksmärkte und Feste statt.«

»Wir sitzen wirklich in der Klemme, Jas. Wie wär's, wenn ich dich irgendwann mal samstags besuchen und dir in der Werkstatt helfen würden, um es wiedergutzumachen?«

»Spencer Johns, ich habe gesehen, was für Sachen du im Kunstunterricht in der Schule produziert hast. Auf keinen Fall lasse ich dich in meine Werkstatt. Da würde ich eher Dylan vertrauen, und das will einiges heißen!«

Spencer lachte. »Wie geht es Dylan im Moment?«

»Er ist ganz der alte.«

Spencers Lächeln kam Jasmine ein wenig traurig vor. Es bekümmerte sie zu sehen, dass Dinge in ihrer beider Vergangenheit in seinem Denken vielleicht noch frisch waren. »Ich bekomme ihn in letzter Zeit kaum zu Gesicht«, überlegte er laut. »Wahrscheinlich hat er interessantere Freunde, mit denen er seine Zeit verbringen kann.«

»Hm, es gab mal eine Zeit, als du sein Idol warst. Erinnerst du dich daran, wie er dir durchs ganze Dorf gefolgt ist und dir seine Pokémon-Karten gezeigt hat?«

Spencer lachte. »Und ob ich mich daran erinnere. Ich nehme an, es war der Umstand, dass ich älter war als er, nicht weil ich auch nur ansatzweise cool gewesen wäre. Aber schon seltsam, wie die Dinge sich ins Gegenteil verkehren, nicht wahr?«

»Wie meinst du das?«

»Nun, jetzt bekomme ich nie mehr eine Audienz bei Seiner Großartigen Coolness, und er denkt offensichtlich, ich sei ein totaler Depp, weil ich mich dafür entschieden habe, Grundschullehrer zu werden.«

»Warum fragst du nicht Dylan, ob er bei dem Ausflug hilft? Er hat kaum etwas anderes zu tun.«

»Dylan? Da müsste ich allen Kindern Watte in die Ohren stopfen.«

»Ich bin mir sicher, dass er sich für ein oder zwei Stunden benehmen könnte. Nur zu, frag ihn doch! Er hat erst gestern gesagt, er wolle ein neues Kapitel aufschlagen und zu einem wertvollen Mitglied der Gemeinschaft werden. Frag ihn doch bitte. Tu es für mich, ja? Ich finde es schrecklich, dass ihr zwei euch immer noch nicht wieder versteht.«

Ein Schatten glitt über Spencers Züge. Das unbefangene Geplänkel unter alten Freunden war von einer gewissen Anspannung abgelöst worden. Die Härchen in Jasmines Nacken kribbelten, und sie konnte nicht recht sagen, warum, aber Spencers Anblick beunruhigte sie.

»Ich glaube wirklich nicht, dass er mir würde helfen wollen«, beharrte Spencer.

»Was ist eigentlich los mit euch beiden? Du bist seit einem Jahr wieder in Honeybourne, und ihr könnt es immer noch nicht einfach beilegen? Ist sonst noch etwas passiert? Hat er irgendetwas gesagt, denn wenn er das getan hat ...«

Spencer hob die Hand, um sie zum Schweigen zu bringen. »Nichts ist passiert. Ich schätze, er hat jetzt seine anderen Freunde, und ich bin wirklich nicht der Typ Mensch, mit dem er noch seine Zeit verbringen will.«

»Ich hatte gehofft, dass wir all diesen Kram hinter uns lassen können«, bemerkte Jasmine.

»Ich denke, das haben wir getan. Es ist einfach so, dass es nicht mehr dasselbe ist wie früher. Das verstehst du doch sicher, oder?«

»Aber zwischen uns ist alles in Ordnung, stimmt's?«, fragte Jasmine unsicher nach. »Ich meine, ich weiß, wir haben nicht wirklich darüber geredet, seit du zurück bist, aber ...«

»Natürlich ist zwischen uns alles in Ordnung.«

Jasmine musterte ihn mit einem ruhigen Blick. Er hatte Honeybourne verlassen, die Welt bereist und eine Ausbildung zum Lehrer gemacht, bevor er schließlich zurückgekehrt war. Das war Zeit genug gewesen, um einen klaren Kopf zu bekommen, nicht wahr? Aber manchmal hatte sie das nagende Gefühl, dass er immer noch einen schrecklichen Schmerz verbarg.

»Also, was hältst du von nächster Woche?«, bohrte Spencer nach. Er schien sich dazu zu zwingen, wieder zu lächeln.

»Nächste Woche?«

»Der Ausflug ...«

»Oh, Spencer ...«

»Bitte, Jas. Ich werde bejubelt werden, wenn du kommst, und die Kinder lieben dich, und du tätest mir einen riesigen Gefallen.«

Jasmine stieß einen tiefen Seufzer aus. »Also gut.«

»Vielen Dank, du bist super.« Spencer machte Anstalten, sie zu umarmen, dann schien er sich zusammenzureißen und schaute zu den Fenstern des Schulgebäudes. Stattdessen schenkte er ihr ein verlegenes Lächeln.

»Zu nachgiebig trifft es wohl eher. Oder einfach dumm.« Jasmine erwiderte sein Lächeln.

»Das hast du gesagt.« Er machte einen Schritt auf das Gebäude zu. Der Hausmeister wartete darauf, dass er hineinging, damit er die Haupttür verschließen konnte.

»Oh ...« Spencer wirbelte noch einmal zu Jasmine herum, die sich ebenfalls zum Gehen gewendet hatte. »Wenn Rich auch helfen könnte, wäre das noch besser.«

»Wenn man dir den kleinen Finger reicht ...«, rief Jasmine ihm ihre Antwort zu.

Spencer grinste nur und verschwand im Gebäude.

Jasmine wusste zuerst nicht, warum sie von der Schule aus für ihren Heimweg die längere Strecke gewählt hatte, die sie an der alten Bäckerei vorbeiführte. Vielleicht einfach aus dem Bedürfnis heraus, nachzusehen, ob Millie zurechtkam. Als sie die offene Tür der Bäckerei erreichte, hörte sie aus dem Haus

Stimmen. Sie spähte hinein und sah, wie Millie mit zusammengebissenen Zähnen kräftig die Theke abwischte. Sie war offensichtlich außer Atem und hatte Mühe, höflich zu sein; Ruth Evans saß auf der Bank im Erkerfenster, beobachtete Millie bei der Arbeit, nippte an einer Tasse Tee und sah ganz so aus, als verbringe sie ein Nachmittagskränzchen beim Frauenverein.

»Also habe ich dem Arzt gesagt«, bemerkte Ruth gerade, »ich habe ihm gesagt, wenn aus meiner Vagina noch mehr herauskäme, würde ich ihn wegen eines Kunstfehlers verklagen. Ich meine, solche Dinge können einem das Leben ruinieren. Ganz zu schweigen davon, wie viel Wäsche man damit produziert ...«

Jasmine streckte den Kopf durch die Tür. Millie hörte auf zu wischen und sah sie an.

»Ich störe doch nicht bei irgendetwas, oder?«, fragte Jasmine mit einem schiefen Lächeln in Millies Richtung und einem kaum wahrnehmbaren Nicken für Ruth.

»Ganz und gar nicht!«, quiekte Millie mit so viel Eifer, dass Jasmine sich fragte, ob sie über die Theke springen und sie küssen würde. »Je mehr, desto besser! Tee?«, fügte sie mit einer Stimme hinzu, in der definitiv mehr als ein Hauch Hysterie mitschwang.

»Ich hätte schrecklich gern ein schnelles Tässchen«, sagte Jasmine.

»Oh, Ruth, Sie wissen ja, dass ich noch keinen Strom habe. Wären Sie ein Engel und würden Jasmine eine Tasse Tee von sich zu Hause holen?«

»Oh, hallo, Jasmine«, begrüßte Ruth sie, während sie das Fenstersims umklammerte und sich auf ihren arthritischen Beinen aufrichtete. »Hat sich die Blasenentzündung gebessert?«

»Ich hatte keine Blasenentzündung.«

»Ach nein? Ich hätte schwören können, dass du das warst.«

»Ich nicht.« Jasmine schüttelte den Kopf.

»Oh ...« Ruth sah sie einen Moment versonnen an. »Wie geht es deiner Mum?«, fragte sie schließlich strahlend.

»Ruth ...«, antwortete Jasmine sanft, »Mum und Dad sind tot, erinnern Sie sich? Das ist schon ein ganzes Weilchen her.«

»Ach du meine Güte, stimmt ja. Entzückende Frau, deine Mutter. Immer Zeit für ein Schwätzchen.« Sie sah Jasmine an, und ihre Miene klarte plötzlich auf. »Tee?«

»Tee wäre fabelhaft, Ruth.«

Ruth schlurfte mit einem freundlichen Lächeln an Jasmine vorbei nach draußen.

»Oh, lieber Gott, danke, dass du mich gerettet hast«, sagte Millie, sobald Ruth außer Hörweite war.

»Keine Ursache. Ich habe jede dieser Geschichten so oft gehört, dass ich sie auswendig aufschreiben könnte. Man entwickelt nach einer Weile eine geradezu unheimliche Gabe dafür, so etwas an sich abperlen zu lassen. Und man lernt, mit ihr umzugehen. Das wirst du eines Tages auch lernen.«

»Ich hoffe, dieser Tag kommt bald.« Millie runzelte die Stirn. »Denn ich leide hier ernsthaft Qualen.«

»Sie meint es gut.«

»Sie ist durchaus reizend«, pflichtete Millie ihr bei. »Es ist nur so, dass ich nicht allzu versessen darauf bin, etwas über ihren Scheidenausfluss zu hören.«

»Ja«, pflichtete Jasmine ihr bei, »vielleicht sollte sie eine Woche abwarten, bevor sie dir solche intimen Details mitteilt.«

Beide Frauen kicherten. Jasmine nahm Ruths Platz im Erker ein. »Wie läuft es hier?«

»Putzen ist alles, was ich im Moment tun kann«, berichtete Millie, ließ ihren Lappen in den Eimer fallen und wischte sich mit einer Hand über die Stirn. »Es müssen jede Menge Reparaturen vorgenommen werden, aber zuerst muss ich den Dreck loswerden, damit ich richtig sehen kann, was repariert werden muss.«

Jasmine warf mit hochgezogenen Brauen einen gründlichen

Blick auf den Raum. »Du solltest vorsichtig sein. Der Dreck ist vielleicht das Einzige, was das Haus zusammenhält.«

»Ich weiß.« Millie lächelte.

»Sei bitte nicht gekränkt«, begann Jasmine langsam, »aber ich habe über deine Situation nachgedacht. Hast du vor, die Bäckerei ganz allein zu führen?«

»Ja, warum nicht?«, antwortete Millie ein wenig defensiv. »Ich habe schon früher ein Geschäft geführt.«

»Das ist es nicht«, erklärte Jasmine ihren Standpunkt. »Es ist einfach ein großes Gebäude, um das du dich jeden Tag ganz allein wirst kümmern müssen. Wenn du zum Beispiel bäckst, wer wird dann im Laden sein?«

»Ich werde alles morgens früh backen, bevor ich öffne.«

Jasmine stieß nachdenklich den Atem aus. »Das klingt nach einem langen Tag«, bemerkte sie.

»Lange Tage sind genau das, was ich im Moment brauche«, antwortete Millie munter und hievte den Eimer mit Schmutzwasser von der Theke. Sie ging hinaus auf die Straße und kippte den Eimer im Rinnstein aus, bevor sie zurückkam und ihn wieder auf die Theke klatschte.

»Ignorier mich«, sagte Jasmine, die Millies Anspannung spürte. »Ich sollte lernen, mich um meine eigenen Angelegenheiten zu kümmern.«

Millie stützte sich auf die Theke, und ihre Miene wurde weicher. »Tut mir leid. Ignorier *mich,* denn ich weiß, dass du es gut gemeint hast. Es ist nur so, dass eine Menge Leute mich seit ein paar Tagen darauf hinweisen, dass ich dieses ganze Unternehmen nicht besonders gut durchdacht habe.«

»Ja?«

»Dein Bruder hat mich gestern nach den Bauarbeiten gefragt. Nenn mich eine blöde Kuh, aber ich habe irgendwie angenommen, dass eine Schicht Farbe und ein paar hübsche Baumwollwimpel im Fenster genügen würden, und die Bäckerei wäre so gut wie neu.« Sie betrachtete die staubigen

Deckenbalken. »Könnte sein, dass ich da ziemlich blauäugig war.«

Jasmine schenkte ihr ein mitfühlendes Lächeln. »Ich würde nicht allzu viel auf Dylans Meinung geben. Er ist alles andere als ein Experte. Vielleicht ist es nicht so schlimm, wie du befürchtest?«

Millie schüttelte den Kopf. »Ich fürchte, er könnte recht haben.«

»Das wäre eine Premiere.«

Ruth Evans kehrte mit einem Tablett zurück. Darauf standen drei zierliche Tassen aus Knochenporzellan, gefüllt mit starkem Tee, und daneben eine Zuckerdose. Millie und Jasmine tauschten ein verschwörerisches Lächeln.

»Bleiben Sie ein Weilchen hier?«, fragte Jasmine, als Ruth zur Theke schwankte und das Tablett abstellte.

»Oh, danke, da hätte ich nichts dagegen«, antwortete Ruth, nahm sich eine Tasse und setzte sich neben Jasmine, die die Augenbrauen leicht hochzog und Millie ansah.

Millie nahm eine Teetasse und reichte sie Jasmine. »Es scheint mir ein wenig zu heiß zu sein, um in einer stickigen alten Bäckerei Tee zu trinken«, sagte sie. »Wir sollten irgendwo mit eiskalten Drinks in einem hübschen Pub sitzen.«

»Tee bringt Abkühlung«, sagte Ruth heiter. Sie nahm einen Schluck von ihrem und machte ein schmatzendes Geräusch mit den Lippen.

»Hm«, erwiderte Jasmine unverbindlich. »Also ...« Sie drehte sich zu Millie um. »Hast du einen Zeitplan für die Arbeiten in der Bäckerei?«

»Du meinst, ich soll den Stier bei den Hörnern packen?«
Jasmine nickte.

»Ich hatte einen Plan.« Millie seufzte. »Aber ich denke, der ist zum Teufel gegangen. Ich hatte keine Ahnung, wie viele Arbeiten anfallen würden, bevor ich die Bäckerei eröffnen kann.« Sie spähte über den Rand ihrer Tasse zu

Jasmine hinüber. »Ich nehme an, du findest das ein wenig idiotisch.«

»Ist es dein erstes eigenes Geschäft?«

»Das erste, das so groß ist, ja. Ich habe früher von zu Hause auf Bestellung Kuchen gebacken, nur ich und mein klitzekleiner Backofen. Nichts in dieser Größenordnung.«

»Dann kann man nicht von dir erwarten, jedes Mal die richtige Entscheidung zu treffen«, sagte Jasmine. »Ich habe reichlich Dinge vermasselt, seit ich im Kunstgewerbegeschäft bin. Es ist ein Wunder, dass ich in den ersten paar Monaten nicht bankrottgegangen bin. Die ganze Sache ist jetzt in Gang gekommen, und ich fange langsam an, meinen geschäftlichen Entscheidungen zu vertrauen.«

»Du hast ein Kunstgewerbegeschäft?«, warf Ruth ein.

Millie und Jasmine drehten sich mit einiger Überraschung zu ihr um, als hätten sie vergessen, dass sie da war.

»Schon seit Jahren.« Jasmine lächelte. »Ich dachte, das wüssten Sie.«

»Und ich dachte, du wärst Kellnerin im *Dog and Hare*«, entgegnete Ruth mit einem verwirrten Stirnrunzeln.

»Das war vor meiner Heirat.«

»Nun«, murmelte Ruth, »Ich bin da ja nie, nicht wahr?«

Jasmine bedachte sie mit einem geduldigen Lächeln. »Das ist wirklich eine sehr gute Tasse Tee, Ruth.«

»Ja, das ist noch eine, die ich Ihnen schulde«, schaltete Millie sich ein.

»Oh, keine Sorge, Schätzchen, das macht gar nichts.«

Jasmine leerte ihre Tasse und stellte sie sorgfältig zurück auf das Tablett. »Ich sollte wirklich etwas arbeiten, sonst werde ich nicht mehr lange ein Kunstgewerbegeschäft haben.«

»Danke für deinen Besuch.« Millie lächelte.

Jasmine wandte sich zum Gehen, hielt in der Tür aber dann noch einmal inne. »Sag mir ruhig, ich soll mich um meine eigenen Angelegenheiten kümmern, wenn ich dir zu nahe trete, aber wenn du über irgendetwas plaudern möchtest, das mit dem Geschäft zusammenhängt – worin ich natürlich keine Expertin bin –, würde ich das mit Freuden tun. Komm doch irgendwann diese Woche mal vorbei, während die Kinder in der Schule sind.«

Millie überlegte kurz, aber dann hellte ihre Miene sich langsam auf. »Das klingt nett, das tue ich vielleicht wirklich.«

»Wunderbar, gib mir Bescheid.«

»Ich sollte jetzt lieber auch die Ärmel hochkrempeln ...«, sagte Millie und beäugte einen Stapel mit Kartons in einer staubigen Ecke. »Ähm, Ruth ...«

»Oh, beachten Sie mich gar nicht«, entgegnete Ruth wohlgelaunt. »Tun Sie Ihre Arbeit, ich werde mucksmäuschenstill in dieser Ecke sitzen und meinen Tee trinken.«

Millie warf Jasmine einen hilflosen Blick zu, die einfach mit einem breiten Grinsen auf dem Gesicht nach draußen ging.

»Euer Dad ist zurück!« Jasmine räumte Wachsmalstifte und Papier vom Esstisch. »Lasst uns hoffen, dass er gute Nachrichten bringt, hm?«

»Ich habe den ganzen Tag die Daumen gedrückt«, vermeldete Reuben. Rebecca und Rachel nickten ernst zum Zeichen ihrer Zustimmung.

Als Jasmine aufblickte, stand Rich schon in der Küchentür.

»Wie ist es denn gelaufen?«, fragte sie. Sie hatten vereinbart, dass Rich es ihr, was immer auch geschah, nicht am Telefon erzählen, sondern warten würde, bis er nach Hause kam, damit sie von Angesicht zu Angesicht darüber sprechen konnten. Sie hatte sich den ganzen Tag abgelenkt und sich vorgenommen, ruhig zu bleiben, wenn er nach Hause kam. Aber dieser Job war eine Riesenchance für ihn – für sie alle –, und es fiel ihr schwer, sich zurückzuhalten.

Er stieß einen tiefen Seufzer aus. »Nun«, begann er, »ich

werde vielleicht etwas Hilfe brauchen, das hier auszutrinken ...« Er holte eine Flasche hinter seinem Rücken hervor.

Jasmine flog durch den Raum und schlang ihm die Arme um den Hals. »Ist das Champagner?«, kreischte sie.

»Ich weiß, das ist nicht gut für unsere Gesundheit – aber könnten wir uns heute Abend zur Feier des Tages einfach mal gehen lassen?«

»Oh, zum Teufel mit Detox!« Sie küsste ihn. »Du cleverer Bursche!«

»Der Gedanke gefällt mir«, gab er grinsend zurück.

Die Vorhänge blähten sich in der sanften Brise, die durch das offene Schlafzimmerfenster hereinwisperte. Jasmine lag nackt auf Richs Brust, ihre Beine um seine geschlungen.

»Ich glaube, du hast geübt«, bemerkte er mit einem trägen Lächeln. Er strich ihr das Haar aus dem Gesicht und küsste sie zärtlich.

»Du bist nicht der Einzige, der clever sein kann«, murmelte Jasmine ihrerseits.

»Entzückend, witzig, höllisch sexy ... Was habe ich getan, um dich zu verdienen? Ich muss in einem früheren Leben sehr brav gewesen sein. Vermutlich war ich ein Mönch oder so.«

Jasmine kicherte. »Ich habe keine Ahnung, aber rede weiter. Ich genieße die Komplimente viel zu sehr, als dass du jetzt damit aufhören dürftest.«

»Hm, vielleicht *sollte* ich aufhören; du kommst mir sonst noch auf die Idee, dass du etwas Besseres haben kannst als mich.«

»Niemals.« Sie küsste ihn auf die Brust. »Außerdem werde ich nicht all diese Jahre über Bord werfen, in denen ich mit einem armen Teufel gelebt habe, gerade wenn er kurz davor steht, stinkreich zu werden.«

»Ich würde nicht direkt von Reichtum sprechen. Es geht nur um die Musik zu einem einzigen Film.«

»Aber weitere werden folgen, sobald die Leute hören, wie toll du bist.«

»Meinst du?«

»Natürlich. Und dann wirst du haufenweise Geld scheffeln.«

»Oh, ich verstehe, jetzt willst du mich nur wegen meines nicht existenten Geldes.«

»Hoffentlich wird es nicht mehr lange nicht existent sein.« Jasmine schwieg einen Moment, während Rich sanft mit einem Finger über ihre Schulter strich. »Stell dir nur vor ...«, begann sie langsam, »tatsächlich Geld übrig zu haben. Ich weiß, wir haben dieses Haus und unsere Unternehmen und so, und wir sind viel besser dran als manch anderer, aber etwas übrig zu haben, für spontane Gelegenheiten ...« Sie seufzte leise. »Wäre das nicht schön?«

Rich lachte und begann einen Song aus *My Fair Lady* zu singen. »*All I want is a room somewhere, far away from the cold night air, with one enormous chair ...*«

Nur ein Zimmer, geschützt vor der nächtlichen Kälte, mit einem großen Sessel ... »Haha.« Jasmine versetzte ihm einen spielerischen Stoß. »Du bist ja *soo* witzig.«

VIER

Eine Stunde, nachdem Dylans Freund, der Handwerker, die alte Bäckerei verlassen hatte – er war vor sich hin murmelnd und zungenschnalzend durch alle Räume gegangen und hatte Millie dann ein Blatt Papier mit sehr großen Summen darauf gegeben –, saß Millie mit einem Bier in Dylans Küche. Für gewöhnlich mochte sie kein Bier und schon gar nicht in der Küche eines Mannes, zu dem sie sich wider Willen hingezogen fühlte, aber der Tag war besonders stressig gewesen. Trunkenheit und gefährlich attraktive Männer waren die geringsten ihrer Sorgen. Dylans Küche war tipptopp in Ordnung – das gab es bei ihm nicht oft –, aber er schien der Illusion anzuhängen, dass dieser Tag ein noch erheblich größerer Glückstag für ihn werden würde. Die Tatsache, dass er auch sein Schlafzimmer geputzt und das Bett frisch bezogen hatte, bestätigte das.

»Was wirst du tun?«, fragte Dylan, während er seine eigene Bierdose öffnete.

Millie seufzte. »Ich habe keine Ahnung. Aber auf keinen Fall kann ich in absehbarer Zeit so viel Geld aufbringen. Und jede Woche, in der die Bäckerei geschlossen bleibt und ich nichts verdiene, frisst etwas von den spärlichen Rücklagen, die ich für die Geschäftseröffnung brauche. Wenn es so weitergeht, werde ich ein von Grund auf neues Gebäude haben, aber kein Geld mehr, um auch nur eine winzige Tüte Mehl zum Backen zu kaufen.«

»Kannst du kein Darlehen aufnehmen oder so?«

»Das glaube ich nicht, nein. Ich habe mir bereits ziemlich viel Geld für die sonstigen Umzugskosten geliehen, und ich will mich nicht übernehmen, solange ich noch kein echtes Einkommen zu erwarten habe.«

Dylan nahm einen Schluck von seinem Bier und sah sie nachdenklich an. »Harte Sache. Ich weiß, wie schwer es für Jas war, das Geld aufzutreiben, um ihr Geschäft zu eröffnen. Nur weil Mum und Dad ... du weißt schon ...« Sein Satz verlor sich im Nichts.

»Ich weiß«, antwortete Millie sanft. »Natürlich hättet ihr lieber als alles andere eure Eltern zurück – das würde jedem so gehen. Aber bei mir winkt kein Erbe am Horizont. Ich kann mir nicht vorstellen, woher ich im Moment so viel Geld nehmen soll.«

»Wie wäre es, wenn du es verdienst, indem du tust, was du am besten kannst?«

Millie runzelte die Stirn.

»Ich meine«, erklärte Dylan, »fang an, deine Waren zu verkaufen und ein wenig Profit zu machen, damit du das Geld verdienst, das du brauchst.«

»Wie soll ich das machen ohne eine funktionstüchtige Bäckerei?«

»Back deine Sachen hier.«

Millie starrte ihn an, ihre Dose auf halbem Weg zu ihren Lippen. »*Hier?*«

»Warum nicht?«

Sie sah sich gründlich in der winzigen Küche um. Es war eine lächerliche Idee, aber das Angebot rührte sie trotzdem. »Das ist sehr nett von dir, aber dein Backofen ist viel zu klein.

Ich würde nur winzige Portionen backen können, und das würde nicht einmal die Kosten für dein Gas decken, geschweige denn Profit abwerfen. Nein, ich muss die Bäckerei zum Laufen kriegen, damit ich die Mengen backen kann, mit denen ich richtiges Geld verdiene.«

»Weißt du, was das für Mengen sind?«

Millie versuchte, sich nicht über die offensichtliche Sachlichkeit seiner Frage zu ärgern. »Ich weiß, dass dazu mehr nötig ist als ein Dutzend Cupcakes.«

»Ich meine nur«, hakte Dylan nach, der von ihrer Irritation nichts mitzubekommen schien, »Hast du dich eigentlich mal hingesetzt und konkrete Zahlen ausgerechnet?«

»Na ja ...«

»Jasmine kann dir dabei helfen, falls du Hilfe brauchst.«

»Ich weiß, sie hat es bereits angeboten. Aber ich weiß auch, dass sie im Moment sehr viel zu tun hat, und ich will sie damit nicht behelligen.«

»Wie ich Jas kenne, wird sie sich begeistert darauf stürzen. Sie hilft jedem, wenn sie kann.«

Millie schüttelte den Kopf. »Ich kann sie nicht darum bitten. Sie muss sich um ihre Familie und ihr eigenes Geschäft kümmern.«

»Dann lass mich helfen. Du kannst nicht alles allein schaffen.«

Millie sah ihn aufrichtig interessiert an. »Warum?«

»Warum was?«

»Warum solltest du mir helfen? Du kennst mich kaum.«

Er zuckte die Achseln, und ein schiefes Lächeln stahl sich in seine Züge. »Ich nehme an, ich bin einfach der Typ dafür.«

Millie nahm nachdenklich einen Schluck von ihrem Bier, während sie beobachtete, wie er das Gleiche tat.

»Ich weiß einfach nicht, was du machen kannst«, sagte sie schließlich. »Ich weiß ja nicht einmal selbst, was ich als Nächstes tun sollte.« Sie spürte Tränen in ihren Augen brennen. Der strahlende Neuanfang, von dem sie geträumt hatte, flog ihr jetzt um die Ohren. Sie schluckte das Gefühl herunter, aber in dem Moment sprang Dylan auf und setzte sich auf den Stuhl direkt neben ihr. Er legte einen Arm um sie, und sie versteifte sich. Trotzdem zog er sie näher an sich. Er roch gut – ein sauberer, holziger Duft –, und für einen Moment konnte sie an nichts anderes denken als an das Bild von ihnen beiden, wie sie sich küssten.

»Alles kann man in Ordnung bringen«, begann er sanft. »Mein Dad hat immer gesagt, es habe keinen Sinn, sich um alles Sorgen zu machen. Solange du niemanden umgebracht hast, lässt sich alles im Leben reparieren.«

Augenblicklich schnellte ihre emotionale Abwehr hoch. Dylan war gefährlich, ganz gleich, wie attraktiv er war. Er konnte ihr ohne Weiteres den Rest geben – das hatte sie gleich bei ihrer ersten Begegnung festgestellt, das durfte sie nicht vergessen. Sie ließ ihn im Moment zu nah an sich heran.

»Ich glaube, ich hätte deinen Dad gemocht«, entgegnete sie in dem Bemühen, die Stimmung, die für ihren Geschmack langsam viel zu aufgeladen war, etwas aufzulockern.

»Er war ziemlich cool.« Dylan strich ihr mit dem Daumen über die Schulter. Millie schloss die Augen. Gott, es fühlte sich so gut an ...

Sie sprang von ihrem Stuhl auf. »Ich muss gehen. Es gibt so viel zu tun.«

Dylan sah zu ihr auf, und sowohl Überraschung als auch leichter Ärger standen ihm ins Gesicht geschrieben.

»Jetzt? Du hast noch nicht mal dein Bier ausgetrunken.«

»Trink es selbst. Ich brauche einen klaren Kopf.«

Sie drückte ihm ihre Dose in die Hand und rannte dann zur Tür.

———

Es klopfte an der Ladentür der alten Bäckerei, gerade als Millie sie hinter sich geschlossen hatte. *O Gott, bitte, mach, dass Dylan mir nicht gefolgt ist ...*

Sie stand da, starrte auf die Tür und hielt den Atem an. Wenn sie sich nicht regte, würde er vielleicht wieder gehen.

»Sind Sie da drin, Millie?«

Millie stieß den Atem aus, als sie Ruth Evans' belegte Stimme hörte. Mit einem kläglichen Lächeln öffnete sie die Tür. Jetzt, nachdem sie darüber nachgedacht hatte, wie sie auf Dylans freundliche Anteilnahme reagiert hatte, kam sie sich ein wenig idiotisch vor. Sie musste lernen, der Vergangenheit nicht mehr solche Macht über sich einzuräumen.

»Hallo, Ruth.« Millie zwang sich zu einem strahlenden Lächeln für ihre Nachbarin. »Was kann ich für Sie tun?«

»Ich habe Sie aus Dylans Haus kommen sehen«, sagte Ruth und beäugte Millie eingehend.

»Er hat einen Freund, der Handwerker ist und der gerade hier war, um mir einen Kostenvoranschlag zu machen. Wir haben darüber gesprochen.«

»Er hat keine feste Freundin, wissen Sie. Keine Verlobte ...«, führte Ruth die Angelegenheit näher aus. »Er ist also absolut zu haben.« Sie stieß einen sehnsüchtigen Seufzer aus. »Wenn ich nur ein paar Jahre jünger wäre ... Ich würde mich liebend gern einmal von ihm bumsen lassen. Ich höre, er soll ziemlich viel Energie haben.«

Millie klappte der Unterkiefer herunter, und sie starrte Ruth an.

»Wollen Sie mich nicht hereinbitten?«, fuhr Ruth fort, als seien ihre sehnsüchtigen Überlegungen überhaupt nichts Ungewöhnliches.

»Ich habe noch ziemlich viel Arbeit vor mir«, antwortete Millie und sah Ruth immer noch entgeistert an.

»Ich werde Ihnen nicht im Weg sein«, erklärte Ruth energisch und schob sich an Millie vorbei, die zusah, wie die alte

Frau sich in den Erker hockte und die Hände auf ihrem Schoß faltete. »Sie können mir ohne Weiteres alles erzählen, während Sie Ihre Arbeit tun. Ich werde einfach hier sitzen bleiben.«

Wie sich herausstellte, wurde man Ruth Evans ungefähr genauso leicht los wie eine tollwütige Läusekolonie. Ganz gleich, wie viele Male Millie mit dem Zaunpfahl winkte oder wie beschäftigt sie sich gab, Ruth saß einfach mit auf dem Schoß gefalteten Händen da und feuerte Frage um Frage auf sie ab. Glücklicherweise wartete sie nicht auf Antworten, sondern benutzte stattdessen die Pausen vor Millies zurückhaltenden Erwiderungen, um sich in ihre eigenen wirren Anekdoten zu stürzen. Irgendwann hörte Millie auf, der alten Frau zu antworten, und setzte ihre Arbeit fort. Ruths Geplapper verwandelte sich langsam in Hintergrundrauschen. Gelegentlich gab Millie kleine, zustimmende Laute von sich oder schaute auf und lächelte ihre hochbetagte Nachbarin geistesabwesend an, aber größtenteils drehten sich ihre Gedanken um einen Punkt, an den sie wirklich nicht denken wollte. Um genau zu sein, waren es zwei Punkte: Dylan und die alte Bäckerei, auch bekannt als Mühlstein um ihren Hals.

Wo um alles in der Welt sollte sie das Geld auftreiben, das sie brauchte, um dieses Geschäft in Gang zu bringen? Dylan hatte angeboten zu helfen, wie es zweifellos noch andere tun würden, aber obwohl sie sich verzweifelt wünschte, diese Hilfe anzunehmen, wollte sie auch daran festhalten, niemandem etwas schuldig zu bleiben. Das hier war ihr Unternehmen, und es war allein ihre Sache, ob sie dabei Erfolg hatte oder scheiterte. Bittere Erfahrungen hatten gezeigt, dass es nur Kummer brachte, wenn man jemanden zu nah an sich heranließ.

»Also habe ich ihm gesagt ...« Ruth brach mitten im Satz ab.

Millie, von dem plötzlichen Schweigen alarmiert, schaute hastig auf.

»Ist alles in Ordnung mit Ihnen, meine Liebe?«, fragte Ruth.

Millie schüttelte sich. Verloren in ihren aufgewühlten Gedanken, war ihr nicht klar gewesen, dass sie aufgehört hatte zu arbeiten und aus dem Fenster starrte. Sie hatte nicht einmal bemerkt, dass ihre Augen glasig geworden waren von ungeweinten Tränen.

»Ja, natürlich, Ruth.« Sie zwang sich zu einem Lächeln. »Wissen Sie was, ich sterbe vor Durst. Könnten Sie vielleicht ...«

Ruth richtete sich langsam und zittrig auf. »Warum sagen Sie das nicht gleich? Ich werde rübergehen und uns eine schöne Tasse Tee machen. Bin gleich wieder da.«

Als Ruth fort war, ließ Millie sich auf den Boden sinken und stützte den Kopf in die Hände.

FÜNF

»Das sind ja tolle Neuigkeiten, Schwesterherz. Ich hoffe nur, du und Rich, ihr vergesst deinen kleinen Bruder nicht, wenn ihr von dem Einkommen aus seinem Blockbuster wie im Schlaraffenland lebt.« Dylan lümmelte auf einem Haufen riesiger Bodenkissen auf dem knochentrockenen Rasen in Jasmines Garten herum. Die sommerliche Hitze hatte während der ganzen vergangenen Woche angehalten, und der heutige Abend war trotz der späten Stunde immer noch schwül, die Luft geschwängert vom Duft der Blumen, Jasmines Namensvettern, die sich über ein Gitter an der Hintertür rankten. Dylan nahm einen Schluck von seinem Bier.

Jasmine lächelte, setzte sich ihrerseits auf einen Stapel Kissen und zog die Knie an die Brust. Ihre Lockenmähne ergoss sich über ihre nackten Schultern. »Ich würde nicht allzu sehr auf die gewaltigen Einnahmen setzen. Und ich kann mir nicht vorstellen, dass irgendjemand dich vergessen könnte, am wenigsten von allen Rich und ich.«

»Ich werde das als Kompliment werten. Um fair zu sein, es wäre auch verdammt schwer für dich, einen besseren Bruder zu finden.«

»Und einen so bescheidenen ...«

»Natürlich.«

Eine Pause trat ein. Und dann platzte Jasmine mit der Sache heraus, an die sie immerzu dachte. »Hast du dich oft mit Spencer getroffen, seit er wieder da ist?«

»Nicht dieses Thema schon wieder. Ja, ich sehe ihn ständig.«

»Das meine ich nicht. Nimmst du dir tatsächlich die Zeit, mit ihm zu reden?«

»Ich weiß nicht, ob das eine gute Idee ist.«

Sie zuckte die Achseln. »Ihr habt euch einmal so nah gestanden, und jetzt ...«

»Jetzt was? Er ist ohnehin ständig mit seiner Karriere beschäftigt. Er ist Mr Workaholic und redet über nichts anderes als die Schule.«

»Das ist nicht wahr. Und woher willst du das wissen, wenn du kaum Zeit mit ihm verbringst?«

»Ich habe ihn im Pub getroffen.«

»Aha!« Jasmine stieß einen kleinen Triumphschrei aus. »Also verbringt er doch nicht seine ganze Zeit damit, Sachen in Büchern anzustreichen und an die Schule zu denken, wenn er in den Pub geht!«

Dylan schenkte ihr ein schnelles Grinsen, das aber fast sofort wieder verblasste. »Wir haben uns beide verändert«, sagte er.

»Für mich fühlt es sich so an, als würde mehr dahinterstecken.«

Dylan zog ungläubig die Brauen hoch.

»Okay, der Streit, ich weiß. Aber du bist doch bestimmt erwachsen genug, um darüber hinwegzusehen. Ihr habt euch einmal so nah gestanden, und du hast selbst gesagt, es sei ein Fehler im Eifer des Gefechts gewesen, und Spencer hat mir gegenüber kein einziges Wort darüber verloren, seit er wieder da ist. Er redet nicht über ... Nun, du weißt schon. Können wir nicht einfach die Vergangenheit ruhen lassen?«

»Das haben wir.«

»Sagst du.«

»Können wir das Thema jetzt beenden? Spencer ist drüber hinweg, und ich auch. Es gibt keine Feindseligkeit mehr zwischen uns, aber erwarte nicht, dass wir weiter beste Kumpel sind.«

»Nicht einmal mir zuliebe?«

»Woher kommt das plötzliche Interesse an Spencer?«, entgegnete Dylan scharf. »Was hat er dir gesagt?«

Jasmine starrte ihn an. »Gar nichts. Wirklich. Ich habe nur den Eindruck, dass er dich vermisst.«

»Du machst Witze! Ich bin ihm egal, und ich mache ihm keinen Vorwurf daraus.«

»Ich denke, du bist ihm nicht egal. Ich glaube, er fühlt sich einsam, seit er wieder im Dorf ist, und er könnte einen Freund gebrauchen.«

»Er hat tonnenweise Freunde. Die Leute hier lieben ihn.«

»Das ist nicht dasselbe wie ein richtiger Freund.«

Dylan legte den Kopf in den Nacken und starrte in den Himmel. »Stimmt.« Er seufzte. »Tja, wenn es dir so viel bedeutet, werde ich ihm bei unserer nächsten Begegnung einen Drink spendieren oder so. Würde dich das glücklich machen?«

Jasmine konnte nicht entscheiden, ob er es sarkastisch meinte oder nicht. »Es würde mich glücklich machen«, bestätigte sie.

»Gut. Ich weiß, du denkst, die Welt würde sich allein durch Liebe drehen und wir müssten alle in Frieden und Harmonie leben oder so ein Quatsch, also werde ich mein Bestes geben.«

»Okay«, sagte sie. »Mehr verlange ich gar nicht.«

Rich kam mit einem Glas Bier aus dem Haus auf den Rasen geschlendert. »Ich habe eine Ewigkeit gebraucht, um die Kinder ins Bett zu bringen. Sie waren nicht besonders begeistert davon, dass sie ins Bett mussten, während Dylan noch hier ist.« Er ließ sich neben Jasmine fallen und küsste sie auf die Stirn.

»Siehst du.« Dylan grinste und war wieder ganz der Alte. »Welchen Sinn hat falsche Bescheidenheit, wenn alle mich lieben?«

»Dylan hat mir gerade mitgeteilt, dass wir ihn nicht vergessen dürfen, wenn du reich und berühmt bist«, berichtete Jasmine und lehnte den Kopf an Richs Schulter.

»Wir werden ihm im Vorbeifahren sicherlich einen Brotkanten aus unserer goldenen Kutsche zuwerfen können. Wenn er wirklich brav ist, werden wir den Fahrer bitten, ihn nicht wie die anderen Bauern mit Schlamm zu bespritzen«, antwortete Rich.

Jasmine kicherte. Sie griff nach dem Glas Orangensaft, das neben ihr auf dem Boden stand.

»Also, was ist in deiner Welt passiert, Dylan?«, fragte Rich. »Jetzt, da die Kinder im Bett sind, kannst du uns die nicht jugendfreie Version liefern.«

»Rich!« Jasmine stieß ihm einen Ellbogen in die Seite. »Ich will derartige Details über meinen Bruder gar nicht hören!«

Dylan lachte. »Ich habe keinen Schimmer, wovon ihr beide redet. Ich habe total eremitenmäßig in meinem Haus gelebt – gelesen, gekocht, geputzt, wie ein braver Christenjunge.«

»Also hast du nicht versucht, dir mit deinem Charme die Zuneigung einer gewissen neuen Besitzerin der alten Bäckerei zu erschleichen?«, fragte Rich über den Rand seines Glases hinweg.

»Was bleibt hier eigentlich geheim? Sie scheint im Moment andere Dinge im Kopf zu haben«, sagte Dylan.

»Du meinst, sie steht nicht auf dich?«, hakte Rich nach. »O mein Gott, wir sind in ein Paralleluniversum geraten, in dem die Frauen nicht bei der bloßen Erwähnung von Dylan Smith' Namen aus ihrem Slip schlüpfen!«

»Unvorstellbar, nicht wahr?« Dylan grinste. »Aber«, fuhr er

fort, und sein Gesichtsausdruck wurde etwas ernster, »ich fürchte, sie ist mit dieser alten Ruine von einem Gebäude völlig überfordert ... Und ich denke, das ist ihr inzwischen auch klar geworden.«

»Du glaubst nicht, dass sie die Bäckerei instand setzen kann?«, fragte Jasmine stirnrunzelnd. »Sie wirkt immer so zuversichtlich, wenn ich sie sehe.«

»Ich weiß. Aber mein Kumpel Bony hat sich den Bau angesehen, und er denkt, dass einige größere Arbeiten nötig sind, die die Bausubstanz betreffen. Ich glaube nicht, dass Millie damit gerechnet hat. Sie hat mir erzählt, sie hätte das Haus nicht begutachten lassen – sie hat ihr altes Haus verkauft, dieses hier mit dem Erlös bezahlt und ihr Auto vollgepackt, ohne lange nachzudenken.«

»Verflixt und zugenäht.« Rich nahm einen Schluck von seinem Bier. »Diese Frau hat mehr Mumm als ich.«

»Und das will einiges heißen.« Dylan lachte.

»Sie bedauert es inzwischen sicher«, überlegte Jasmine laut. Dylan nickte. »Das glaube ich auch.«

»Aber ist es machbar? Das Gebäude kann instand gesetzt werden?«, fragte Jasmine.

»Durchaus, aber nicht mit ihrem Budget.«

»Armes Ding ...« Jasmine fuhr sich durch ihre Locken.

»Armes Ding?« Rich lachte spöttisch. »Sie hätte ein Gutachten erstellen lassen sollen. All ihre Probleme hätten sich vermeiden lassen, und das nur für ein paar hundert Mäuse.«

»Sei nicht so gemein«, tadelte Jasmine ihn. »Hast du noch nie im Leben einen dummen Fehler gemacht?«

»Ich meinte nicht, dass ...«

»Nun, was dann?«

»Es ist eine ziemlich große Sache, ein Haus zu kaufen, vor allem eins, in dem man wohnen und sich gleichzeitig seinen Lebensunterhalt verdienen will. Man sollte meinen, dass ein Gutachten das Erste wäre, was man machen lässt.«

Jasmine schaute ein Weilchen schweigend über den Rasen. »Ich gehe morgen zu ihr«, verkündete sie schließlich. »Sie ist jetzt Teil unserer Gemeinschaft, und wenn wir helfen können, sollten wir das auch tun.« Sie musterte ihren Mann mit schmalen Augen. »Ganz gleich, für wie dumm du sie hältst.«

»Versuchen kannst du es ja«, warf Dylan ein, »aber sie scheint nicht allzu versessen darauf zu sein, Hilfe anzunehmen. Ich habe ihr bereits gesagt, dass wir tun würden, was wir können, und sie hat das Angebot ziemlich rundheraus abgelehnt.«

»Sie wird wohl kaum denken, dass *ich* Hintergedanken habe, hm?« Jasmine lächelte schief.

»Ich weiß nicht, was du meinst«, erwiderte Dylan mit gespielter Unschuld.

»Hast du dir die Haare gewaschen?«

»Ja ...«

»Mehr braucht niemand zu wissen.«

Rich unterbrach ihr Wortgefecht. »Aber mir ist immer noch nicht klar, was wir für sie tun können.«

»In diesem Dorf gibt es sicher einen Haufen Leute mit verschiedenen Fähigkeiten, und sie können ihr alle helfen. Wir müssen uns nur umhören, mit ihnen feilschen und herausfinden, was wir umsonst oder zu einem reduzierten Preis für sie auf die Beine stellen können.«

Rich grinste. »Ein wenig wie in einer dieser Fernsehserien, wo die ganze Gemeinde einen Spielplatz für die Kinder baut und das nur aus einem Haufen altem Müll.«

Jasmine lachte. »So mehr oder weniger, ja.«

Rich zog sie an sich und küsste sie auf den Kopf. »Das ist eine sehr gute Idee. Habe ich nicht eine clevere süße Frau geheiratet?«

———

Als Jasmine an einem glühend heißen Samstagmorgen um die Ecke bog und auf die alte Bäckerei zuging, wurde sie von heiserem Gelächter aus Dylans Garten abgelenkt. Sie wechselte die Richtung und spähte über die Hecke, hinter der Dylan und Spencer auf der Vortreppe saßen.

»Hey«, rief Jasmine. Sie drückte das Tor auf und schlenderte auf die beiden Männer zu. »Irgendetwas ist anscheinend sehr witzig.«

»Jasmine!« Spencer sprang auf, um die Arme um sie zu schlingen und sie auf die Wange zu küssen. Aber er zog sich schnell wieder zurück, und Jasmine bemerkte die Falte zwischen den Brauen ihres Bruders. Der Eindruck war so flüchtig, dass Jasmine sich fragte, ob sie überhaupt etwas gesehen hatte.

»Wir bringen einander nur auf den neuesten Stand«, erklärte Dylan und beschirmte die Augen, während er zu seiner Schwester emporblinzelte.

»Und wir haben uns eine Menge zu erzählen«, warf Spencer ein. »Ich bin nur vorbeigegangen, um ehrlich zu sein, und Dylan hat mich zu sich gerufen. Eigentlich wollte ich nur zehn Minuten bleiben – das war vor ungefähr einer Stunde.«

»Bist du aus einem bestimmten Grund hergekommen, oder ist das nur ein Höflichkeitsbesuch?«, fragte Dylan Jasmine.

»Eigentlich war ich auf dem Weg zur Bäckerei, um nach Millie zu sehen.«

»Nett. Also war dein kleiner Bruder zweite Wahl?«

»Ich dachte, du würdest so früh am Morgen noch pennen.«

»Wofür hältst du mich? Für einen Faulpelz?«

»Ja.«

Spencer grinste sie an. »Ich muss zugeben, dass ich zweimal auf meine Armbanduhr geschaut habe, als ich gesehen habe, dass er im Garten war.«

»Hey!« Dylan funkelte Spencer an und zog einen Schmollmund. »Ich dachte, wir wären Kumpel!«

»Sind wir auch. Weshalb ich weiß, dass mit der Welt etwas nicht stimmt, wenn du vor Mittag schon auf den Beinen bist.«

»Wenn du es unbedingt wissen musst, ich dachte, ich geh heute Morgen mal rüber und frage, ob sie Hilfe bei irgendetwas braucht«, sagte Dylan.

»Dann muss sie heiß sein, wenn du ihretwegen so früh aus dem Bett steigst ... Oder hast du gehofft, du könntest sie mitnehmen und wieder reinkriechen?«, feuerte Spencer mit einem schelmischen Glitzern in den Augen zurück.

»Warum denken eigentlich alle, ich hätte nur eins im Kopf?«

»Weil es so ist«, versetzte Spencer. »Glaub nicht, dein sensibles Getue würde irgendjemanden täuschen.«

Jasmine lachte. »Hast du Millie schon kennengelernt?«, fragte sie Spencer.

»Ich habe daran gedacht, irgendwann mal bei ihr reinzuschauen, aber ich möchte nicht zu neugierig erscheinen oder ihr irgendwie auf die Pelle rücken. Ich weiß, wie erdrückend die Gemeinschaft hier sein kann, vor allem wenn man so neu im Dorf ist und sich noch nicht daran gewöhnt hat.«

»Ich denke nicht, dass es außer dir noch irgendjemanden sonst davon abgehalten hat«, antwortete Jasmine. »Ruth Evans wohnt jetzt praktisch auf der Bank in Millies Erkerfenster.«

»Genau das meine ich.« Spencer lachte.

»Es hat Dylan auch nicht daran gehindert, regelmäßig dort aufzutauchen.«

»Ich versuche nur, ein guter Nachbar zu sein«, verteidigte Dylan sich. »Wie dem auch sei, du warst diejenige, die vorgeschlagen hat, dass wir alle in die Renovierungsarbeiten miteinbeziehen sollten.«

»Aber zuerst muss ich mit Millie reden, bevor ich ihr das komplette Dorf ins Haus schicke.«

»Wenn du jetzt rübergehst, wie wäre es, wenn ich dich begleite und Spencer vorstelle?«, schlug Dylan vor.

»Und warum brauche ich dich dafür?« Jasmine zog fragend eine Braue hoch. »Ich bin durchaus imstande, Spencer selbst mitzunehmen, wenn er will.«

Dylan grinste. »Ja, aber wenn ich mit dem schmächtigen Spencer dort auftauche, werde ich total maskulin aussehen, und dann wird sie sich definitiv für mich interessieren.«

Spencer grinste. »Nimm bitte zur Kenntnis, dass ich ganz aus sehnigen Muskeln bestehe und unter dieser kümmerlichen Fassade für Schnelligkeit gebaut bin.«

Dylan stand auf und schlug ihm auf die Schulter. »Ich glaube dir, Kumpel, obwohl Tausende das nicht tun würden.«

»Ich habe ihn beim Schulsportfest im Drei-Bein-Rennen gesehen«, schaltete Jasmine sich ein. »Es ist, als würde man einen Geparden in Aktion betrachten.«

Über Dylans Hecke hinweg sah Jasmine, wie gegenüber die Tür zur Bäckerei aufging und Millie mit einem Müllsack zum Vorschein kam. Sie lehnte den Sack an die Hausmauer und wischte sich mit einer Hand über die Stirn.

»Scheint mir ein guter Zeitpunkt zu sein, sie abzufangen, wenn wir das wollen«, bemerkte Jasmine.

»Kommt mit.« Dylan rieb sich die Hände wie ein Theaterbösewicht. »Zeit, die Nachbarn kennenzulernen ...«

Spencer zog die Augenbrauen hoch und sah Jasmine an, die einen tiefen Seufzer ausstieß. Dylan hüpfte den Gartenweg entlang, und sie folgten ihm durch das Tor, während er bereits über die Wiese joggte.

»Morgen«, rief er.

Millie schaute mit einem schwachen Lächeln auf, einem Lächeln, das breiter wurde, als sie Jasmine hinter ihm bemerkte. »Welchem Umstand verdanke ich das Vergnügen?«, fragte Millie, als sie die Tür der Bäckerei erreichten.

»Da gibt es jede Menge Gründe«, erklärte Jasmine strahlend. »Aber der wichtigste ist, dass wir dir einen lieben Freund vorstellen wollten, Spencer Johns.«

Spencer lächelte schüchtern und hob eine Hand zum Gruß. Millie nahm sich einen winzigen Moment Zeit, ihn zu mustern. Er war schlank, sah aber stark aus, und er hatte dickes, schwarzes Haar, das jedem Versuch zu trotzen schien, es zu stylen, und dazu leuchtend blaue Augen. Sein intelligentes Gesicht verzog sich zu einem Lächeln, das ihm in beiden Wangen ein Grübchen bescherte. Während Dylan wie ein sexy Mann der rauen Wildnis wirkte, sah Spencer so aus, als würde er womöglich Gedichte lesen und mit einem über die Bedeutung des Lebens diskutieren. Millie registrierte schnell, dass sie ihn mochte.

»Du hast das alte Haus übernommen?«, fragte er und deutete mit dem Kopf auf das Gebäude. »Das hatte ich bereits gehört. Es wird Zeit, dass jemand mutig genug ist, der Bäckerei wieder Leben einzuhauchen. Sie war eine wunderbare Einrichtung im Dorf.«

»Ob das so mutig war, weiß ich nicht«, entgegnete Millie und betrachtete ihr baufälliges Zuhause. »Mir scheint es inzwischen eher dumm gewesen zu sein.«

»Das ist die andere Sache, über die wir mit dir reden wollten«, entgegnete Jasmine. »Hättest du Lust, zum Mittagessen zu kommen? Eine Art Geschäftsessen? Wir möchten dir einige Ideen unterbreiten.«

Millie kratzte sich durch das geblümte Kopftuch, das sie sich über das Haar gebunden hatte, am Kopf. »Das würde ich liebend gern tun, aber ich habe hier so viel Arbeit ...« Sie sah sie unsicher alle der Reihe nach an.

»Ich habe reichlich Zeit«, antwortete Dylan wohlgelaunt. »Ich kann dir heute Vormittag helfen, dann schaffst du es.«

»Das ist nett von dir, aber ich kann doch nicht ...« Millie sah Spencer hoffnungsvoll an, während ihr Satz sich im Nichts verlor, aber er schob nur mit einem freundlichen Lächeln die Hände in die Taschen. Vielleicht wäre es gar nicht so schlecht, Dylan als Hilfe dazuhaben, aber sie glaubte nicht, dass sie allein mit ihm fertigwurde. Irgendwie wirkte Spencer erheblich weniger bedrohlich. Ob auch er seine Dienste anbieten würde?

»Normalerweise würde ich liebend gern helfen, aber ich muss noch tausend Details für einen Schulausflug nächste Woche planen«, sagte Spencer, der ihre Gedanken zu erraten schien.

»Spencer ist auch bekannt als *Mr Johns*«, erklärte Jasmine. »Er unterrichtet an der Schule, genauer gesagt, er unterrichtet meine Drillinge.«

»Wir fahren mit den Kindern nach Stonehenge, daher muss ich noch einiges recherchieren, bevor wir aufbrechen.« Spencer fuhr sich durchs Haar. »Kinder haben so viele Fragen, und ich bin fest entschlossen, mich nicht bei irgendetwas ertappen zu lassen, worauf ich keine Antwort weiß. Es ist noch nicht vorgekommen, aber wahrscheinlich wird es das irgendwann.«

»Stonehenge ist ein wunderbarer Ort, voller Magie«, erwiderte Millie ernst und verlor sich einen Moment lang in dem Gedanken. »Ich meine, wenn man an Magie glaubt«, fügte sie hinzu und errötete leicht.

»Ich denke zufällig genauso«, sagte Spencer. »Ich weiß nicht unbedingt viel darüber, aber ich glaube, dass etwas von solch großer spiritueller Wichtigkeit für die Menschen, die es erbaut haben, seine eigene Art von Magie besitzen muss, verstehst du?«

Millie strahlte ihn an. Es war, als sei ein Licht in ihr angeknipst worden. Bei diesem Thema fühlte sie sich sicher. Gutachten und Bauarbeiten und Buchhaltung waren ein Mysterium für sie, aber was sich unter der Oberfläche der Welt verbarg, was andere nicht sahen, dafür konnte sie sich erwärmen. »Ich bin seit Jahren nicht mehr in Stonehenge gewesen«, sagte sie schwärmerisch.

»Spencer braucht Hilfe bei dem Ausflug«, schaltete Jasmine sich ein. »Ist doch so, nicht wahr, Spencer?«

»Was mich betrifft, je mehr, desto besser«, bestätigte er. »Wir brauchen immer alle Hilfe, die wir bekommen können.«

»Ich weiß nicht ...«, hob Millie zu sprechen an. »Ich habe selbst sehr viel zu tun.«

»Ich fahre mit«, warf Jasmine ein. »Und es würde dir guttun, mal ein paar Stunden lang nicht über die Bäckerei nachzudenken.«

»Wie wäre es mit einem Handel?«, bot Spencer an. »Wie wäre es, wenn ich wieder herkomme, sobald ich mit der Planung fertig bin, um dir beim Ausräumen zu helfen, und dann kommst du nächste Woche mit uns? Ich kann nicht versprechen, dass ich *stark wie ein Löwe* sein werde«, fügte er mit gespielter Machostimme hinzu, »wie mein Kumpel Dylan hier, aber ich kann spitzenmäßig einen Boden schrubben.«

»Oh, wie wäre es, wenn du gleich jetzt hierbleiben und helfen würdest?«, schlug Jasmine vor. »Und ich drucke dir zu Hause einige Artikel über Stonehenge aus und bringe sie dir in den Pub? Ich bin sowieso zu Hause mit den Kindern, und Rich wird sich in seinem Studio einschließen und an seiner musikalischen Magie arbeiten. Da könnte ich genauso gut etwas Nützliches tun.«

»Das ist ein verführerisches Angebot ...« Spencer lächelte. »Ehrlich, Jas, wo warst du, als ich auf der Uni war? Da hätte ich jemanden gebrauchen können, der für mich recherchiert.«

Jasmine lachte. »Darauf wette ich.«

»Klingt für mich nach einem guten Plan«, pflichtete Dylan ihr bei.

»Und wenn die Jungs dir heute helfen, Millie, bedeutet das, dass du uns auf dem Ausflug nach Stonehenge begleiten kannst«, beharrte Jasmine.

Millie stieß einen Seufzer aus. »Ein solches Angebot kann ich wohl nicht ablehnen.« Sie runzelte die Stirn. »Brauche ich kein polizeiliches Führungszeugnis oder so, wenn ich euch auf eurem Ausflug mit den Kindern begleite?«

»Du bist nicht allein mit ihnen, und das alles ist nicht nötig. Wir brauchen nur deine Adresse und dein Geburtsdatum, dann kann's losgehen.«

»Vielleicht sollte *ich* nach Stonehenge mitfahren ...«, sagte Dylan nachdenklich.

»Du würdest eine polizeiliche Genehmigung brauchen«, kam es wie aus der Pistole geschossen von Jasmine. »Und wenn wir die Papiere zurückkriegen, wird auf ihnen ein großes, rotes *Auf keinen Fall* stehen.«

Auf Dylans Gesicht malte sich ein breites Grinsen ab. »Die Kinder würden cooler von dem Ausflug nach Hause kommen, als sie hingefahren sind.«

»Genau das befürchte ich«, sagte Jasmine mit einem Seitenblick auf ihren Bruder.

Drei Stunden später sah das Erdgeschoss der alten Bäckerei sehr viel besser aus als bei Millies Ankunft in Honeybourne. Sogar die Steinplatten des Bodens waren wieder erkennbar. Ihr Schlafzimmer im Obergeschoss wimmelte zwar immer noch von Spinnen, aber zumindest war es mit der Matratze direkt auf den Bodendielen als Schlafplatz für sie vorbei. Stattdessen konnte sie jetzt die ungemeine Dekadenz eines zusammengebauten Bettes, komplett mit Beinen und Kopfbrett, ihr Eigen nennen. Und nicht nur das, sie besaß nun auch einen Kleiderschrank zum Selbstaufbau, der aufgebaut worden war. Sie musste nur noch die Kartons finden, in denen sich die meisten ihrer Kleider und Schuhe befanden, um den Schrank zu füllen. Bisher hatten die wenigen Kleidungsstücke, die sie in einen kleinen Koffer gestopft hatte, gerade eben ausgereicht, um über die Runden zu kommen.

Dylans und Spencers Hilfe bedeutete auch, dass sie nicht mehr Ruth Evans' Geplapper lauschen musste, als die alte Dame um kurz nach elf auftauchte. Dylan hatte die alte Frau mit seinem Charme mundtot gemacht, und sie war in eine stumme, ehrfürchtige Betrachtung seiner perfekten Gestalt versunken, während er Schutt und Kisten transportierte und Möbelstücke reparierte, und dabei vor sich hin pfiff und dem weniger tüchtigen Spencer Anweisungen zurief. Trotz seiner Defizite in Sachen Geschicklichkeit war Spencer eine willkommene Ergänzung der Truppe, die an diesem Morgen in der alten Bäckerei werkelte, denn was ihm an praktischen Fähigkeiten fehlte, machte er mit intelligenter Konversation mehr als wett. Millie hätte ihm den ganzen Tag zuhören können, wenn er über Bücher sprach, die er gelesen, und Filme, die er gesehen hatte. Spencer war die Brücke zwischen den dreien. Während er dort war, fühlte Millie sich in Dylans Anwesenheit sicher, als sei Spencer ein Filter, der all die neurotische Angst vor Sex neutralisierte, die ihre Gedanken zu beherrschen drohte, sobald ihr Nachbar in der Nähe war. Und Spencer war auf seine eigene Weise attraktiv, aber viel weniger furchteinflößend. Er sah sie nicht auf die hungrige Art und Weise an, wie das die meisten Männer taten.

»Also, Spencer«, begann Millie, als sie den Tee tranken, den Ruth vorsichtig auf einem Tablett gebracht hatte. »Du hast mir noch gar nichts von dir erzählt.«

Spencer zuckte die Achseln. »Da gibt es nicht viel zu erzählen. Ich bin tagsüber Lehrer und abends ein langweiliger Trottel.«

»Da muss mehr dahinterstecken.« Millie lachte. »Was machst du, um dich zu entspannen? Du musst Hobbys haben. Gibt es eine Mrs Johns?«

Dylan sah gehetzt auf, aber weder Millie noch Spencer schienen es zu bemerken.

»Keine Mrs Johns. Keine potenzielle Mrs Johns. Und bevor du fragst, auch kein *Mr* Johns.«

»Du stehst doch nicht immer noch auf Lucy Pryce, oder?«,

erkundigte Dylan sich. Millie war sich nicht sicher, aber in seiner Stimme lag ein Unterton von gezwungenem Frohsinn.

»Nein«, antwortete Spencer leise. »Ich habe inzwischen keine Zeit mehr, auf irgendjemandem zu *stehen*.«

»Ich auch nicht«, erklärte Millie energisch. Sie war sich plötzlich der Spannungen im Raum bewusst geworden. »Nur Arbeit und kein Vergnügen, das macht Millicent Hopkin zu einer wirklich langweiligen Frau.«

»Oh, ich bin mir sicher, dass du niemals langweilig sein könntest«, sagte Dylan wohlgelaunt.

Und dann kehrte fast im selben Moment alles zur Normalität zurück. Hatte Millie sich diese plötzliche Kühle zwischen Dylan und Spencer nur eingebildet? Es war, als hätte es diesen Moment nie gegeben.

Spencer sah auf seine Armbanduhr. »Wir sollten uns fertigmachen. Jasmine wird bald im Pub auftauchen.«

Jasmine und Rich waren im *Dog and Hare* und hatten Pintgläser vor sich, die bis zur Hälfte mit niedrigprozentigem Bier gefüllt waren. Wenn Millie sie nicht für das glücklichste und perfekteste Paar gehalten hätte, dem sie je begegnet war, hätte sie schwören können, dass ihre Körpersprache einen unterbrochenen Streit verriet. Dylan schien jedoch nichts zu bemerken und schimpfte nur mit seiner Schwester, als er, Spencer und Millie sich ihrem Tisch näherten.

»Ich dachte, du machst Detox?«

Jasmine lachte. Was für ein Wortgefecht auch immer sie vielleicht mit Rich geführt hatte, es beeinträchtigte ihre Laune offensichtlich nicht. »Das tue ich auch. Aber man kann nicht ins *Dog* gehen, ohne ein wenig von seinem feinsten Bier zu kosten, oder? Ich meine, das wäre eine Beleidigung für Doug.« Wie um ihre Behauptung zu beweisen, hob sie ihr Glas, nahm einen langen Schluck daraus und stellte es mit einem zufriedenen Schmatzen wieder auf den Tisch.

Millie warf ihr einen leicht ehrfürchtigen Blick zu. Ihr war noch nie eine Frau begegnet, die es schaffte, so hübsch und weiblich zu wirken, wenn sie ein Pint Bitter herunterkippte.

»Ich denke langsam, dass dieses ganze Detoxprogramm ein Mythos ist«, sagte Dylan und betrachtete Jasmine mit einem schiefen Lächeln.

»Ich auch«, pflichtete Rich ihm bei. »Ich wette, sie stopft sich morgens und abends mit Eiscreme voll, wenn ich nicht da bin.«

Jasmine versetzte ihm einen spielerischen Klaps.

Es war das erste Mal, dass Millie in dem Pub war. Genau so stellte sie sich eine Dorfkneipe vor: Warme Holzvertäfelungen kleideten den Raum aus, Porträts von örtlichen Honoratioren aus lang vergangenen Zeiten hingen neben Aquarelllandschaften. Der Barbereich war voller Regale – Reihen um Reihen mit Trinkgefäßen aus Zinn und Glas konkurrierten mit verschiedenen Flaschen alkoholischen Inhalts. Die Sonne fiel schräg durch Schiebefenster, und Staubflöckchen tanzten in Lichtstrahlen wie winzige Galaxien. In der Luft lag ein kräftiger Fleischgeruch, und Millie vermutete, dass auf der Mittagskarte irgendein Fleischgericht und eine Pastete mit Bierteig standen. Ihr Magen knurrte, als ihr plötzlich bewusst wurde, welchen Hunger sie hatte.

»Ich bin fast verhungert«, fasste Spencer Millies Gedanken in Worte. »Wie wär's, wenn wir uns Speisekarten schnappen, bevor wir irgendetwas anderes tun?«

»Das ist die beste Idee, die du heute hattest«, lobte Dylan ihn.

Als man vor jeden von ihnen einen Teller mit einer herzhaften Mahlzeit stellte, bat Jasmine die Anwesenden bei Tisch um Aufmerksamkeit.

»Millie«, begann sie, »ich weiß, dass du zu all meinen Vorschlägen Nein sagen wirst. Also, lass uns von Anfang an klarstellen, dass ich jeden Protest, den du von dir gibst, völlig unbeachtet lassen werde.«

Rich zog eine Braue hoch. »Glaub mir, sie lügt nicht, Millie – ich habe sie in Aktion gesehen.«

Jasmine versetzte ihm einen Stoß. »Hey!«

»Ich mein ja bloß ...«

»Er hat nicht ganz unrecht«, schaltete Dylan sich ein.

»Seid still!«, tadelte Jasmine die Männer. »Ich versuche, den Vorsitz bei einem ernsten Meeting zu führen.«

»Vorsitz bei einem Meeting? Du hast zu viele Folgen von *The Apprentice* gesehen.« Dylan spießte einige Fritten auf, steckte sie sich in den Mund und grinste.

Jasmine drehte sich seufzend wieder zu Millie um. »Rich und ich haben heute Morgen darüber gesprochen, und wir haben eine Liste von allen Personen erstellt, die uns eingefallen sind und die vielleicht bei der Instandsetzung der Bäckerei helfen könnten. Außerdem haben wir alle aufgeschrieben, die vielleicht jemanden kennen, der helfen könnte. Und wir denken, dass viele von ihnen mit Freuden für kleines Geld helfen würden, vielleicht sogar im Austausch für Dienste oder eine Zahlung zu einem späteren Zeitpunkt, wenn du festen Boden unter den Füßen hast ...«

Millie hob die Hände, um das Gespräch zu beenden. »Bitte, ich kann nicht von irgendwelchen Leuten verlangen, das alles für mich zu tun. Ich werde die notwendigen Dinge in der Bäckerei selbst regeln. Es dauert vielleicht etwas länger, aber ich werde keine Almosen annehmen.«

»Es wären keine Almosen. Du würdest die Leute ja bezahlen, nur auf eine andere Weise.«

Millie nahm einen Schluck von ihrem Saft. »Wie?«

»Nun«, fuhr Jasmine geduldig fort, »wie wäre es zum Beispiel damit: Wir haben vorhin mit Doug gesprochen, dem Wirt des Pubs, und er hat gesagt, er könne zur Abendessenszeit Hilfe in der Küche gebrauchen. Im Gegenzug kennt er jemanden, der vielleicht deine Fenster restaurieren kann. Kannst du kochen?«

»Ich kann backen«, antwortete Millie. »Aber das ist nicht das Gleiche wie kochen. Und ich vermute, ich müsste schrecklich viele Mahlzeiten zubereiten, um solche Dienste abzubezahlen.«

»Wie wäre es, wenn du Pasteten bäckst und süße Desserts herstellst, sie an ihn verkaufst und dann seinen Freund von dem Geld bezahlst, das du dafür bekommst?«

»Was mich wieder zu dem ursprünglichen Problem zurückführt – ich habe keine Möglichkeit, etwas in diesen Mengen zu backen.«

Jasmine sprach ungerührt weiter. »Es gibt jede Menge Leute mit Küchen, die dir erlauben könnten, sie zu benutzen.«

Millie dachte einen Moment nach. »Ich will nicht undankbar klingen, wirklich, aber ich brauche eine gut ausgestattete Küche von ordentlicher Größe, um etwas kommerziell herstellen zu können.«

»Wir haben eine riesige Küche, nicht wahr, Rich?« Jasmine drehte sich zu ihrem Mann um, der langsam nickte. Er warf einen verstohlenen Blick auf Millie. Sie fuhr fort: »Und du hast garantiert, was immer du an Ausrüstung brauchst, in deinen Kartons in der Bäckerei. Könntest du sie für eine Weile zu uns rüberbringen? Du kannst die Küche tagsüber benutzen, wenn ich in der Werkstatt bin und Rich in seinem Musikraum ist.«

»Ich kann euch unmöglich so auf die Pelle rücken. Und außerdem«, fügte Millie mit zweifelndem Ton hinzu, »glaube ich wirklich nicht, dass es eine Küche wäre, wie ich sie brauche.«

»Wie wäre es, wenn du Dougs Küche benutzen würdest? Ich bin mir sicher, er hätte nichts dagegen.«

Millie schüttelte den Kopf. »Selbst wenn, wäre es immer noch nur ein Tropfen auf dem heißen Stein verglichen mit dem, was ich brauche, um die Bäckerei auf Vordermann zu bringen.«

Jasmine sah die anderen in der Runde an, die sich alle schweigend über ihre Mahlzeiten hergemacht hatten, während sie das Gespräch verfolgten.

»Irgendwelche Ideen von den Jungs?«

Spencer zuckte die Achseln. »Wir brauchen in der Schule immer Hilfe, aber mir fällt nichts ein, wie die Bäckerei davon profitieren könnte.«

Dylans Gesicht leuchtete plötzlich auf. »Wie wäre es mit Crowdfunding?«

Millie runzelte die Stirn. »Was ist Crowdfunding?«

»Eine Schwarmfinanzierung. Du weißt schon, so wie Leute das für Filme und Musik machen. Man erstellt auf einer Internetplattform ein Spendenkonto und macht Werbung für das Projekt – in unserem Fall könnten wir das auf den Ort beschränken –, und Menschen investieren Geld, wenn die Sache ihrer Meinung nach unterstützungswürdig ist. Man legt ein Ziel fest, wie viel man braucht. Die ganze Gemeinschaft würde davon profitieren, wenn die Bäckerei wieder aufgebaut wird, und Crowdfunding wäre eine viel geschäftsmäßigere Herangehensweise.«

Millie sah unsicher alle der Reihe nach an. »Was ist, wenn die Leute kein Geld investieren oder wenn wir nicht genug zusammenbekommen?«

Jasmine knabberte an einer Pommes Frites. »Du kannst doch sicher andere Dinge außer Backen?«

Millie konnte Dinge, Dinge, die keiner der anderen Anwesenden konnte, Dinge, von denen sie den Verdacht hegte, dass viele sie nicht einmal für möglich gehalten hätten. Aber es waren Dinge, von denen sie eigentlich nicht erzählen wollte –

sie wollte den Einwohnern von Honeybourne keinen Grund für Misstrauen liefern, davon hatte sie in ihrem alten Leben wahrhaftig genug gehabt.

»Ich schätze, ja ...«, begann sie langsam. »Ich kann Heilmittel und dergleichen herstellen. Ihr wisst schon, anhand von alten, bewährten Kräuterrezepten. Und Seifen und Lotionen – alles auf natürlicher Basis. Man hat mir immer wieder gesagt, dass diese Mittel wirken. Und ich würde einen Platz brauchen, wo ich sie herstellen kann, aber dazu wären keine riesigen Backöfen nötig.«

Jasmine riss die Augen auf, und eine weitere Pommes Frites schwebte auf halbem Weg zu ihrem Mund in der Luft. »So etwas kannst du? Aber das ist wunderbar!«

»Ach ja?«

»Ich habe daran gedacht, mein Kunsthandwerksgeschäft zu erweitern und natürliche Kosmetikartikel und Ähnliches zu verkaufen. Ich hatte gedacht, ich würde lernen, sie herzustellen, aber irgendwie hatte ich dazu nie die Zeit. Wir könnten zusammenarbeiten. Das wäre perfekt.«

Rich schaute von seiner Mahlzeit auf. Einen Moment lang schien es, als wolle er widersprechen, aber als Jasmine ihm einen warnenden Blick zuwarf, so subtil, dass nur sie beide verstanden, was er bedeutete, senkte er den Kopf wieder und steckte sich ein Stück Steak in den Mund.

»Kunsthandwerks- und andere Märkte würden viel mehr Spaß machen, wenn mich jemand begleiten würde«, fuhr Jasmine fort. »Ich finde es immer langweilig, den ganzen Tag allein dazustehen, vor allem wenn es ein ruhiger ist. Du könntest neben meinen Sachen deine verkaufen, und wir könnten beide behalten, was wir verdienen. Und wir könnten uns die Standmiete teilen.« Sie lächelte strahlend. »Du kannst für die Renovierungsarbeiten deiner Bäckerei sparen, und ich bekomme gleichzeitig ein wenig Gesellschaft und halbiere meine Kosten – alle gewinnen!«

»Ich werde trotzdem nicht genug verdienen«, beharrte Millie.

»Hast du mal gesehen, was für solche Sachen bezahlt wird?«, warf Dylan ein. »Ich bin mir sicher, dass du selbst mit dem alten Unkraut in deinem Garten noch Gewinn machen könntest.«

»Ich glaube nicht, dass es so einfach ist.« Millie musste lachen.

»Was ist mit zusätzlichen Internetverkäufen?«, schlug Jasmine vor. »Ich verkaufe meine Sachen auf meiner eigenen Webseite, aber auch bei eBay, Amazon Marketplace, Etsy – es gibt jede Menge Plattformen.«

Spencer hob die Hand. »Ist das so gut wie Crowdfunding und die Idee, Dorfbewohner um Gefälligkeiten zu bitten?«

»Ich wüsste nicht, warum nicht«, sagte Jasmine. »Wir sollten alle Möglichkeiten ausloten.«

»Es ist nur so«, fuhr Spencer fort, »das sind schrecklich viele Bälle, mit denen Millie da jonglieren soll.«

Millie warf ihm einen Blick irgendwo zwischen Dankbarkeit und Ärger zu. Obwohl sie für Jasmines Begeisterung dankbar war, konnte sie sich einer gewissen bösen Vorahnung nicht erwehren, die sie jetzt beschlich bei dem Gedanken, dass dieses Unternehmen ein schlechtes Ende finden könnte. Spencers gut gemeinter Einwand mochte irregeleitet erscheinen, aber er konnte sie aus einer potenziell heiklen Situation befreien.

»Ich finde es perfekt«, stellte Dylan fest.

Jasmine strahlte ihn an. »Natürlich ist es perfekt«, antwortete sie hochtrabend. »Es war schließlich *meine* Idee ...«

SECHS

Millie saß auf dem kühlen Boden der Bäckerei in dem Kreidekreis, den sie für sich selbst gezeichnet hatte. Es war nicht so, dass ihr Gefahr drohte, aber sie fühlte sich verletzlich. Während sie umgeben von Kerzen, deren goldenes Licht über ihre angstvollen Züge flackerte, dasaß, gab der Kreis ihr ein Gefühl der Sicherheit.

Wie kam es, dass sie Jasmines Plänen schließlich zugestimmt hatte? Jasmine hatte einmal gesagt, Dylan sei derjenige von den Geschwistern, der eine große Klappe hatte, aber jetzt war Millie sich da nicht mehr so sicher. Was auch immer passiert war, sie hatten sich vor den Türen des Pubs voneinander verabschiedet, Jasmine ein wenig erhitzt von ihrem Nachmittagsschwips und ein wenig in Eile, weil ihr und Rich klargeworden war, dass sie die Drillinge schon längst von ihrem Spielnachmittag bei Schulfreunden hätten abholen müssen, und sie hatten versprochen, am nächsten Tag mit der Arbeit an ihren neuen Projekten anzufangen. Dylan übernahm die Onlinekampagne, während Spencer und Rich ihre Beziehungen im Dorf nutzen würden, um herauszufinden, welche Hilfsleistungen sie ergattern konnten, was bedeutete, dass

Jasmine und Millie eine Geschäftsstrategie formulieren mussten, die es ihnen ermöglichte, erfolgreich zusammenzuarbeiten. Die Arbeit mit Jasmine war der eine Aspekt der ganzen Sache, auf den Millie sich wirklich freute. Schon jetzt gingen ihr haufenweise Ideen für neue Produkte durch den Kopf. Das Erste, was sie nach ihrer Rückkehr in die Bäckerei getan hatte, war, ihre Kartons nach den Büchern zu durchsuchen, die alles Wissen enthielten, das sie brauchen würde, um Heilmittel herzustellen.

Eines dieser Bücher lag jetzt aufgeschlagen vor ihr. Aber obwohl sie emsig versuchte, die Seite zu lesen, auf der beschrieben war, wie man verschiedene einheimische Heckenpflanzen für Hautsalben erkennen und verarbeiten konnte, war alles, was ihren Geist ausfüllte, das Grauen davor, jemandem zu nahe zu kommen und noch mehr Leben zu zerstören als in der Vergangenheit. Sie mochte Jasmine, ihre Familie und ihre Freunde wirklich und sah in ihr eine potenzielle Vertraute und Freundin fürs Leben. Aber das vergrößerte die Angst nur noch. Sie wusste, dass es eine irrationale Angst war, und es hieß, dass der Blitz nie zweimal an derselben Stelle einschlage. Aber es war schwer, die Gedanken abzuschütteln, nachdem es sich in ihrer Vergangenheit schon einmal als eine solche Katastrophe erwiesen hatte, dass sie Menschen zu nah an sich herangelassen hatte.

Jasmine erwachte schon früh am nächsten Morgen. Die Sonne fiel durch eine Lücke in den Vorhängen und warf einen Spalt gelben Lichts auf den schlafenden Rich. So wie es aussah, würde der Tag genauso heiß werden wie die vorangegangenen. In den letzten Tagen hatte es Warnungen vor einer Dürre gegeben, aber niemand hatte sie ernst genommen – gab es schließlich nicht jeden Sommer Dürrewarnungen? Diesmal, überlegte Jasmine, als sie sich aus dem Bett schwang, würden die

Warnungen vielleicht nicht so verfehlt sein, wenn es nicht bald regnete.

Erst als sie mit einer Tasse grünem Tee am Küchentisch saß, kam sie auf den Gedanken, auf die Uhr zu schauen. Es war kurz nach halb sechs. Sie zog die Brauen hoch und tadelte sich innerlich dafür, einen weiteren kostbaren Sonntag verschwendet zu haben, an dem sie hätte ausschlafen können. Es war immer das Gleiche, wenn die Aufregung über ein neues Abenteuer sie in den Fängen hatte. Denn genau das waren ihre Pläne mit Millie – ein Abenteuer –, und Jasmine konnte es insgeheim gar nicht erwarten, sich hineinzustürzen.

Sie klopfte mit ihrem Bleistift auf die leere Seite eines Notizblocks, während sie über einige Ideen nachsann. Schließlich schaute sie zum Küchenfenster und hinaus in den strahlenden Morgen. Was waren die wichtigsten Überlegungen bezüglich einer Partnerschaft mit Millie? Wie würden sie sich organisieren? Würden sie sich als Geschäftspartnerinnen gut miteinander verstehen? Jasmine kritzelte auf das Papier, kleine Gedankenblasen, die sie mit krakeligen Bleistiftlinien miteinander verband. Das war für sie die beste Art und Weise nachzudenken, mithilfe von Bildern und Formen statt langer, trockener Listen. Irgendwann würde es eine Liste geben, aber fürs Erste ging es ganz um Inspiration.

Ihre Gedanken wurden von Rich unterbrochen, der durch die Küchentür geschlurft kam und sich die Augen rieb.

»Was ist passiert?«

Jasmine zuckte leicht die Achseln. »Ich bin früh aufgewacht und konnte nicht wieder einschlafen. Kein Grund zur Sorge.« Sie betrachtete ihn abschätzend, während er gähnte und sich durch sein wirres Haar fuhr. »Du solltest wieder ins Bett gehen.«

»Nein ...« Rich lächelte und ließ sich auf einen Stuhl fallen. »Schlaf ist etwas für Weicheier.« Er räkelte sich und gähnte übertrieben. »Es heißt, die frühen Morgenstunden seien eine gute Tageszeit für Inspirationen.«

»Das wirst du heute Nachmittag um drei anders sehen, wenn du an deinem Keyboard einschläfst.«

»Höchstwahrscheinlich.« Rich beäugte die Teetasse seiner Frau mit einem Stirnrunzeln. »Es gibt noch keinen Kaffee?«

»Ich hatte nur Lust auf etwas Frischeres.«

»Dann, schätze ich, muss ich mir wohl meine eigene Kanne kochen.«

»Das schaffst du ganz bestimmt – schließlich bist du so ein cleverer Junge.«

Rich grinste, als er aufstand, um den Kessel zu füllen. »Und, was hat dich geweckt?«, fragte er, während er das Wasser laufen ließ.

»So dies und das. Größtenteils das.«

»Und *das* ist Millie?« Rich zog fragend eine Braue hoch.

»Ist das so offensichtlich?«

»Du vergisst, wie gut ich dich kenne, Jasmine Green. Ich habe dich schon gekannt, als du noch Jasmine Smith warst, und seitdem hast du dich nicht im Mindesten verändert. Ich weiß, wie sehr dich der bloße Hauch eines neuen Abenteuers begeistert.«

Jasmine lachte unbefangen. »Okay!« Sie hob die Hände. »Du hast mich erwischt!«

»Es ist nur ...« Rich drehte sich zu ihr um und lehnte sich an die Spüle. Seine Miene wurde ernst, und er schien seine Worte mit Bedacht abzuwägen. »Ich will nur, dass du vorsichtig bist.«

Jasmine nahm einen Schluck von ihrem Tee und runzelte die Stirn.

»Ich weiß, du magst Millie. Aber sie ist gerade erst in Honeybourne angekommen, und du kennst sie kaum.«

»Ich kenne sie gut genug.«

»Na bitte!« Rich rieb sich sein mit Bartstoppeln bedecktes

Kinn. »Ich liebe dich für deine Bereitschaft, in jedem Menschen, dem du begegnest, das Gute zu sehen, aber ...«

»Was?«

»Es ist nicht wichtig.«

»Was?« Jasmines Stimme wurde lauter, aber dann schaute sie zur Tür und senkte sie wieder. »Du kannst es mir genauso gut jetzt gleich erzählen, denn offensichtlich macht es dir zu schaffen.«

Rich schluckte. »Wir wissen nichts über die Frau. Wir wissen nicht, woher sie kommt und was sie getan hat, bevor sie hier hergezogen ist – ich meine, wir wissen noch nicht einmal wirklich, *warum* sie hier hergezogen ist ...«

»Natürlich um die Bäckerei wiederzueröffnen.«

»Aber das ist es nicht, oder? Nicht wirklich. Die Tatsache, dass diese Bäckerei genau im richtigen Moment verfügbar war, mag sie in dieses Dorf geführt haben statt in hundert andere, die ihm ähneln, aber das ist nicht der Grund, warum sie von ihrem alten Leben davongelaufen ist.«

»Davongelaufen? Das ist eine lächerliche Bemerkung.«

»Tut mir leid, Jas, aber alles an ihr sagt mir, dass sie vor etwas davonläuft. Zuallererst: Wer kauft ein Gebäude, das er sich nicht mal angesehen hat, ohne zumindest irgendeine Art von Gutachten einzuholen? Das tut jemand, der in Panik ist. Was bedeutet, dass sie entweder etwas richtig Schlimmes getan hat oder dass jemand hinter ihr her ist oder beides.«

Jasmine verschränkte die Arme fest vor der Brust. »Wow«, antwortete sie kalt, »deine sofortige Bereitschaft zu psychologischem Profiling ist wirklich erstaunlich, Sherlock.«

»Spotte, so viel du willst«, feuerte Rich zurück, dessen Nackenhaare sich jetzt aufstellten, »aber ich weiß, dass ich in diesem Fall richtigliege.«

»Du weißt rein gar nichts über sie.«

»Und du auch nicht, aber das hat dich nicht daran gehindert, ein Urteil zu fällen.«

»Nicht ich bin diejenige, die Urteile fällt!«

»Aber du hast die impulsive Entscheidung getroffen, ihr zu vertrauen ... Und du vertraust ihr nichts Geringeres an als deinen Lebensunterhalt.«

Jasmine zwang sich zu einem kurzen Lachen. »Es geht kaum um meinen Lebensunterhalt. Sie wird am selben Stand wie ich ein paar Parfums verkaufen.«

Richard sah sie für einen Moment an. »Aber damit nicht genug, oder? Du wirst Blut lecken, und dann kann man dich nicht aufhalten, bis sie vollkommen Teil unseres Leben geworden ist.«

»Blut lecken?«

Richs Ton wurde sanfter. »Dieser Zwang – diese wunderbare, schöne Seite von dir –, bei jeder verlorenen Sache zu helfen, jedes Straßenkind und jeden Streuner aufzunehmen, diese Seite, die in dir den Wunsch weckt, alle zu retten, von denen du denkst, sie bräuchten Rettung ...«

»Du hast gewusst, worauf du dich einlässt, als du mich gefragt hast, ob ich dich heiraten will.«

»Ich sage nicht, dass es eine schlechte Eigenschaft ist. Aber manchmal musst du einen Schritt zurücktreten und dir wirklich das gesamte Bild anschauen, bevor du dich verpflichtest, jemandem zu helfen.«

»Nun, das geht jetzt nicht mehr. Ich habe Millie bereits gesagt, dass wir ihr helfen werden, und ich kann mein Wort nicht zurücknehmen, da sie so offensichtlich Freunde braucht. Die arme Frau ist ganz allein hier.«

»Das war ihre Entscheidung.«

»Und das bedeutet, dass sie leiden soll?«

»Das habe ich nicht gesagt. Aber sie wusste, was sie tat, als sie allein in ein fremdes Dorf gezogen ist.«

»Vielleicht wusste sie es nicht. Vielleicht war ihr nicht ganz klar, wie hart es sein würde. Hast du noch nie einen Fehler gemacht?«

»Keinen so dummen, nein.«

»Argh, was zur Hölle stimmt nicht mit dir? Es sieht dir nicht ähnlich, so vorschnell zu urteilen!«

»Ich habe einfach nichts übrig für Idioten.«

»Das hättest du bei dem Mittagessen im Pub sagen können. Es hätte mir diese Auseinandersetzung jetzt erspart.«

»Das wäre super gelaufen. Du wärst begeistert gewesen, wenn ich Millie vor allen anderen ausgefragt hätte. Mach dich nicht lächerlich. Wie hätte ich bei der Gelegenheit etwas sagen können? Du gibst ohnehin niemals jemandem die Chance, eine Meinung zu äußern.«

»Du warst einverstanden damit, Millie zu helfen, als wir mit Dylan im Garten darüber gesprochen haben.«

Rich knirschte mit den Zähnen. »Das war damals.«

»Was hat deine Meinung geändert?«

»Ich bin verdammt noch mal damit beschäftigt, Geld für diese Familie zu verdienen, das hat meine Meinung geändert.«

»Und ich bin nicht beschäftigt?« Jasmine warf ihm einen herausfordernden Blick zu. Sie hatte Millie ein Versprechen gegeben, und sie hielt ihre Versprechen immer. »Wenn ich diese Sache allein durchziehen muss, dann werde ich es tun. Aber ich hätte dich lieber auf meiner Seite.«

Rich seufzte. »Ich werde dich in dieser Sache kein bisschen umstimmen können?«

Jasmine verschränkte die Arme vor der Brust und schüttelte den Kopf. »Nein, wirst du nicht.«

Er trat einen Schritt auf sie zu, blieb dann aber stehen und ließ die Arme sinken.

»Sei einfach vorsichtig, wie tief du dich da reinziehen lässt«, sagte er leise. »Das ist alles, worum ich dich bitte.«

Jasmine zog ihre Jeansjacke fester um sich, während der Wind über die Salisbury-Hochebene fegte.

»Ganz gleich, wie heiß es überall sonst ist, hier oben ist es immer elend eisig.«

Millie lachte und schlang die Arme um sich. »Ich weiß, was du meinst. Ich habe gar nicht daran gedacht, eine Jacke mitzunehmen, weil es zu Hause so heiß war.«

»Es ist ein Wunder, dass die Druiden in diesen weiten Kutten nicht dauernd unterkühlt waren.«

Millie lachte noch lauter, trotz der Kälte, die sie zittern ließ. Aber dann hielt sie inne und riss ehrfürchtig die Augen auf, als der Weg eine Biegung machte und sich vor ihnen auf der Ebene die majestätischen, grauen Säulen von Stonehenge vor dem Hintergrund des kornblumenblauen Himmels erhoben. »Wann immer ich hier bin, weckt es seltsame Gefühle in mir, wenn ich sie da stehen sehe, so hoch und mysteriös, und da spielt es auch keine Rolle, wie oft ich sie sehe«, murmelte sie.

Von der kleinen Gruppe von Kindern um sie herum ertönte ein Chor von »wow« und »toll«.

»Sieht so aus, als hätte Stonehenge die gleiche Wirkung auf die Kids«, bemerkte Jasmine lächelnd.

Spencer setzte sich an die Spitze seiner Gruppe und wandte sich mit einem enthusiastischen Grinsen an seine Schützlinge. Aber als er das Wort an sie richtete, wurde sein Gesicht ernst.

»Okay ... Es gibt ein paar Regeln, und ihr müsst mir zuhören, bevor wir weitergehen. Wenn wir uns an die Regeln halten, verirrt sich niemand, keiner bekommt Ärger, und alle haben einen tollen Tag.« Er schaute sich um, und sein strenger, aber auch wieder nicht strenger Blick ruhte einen Sekundenbruchteil auf jedem der Kindergesichter. »Sind damit alle einverstanden? Denn wer nicht einverstanden ist, kann sich jetzt wieder in den Bus setzen und mir einen Wutanfall später ersparen.«

»Oho, Mr Strammstehen-Johns«, flüsterte Jasmine Millie mit einem Kichern zu. »Ich fühle mich beinahe versucht, mich

selbst in den Bus zu setzen, nur für den Fall, dass ich versehent-
lich unartig bin.«

Millie unterdrückte ihrerseits ein Kichern. Einige der
Kinder nickten, einige antworteten: »Ja, Mr Johns.«

»Wir repräsentieren die Schule von Honeybourne«, fügte
Spencer hinzu, »und die Leute sollen denken, dass es eine gute
Schule für brave Kinder ist. Also, wir schreien nicht, wir sind
nicht unhöflich, wir rennen nicht herum wie Verrückte und wir
lassen keinen Müll fallen. Wir berühren auch die Steine
nicht ...« Ein leicht verspieltes Feixen stahl sich in seine Züge.
»Sie stehen seit Jahrtausenden hier. Es wäre einfach typisch für
mich Pechvogel, wenn meine Viertklässler gegen einen der
Steine stoßen und dabei den ganzen Haufen umwerfen
würden.«

Einige der Kinder wagten ein verlegenes Lachen, aber die
meisten sahen ihren Lehrer verständnislos an.

»Okay, also dann ...« Spencer drehte sich wieder zu dem
Pfad um. »Folgt mir und lasst uns schauen, was unsere
Vorfahren in ihrer Freizeit so getrieben haben.«

Die Gruppe folgte Spencer, der mit weit ausholenden
Schritten voranging, und einige der Kinder mussten fast
rennen, um mit ihm mitzuhalten. Als sie sich dem Ring aus
Steinen näherten, blieb Spencer stehen und sorgte dafür, dass
die Gruppe das Gleiche tat. Er hüpfte von einem Fuß auf den
anderen, wie ein Boxer, der sich auf einen Ringkampf vorberei-
tete – ganz erfüllt von nervöser Energie.

»Also, wer kann mir etwas darüber erzählen, woher die
Steine kommen?«

Sofort schnellten in der Gruppe Hände hoch. Spencer
zeigte auf ein blondes Mädchen. »Grace?«

»Waren es Steinzeitmenschen?«

»Die Steine stehen hier seit langer Zeit«, entgegnete
Spencer geduldig, »aber obwohl das eine gute Antwort ist, ist sie

nicht richtig. Hier geht es um Menschen, die nicht vor gar so langer Zeit in unserer Vergangenheit gelebt haben.«

Wieder schnellten Hände hoch.

»Reuben ...«, sagte Spencer und sah für einen flüchtigen Moment in Jasmines Richtung. Millie fing den seltsamen, verlorenen Gesichtsausdruck auf, der im selben Moment verschwand, wie er erschienen war. Hatte sie es sich nur eingebildet?

»Merlin hat sie hier aufgestellt«, erklärte Reuben mit stolzgeschwellter Brust, davon überzeugt, dass seine Antwort die richtige sein würde.

»Nun ... Das ist eine der Legenden, die sich um die Steine ranken. Manche Leute sagen, Merlin habe sie mit Magie aus Irland hier hergebracht. Das ist eine von vielen Vorstellungen, die sich im Lauf der Jahre entwickelt haben, was die Steine betrifft und wie sie hier hergekommen sind.«

Reuben machte ein langes Gesicht.

»Es ist keine falsche Antwort, Reuben«, sagte Spencer freundlich. »Nur nicht die, auf die ich warte.«

»Gott segne ihn«, flüsterte Jasmine Millie zu. »Wir haben vor dem Schlafengehen in letzter Zeit Legenden über König Artus gelesen. Ich denke, ich muss Reuben wohl erklären, dass sie erfunden sind.«

»Ich finde die Antwort brillant«, sagte Millie mit plötzlicher Streitlust. »Es gibt nichts auszusetzen an einer mythischen Erklärung für irgendetwas. Es ist nicht die Schuld deines Sohnes, dass der Rest der Welt zu kurzsichtig ist, um etwas anderes zu sehen als kalte, harte Logik als Begründung für alles, was passiert.«

Jasmine starrte Millie an, die einfach verstummte und ihre Aufmerksamkeit wieder auf Spencer richtete. Sie betrachtete ihn, als hänge ihre bloße Existenz von seinem nächsten Satz ab.

»Wenn wir näher herankommen, habe ich einige Informationen, über die wir sprechen werden und die uns vielleicht helfen, etwas von dem Geheimnis aufzudecken. Wir werden um den Steinkreis herumgehen und uns alle Steine der Reihe nach ansehen. Jeder Stein hat seine Geschichte ...« Er sah einen dunkelhaarigen Jungen an, der seinen Freund angestupst hatte und lachte. »Es mag sich für dich langweilig anhören, Tom, aber es hatte tatsächlich jeder Stein eine besondere Bedeutung für die Menschen, die sie hier aufgestellt haben. Wir werden darüber reden und auch darüber, was es für uns bedeutet, selbst in der heutigen Gesellschaft.«

Der Junge hörte auf zu grinsen und versuchte, eine unbewegte Miene aufzusetzen. Spencer sprach weiter.

»Also, wir werden unseren Weg um die Steine herum fortsetzen. Wenn wir dort ankommen, werdet ihr *nicht* hinter die Barriere gehen, die zum Schutz der Steine aufgestellt wurde!«

Er setzte sich wieder in Bewegung, und die Gruppe marschierte hinter ihm her. Jasmine hielt aufmerksam Ausschau nach Nachzüglern, während sie Spencer folgten. Millie war unterdessen wie gebannt von dem Kreis, dem sie mit jedem Schritt näherkamen. Sie hatte immer eine tiefe Verbindung zur spirituellen Seite des Lebens verspürt, das gehörte nun einmal zu ihr, auch wenn es unerklärlich war. Wann immer sie mit einem solchen Anblick konfrontiert wurde, überwältigte er sie.

Ein Zupfen an ihrem Ärmel drang in ihre Gedanken ein. Als sie hinabschaute, bemerkte sie, dass Rebecca zu ihr aufblickte. »Darf ich mit Ihnen gehen, Miss?«

Die Bitte verblüffte Millie ein wenig. Sie sah Jasmine an, die nur lächelte. »Natürlich, aber du brauchst mich nicht Miss zu nennen.«

»Aber wir sind in der Schule. Wir müssen alle Erwachsenen Miss oder Sir nennen.«

»Nun ...« Millie beugte sich vor und senkte die Stimme. »Wenn niemand zuhört, kannst du mich einfach Millie nennen, und das wird unser kleines Geheimnis sein.«

Rebecca kicherte. Rachel, die einige Schritte weiter vorn stand, drehte sich um. Sobald sie bemerkte, dass ihre Schwester Millie unterhakte, kam sie zurückgeschossen, um sich ihnen anzuschließen, und schob ihren Arm auf der anderen Seite unter den von Millie.

»Sieht so aus, als hättest du einen Fanclub«, bemerkte Jasmine. »Keine Sorge – wenn du Mutter bist, lernst du schnell zu akzeptieren, dass so ziemlich alle Menschen interessanter sind als du.«

»Ich bin mir sicher, dass das nicht stimmt«, sagte Millie mit einem verlegenen Lachen.

»Wir haben dich trotzdem lieb, Mum ...«, murmelte Rebecca peinlich berührt. »Wir dachten nur, wir gehen heute zusammen mit Miss – Millie. Sie hat keine Kinder, die ihr normalerweise Gesellschaft leisten.«

Millie hatte sich nie für den mütterlichen Typ gehalten, aber sie konnte das Gefühl der Wärme nicht leugnen, das ihr die beiden Kinder neben ihr gaben, die ihr so unverfälscht, ehrlich und ohne Hintergedanken ihre Zuneigung zeigten. Wenn nur der Rest ihrer Beziehungen auch so einfach und dankbar sein könnte.

SIEBEN

Millie saß mit einer Tasse heißer Schokolade da. Die Dinge hatten sich in der Bäckerei in weniger als einer Woche bedeutend weiterentwickelt. Ein Generator erzeugte jetzt Strom für das Nötigste, der sie über Wasser halten würde, bis die neuen Leitungen verlegt waren, außerdem hatte sie einen guten Vorrat an Wasser. Ihre mageren Ersparnisse waren arg in Mitleidenschaft gezogen, stellte sie kläglich fest, aber zumindest konnte sie jetzt den Wasserkocher benutzen. Außerdem hatten sie ein paar weitere Möbel aufgestellt, und verglichen mit ihren ersten Nächten hier fühlte sie sich wie in einem Fünfsternehotel. Sie befand sich in dem gemütlichen Hinterzimmer hinter den Backöfen und dem Verkaufsraum, das sie in ein improvisiertes Wohnzimmer verwandelt hatte. Sie ging davon aus, dass das Arrangement sich als nicht sehr praktisch erweisen würde, sobald die Bäckerei funktionsfähig war, und sie würde über den Wohnbereich wahrscheinlich noch einmal nachdenken müssen, aber fürs Erste fühlte der Raum sich behaglich an und einfach, nun, richtig.

Der Schulausflug nach Stonehenge war vergnüglicher gewesen, als sie erwartet hatte. Sie hatte sich selbst niemals als einen Menschen mit angeborener Zuneigung zu Kindern gesehen, und es war eine furchteinflößende Aussicht gewesen, den Tag mit einer Gruppe von ihnen zu verbringen. Aber sie hatte die Kinder allesamt faszinierend und entzückend gefunden, ihre Neugier und ihr Staunen über alles, was sie gezeigt bekamen, waren ansteckend gewesen. Und es hatte geholfen, dass Spencer so großartig mit ihnen umging. Er war geduldig und sanft, aber er ließ sich nicht die Butter vom Brot nehmen, und Millie überlegte, dass sie, wenn sie in der Schule Lehrer wie ihn gehabt hätte, in akademischer Hinsicht vielleicht viel mehr erreicht hätte – vielleicht hätte sie sogar eine höhere Ausbildung angestrebt.

Nach ihrer Rückkehr aus der Schule und nachdem Jasmine ihre Schreckgespenster bei Rich abgesetzt hatte, war Millie ins *Dog and Hare* mitgenommen worden, zu einem wohlverdienten Drink und einem Snack, wo sie darüber gesprochen hatten, welche Fortschritte die Pläne machten, die Bäckerei instand zu setzen. Seit ihrem Mittagessen am Sonntag war Jasmine voller Ideen gewesen – Seiten um Seiten mit hingekritzelten Überlegungen, die sie Millie bei jeder Gelegenheit gezeigt hatte.

Einige der Ideen waren genial, einige logistische Albträume und andere schlicht und einfach töricht, aber sie hatten über jede einzelne ernsthaft diskutiert, ganz gleich, wie undurchführbar sie auf den ersten Blick erschienen war. Das Ritual vertiefte ihre Freundschaft von Mal zu Mal ein wenig mehr. Millie entwickelte langsam das Gefühl, ihren Fels in der Brandung gefunden zu haben, jemanden in ihrem Leben, auf den sie sich verlassen konnte. Schließlich war es nicht so, als hätte sie einen Mann gehabt, dem dieser Titel zustand, und so, wie sie in der Vergangenheit alles vermasselt hatte, war es nicht wahrscheinlich, dass sie in absehbarer Zeit einen Mann finden würde.

Es klopfte an der Ladentür. Es war noch nicht besonders spät, aber die Sonne sank dem Horizont entgegen, und da

Millie allein in ihrem baufälligen Zuhause war, war sie nervöser als gewöhnlich und nahm mit allen Sinnen wahr, wie leicht es sein würde, in die Bäckerei einzubrechen, und wie wenig sie tun konnte, um das Haus oder sich selbst zu verteidigen.

Bevor sie es auch nur schaffte, von ihrem Stuhl aufzustehen, folgte ein zweites, beharrlicheres Klopfen. Millie stemmte sich hoch und fragte sich, ob es sich um eine Art Notfall handelte. Aber dann drang Ruth Evans' schwache Stimme durch den Briefschlitz und entlockte Millie ein schiefes Lächeln.

»Ich bin es nur, meine Liebe. Ich will bloß wissen, ob Sie etwas brauchen.«

Ruth wusste bereits, dass Millie jetzt Strom und Wasser hatte, aber sie bestand darauf, vorbeizukommen, um herauszufinden, ob sie ihr noch einen Tee machen konnte oder warmes Wasser zum Waschen bringen oder irgendeinen anderen Gefallen tun. Millie lehnte stets höflich ab und wies jedes Mal taktvoll darauf hin, dass sie diese Dinge jetzt selbst zur Verfügung hatte. Aber sie verstand, dass Ruth nur Ausreden vorschützte, um Gesellschaft zu suchen.

»Einen Augenblick bitte, Ruth«, rief Millie und schnappte sich die Türschlüssel von einem Haken an der Wand.

Die Tür öffnete sich mit einem Knarren.

»Es geht mir gut, Ruth, danke.«

»Oh ...« Ruth sah erwartungsvoll zu ihr auf.

Millie seufzte. »Aber möchten Sie hereinkommen?«

»Oh, hm, ich könnte nur zehn Minuten oder so bleiben.« Ruth kam über die Türschwelle getippelt, und Millie trat zurück, um sie vorbeigehen zu lassen.

»Kommen Sie mit ins Hinterzimmer«, bot Millie an und ging voraus. »Es ist viel behaglicher dort drin, weil ich inzwischen Sessel habe.«

»Oh, Sie haben es jetzt aber wirklich nett hier«, stimmte Ruth ihr zu, während sie sich anerkennend umschaute. Millie hatte Kerzen angezündet, sodass die schäbige Einrichtung des staubigen Raums warm und einladend aussah. Zwei ausladende Sessel beherrschten das Zimmer, und ausgewählter Nippes zierte den uralten, steinernen Kaminsims über der offenen Feuerstelle. Ein Krug mit frischen Wiesenblumen erfüllte den Raum mit einem subtilen Duft. Es war leicht, sich vorzustellen, dass das Zimmer schon vor Jahrhunderten so ausgesehen haben musste, als die Bäckerei seinerzeit erbaut worden war.

Ruth ließ sich in einen der Sessel sinken, und eine schwache Falte trat dabei zwischen ihre Brauen.

»Darf ich Ihnen eine Tasse Tee machen?«, bot Millie an. »Um Ihnen für die vielen Tassen Tee zu danken, die Sie mir gemacht haben?«

»Das wäre schön«, sagte Ruth. »Milch und ein Stück Zucker bitte.«

»Es war wieder einmal ein wunderschöner Tag.« Millie ging zu dem Wasserkocher, der auf einer umgedrehten Kiste in der Ecke des Raums stand, und schaltete ihn an. »Ich war heute mit der Schule oben in Stonehenge.«

»Ich habe mich schon gefragt, wo Sie waren. Ich bin heute Nachmittag vorbeigekommen ... Ich wollte natürlich nur feststellen, ob Sie irgendetwas brauchen.«

»Natürlich.« Millie lächelte, als sie sich in den zweiten Sessel sinken ließ. »Es ist sehr nett von Ihnen, dass Sie immer mal wieder nach mir sehen.«

»Ich tue nur meine Pflicht als Nachbarin.«

»Und wie geht es Ihnen?« Millie biss sich auf die Unterlippe. Die Frage war ihr entschlüpft, bevor sie sie durchdacht hatte. Es war antrainierte Höflichkeit.

Ruth setzte eine geziemend märtyrerhafte Miene auf. »Ich wünschte, ich könnte behaupten, es ginge mir gut, aber das ist wirklich nicht so.«

»Oh ...«

Ruth massierte sich langsam die Knöchel. »Ich fürchte, es zieht ein Sturm auf.«

Millie nickte unsicher und überlegte, was diese plötzliche Bemerkung über das Wetter mit Ruths Gesundheit zu tun hatte. »Wir hatten eine lange Hitzewelle, die muss ja bald zu Ende gehen.«

»Sehr bald, wenn meine Gelenke ein Maßstab sind.«

»Ihre Arthritis?«, hakte Millie nach, und als sie begriff, erhellten sich ihre Züge. »Macht sie Ihnen heute wieder zu schaffen?«

Ruth nickte. »Als ich jung war, hat meine Großmutter darunter gelitten. Ich dachte immer, sie würde übertreiben, wenn sie sich beklagt hat. Wenn Sie nie gelitten haben, können Sie sich nicht vorstellen, wie elend man sich dabei fühlt – der ständige Schmerz, der an Ihnen nagt, keine Ruhepause, kein Wohlbehagen ...«

Millie starrte sie an. Ihre Nachbarin hatte immer so robust gewirkt, so sprühend vor Leben. Jetzt, da Millie genauer hinschaute, erschien Ruth ihr sehr alt und gebrechlich. Millie wurde von einer plötzlichen Melancholie ergriffen.

»Ruth«, begann sie, »waren Sie je verheiratet?«

Für einen Moment schien die Frage Ruth zu überraschen. Aber dann glitt ein Ausdruck stiller Freude über ihre Züge.

»Es hat einmal einen Mann gegeben«, erzählte sie. »Wir waren verlobt.«

»Aber Sie haben ihn nie geheiratet?«

»Er ist zur Marine gegangen. Hat mir versprochen, zurückzukommen und mich zu heiraten, wenn er erst ein ordentliches Einkommen hätte.«

»Was ist passiert?«

»Er ist ertrunken. Auf See.«

Millie schlug sich eine Hand vor den Mund. »O Gott!«

Ruth lächelte traurig. »Es ist jetzt lange her.«

»Und Sie haben nie jemand anderen gefunden?«

»Niemanden, der meinem Alf das Wasser hätte reichen können.«

»Also haben Sie immer allein gelebt ... Und es gab niemanden, der sich um Sie gekümmert hat?«

»Oh ... Um mich braucht man sich nicht zu kümmern, ich komme sehr gut zurecht.«

»Fühlen Sie sich nicht manchmal einsam?«

»Wenn ich dieses ganze Dorf zum Reden habe?« Ruth zwang sich zu einem Lachen, aber Millie ließ sich nicht von ihrer gespielten Tapferkeit täuschen. »Wie könnte ich in Honeybourne einsam sein?««

Millie verfiel ins Grübeln. Vielleicht waren sie und Ruth sich ähnlicher, als ihr bewusst gewesen war. Vielleicht würde Millie, wenn sie nicht aus dieser zerstörerischen Spirale aus Schuld und Bedauern entkam und ihr Leben wieder in die Hand nahm, so werden wie Ruth – eine traurige, einsame alte Dame, die auf die flüchtige Freundlichkeit von Fremden angewiesen war. Es war eine eigenartige und leicht furchteinflößende Erkenntnis.

Der Wasserkocher schaltete sich aus. Millie schüttelte sich und rieb sich hastig die Augen, als sie aufstand. »Ich mache Ihnen eben Ihre Tasse Tee.«

Schweigen senkte sich herab, während Millie den Tee zubereitete, und plötzlich hing eine unausgesprochene Anspannung in der Luft. Etwas war in diesem Raum passiert, und ihre Beziehung zu Ruth hatte sich verändert.

Millie ging mit der dampfenden Tasse zu Ruth und drückte sie ihr vorsichtig in die Hand.

»Danke.« Ruth lächelte flüchtig, als sie die Tasse von Millie entgegennahm. »Wenn Sie einen schnellen Blick in meine Tasche werfen«, sagte sie und deutete mit dem Kopf auf eine riesige Einkaufstasche zu ihren Füßen, »werden Sie einen Flachmann finden. Ich denke, ich könnte heute Abend ein Schlückchen gebrauchen.«

Millie nickte und durchstöberte die Tasche, bis sie die

kleine, stählerne Flasche fand. Sie schraubte den Deckel auf und schnupperte daran. »Whisky?«

Ruth hielt ihr mit einem Augenzwinkern ihre Tasse hin. »Genau das Richtige, um den Blues zu verscheuchen.«

Millie goss einen Schluck in den Tee der alten Dame.

»Bedienen Sie sich«, forderte Ruth sie auf.

»Ich glaube nicht …«

»Unfug«, beharrte Ruth. »Ein wenig Whisky hat noch niemandem geschadet. Wissen Sie, er verdünnt das Blut.«

Millie zögerte, dann lächelte sie. »Ich könnte einen Tropfen in meine heiße Schokolade geben.«

»Am besten ist Whisky in einer schönen Tasse Tee«, antwortete Ruth und schmatzte, als sie ihrerseits einen Schluck von ihrem Getränk nahm.

»Dann sollte ich mir besser auch eine Tasse zubereiten.« Millie lachte.

Während der nächsten Stunde hörte Millie aufmerksam zu, als Ruth ihr Geschichten über ihr Leben mit Alf erzählte, das Dorf und die Menschen, die gekommen und gegangen waren, und darüber, warum sie sich dafür entschieden hatte, allein zu bleiben, als Alf von seiner schicksalhaften Reise nicht zurückgekehrt war. Und zum ersten Mal seit ihrer Ankunft in Honeybourne wollte Millie nicht vor Ruths Geplapper davonlaufen. Ein- oder zweimal hatte Ruth auf Millies eigene Vergangenheit angespielt und auf ihre wenig subtile Weise versucht, ihr Tatsachen abzuringen, aber Millie lenkte das Gespräch jedes Mal zurück auf Ruths Leben – das Thema, worüber Ruth am liebsten sprach und dem Millie nur allzu gern zuhörte.

Millie schauderte leicht, als sich eine natürliche Pause in das Gespräch einschlich. »Es wird ein wenig kühl«, bemerkte sie und richtete den Blick auf die Dunkelheit hinter den Fenstern.

»Wahrscheinlich ist es langsam Zeit, dass ich Sie ins Bett gehen lasse.« Ruth lächelte.

»Ich bin tatsächlich ein wenig müde.« Millie musterte Ruth eingehender. »Sie sehen auch müde aus.«

»Ich bezweifele, dass ich heute Nacht viel Schlaf bekommen werde.«

»Warum? Bei mir gehen nach einem Schluck Whisky für gewöhnlich alle Lichter aus.«

»Nicht mit diesen alten Gelenken. Da braucht es mehr als ein Schlückchen Whisky.«

»Haben Sie keine Schmerztabletten?«

Ruth stieß mürrisch die Luft aus. »Reden Sie nicht davon. Ein Haufen Müll, wenn Sie mich fragen.«

»Schlafen Sie oft schlecht?«

»In den meisten Nächten. Ich kann mich wohl glücklich schätzen, dass ich tagsüber ein Mittagsschläfchen machen kann.«

Millie fragte sich, wann genau Ruth ihr Mittagsschläfchen hielt. Soweit sie beobachten konnte, war die Frau immer irgendwo im Dorf anzutreffen und plauderte mit jedem, der zuhören wollte. Doch sie ließ die Bemerkung durchgehen. Stattdessen erfasste sie der Drang zu helfen, obwohl es vielleicht unerwünschte Aufmerksamkeit erregen würde, wenn sie Ruth ihre Fähigkeiten offenbarte.

»Ich kann vielleicht einen Kräutertrank für Sie machen«, platzte Millie heraus. »Er würde Sie ein wenig entspannen, damit Sie schlafen können.«

Ruth sah sie zweifelnd an. »New-Age-Quatsch? Klingt wie etwas, das Jasmine Green mir aufzudrängen versuchen würde.«

»Nicht New Age. Tatsächlich ist es sehr Old Age.« Millie lächelte. »Was Heilmittel betrifft, ist dieses so alt wie die Erde selbst. Aber ich bin mir ziemlich sicher, dass es Ihnen helfen wird. Und wenn nicht, ist nichts darin, das Ihnen schaden wird.«

»Das klingt wirklich verführerisch.«

»Genau. Wie wäre es, wenn Sie einfach hier sitzen bleiben?

Ich brauche zehn Minuten, mehr nicht. Ich muss nur einige Kleinigkeiten finden, um den Trank herzustellen.«

Ohne auf Ruths Antwort zu warten, eilte Millie in den Verkaufsraum. Sie wusste, wo all ihre Bücher waren, da sie erst an einem der letzten Abende darin gelesen hatte. Aber es galt auch noch andere Dinge zu finden. Nachdem sie in einigen Kartons gestöbert hatte, fand sie einen, der Kerzen enthielt – Blau und Grün für heilende Zwecke. Sie nahm eine Handvoll heraus und legte sie auf die Theke, bevor sie ihre Suche fortsetzte. Jetzt brauchte sie ein Medium, irgendeinen Stärkungstrank, in den sie ihre heilenden Kräfte leiten konnte. Nachdem sie im nächstbesten Buch nach Inspiration gesucht hatte, fand sie genau das Richtige. Ein Heilmittel, das friedlichen Schlaf förderte. Millie strich mit einem Finger über die Liste und kramte dann die richtigen Kräuter aus einem anderen Karton hervor. Als Nächstes stellte sie einen Topf auf einen kleinen Gasherd und kochte etwas Wasser auf, in das sie die sorgfältig abgemessene Kräutermixtur gab.

Während das Mittel abkühlte, entzündete sie die Kerzen, atmete tief ein und fokussierte ihre Macht. Sie war von dem Whisky ein wenig beschwipst gewesen, aber jetzt war ihr Verstand scharf und zielgerichtet – sie hoffte nur, dass sie sich gut genug konzentrieren konnte, um die Macht, die notwendig war, damit der Heiltrank funktionierte, zur Gänze zu visualisieren. Sie hatte sich zu lange wie eine nutzlose Versagerin gefühlt, und es wurde Zeit, dass sie etwas Nettes tat, und sei es auch nur eine kleine Geste, um einer leidenden Nachbarin zu helfen. Sobald sie das Gefühl hatte, bereit zu sein, goss sie die Mixtur in eine winzige Flasche und flüsterte ihr dabei etwas zu. Dann drückte sie mit einem zufriedenen Lächeln den Stöpsel in den Flaschenhals und ging damit zu Ruth, die mit für sie untypischer Ruhe und Geduld wartete.

»Was ist das?« Ruth nahm die Flasche entgegen, öffnete sie und schnupperte daran.

»Geben Sie acht, nichts zu verschütten«, sagte Millie. »Es ist nur etwas, das Ihnen helfen wird, ein wenig leichter einzuschlafen.«

»Riecht wie Zitronenbalsam.«

»Davon ist auch etwas drin ... neben anderen Dingen.«

»Sie haben es doch nicht auf mein Geld abgesehen?« Ruth lachte. »Denn ich habe mein Testament noch nicht geändert, um Sie darin einzuschließen.«

Millie schenkte ihr ein nachsichtiges Lächeln. »Keine Sorge. Wir werden morgen früh nicht Miss Marple hinzuziehen müssen.«

Ruth ergriff Millies Hand und sah ihr fest in die Augen. »Danke.«

Als Millie den Ausdruck auf Ruths Gesicht bemerkte, wusste sie, dass die alte Dame ihr für viel mehr dankte als für ein Fläschchen mit einem Schlaftrunk. Millie wusste nicht sicher, ob ihr Trunk wirken würde, aber sie hoffte aufrichtig, dass er Ruth ein wenig Wohlbehagen schenkte. Wenn irgendjemand etwas Frieden verdiente, dann war es die arme alte Ruth Evans.

Ruths Prophezeiung war richtig gewesen, und Millie wurde am nächsten Tag von einem Donnergrollen geweckt, das den ganzen morschen Bau, den sie jetzt ihr Zuhause nannte, bis in die Grundfesten zu erschüttern schien. Millie stand auf und hoffte, dass ihr Gebräu vom vergangenen Abend Ruth eine kleine Ruhepause von ihren ständigen Schmerzen beschert hatte. Und wenn das alles war, was Millie tat, dann konnten die Dinge doch nicht außer Kontrolle geraten, oder? Sie war nach Honeybourne gekommen in der Absicht, sicheren emotionalen Abstand zu wahren, und sie wusste jetzt schon, dass sie allen zu nahe kam. Aber so, wie das Dorf tickte, fiel es einem schwer, sich nicht in seine Bewohner zu verlieben, und sie wollte gern helfen, wenn sie konnte.

Ein einziger Fehler ... Es war ein riesiger Fehler mit schrecklichen Konsequenzen gewesen, aber es war nur der eine. Sie war nach Honeybourne gekommen, um die Vergangenheit entschieden hinter sich zu lassen, und das bedeutete, auch diesen Fehler hinter sich zu lassen. Wenn sie hier nicht darüber hinwegkommen und zu dem zurückkehren konnte, was ihr das Leben lebenswert machte, wie gute Freunde und ein Gefühl der Zugehörigkeit, dann würde sie sich wohl niemals von diesem einen Fehlurteil, das sie immer noch verfolgte, erholen.

Das Gewitter erwies sich als heftig, aber es war gnädigerweise auch kurz. Eine Handvoll Donnerschläge, die sich anfühlten, als würden sie die Erde selbst erschüttern, Blitze, die einen flammenden Pfad über den Himmel zeichneten, während Millie das Geschehen aus der Sicherheit ihres Schlafzimmers heraus verfolgte, und eine kräftige Sintflut, dann war alles vorbei. Eine Stunde später war der Himmel immer noch bedeckt, aber die Hitze, die das Dorf während der vergangenen Wochen hatte schmoren lassen, baute sich bereits wieder auf. Seit die Hitzewelle begonnen hatte, hatten alle vom Sommer 1976 gesprochen, und während der letzten paar Tage hatte jede Zeitung darüber berichtet, dass dieser Sommer den Rekord aus jenem ziemlich bemerkenswerten Jahr gebrochen habe. Danach zu urteilen, wie der Himmel jetzt aufklarte, machte es nicht den Eindruck, als sei die Sonne schon fertig mit Großbritannien.

Etwa gegen zehn Uhr kamen ihre Strahlen wieder durch, und Millie schaute – wie es sich anfühlte, zum hundertsten Mal in dieser Stunde – auf ihre Armbanduhr. Ruth war an diesem Morgen nicht vorbeigekommen, und Millies anfänglicher Optimismus war einer erdrückenden Angst gewichen. Hatte ihr Trank etwas bewirkt, das er nicht hätte bewirken sollen? Ging es Ruth nicht gut, kam sie nicht aus dem Bett ... oder Schlimmeres? Millie nahm einen Stößel und einen Mörser aus einem Schrank, dann machte sie sich daran, eine Mischung aus Blättern zu einer Paste zu zerquetschen. Sie arbeitete mit grimmiger Konzentration, um sich selbst von diesem wenig hilfreichen Gedanken zu reinigen. Auf sie wartete Arbeit, es galt, für ihren ersten Kunsthandwerksmarkt Kosmetik und Tränke in größeren Mengen herzustellen, und wenn sie Trübsal blies, würde sie damit gar nichts erreichen. Der Trank, den sie Ruth gegeben hatte, war ein einfaches Heilmittel, eins der ersten, die sie herzustellen gelernt hatte – natürlich war nichts schiefgegangen. Aber wenn das stimmte, wo war dann Ruth?

»Hallo? Millie, bist du zu Hause?«, rief Jasmine durch den Briefschlitz.

Millie schnalzte mit der Zunge, verärgert über sich selbst, dass sie so melodramatisch war, und ging zur Tür. Jasmine stand auf der Treppe und sah einfach entzückend aus in einer lose sitzenden, geblümten Hose und einer langärmligen Bluse aus Baumwollbatist, das Haar mit einer riesigen Spange hochgesteckt. Ihre Wangen zeigten eine natürliche Röte, neben der Millie sich ungeheuer grau vorkam, und ihr mit Sorgen erfüllter Vormittag sowie ihr Erscheinungsbild ohne jedes Make-up trugen nicht dazu bei, dieses Gefühl zu zerstreuen.

»Hast du den Donner heute Morgen gehört?«, fragte Jasmine, während sie Millie zurück in den Ladenraum folgte.

Millie nickte. »Das Gewitter war schon verrückt, nicht wahr?« Sie nahm wieder ihren Platz hinter der Theke ein und räumte ein paar Blätterreste beiseite.

Jasmine ließ den Blick über die Überbleibsel von Millies Morgenarbeit wandern. »Du warst fleißig. Es riecht toll hier drin. Was machst du da?«

»Ich dachte, ich fange mit Hanfseife an. Die lässt sich immer gut verkaufen.«

Jasmine grinste. »Lass Dylan nicht wissen, dass du hier Hanf hast. Er wird versuchen, es zu rauchen.«

»Ich weiß gar nicht, ob es die richtige Hanfsorte dafür ist. Außerdem kann er keine Seife rauchen.«

»Glaub mir, er würde es versuchen.«

Millie schenkte ihr ein schwaches Lächeln.

»Was ist los?«, fragte Jasmine.

»Hast du Ruth heute Morgen schon gesehen?«

Jasmine runzelte leicht die Stirn. »Du meinst, sie war nicht im frühen Morgengrauen hier und hat dich mit Tee und Toast versorgt?«

»Nein. Normalerweise wäre sie um diese Zeit längst vorbeigekommen.«

»Willst du, dass ich mal rübergehe und an ihre Tür klopfe?«

Millie schüttelte den Kopf. »Das hat bestimmt nichts zu bedeuten.«

Die Falte zwischen Jasmines Brauen vertiefte sich. »Geht es dir auch wirklich gut? Du scheinst dir darüber mehr Sorgen zu machen, als die Sache eigentlich wert ist. Ist etwas passiert?«

»Nein ... Sie ist gestern Abend hergekommen und ziemlich lange geblieben. Wir haben etwas Whisky getrunken, und sie hat mir von ihrer Krankheit erzählt. Ich dachte ...«

Jasmine lächelte. »Lass dir gesagt sein, dass Ruth Evans uns alle unter den Tisch trinkt, auch wenn sie aussieht wie eine zerbrechliche, kleine alte Dame. Es geht ihr bestimmt gut. Wahrscheinlich schläft sie nur einen Rausch aus.«

Millie zwang sich ihrerseits zu einem Lächeln. »Da hast du sicher recht. Also ... was führt dich her?«

»Ich will mit dir ausgehen.«

»Ich kann nicht ... Wohin?«

»Es gibt da eine Bäckerei in Ringwood, die ich mir ansehen möchte. Dort stellen sie tolle Kuchen und andere Leckereien her, und das Geschäft läuft blendend. Ich dachte, wir fahren mal hin und sehen uns das Ganze an, um festzustellen, was die Bäckerei in Ringwood von anderen unterscheidet.«

»So etwas wie Industriespionage?«

»Nein!« Jasmine lachte. »So etwas wie Recherche. Du wirst nicht mit ihnen konkurrieren, aber du könntest ein paar nützliche Informationen aufschnappen. Es macht ihnen bestimmt nichts aus, wenn zwei sehr neugierige und nicht einmal ansatzweise in ihrem Einzugsgebiet tätige Touristinnen sie ein wenig ausfragen.«

Millie zögerte und betrachtete das Chaos, das sie verbreitet hatte, und dachte an die Arbeit, die noch vor ihr lag. »Ich weiß nicht recht ...«

»Kann all das hier nicht auf dich warten?«

»Ich fürchte, nein. Die Sachen könnten verderben, wenn ich sie einfach unverarbeitet hier liegen lasse.« Als sie aufschaute, bemerkte sie, dass Jasmine ein wenig gekränkt aussah. Einen Moment lang kam sie sich grausam vor, aber Jasmine hatte ihr ihre Idee nicht vorher angekündigt. Welcher Mensch erwartet von einem, dass man von einer Sekunde auf die andere alles stehen und liegen ließ? »Ich kann heute nicht«, fügte sie halsstarrig hinzu.

»Ich weiß, es kommt auf die letzte Minute. Es ist einfach so, dass ich ein wenig Freizeit habe. Aber mir hätte klar sein sollen, dass das bei dir vielleicht nicht so aussieht. Mach dir deswegen keine Gedanken.«

Sofort hasste Millie sich für ihre Überlegungen. Wie konnte sie nur so gemein sein? Sie lächelte strahlend. »Nein, entschuldige dich nicht. Ich bin undankbar, und es ist so schön, dass du helfen willst. Lass mich zu Ende bringen, was ich angefangen habe, und aufräumen. Es dauert vielleicht eine Stunde oder so ... Wäre das okay?«

»Super«, kreischte Jasmine. »Ich helfe, wenn ich kann. Zeig mir einfach, was erledigt werden muss, und sag mir, was ich tun soll.«

Die Fahrt nach Ringwood erwies sich als willkommene Ablenkung von den zunehmend düsteren Ängsten, die Millie plagten. Alles andere als beruhigend war gewesen, dass, als Jasmine darauf bestanden hatte, auf dem Weg zu ihrem Auto an Ruths Tür zu klopfen, die alte Dame nicht reagiert hatte. Aber wie Jasmine Millie sanft ins Gedächtnis rief, lief Ruth häufig überall im Dorf herum und nervte alle, die einen Moment Zeit erübrigen konnten, um ihr zuzuhören, daher habe es nichts zu bedeuten. Höchstwahrscheinlich habe sie ein neues und abscheuliches Gebrechen erfunden, das ihr einen Besuch bei Doktor Wood ermöglichte. Jasmine lachte und sagte Millie, dass sie sich keine Sorgen zu machen brauche und sie ihren Nachmittag so verbringen sollten, wie sie es geplant hatten. Sie würden später vorbeischauen, um festzustellen, ob Ruth zurückgekommen war. Wenn sie dann immer noch nicht die Tür öffnete, dürfe Millie sich Sorgen machen. Widerstrebend stimmte Millie zu, und je weiter sie sich von Honeybourne entfernten, umso besser fühlte sie sich.

Die Riverside Bakery war ein himmlischer Laden. Sie war in Pastelltönen gestrichen, bei denen einem das Wasser im Mund zusammenlief, und draußen in der Sonne standen kunstvolle schmiedeeiserne Tische und Stühle. Im Verkaufsraum hingen uralte Poster, und aus der Backstube drangen die göttlichsten Düfte. Der Inhaber, ein kleiner, gepflegter Mann, der an eine Figur aus einem Agatha-Christie-Roman erinnerte, war geradezu glücklich, mit ihnen über neue und ungewöhnliche Rezepte zu sprechen, die bei seinen Kunden sehr gut ankamen, etwa für Küchlein mit einer Füllung aus Rhabarber und Custard, gezuckerte Yorkshire-Puddings mit Sahnekaramellsoße und Pasteten mit Schweinefleisch und Pflaumensoße. Das Gespräch wurde zwar öfter unterbrochen, da ständig Kunden bedient sein wollten, aber der Inhaber war offensichtlich außerordentlich mitteilungsbedürftig und erging sich in enthusiastischen Berichten darüber, wie er zum Backen gekommen und wie wunderbar sein Personal sei, das ganz aus Familienmitgliedern bestehe. Von seiner umgänglichen Art und seiner Freundlichkeit ermutigt, erzählte Millie ihm ein wenig über ihre eigenen Hoffnungen und Ängste, die sie mit ihrer Dorfbäckerei verband. Obwohl sie wusste, dass der Erfolg seines Unternehmens den ihres eigenen immer überschatten würde – Ringwood war eine viel größere Stadt –, erfüllte der Besuch sie trotzdem mit Hoffnung und einem neuen Enthusiasmus. Sie verabschiedeten sich mit einer Tüte voller Kuchen und Pasteten, von deren Inhalt sie beinahe ihr eigenes Dorf ernähren konnten, und versprachen zurückzukehren, sobald die Bäckerei eröffnet war, um ihm zu erzählen, wie sie zurechtkamen. Außerdem hatte der Besitzer der Riverside Bakery zugesagt, an seinem nächsten freien Tag vorbeizuschauen, falls er gerade in der Gegend war.

Zurück in Honeybourne und ihrer baufälligen Bäckerei, kam es Millie so vor, als hätte das Gebäude ihre Ängste in ihrer Abwesenheit noch größer werden lassen. Sie bestürmten sie erneut mit voller Wucht, schmerzhafter und drängender als zuvor.

»Ich werde noch einmal nach Ruth sehen«, sagte sie und stellte die Tüte mit Leckerbissen auf die Theke.

»Lass mich das erledigen«, sagte Jasmine. »Wenn sie immer noch verschwunden ist, werden wir die Sache ernster nehmen.«

Millie zögerte, dann nickte sie knapp. »Danke. Ich schalte schon mal den Wasserkocher ein, während du fort bist.«

Wenig später kam Jasmine mit Ruth im Schlepptau zurück. Millie stieß einen gewaltigen Seufzer der Erleichterung aus, als sie sah, dass Ruth nicht nur bester Laune zu sein schien, sondern auch erheblich gesünder wirkte, als sie sie jemals erlebt hatte.

»Wissen Sie, um wie viel Uhr ich heute aufgewacht bin?«, fragte Ruth und eilte mit überraschender Geschwindigkeit herbei, um Millies Hand zu ergreifen. »Um zwei Uhr ... am

Nachmittag! So lange und so gut habe ich nicht mehr geschlafen seit ... vielen Jahren. Ich fühle mich heute um zwanzig Jahre verjüngt!«

Millie lächelte, als Ruth sie an sich zog und ihr einen Kuss auf die Wange gab. »Das ist gut. Der Schlaftrunk hat also gewirkt?«

»Schlaftrunk? Es ist so etwas wie ein Elixier des Lebens! Ich habe das Gefühl, als sei jedes meiner Gebrechen geheilt.«

»Doktor Wood wird gar nicht mehr wissen, was er in seiner Sprechstunde mit sich anfangen soll«, warf Jasmine mit einem schiefen Lächeln ein.

»Ehrlich«, fuhr Ruth ungerührt fort, »Sie könnten diesen Trank verkaufen und ein Vermögen damit verdienen.«

Die alte Dunkelheit glitt erneut über Millies Züge. »Ich könnte es nie verkaufen. Diese Heilmittel sind uralt, und das Wissen, das notwendig ist, um sie herzustellen, ist etwas Kostbares, dem Respekt gezollt werden muss, es sollte nicht persönlichem Profit dienen.«

Jasmine und Ruth tauschten besorgte Blicke.

»Sie hat es nicht so gemeint«, sagte Jasmine.

Millie wandte ihnen den Rücken zu, um sich zu fassen. »Ich weiß, dass Sie mir nicht zu nahe treten wollten, Ruth«, sagte sie, als sie sich wieder zu ihnen umgedreht hatte. »Es war ein langer Tag, und ich habe noch sehr viel zu tun.«

»Wir werden gehen«, sagte Jasmine und nickte Ruth zu.

»Nein ... Noch nicht. Ich habe den ganzen Kuchen aus Ringwood, und den kann ich allein garantiert nicht aufessen.« Um der beiden Frauen willen, zwang Millie sich zu einem Lächeln.

»Wenn du unbedingt willst«, sagte Jasmine unsicher, aber dann drehte sie sich um und sah, dass Ruth sich bereits an ihren gewohnten Platz im Erker gesetzt hatte.

»Natürlich will ich es.« Millie lächelte, auch wenn ihr Lächeln eine Spur zu strahlend war.

Millie verschloss die letzte Dose ihrer Feuchtigkeitscreme mit Mandelöl, die sie zusätzlich zu Fenchelshampoo, Gesichtsreiniger mit Haselnuss und verschiedenen Seifen hergestellt hatte. Dann trat sie zurück und betrachtete die Kisten, und das starke Gefühl, etwas geleistet zu haben, entlockte ihr ein verhaltenes Lächeln. Als Jasmine vorgeschlagen hatte, Kosmetik zum Verkauf zuzubereiten, hatte sie daran gezweifelt, ob sie es in einem solch kommerziellen Maßstab hinbekommen würde. Dann hatte Jasmine angekündigt, dass in zwei Wochen ein großer Kunsthandwerksmarkt in Salisbury stattfinde und dass es gut sei, wenn Millie bis dahin einiges zu verkaufen hätte. Es war Millie unmöglich erschienen, so kurzfristig viel auf die Beine zu stellen. Aber hier stand sie, am Abend vor dem Handwerksmarkt, und dank ihrer harten Arbeit jeden Abend während der vergangenen zwei Wochen war alles bereit. Während sie wie eine Besessene gearbeitet und es genossen hatte, hatte sie lange und gründlich darüber nachgedacht, ob es vielleicht besser für sie wäre, ihren Geschäftsplan zu ändern, die Bäckerei zu vergessen und auf Vollzeitbasis zusammen mit Jasmine ihre Waren auf Handwerksmärkten anzubieten. Aber wann immer sie kurz davor war, diese Entscheidung zu treffen, erinnerte sie sich an den unerklärlichen Sog, der sie nach Honeybourne geführt hatte, und die Stimme in ihrem Kopf, die ihr eingeflüstert hatte, dass sie das alte Gebäude kaufen solle. Was, wenn sie das jetzt aufgab? Das alte Haus verdiente es, renoviert zu werden; jeder Ziegelstein, jeder Balken, alles bettelte darum, und Millie brachte es nicht fertig, sich von der Aufgabe ablenken zu lassen, die sie sich selbst gestellt hatte. Das Ganze hatte etwas Eigenartiges und Spirituelles, das sie nicht erklären konnte. Aber das Gefühl war trotzdem da. Da es sie nun erneut verfolgte, nahm sie sich vor, Jasmine danach zu fragen, wem die Bäckerei früher gehört hatte und was aus ihm oder ihr geworden war.

Mit einem gewaltigen Gähnen schaute sie auf ihre Armbanduhr. Der nächste Tag würde hektisch werden, und obwohl es gerade erst neun war, rief ihr Bett nach ihr. Vielleicht war es eine gute Idee, ausnahmsweise einmal eine Nacht richtig zu schlafen. Gerade als sie die Ladentür abschließen und die Kerzen ausblasen wollte, die im Raum verteilt waren, klopfte jemand ans Fenster. Ruth.

»Was kann ich für Sie tun?«, fragte Millie, als sie die Tür öffnete, um sie hereinzulassen.

»Ich wollte herkommen, bevor Sie für heute Nacht abschließen ... Ich nehme nicht an, dass Sie noch mehr von diesem wunderbaren Schlaftrunk haben, oder?«

Millies Lächeln verrutschte. »Sie werden ihn nicht noch einmal brauchen.«

»Aber ohne den Trank kann ich nicht schlafen.«

»Ruth ... Sie haben ihn nur eine Nacht benutzt. Woher wissen Sie das, wenn Sie es nicht ausprobieren?«

»Bitte. Ich werde Sie nicht belästigen. Wie wäre es, wenn Sie mir eine extragroße Flasche brauen würden, dann müsste ich nicht noch einmal darum bitten.«

»Das kann ich nicht, Ruth.«

Die alte Frau sah sich um. »Ich wollte nur ein ganz klein wenig«, murmelte sie. »Ich habe so wunderbar geschlafen – so gut wie seit Jahren nicht mehr ...«

Millie legte ihr eine Hand auf den Arm. »Hatten Sie heute irgendwelche Probleme mit Ihren Gelenken?«

Ruth schaute zu ihr auf, und Verwirrung trat in ihre Züge. »Wenn ich so recht darüber nachdenke, nein.«

»Es ist Ihnen nicht aufgefallen?«

Sie schüttelte den Kopf. »Nachdem ich letzte Nacht so gut geschlafen habe, muss ich es irgendwie vergessen haben, aber ich nehme an, die Gelenke hätten mir wehtun sollen. Es ist seltsam.«

»Vertrauen Sie mir. Sie werden heute Nacht auch ohne den Trank schlafen. Übrigens werden Sie ihn nie wieder brauchen. Und Ihre Arthritis wird Ihnen auch keine Probleme mehr bereiten.«

Ruth starrte sie an. »Ach nein?«

Millie schüttelte mit einem nachsichtigen Lächeln den Kopf.

»Ich bin geheilt? Aber ... wie?«

»Ein uraltes Heilmittel, das die meisten Menschen vergessen haben. Wenn Sie mich fragen, ist das wahrscheinlich auch gut so.« Millie schob Ruth sanft zur Ladentür. »Die Sache sollte unter uns bleiben.«

»Wieso das denn?«

»Wenn Menschen Dinge nicht verstehen, kann das zu unangenehmen Fragen und Misstrauen führen.«

»Ach ja?«

»Ja. Würde es Ihnen sehr viel ausmachen, wenn ich Sie heute Abend nicht bitten würde, zu bleiben? Ich muss morgen mit Jasmine früh losfahren.«

»Jasmine Green? Die im Pub arbeitet?«

Millie seufzte. Es gab einige Dinge, die sie heilen konnte, aber wie es schien, gehörte Ruths Gedächtnis nicht dazu. »Jasmine Green, ja, aber sie arbeitet nicht mehr im Pub.«

»Das stimmt, ich weiß.« Auf der Türschwelle blieb Ruth noch einmal stehen und drehte sich wieder um. »Also, ich bin wirklich geheilt?«

»Ich hoffe es«, antwortete Millie. »Aber vergessen Sie nicht, es ist unser kleines Geheimnis.«

»Unser kleines Geheimnis. Wunderbar.«

Ruth trat unsicheren Schritts hinaus in die laue Abendluft. Millie beobachtete, wie sie auf ihr eigenes Cottage zuging. Sie überlegte, ob Ruth überhaupt wusste, was das Wort »Geheimnis« bedeutete. Sie hoffte nur, dass ihr Gedächtnis schlecht genug sein würde, um einen komischen kleinen Schlaftrunk zu vergessen, den ihre Nachbarin ihr in einem Moment der Schwäche gegeben hatte. Obwohl sie glücklich darüber war, dass es Ruth so viel besser ging, war das Letzte, was sie jetzt brauchen konnte, die Neugier der Einwohner von Honeybourne, die zu ihr kamen, um herauszufinden, was dazu geführt hatte, dass die Tratschtante aus dem Dorf aufrechter ging, als sie das seit Jahren hatte tun können.

Jasmine legte Rich die Beine über den Schoß, als sie zusammen auf dem Sofa saßen. Sie war heute besonders zufrieden mit sich, aber andererseits hatte sie gute Gründe dafür. Der Handwerksmarkt war ein riesiger Erfolg gewesen, insbesondere dank Millies Naturkosmetik. Es war nicht nur eine gute geschäftliche Entscheidung gewesen, Millies Anwesenheit am Verkaufsstand hatte auch bedeutet, dass Jasmine wirklich Spaß gehabt hatte. Sie war müde, aber glücklich nach Hause zurückgekehrt und konnte den nächsten Markt gar nicht erwarten.

Die Drillinge lagen jetzt schlafend in ihren Betten, und Jasmine hielt ein wohlverdientes Glas Wein in Händen.

»Und bevor du etwas sagst«, fuhr sie fort, »wir werden es wieder tun. Es hat mir wirklich Spaß gemacht, Millie heute mit dabeizuhaben. Ich habe das Gefühl, dass ich eine echte Geschäftspartnerin gefunden habe.«

»Aber sie ist nicht deine Partnerin«, rief Rich ihr ins Gedächtnis. »Und ich finde, dass es sicherer so ist, also setze ihr nicht irgendwelche Flausen in den Kopf.«

»Das weiß ich. Und ich bin alt und klug genug, meine eigenen geschäftlichen Entscheidungen zu treffen, vielen Dank, du Superinvestor. Ich weiß ohnehin nicht, was du gegen sie hast.«

»Ich weiß es auch nicht. Für alle im Dorf geht anscheinend

die Sonne auf, wenn auch nur von ihr die Rede ist, und das allein missfällt mir schon. Ich habe heute, als ich die Kinder von der Schule abgeholt habe, Ruth Evans gesehen. Sie hat irgendeinen Unfug über einen Wundertrank von sich gegeben, den Millie für sie gebraut habe, um ihre Arthritis zu heilen. Die halbe Zeit redet diese Frau wirres Zeug, ich weiß, aber Millie muss ihr irgendetwas gegeben oder etwas gesagt haben, das sie auf diese Idee gebracht hat.«

»Und das ist schlecht, weil ...?«

»Ich weiß nicht. Es ist einfach so ein Gefühl, das ich habe, wenn es um Millie geht. Spring mir nicht ins Gesicht, wenn ich das sage ... Aber ich denke immer noch, dass sie eine geheime Vergangenheit hat, die ganz und gar nicht so rosig ist, wie wir das vielleicht glauben wollen.«

Jasmine ließ das kurz sacken. Dann stieß sie einen Seufzer aus. »Wenn ich ehrlich bin, vermittelt sie mir den gleichen Eindruck. Aber nicht so, wie du es meinst. Ich habe das Gefühl, dass da eine Dunkelheit in ihr ist, eine große Tragödie. Neulich hast du gesagt, sie sei auf der Flucht vor ihrer Vergangenheit. Da hattest du vielleicht recht. Aber das macht sie nicht zu einem schlechten Menschen, nur zu einem mit einem Knacks.« Sie nippte an ihrem Wein. »Und sehen wir den Tatsachen ins Auge, wir haben doch alle bei der einen oder anderen Gelegenheit einen Knacks vom Leben davongetragen.«

»Ich will einfach nicht, dass du da zu tief einsteigst und dich in etwas hineinziehen lässt, das Konsequenzen für dich haben wird. Ich weiß, wie empfindlich du sein kannst.«

»Keine Bange ... Wenn sie mich fesselt und als Sexsklavin auf ihrem Dachboden festhält, werde ich sie bitten, dir von Zeit zu Zeit zu erlauben, uns zu besuchen und zuzusehen.«

»Ich meine es ernst, Jas.«

»Das weiß ich doch. Und ich finde es wunderbar, dass es dir nicht egal ist, aber du siehst wirklich Probleme, die gar nicht da sind. Beim ersten Anzeichen von Ärger, darauf gebe ich dir mein Wort, werde ich sofort einen Rückzieher machen.«

»Hmm, warum glaube ich dir nicht?«

Jasmine grinste. »Halt die Klappe und küss mich. Vielleicht bin ich ja doch nicht so müde ...«

Ein breites Grinsen malte sich auf Richs Gesicht ab, und er streckte die Hände nach ihr aus. Da ertönte an der Haustür ein leises Klopfen.

»Ignorier es«, sagte er. »Wer immer es ist, kann bis morgen warten.«

»Red keinen Unsinn«, antwortete Jasmine, reichte ihm ihr Glas und stand vom Sofa auf. Nachdem sie ihren Rock glatt gestrichen hatte, tappte sie barfuß zur Tür, während Rich frustriert das Gesicht verzog und ihr nachschaute.

Einen Moment später tauchte sie mit Dylan und Millie wieder auf.

»Ich wollte dir das zurückzugeben ...« Millie reichte Jasmine einen Geldbeutel. »Du hast ihn in einem meiner Kartons vergessen. Und Dylan war auf dem Weg zu dir, daher sind wir jetzt zu zweit hier.«

Jasmine versuchte, ihren Bruder, der lediglich mit einem freundlichen Lächeln die Hände in die Taschen schob, nicht finster anzufunkeln. Er besuchte sie nie, es sei denn, sie piesackte ihn so lange, bis er es tat, und schon gar nicht besuchte er sie überraschend. Er hatte offensichtlich darauf gewartet, dass Millie aus ihrem Haus kam, und die Tatsache, dass sie auf dem Weg zu Jasmine gewesen war, hatte ihm als Ausrede gedient, sich anzuschließen. Das machte ihr Sorgen. Millie war in der Vergangenheit verletzt worden. Das war leicht zu erkennen, wenn man ihr erst einmal etwas näher kam – die Momente der Traurigkeit und Innenschau, die Leere in ihrem Blick, wenn sie dachte, dass niemand hinschaute, ihre mangelnde Bereitschaft, mehr als die dürftigsten Details über ihr Leben vor Honeybourne zu erzählen. Sie war in ihr Dorf gekommen, um sich davon zu erholen, und das war für Jasmine in Ordnung. Aber so sehr sie ihn liebte, Dylan war nicht der Mann, den Millie zu einer solchen Zeit um sich haben sollte. Er war wie Opium – wer mit ihm zusammen war, fühlte sich zunächst wundervoll, aber irgendwann wurde es zu viel und zerstörerisch. Jasmine hatte es schon zigmal mitangesehen. Millie machte auf Jasmine den Eindruck einer Frau, bei der nicht allzu viel dazugehörte, sie zu zerbrechen. Auf keinen Fall wollte sie zwischen die Fronten eines solchen Schlamassels geraten.

»Willst du uns nicht ein Glas von diesem leckeren Wein anbieten, den ihr trinkt?«, unterbrach Dylan ihre Gedanken.

»Woher weißt du, dass er lecker ist?«, warf Rich ein. »Bitte nimm zur Kenntnis, dass wir ein festes Budget haben. In diesem Haus gibt es entweder Aldis Besten oder gar keinen.«

»Solange Alkohol drin ist, nenne ich ihn lecker«, gab Dylan mit verschmitzter Miene zurück. Jasmine ertappte Millie dabei, wie sie zu ihm hinüberschaute, und der Ausdruck des Verlangens, in den sich etwas mischte, das beinahe Angst zu sein schien, raubte ihr den Mut. Dylan wirkte seine Magie, und Millie war jetzt schon verloren. Sie durfte nicht tatenlos zusehen, bis sie nur noch die Scherben von Millies gebrochenem Herz auflesen konnte. Und sie wollte das Risiko nicht eingehen, jemanden zu verlieren, der für sie zu einer lieben Freundin wurde.

»Setzt euch«, sagte Rich und schaute Jasmine an, deren mutloses Achselzucken für niemanden außer ihrem Mann wirklich wahrnehmbar war. »Ich wollte ohnehin gerade eine neue Flasche öffnen.«

»Guter Mann«, sagte Dylan und schwang sich über die Rückenlehne des Sofas wie ein Olympionike, dann klopfte er auf den Platz neben sich. »Ladys ... Kommt her und erzählt mir von eurem Tag.«

Jasmine verdrehte die Augen, setzte sich aber ganz bewusst

neben ihn, damit Millie es nicht tun konnte. »Meine Tage drehen sich um Arbeit, und die bloße Erwähnung dieses abscheulichen Wortes lässt mich hyperventilieren.«

»Das ist ein wenig hart.« Dylan beugte sich augenzwinkernd zu Millie vor, die sich in einen Sessel gesetzt hatte. »Beachte meine Schwester gar nicht. Ihr ist nicht klar, dass es Zeit kostet, einen Lebensplan zu perfektionieren. Ich dagegen überlege mir, wie ich mein Glück machen kann, bevor ich mich kopfüber darauf stürze und alles vermassele.«

»Willst du damit sagen, ich würde alles vermasseln?«, versetzte Jasmine.

»Nur am Anfang, was du ohnehin selbst zugibst.«

»Also, dann schieß mal los, erzähl uns doch bitte etwas von deinem großartigen Plan, deine erste Million zu verdienen.«

»Ich kann es euch nicht erzählen. Wenn ich es täte, müsste ich euch umbringen.«

»Das bedeutet, ein solcher Plan existiert nicht«, bemerkte Jasmine mit einem schiefen Lächeln zu Millie.

»Nur weil du denkst, du wüsstest alles über mich, Schwesterherz, muss das nicht unbedingt stimmen.«

»Dann klär mich auf.«

Dylan hob mit einem Nicken den Blick, als Rich ihm ein Weinglas reichte. »Tatsächlich hat mir jemand einen sehr interessanten Vorschlag unterbreitet.«

»Klingt faszinierend«, sagte Rich, während er Millie ein Glas reichte und sich dann in den letzten verbliebenen Sessel setzte.

»Ich werde in Bonys Geschäft einsteigen.«

»Du meinst Bony, den Bauarbeiter?«, fragte Jasmine, und ihre Brauen zuckten in die Höhe. »Du willst Bauarbeiter werden?«

Dylan nickte. Rich brach in schallendes Gelächter aus, aber Dylan wirkte von der Reaktion auf seinen Plan völlig ungerührt.

»Was in aller Welt hat dich zu dieser Entscheidung gebracht? Du hast noch nie auch nur das geringste Interesse am Baugewerbe gezeigt.«

»Bony ist ein Kumpel, und wir haben ein paarmal darüber geredet. Ich war bisher einfach nur nicht in der richtigen Gemütsverfassung, es ernst zu nehmen. Aber ich bin jetzt achtundzwanzig und habe das Gefühl, als müsste ich anfangen, etwas aus mir zu machen. Auf uns wartet jede Menge Arbeit, daher ist er überglücklich, mich an Bord zu haben.«

»Ach ja? Aber du hast keinen blassen Schimmer von dem Gewerbe.«

»Ich habe Muskeln, und ich habe eine schnelle Auffassungsgabe. Ich wüsste nicht, was so schwer daran sein soll.«

»Ich werde dich nach deiner ersten Arbeitswoche an dieses Gespräch erinnern«, warf Rich ein. »Also, wann fängst du an?«

»Bony klärt das noch. Vielleicht nächste Woche.«

Jasmine lächelte Rich an. Vielleicht wurde Dylan doch endlich erwachsen. »Wenn du es ernst meinst, finde ich es großartig.«

Dylan schaute zu Millie hinüber, die das Gespräch schweigend und mit verschlossener Miene verfolgt hatte. Er schenkte ihr ein breites Lächeln. »Und es bedeutet auch, dass ich in der Lage sein werde, dir zu helfen, die Bäckerei auf Vordermann zu bringen. Ich werde mit Bony darüber reden, ob wir es nicht zum Selbstkostenpreis machen können.«

Jasmines Miene verdüsterte sich. Denn da war er: der Hintergedanke. Wie hatte sie so töricht sein können? Dylan war und blieb Dylan ... charmant, witzig und attraktiv – aber immer auf der Suche nach der nächsten Eroberung. Sie wollte gerade den Mund öffnen, als Rich zu ihr herüberschaute, kaum merklich den Kopf schüttelte und dann ein neues Gespräch mit Millie begann.

»Sag mal, Ruth Evans hat mir heute erzählt, du wärst eine Art Kräutermittelgenie.«

Diesmal glitt ein Schatten über Millies Züge. »Es war nur ein Schlaftrunk ... Etwas ganz Einfaches, das Anfänger in einer Apothekerlehre herstellen könnten. Kein Grund zur Begeisterung.«

»Ruth schien er jedenfalls begeistert zu haben.«

Millie nahm einen Schluck Wein. »Der ist sehr gut«, bemerkte sie und zwang sich zu einem Lächeln. »Was ist das für einer?«

»Ich habe keine Ahnung.« Rich lachte. »Ich mache einfach die Flasche auf und trinke ihn.«

Die Spannung im Raum war plötzlich mit Händen zu greifen. Jasmine spürte, dass ein weiterer Themenwechsel vonnöten war, aber kein Gesprächsthema schien ihr sicher zu sein.

»Wer hat Hunger?«, fragte sie munter und sprang von ihrem Platz. »Ich hole ein paar Knabbersachen.«

Jasmine stieß einen Seufzer aus, als sie in den Kühlschrank sah, um festzustellen, was sie zusammenwürfeln konnte. Während sie Hummus, Salate, Fladenbrot und Käse zur Theke trug, setzte sie ein Lächeln auf. »Rich, wie wäre es, wenn du das Scrabble herausholen würdest? Dann können wir uns ein wenig amüsieren, während Dylan wie immer versucht, uns davon zu überzeugen, dass Worte, die es eigentlich nicht gibt, vollkommen gebräuchlich sind.«

Dylan stieß ein übertriebenes Lachen aus. »Du bist nur neidisch, weil mein Wortschatz so viel größer ist als deiner.«

»Ich brauche kein Wörterbuch, um dir zu sagen, dass du schummelst, du Schlitzohr.«

Rich ging zu einem Schrank, und Jasmine lächelte ihren Bruder an. Sie würde diesen Abend retten, auf Teufel komm raus, und wenn es das Letzte war, was sie tat.

ACHT

Am nächsten Morgen erwachte Jasmine mit einem Mund wie ein Sandkasten und einem Kopf voller Steine. Sie war entschlossen gewesen, die unbehagliche Stimmung am vergangenen Abend aufzulockern, und der Menge Wein nach zu urteilen, die sie sich einverleibt hatten – die Beweise lagen in Form leerer Flaschen auf der Küchentheke –, hatte sie mit viel mehr Elan als beabsichtigt damit Erfolg gehabt. Es war ein Glück, dass sie die Kinder nicht für die Schule fertig machen musste; sie glaubte nicht, dass sie in ihrer heiklen Verfassung ihr morgendliches Gekreisch und Gezänk überlebt hätte. Wie es aussah, war es noch früh – eine Welle der Übelkeit hatte sie geweckt und gleich ins Bad getrieben. Zumindest im Moment schliefen die Drillinge noch.

Sie setzte sich mit einer Tasse heißem, süßem Tee hin und betrachtete die aufgehende Sonne, die den Himmel in Rosa- und Goldtöne tauchte. Sie musste Dylan aufsuchen, sobald sie sich zusammenreißen konnte. Am vergangenen Abend hatten sie einfach viel Spaß gehabt. Aber die Gefahr katastrophaler Folgen des sexuellen Eroberungsdrangs ihres Bruders war noch nicht gebannt.

Sie fuhr auf ihrem Stuhl in die Höhe, weil ihr jetzt auch wieder einfiel, dass Dylan aus ihrem Haus gestolpert war, um zu seinem eigenen zu gehen, und das war irgendwann nach ein Uhr gewesen. Er hatte ihr Angebot abgelehnt, auf dem Sofa zu schlafen, genau wie Millie, die mit ihm aufgebrochen war. Wie hatte Jasmine so dumm sein können? Was, wenn sie zusammen zu ihm oder ihr gegangen waren?

Jasmine rannte ins Schlafzimmer und stupste Rich sanft an.

»Was ist los?«, murmelte er und entließ eine Wolke von weingeschwängertem Atem in die Luft.

»Ich muss zu Dylan.«

Rich öffnete mühsam die Augen. »Genau jetzt?«

Sie nickte. »Er ist gestern Abend mit Millie nach Hause gegangen.«

»Er ist nicht mit Millie mitgegangen; er hat sie nur nach Hause begleitet. Du weißt, dass sie Nachbarn sind.«

»Sie waren beide betrunken.«

»Und sie sind beide mündige Erwachsene.«

Rich stemmte sich hoch und klopfte auf die Bettkante, um Jasmine einzuladen, sich hinzusetzen. Er strich ihr eine widerspenstige Locke aus dem Gesicht. »Du machst dir zu viele Sorgen. Außerdem wird eines Tages Miss Right daherkommen, und Dylan wird eine Familie gründen. Ich denke, er mag Millie sehr. Vielleicht ist sie seine Miss Right.«

»Es ist mein Bruder, über den wir reden.«

»Alle Männer wollen ihren Samen verteilen, wenn sie jung sind. Aber im Lauf der Zeit finden sie das perfekte Feld, um den Samen darauf auszusäen, und bauen an diesem Feld ein Bauernhaus.«

»Manchmal«, sagte Jasmine mit einem schiefen Lächeln, »habe ich nicht die geringste Ahnung, wovon du redest.«

»Nun, du hast mich immerhin im frühen Morgengrauen mit einem kolossalen Kater aufgeweckt.«

Jasmine erhob sich vom Bett und zog sich ohne eine Antwort eine Bluse an.

»Wenn du mich fragst, ist Dylan derjenige, der vor ihr beschützt werden muss, nicht umgekehrt«, bemerkte Rich.

»Was? Du redest doch nicht immer noch über dieses Thema?«

»Ich mein ja nur, wir kennen ihn viel besser, als wir sie kennen.«

»Ich habe einiges an Zeit mit ihr verbracht, und ich bin eine hervorragende Menschenkennerin.«

Einer seiner Mundwinkel ging in die Höhe. »So gut bist du nun auch wieder nicht – du hast mich geheiratet, nicht wahr?«

»Jeder kann sich mal irren«, antwortete sie und schob die Füße in ein paar silberne Flipflops.

»Versprich mir nur, dass du keinen großen Wirbel machen wirst, wenn sie ... du weißt schon ... ›es‹ getan haben. Dylan wird nicht begeistert sein, wenn du deine Nase in sein Privatleben steckst, ganz gleich, wie gut du es meinst. Denk dran, wie sauer er das letzte Mal war, als du so etwas gemacht hast.«

»Wenn er sich wie ein anständiges menschliches Wesen benommen hätte, hätte ich es nicht zu tun brauchen.«

»Sei nicht so hart mit dem Jungen, Jas. Er ist dein Bruder, und der Verlust eurer Eltern hat ihn genauso getroffen wie dich. Der Unterschied ist, dass ihr beide auf unterschiedliche Weise damit umgegangen seid. Bist du nie auf den Gedanken gekommen, dass es ihm vielleicht deswegen schwerfällt, echte Beziehungen einzugehen?«

Jasmine hielt an der Tür inne und seufzte. »Ich weiß. Aber diese Spirale der Selbstzerstörung wird ihm nicht helfen, über das hinwegzukommen, was passiert ist. Ich weiß, was du sagen willst, und du hast wahrscheinlich recht, aber in diesem Schlamassel steckt mehr als eine einzige Person, und ich muss auch an Millie denken. Ich muss einfach mit ihm reden.« Sie huschte noch einmal zum Bett hinüber und küsste Rich auf die Stirn.

»Ich bin in einer Stunde zurück, maximal. Wenn die Kinder aufwachen, füttere sie und halt die Zügel straff.«

Rich grinste. Aber sein Grinsen verschwand genauso schnell, wie es aufgetaucht war. »Ernsthaft, ich hoffe, du verschlimmerst nicht alles noch«, murmelte er.

Aber Jasmine war bereits weg.

Millie öffnete die Augen. Die Sommersonne schien in ihr Schlafzimmer wie an jedem Morgen seit ihrer Ankunft in Honeybourne, aber irgendwie schien das Licht am falschen Ort zu sein. Nicht nur das, ihr Kopf tat normalerweise auch nicht so weh. Ihr Blick wanderte durch den Raum, und sie betrachtete die unbekannten Möbel – ein alter Mahagonischrank neben einer billigen, gar nicht dazu passenden Kommode aus Buchenimitat, auf der Flaschen mit Rasierwasser standen, von denen viele fast leer und mit einer dicken Staubschicht bedeckt waren. Ein Wäschekorb quoll über von dunklen Kleidungsstücken, zwischen denen verschiedene Boxershorts lagen, und auf der einen Unterhose, die sie richtig erkennen konnte, prangte Homer Simpsons gelbe Grimasse. Wo immer sie war, der Besitzer hatte Geschmack, überlegte sie mit einem schrägen Sinn für Humor. Ihr Verstand funktionierte irgendwie nicht ganz so wie sonst.

Sie schloss die Augen und vergrub die Nase in einem Kissen, das genauso seltsam und fremd roch wie alles andere. Momentaufnahmen des vergangenen Abends blitzten in ihrem Geist auf. Sie erinnerte sich noch daran, dass sie zusammen mit Dylan bei Jasmine angekommen waren, und sie waren beide guter Laune gewesen. Außerdem hatte es, wie ihr noch vage bewusst war, eine Menge Wein gegeben ... Dann hatten sie die Entscheidung getroffen, nach Hause zu stolpern, statt die Schlafplätze anzunehmen, die Jasmine und Rich ihnen angeboten hatten, und dann ...

Sie schoss im Bett hoch. *O Gott, sie war in Dylans Haus!*

Was war passiert, als sie hier angekommen waren? Millie schlug die Bettdecke zurück und stieß einen Seufzer der Erleichterung aus, als sie sah, dass sie immer noch voll bekleidet war, und zwar mit den gleichen Sachen wie am vergangenen Abend. Die Erinnerung kehrte zurück, aber wie durch einen Nebel und nicht annähernd schnell genug, um ihre Panik zu lindern.

Sie waren noch ein Weilchen aufgeblieben, um irgendeinen uralten Schnaps zu trinken, den er in einem staubigen Schrank aufbewahrt hatte und dessen Identität sie nicht gekannt hatten und die ihnen auch egal gewesen war, und hatten wie verrückt geflirtet, so viel wusste sie noch. Es hatte ihr besser gefallen, als ihr lieb war. Hatten sie sich geküsst? Irgendwie meinte sie, eine Erinnerung daran zu haben, wie seine Lippen schmeckten: warm und würzig und herrlich weich. Seine Hände – fest, aber spielerisch und geschickt – hatten ihre Brüste erkundet ... Oder schmückte sie die Erinnerung jetzt aus? Sie schüttelte den Kopf, verärgert über sich selbst. Wohin waren sie gegangen, nachdem sie sich in der Küche geküsst hatten? Er schien ihr nicht der Typ zu sein, der sich eine Chance auf Sex entgehen ließ, aber Millie hatte nicht das Gefühl, als hätte sie tatsächlich Sex gehabt. Das würde sie doch sicher wissen? Dieses letzte Glas merkwürdige, bernsteinfarbene Flüssigkeit war eine sehr schlechte Idee gewesen. Aber wenn er sie nicht gevögelt hatte, während sie bewusstlos gewesen war, und sie dann wieder angezogen hatte – und angesichts des Zustands, in dem auch er sich befunden hatte, glaubte sie nicht, dass er dazu in der Lage gewesen wäre –, dann war ihre Panik vielleicht tatsächlich unbegründet. Aber sie ärgerte sich trotzdem über sich selbst, weil sie ihn so nahe herangelassen hatte, dass sie sich an diesem Morgen in seinem Bett wiederfand.

Wo hatte Dylan geschlafen?, fragte sie sich, während sie

jetzt darüber nachgrübelte, dass sie allein war und im Haus Stille herrschte.

Millie schwang die Beine über die Bettkante und hielt auf dem Boden Ausschau nach irgendeiner Spur ihrer Schuhe. Abgesehen von einem Paar ziemlich flauschiger, zusammengeknüllter Socken und einigen Männerzeitschriften, die sich in einer Ecke stapelten, war da nichts. Mit einem Seufzer drückte sie die Schlafzimmertür auf, die ein halsstarriges Knarren von sich gab, und wagte sich auf den winzigen Flur des Dachgeschosses.

Die einzigen anderen Räume hier oben waren ein Bad und ein winziger Abstellraum, der vollgestopft war mit Trainingsequipment und Kartons voller nicht identifizierbarem Kram. Das Cottage war wirklich klitzeklein. Millie erinnerte sich an Jasmines Bemerkung, ihre Eltern hätten in ihrem Testament ihr und Dylan das Haus hinterlassen. Sie fragte sich, ob dies das Elternhaus der Geschwister gewesen war. Es wäre ein interessantes, wenn auch etwas beengtes Wohnarrangement gewesen.

Da sie oben nicht fand, was sie brauchte, und, was das betraf, auch keine Spur von Dylan, stahl Millie sich die Treppe ins Erdgeschoss hinunter. Sie streckte den Kopf in einen Raum, den sie für das Wohnzimmer hielt, und fand stattdessen ein muffiges Schlafzimmer vor, komplett mit einem achtlos gemachten Bett. Das erklärte, wo sich der zusätzliche Platz, den die Familie gebraucht haben musste, versteckte ... Sie ging durch den Flur zu einer anderen Tür und fand einen winzigen, an einen Wintergarten erinnernden Wohnraum mit einem Sofa und einem Fernseher vor. Aus dem Raum, der nur die Küche sein konnte, kam ein Ruf: »Das Wasser kocht gleich!«

Millie schlurfte ein wenig verlegen auf die Quelle des Lärms zu. Der Raum war durchflutet von frühmorgendlichem Licht, und Dylan lehnte grinsend an der Küchenzeile, die Arme vor der breiten Brust verschränkt.

»Wer wohnt in einem solchen Haus?«, fragte er mit seinem

schönsten falschen amerikanischen Akzent. »Hast du deine kleine Tour genossen? Du hättest nur zu fragen brauchen, dann hättest du die von einem Reiseleiter geführte Version bekommen.«

Millie runzelte die Stirn, halb gedemütigt, dass sie beim Schnüffeln ertappt worden war, und halb verärgert über seine ewige Frechheit. »Ich habe nach meinen Schuhen gesucht und hatte keine Ahnung, wo du warst, sodass ich dich nicht fragen konnte.«

»Sie stehen da drunter«, antwortete er und deutete mit dem Kopf auf den Küchentisch. Seine gute Laune wurde durch ihre Streitlust nicht im Mindesten beeinträchtigt. Noch ärgerlicher war, dass er frisch und ausgeruht wirkte, nicht wie jemand, der in der Nacht zuvor sein eigenes Körpergewicht an Alkohol getrunken hatte. Millie war sich ziemlich sicher, dass sie nicht ganz so gut aussah. »Kaffee oder Tee?«, fragte er.

»Du gehst davon aus, dass ich bleiben will.« Millie duckte sich unter den Tisch, holte ihre Schuhe hervor und schlüpfte hinein. »Gegenüber gibt es auch Tee und Kaffee.«

»Stimmt. Aber nicht die fesselnde Gesellschaft. Oder ... eine heiße Dusche.«

Als er die Worte *heiße Dusche* aussprach, zog er provokativ die Brauen hoch. Es sollte ein Scherz sein, aber der Subtext war keineswegs an sie verschwendet. Eine richtige Dusche klang jedoch tatsächlich sehr verführerisch. Es war ja gut und schön, sich wie eine Märtyrerin zu fühlen, während sie in der alten Bäckerei in primitivsten Verhältnissen hauste und sich jeden Tag mit mehreren Schalen Wasser wusch, aber manchmal brauchte eine Frau ein wenig Luxus.

»Du willst es, nicht wahr?« Er grinste. »Ich meine, meine heiße Dusche ... Ich wusste, dass du nicht würdest widerstehen können.«

»Dylan ...«, begann sie, »wegen all der Dinge, die gestern Nacht hier vielleicht passiert sind ...«

»Ich weiß«, unterbrach er sie. »Du warst betrunken, und es hat nichts bedeutet. Ist schon gut.«

Millie musterte ihn. Er war vorlaut, und doch sagten seine Augen etwas anderes. Verletzte ihn ihre Zurückweisung? Sie schob den Gedanken beiseite. So oder so, es spielte keine Rolle – eine Beziehung mit irgendjemandem stand nicht auf ihrer Agenda, und eine Beziehung mit diesem Mann würde für sie beide nur ein schlimmes Ende nehmen.

»Ich mag dich«, sagte sie in dem Bewusstsein, dass sie Gefahr lief, in ausgewachsenes Geplapper zu verfallen, »aber nur als Freund. Ich bin im Moment für nichts anderes zu haben, und mehr kann ich dazu nicht sagen.«

Dylan tippte sich mit einem Finger zu einem nachlässigen Salut an die Stirn. »Kapiert. Ich stelle dir keine Fragen, und du wirst mir keine Lügen auftischen.«

Der Wasserkocher schaltete sich hinter ihm aus, und Dylan nahm zwei Teepötte aus einem Schrank und blies in einen davon hinein. Millie versuchte, ihre Grimasse zu verbergen, während er sich mit dem Teekochen beschäftigte.

»Eine Dusche wäre fantastisch«, sagte sie in das Schweigen hinein.

»Kein Problem. Die Badezimmertür kann man übrigens abschließen.« Er drehte sich zu ihr um, und sein vertrautes Grinsen war wieder da. »Du brauchst dir also keine Sorgen zu machen, dass man dich stören könnte.«

»Ich habe mir keine Sorgen gemacht«, versetzte sie und nahm einen Pott von ihm entgegen.

»Es war auch kein Scherz, dass ich dir bei den Bauarbeiten in deiner Bäckerei helfen will«, fügte Dylan hinzu und nahm ihr gegenüber mit seinem eigenen in der Hand Platz.

»Ich kann nicht erwarten, dass du eine solche Aufgabe übernimmst. Ich ...«

»Ich weiß, dass du mein Angebot ablehnen wirst, und ich verstehe deine Gründe. Aber du brauchst alle Hilfe, die du bekommen kannst, und ich will helfen. Als du gestern Nacht von deinen Hoffnungen und Träumen für die Zukunft erzählt hast, da ...« Er starrte an die gegenüberliegende Wand und machte dann eine Gebärde, als wolle er sich schütteln. »Das hat mich ins Grübeln gebracht, das ist alles. Es hat mir klargemacht, wie viel es dir bedeutet, und ich finde, das Mindeste, was ich tun kann, ist, dir dabei zu helfen, deine Träume wahr werden zu lassen.«

Millie sah ihn an. Wo zur Hölle kam das denn jetzt her? »Das ist sehr nett von dir.«

»Aber du sagst trotzdem Nein?«

»Ich kann nicht erwarten, dass du alles stehen und liegen lässt, und außerdem: Was sagt dein Freund dazu? Hast du ihn überhaupt schon gefragt? Was das Geschäftliche betrifft, ist es nicht gerade sinnvoll, und du weißt, dass ich nicht viel Geld habe, um euch zu bezahlen.«

»Bony wird kein Problem damit haben. Er wird die meisten Arbeiten wahrscheinlich mir überlassen, und ich bekomme das schon hin, wenn er mir die richtigen Anweisungen gibt und hier und da bei den größeren Dingen mit anfasst. Es wird eine Art Lehre sein, ein Praktikum, und du wirst mich nicht dafür bezahlen müssen.

Millies Augen weiteten sich. »Du würdest es unentgeltlich tun?«

»Ich würde Geld für Materialien benötigen. Aber ich habe es nicht eilig damit, mir etwas dazuzuverdienen. Ich habe immer noch etwas von dem Erbe übrig, wovon ich erst einmal leben kann.«

»Das Geld wird nicht ewig reichen, und du wirst mit kostenloser Arbeit kein erfolgreiches Geschäft gründen können.« Millie runzelte die Stirn.

»Ich werde anfangen, Lohn zu berechnen, sobald ich es rechtfertigen kann, weil ich ein paar handwerkliche Kenntnisse erworben habe. Jasmine wird dir sagen, dass ich in der Vergangenheit nicht besonders oft jemandem geholfen habe, also, warum erlaubst du mir nicht, etwas für dich zu tun?«

Millie lächelte. »Ich glaube nicht, dass das wahr ist. Ich denke, du lässt die Menschen in diesem Glauben, damit du nicht so weichherzig rüberkommst, wie du es in Wirklichkeit bist.«

Er beugte sich mit Verschwörermiene vor. »Mag sein. Aber erzähl es niemandem, ja?«

»Wie dem auch sei, musst du nicht für so etwas auf eine Berufsschule gehen und Kurse belegen?«, hakte Millie nach und verkniff sich ein breites Grinsen.

»Nein, das ist alles nur ein Vorwand, damit Lehrer ihre Jobs behalten.« Er hob seinen Teepott an die Lippen und nahm einen Schluck. »Wie schwer kann das sein?«

Millie erwog kurz, Einwände zu erheben, aber dann ließ sie es dabei bewenden. Sie lernte nach und nach, dass Dylan seinen eigenen speziellen Planeten bewohnte, mit seiner eigenen, speziellen Art von Logik, und er war absolut glücklich dort. Sie war ein wenig neidisch; Planet Dylan schien ein angenehmer Ort zu sein. Sie wünschte, sie könnte die harte Wirklichkeit genauso hinter sich lassen, könnte durchs Leben segeln, ohne sich sonst um viel zu scheren.

Ihr Blick wanderte zu dem Tee, der in dem Pott vor ihr langsam kalt wurde. Das Gebräu sah aus wie Spülwasser und schmeckte auch nicht besser. Dylan mochte ein Mann mit vielen Talenten sein, aber das Teekochen gehörte nicht dazu.

»Vielleicht kann ich jetzt unter die Dusche?«, fragte sie, und plötzlich brachte die Bitte sie in Verlegenheit. Sie hasste ihre Schwäche, ihr Verlangen nach einem so frivolen Luxus. Sie hatte das Gefühl, dadurch ins Hintertreffen zu geraten, dass sie, wenn sie Dylans Angebot annahm, weitere Schulden anhäufte, die sie zurückzahlen musste, und seit ihrer Ankunft in Honeybourne hatte sie weiß Gott genug derartige Schulden gemacht.

Er lehnte sich auf seinem Stuhl zurück und musterte sie mit

einem unbefangenen Lächeln. »Du weißt ja, wo das Bad ist. Im Wäscheschrank liegt ein Stapel sauberer Handtücher. Ich fürchte, die Seife riecht ein bisschen männlich, aber sie erfüllt ihren Zweck. Es sei denn, du willst auf einen Sprung nach Hause flitzen und dir ein paar von deinen selbstgemachten Sachen holen, um sie hier zu benutzen?«

»Deine Sachen sind völlig in Ordnung. Und ich habe gestern ohnehin all meine Naturprodukte verkauft.«

Er zog die Brauen hoch und stieß eine leisen Pfiff aus. »Du hast alles verkauft? Das ist ja ein Mordsanfang für dich.«

Sie lächelte, das erste richtige Lächeln des Morgens. »Das stimmt. Ich kann es gar nicht erwarten, Nachschub zu produzieren.«

»Was stellst du denn sonst noch her?«

»Wie meinst du das?«

»Abgesehen von Seife und Shampoo? Stellst du Medizin her?«

Millies Lächeln verrutschte. »Warum fragst du?«

Er zuckte die Achseln. »Ich habe nur etwas aufgeschnappt, was Rich gestern Abend über Ruth Evans gesagt hat ...« Er beugte sich über den Tisch und senkte die Stimme. »Bist du eine Art Hexe? Kannst du Tränke machen und Zauber wirken und solche Sachen?«

Millie starrte ihn einen Moment lang an und zwang sich dann zu einem Lachen. »Sei nicht dumm.«

Er lehnte sich zurück und grinste. »Wie schade. Mir würde der ein oder andere Verwendungszweck für einen ordentlichen Liebestrank einfallen.«

»So funktioniert das nicht«, versetzte sie in dem Bewusstsein, dass ihr die Röte ins Gesicht schoss. »Das Wissen, das ich für Ruths Heilmittel angewandt habe, stammt aus uralten Rezepten, und es muss respektvoll eingesetzt werden.«

Dylan hob zum Zeichen seiner Kapitulation die Hände. »In Ordnung. Ich wollte dir nicht zu nahe treten. Ich wollte nur wissen, ob das das Einzige ist, was du zubereiten kannst. Wenn alles so gut wirkt, wie es bei ihr anscheinend der Fall war, könntest du eine Menge Geld verdienen. Ich meine, hast du mal gesehen, zu welchen Preisen homöopathisches Zeug verkauft wird? Deine Bäckerei wäre im Handumdrehen bezahlt.«

»Es fühlt sich nicht richtig für mich an, damit Geld zu verdienen.«

»Okay ...«, antwortete er langsam, »dann verdien kein Geld damit, verdien dir Gefälligkeiten.«

»Du meinst, wie wir es ursprünglich mit meiner Bäckerei vorhatten?«

»Genau. Du lässt Leute Arbeiten für dich erledigen, und als Gegenleistung braust du, was immer an Heilmitteln oder Kuren sie wollen.«

»Niemand würde auf ein Fläschchen mit einer Kräutertinktur vertrauen«, entgegnete Millie zweifelnd. »Jedenfalls nicht mehr heutzutage.«

»Ruth hat es getan.«

»Ruth war verzweifelt, und sie ist ... na ja, Ruth.«

»Sie erzählt außerdem dem ganzen Dorf, dass du Wunder wirken kannst.«

Die Röte wich aus Millies Gesicht, und sie wurde in drei Sekunden um ebenso viele Schattierungen bleicher. »Das tut sie?«

Er nickte. »Du hast es ja gestern Abend von Rich gehört.«

»Ich dachte, er hätte übertrieben.«

»Ganz und gar nicht. Du musst immer noch eine Menge über Ruth lernen, nicht wahr?«

»Aber ihr glaubt doch sicher niemand?«

»Ich weiß nicht.« Dylan rieb sich das Kinn. »Als ich sie gestern gesehen habe, kam sie mir ziemlich munter vor. So gut hat sie schon lange nicht mehr ausgesehen, finde ich. Ich bin nicht leichtgläubig, wenn also sogar ich davon überzeugt bin, dass irgendetwas an der Sache dran ist, dann wird es unter den weniger zynischen Nachbarn schnell die Runde machen.«

»Du glaubst ihr?«, fragte Millie mit schriller Stimme.

Er sah ihr fest in die Augen. »Ja. Ich glaube ihr.«

Millie starrte ihn an. Sie wusste nicht, wie sie zu dieser Enthüllung stehen sollte. Einerseits geriet sie in Panik bei dem Gedanken daran, ihr Leben könnte ganz von Neuem aus den Fugen geraten, andererseits empfand sie Stolz, weil Dylan sie tatsächlich ernst nahm. Die meisten Menschen spotteten über ihre natürlichen Heilmittel, aber Dylan wirkte aufrichtig beeindruckt und offen.

Und in diesem Moment fühlte sie sich mehr denn je zu ihm hingezogen.

»Ich weiß nicht ...«, murmelte sie und schob ihren Stuhl vom Tisch weg. »Wenn es dir nichts ausmacht, gehe ich jetzt duschen.«

Sie hatte sich nur schnell abduschen wollen, aber unter den heißen Wasserstrahlen zu stehen, fühlte sich so gut an, dass Millie ihren Vorsatz schnell vergaß. Und schon hatte sie eine halbe Stunde in Dylans Badezimmer verbracht. Es war lange her, dass sie sich so sauber und wach gefühlt hatte, überlegte sie, während sie sich abtrocknete und ihre nicht mehr ganz so frischen Kleider wieder anzog. Dylans Angebot, die Arbeiten an der alten Bäckerei in Angriff zu nehmen, war verführerischer denn je, und sei es auch nur, um ein richtiges Badezimmer einzubauen.

Als sie wieder nach unten ging, das Haar noch nass und kühl auf ihrem Hals, hörte sie Stimmen in der Küche, und das Herz rutschte ihr in die Hose.

Jasmine sprach, wie es sich anhörte, ein ernstes Wort mit ihrem Bruder. Als Millie verlegen die Küchentür aufdrückte, hielten beide mitten in ihrem Redeschwall inne und drehten sich zu ihr um. Beide Geschwister sahen schuldbewusst aus, und Millie vermutete, dass sie eine große Rolle in ihrem Gespräch gespielt hatte.

»Millie!«, begrüßte Jasmine sie viel zu aufgekratzt. »Wie geht es dir? Hoffentlich schön verkatert vom gestrigen Abend.«

»Nach der Dusche geht es mir schon besser«, antwortete Millie mit Bedacht und schaute von einem zur anderen.

»Jasmine vermutet ungeheuerlicherweise, wir hätten die Nacht damit verbracht, einander bis zur Besinnungslosigkeit zu vögeln«, warf Dylan mit einem trägen Grinsen in Richtung seiner Schwester ein, und seine alte Frechheit, auf die er Millie gegenüber schon seit einer Weile verzichtet hatte, war wieder voll da.

Jasmine funkelte ihn an, und Millie erbleichte.

»Natürlich habe ich ihr gesagt, dass das totaler Schwachsinn ist«, fügte Dylan hinzu. Er lehnte sich auf seinem Stuhl zurück und verschränkte die Arme, während sein Grinsen immer breiter wurde. »Ich habe ihr gesagt, dass wir eine völlig unschuldige Runde Bridge gespielt haben, bevor wir uns mit einem Schlaftee in unsere jeweiligen Betten verzogen haben.«

»Du findest dich unheimlich witzig, wie?«, zischte Jasmine. »Warum kannst du dich nie zusammenreißen?«

»Reizend«, erwiderte Dylan achtlos. »Und ich wollte dir eigentlich eine Tasse Tee kochen. Die kannst du jetzt vergessen.«

Jasmine drehte sich zu Millie um. »Es tut mir so leid ... Ich wollte dich nicht kränken, keine Sekunde lang, es ist nur, er ...«

»Kein Problem«, sagte Millie kleinlaut. Sie rieb sich die Schläfen und fühlte sich plötzlich erschöpft. Sie sehnte sich verzweifelt nach ihrem eigenen ruhigen Fleckchen, umgeben vom Staub und den Spinnweben in der Bäckerei. »Wenn es euch recht ist, würde ich gern nach Hause gehen und mich ein Weilchen hinlegen. Ich bin, wie du richtig bemerkt hast, sehr verkatert.«

»Warte«, rief Jasmine, als Millie sich der Tür näherte.

Millie schüttelte den Kopf. Tränen brannten in ihren Augen, als die Tür nicht gleich aufging. »Verdammt ...«

»Moment!«, sagte Dylan und sprang von seinem Stuhl auf. »Deine Jacke liegt noch nebenan.«

Er verschwand im Flur.

Millie brannte darauf, wegzukommen. Jasmines Timing hätte nicht schlimmer sein können. Die andere Frau ging zur Tür und legte Millie eine Hand auf den Arm. »Ich wollte dich nicht kränken.«

»Ich habe nicht mit deinem Bruder geschlafen«, stotterte Millie durch die Tränen hindurch, die sie nicht zurückhalten konnte.

»Ich weiß. Und selbst wenn, würde dich das nicht zu einem schlechten Menschen machen. Es ist einfach ... Ich kenne ihn so gut. Seine Frauengeschichten sind legendär.«

Millie drehte sich um und sah sie an. »Dann sind wir aus dem gleichen Holz geschnitzt. Ich habe auch eine legendäre Männergeschichte. Vielleicht passen wir besser zusammen, als du denkst.«

»Ich wette, deine Geschichte ist nicht dieselbe wie seine.« Jasmine lächelte. Dann zog sie Millie zaghaft in ihre Arme. Da sie keinen Widerstand spürte, drückte sie sie fester an sich. »Ich weiß nicht, was in deiner Vergangenheit geschehen ist, und ich will auch nicht, dass du es mir erzählst, bevor du so weit bist. Wenn das niemals der Fall sein wird, dann ist es mir auch recht. Wenn du es mir morgen erzählen willst, höre ich gern zu. Ich werde dich niemals verurteilen, und ich werde immer bereit sein, zuzuhören.«

»Ich weiß.« Millie zog die Nase hoch. »Danke.«

Dylan kam zurück und wedelte mit Millies Jacke. Er blieb wie angewurzelt stehen, als er die beiden Frauen sah, die einander umarmten.

»Whoa ... Soll ich später zurückkommen? Ich stehe nicht auf dieses ganze hormonelle Kuschelzeug.«

»Ach, halt die Klappe, Dylan, du Blödmann«, schimpfte Jasmine, als sie Millie losließ und ihre Bluse zurechtzupfte. »Halt einfach die Klappe.«

Die Tür war kaum hinter Millie ins Schloss gefallen, als Jasmine sich auf ihren Bruder stürzte. »Was zur Hölle führst du im Schilde?«

»Gar nichts. Ich mag sie.«

»Das ist es ja, was mich beunruhigt.«

»Ich mag sie wirklich, Jas.«

Jasmine sah ihn an, und der Anfang eines neuen Satzes erstarb auf ihren Lippen.

»Ich mag sie wirklich«, wiederholte Dylan. »Sehr sogar. Sie ist ... nicht wie alle anderen Frauen, die ich kennenlerne.« Sein Gesichtsausdruck war jetzt ernst, nicht das dreiste Grinsen, das er normalerweise zur Schau trug.

Stumm warf Jasmine ihm einen Blick zu, während sie über seine Worte nachgrübelte.

»Sag doch etwas«, beharrte er.

»Ich habe keine Ahnung, was ich sagen soll.«

»Dass ich deinen Segen habe, wenn ich versuche, sie dazu zu bringen, dass sie mich mag?«

»Ich glaube nicht, dass das das Problem ist.« Jasmine setzte sich auf einen Stuhl und blies eine verirrte Locke aus ihrem Gesicht. »Es ist klar, dass sie dich mag. Aber ich kann nicht behaupten, dass mir die Vorstellung von euch beiden als Paar so richtig behagt.«

»Jasmine ... wir sind beide erwachsen, und bei allem Respekt, eigentlich geht es dich nichts an. Wenn sie mich mag und ich sie, verstehe ich nicht, was das mit dir zu tun hat.« Er hob die Hand, um ihrem Protest zuvorzukommen. »Und bevor du wieder anfängst, herumzuschreien: Ich verstehe, dass du versuchst, auf mich aufzupassen, aber das ist wirklich nicht nötig.«

»Nicht du bist derjenige, auf den ich aufpasse«, entgegnete Jasmine düster.

Dylan lachte. »Nein, wahrscheinlich nicht. Leb einfach dein Leben und lass mich zur Abwechslung einmal meins so leben, wie ich will. Ist das zu viel verlangt?«

Jasmine sah ihn nachdenklich an. Vielleicht hatte er nicht ganz unrecht. Sie konnte nicht dagegen an, aber manchmal wurde selbst ihr bewusst, dass sie ihren Bruder wie ihr viertes Kind behandelte. »Versprich mir, dass du sie nicht an der Nase herumführst.«

»Das werde ich nicht. Aber sie wird mir niemals auch nur den Hauch einer Chance geben, wenn du ihr immer wieder sagst, ich wäre ein Nichtsnutz.«

»Du magst sie wirklich? So richtig? Sie ist nicht nur eine weitere Eroberung?«

»Hand aufs Herz. Du kennst mich besser als irgendjemand sonst, Jas, du musst das doch sehen.«

»Nicht ich bin diejenige, die du überzeugen musst.«

»Das weiß ich. Aber ich werde tun, was nötig ist, um auch Millie zu überzeugen.«

Jasmine wusste nicht, was sie von dieser neuen Entwicklung halten sollte. Sie hatte geglaubt, Dylan durch und durch zu kennen, und nun verhielt er sich so. Vielleicht wurde er wirklich langsam erwachsen.

Millie hatte viel Zeit darauf verwendet, über ihren demütigenden Abgang aus Dylans Haus an diesem Morgen nachzugrübeln. Zuerst hätte sie am liebsten frustriert geschrien und geweint, weil ihre schlechten Entscheidungen immer jede Situation zu verkomplizieren schienen, aber dann hatte sie sich ein wenig beruhigt. Ab einem gewissen Punkt empfand sie Jasmines Einmischung sogar als erdrückend. Wer machte sie zur Aufseherin über Millies Privatleben? Wie um alles in der Welt ertrug Dylan das ständige Genörgel? Selbst wenn Millie mit ihm geschlafen hätte, was ging es Jasmine an? Schließlich waren sie zwei mündige Erwachsene und brauchten niemandem Rede und Antwort stehen, außer ihrem eigenen Gewissen. All diese Gedanken waren ihr durch den Kopf geschossen, während sie grimmig die großen Erkerfenster geputzt und versucht hatte, mithilfe von Arbeit Dampf abzulassen. Ihre Stimmung schwankte wild hin und her zwischen Zuneigung für Jasmine, die Freundin, die nur versuchte, auf sie aufzupassen, und Groll gegenüber einem Haufen dörflicher Nervensägen, die anscheinend dachten, sie wäre außerstande, ihre eigenen Entscheidungen zu treffen.

Endlich, erschöpft vom vielen Putzen, ihrer kurzen Nacht, ihrem Kater und ihren Stimmungsschwankungen, kippte sie den Eimer mit Dreckwasser in den Rinnstein und wischte sich mit einer Hand über die Stirn. Die Sonne stand wieder hoch am Himmel, eine grimmige Kugel. Das brütend heiße Wetter hielt nun schon so lange an, dass man kaum noch wusste, wie sich ein kühler Tag anfühlte.

Millie hatte gerade beschlossen, noch mal ins Bett zu gehen, als jemand an die Ladentür klopfte.

»Hi ... Peggy, nicht wahr?«, fragte Millie, als sie die Tür öffnete, einen Ausdruck leichter Überraschung auf dem Gesicht. Sie hatte die Frau im Dorf gesehen – an einem so kleinen Ort hatte man für gewöhnlich jeden irgendwann einmal gesehen –, aber sie hatten bisher nicht mehr als ein paar unverbindliche Nettigkeiten ausgetauscht. Millie kannte den Namen der Frau nur, weil Ruth sie einmal auf sie aufmerksam gemacht und etwas über eine skandalöse Affäre mit einer anderen Frau geflüstert hatte, damals, 1977, ein Ereignis, das die Tratschtanten im Dorf verrückt gemacht hatte. Jasmine zufolge, die Millie um eine verlässlichere und weniger dramatische Version gebeten hatte als die von Ruth, hatte die besagte Frau das Dorf verlassen müssen, und Peggys Mann war kurz darauf verschwunden, weil er sich zu sehr geschämt hatte, um im Ort zu bleiben. Peggy hatte nie wieder geheiratet oder einen neuen Partner gefunden – sei er männlich oder weiblich –, aber sie war in Honeybourne geblieben, und dann war Gras über die Sache gewachsen wie bei allen Skandalen irgendwann.

Peggy nickte, dann schaute sie sich auf der verlassenen Straße um, bevor sie zu sprechen begann. »Es tut mir leid, Sie zu behelligen, aber hätten Sie vielleicht einen Moment Zeit?«

»Natürlich ...« Millie zog die Tür weiter auf. Ihre Neugier war geweckt. »Was kann ich für Sie tun?«

Peggy trat über die Schwelle. Sie verstummte, als Millie die Tür schloss, und schaute sich in dem staubigen Laden mit seinen nackten Mauern um.

»Wow, ich bin seit Jahren nicht mehr hier drin gewesen. Ich erinnere mich an die Zeit, als diese Bäckerei ein blühendes Geschäft gewesen ist.«

»Was ist aus den Besitzern geworden?«

»Sie meinen Clarissa und Joe Williams? Sie haben die Bäckerei etliche Jahre betrieben. Aber ihre Kinder ... Na ja, für junge Menschen gibt es in Honeybourne nicht viel zu tun, viele bleiben nicht. Traurigerweise waren sie an der alten Bäckerei nicht interessiert. Dann starb Clarissa, der ein Jahr später Joe folgte, nachdem er ziemlich genau dort, wo sie jetzt stehen, einfach umgekippt ist. Trotzdem ließen sich die Kinder nicht überreden, zurückzukommen und das Geschäft weiterzuführen. Der Junge lebt in Australien, soweit ich weiß, und die Tochter hat in den französischen Alpen einen Arzt geheiratet. Ich schätze, man kommt nicht nach Honeybourne zurück, wenn man dort leben kann, sehen Sie das nicht genauso? Der alte Laden war heruntergekommen, um ehrlich zu sein, und das schon lange vor Joes Tod, aber die Leute haben aus Loyalität

ihm und seiner Frau gegenüber trotzdem weiter hier einge-
kauft. Die beiden waren ein so liebevolles Paar, wie man sich
das nur vorstellen kann.«

Millie lächelte schwach. Auch sie empfand bereits eine Art
von Loyalität diesem Ort gegenüber. Mauern, die so viel Liebe
und Glück im Lauf der Jahre aufgesogen hatten, mussten etwas
davon zurückbehalten haben, sie riefen nach weiteren glückli-
chen Tagen, und Millie war besser auf solche Phänomene fein-
gestimmt als die meisten Menschen – zumindest wusste sie im
Gegensatz zu vielen anderen, wie man so etwas erkannte. Es
war einfach eine Schande, dass es zunehmend so aussah, als
würde es vielleicht jemand anderer als Millie sein, der dem
Haus diese Liebe und dieses Glück zurückbrachte. »Also hat
die Bäckerei seit ihrem Tod niemandem mehr gehört? Wie
lange ist das jetzt her?«

»Ganz genau weiß ich es nicht, aber schon eine ganze
Weile. Ich glaube, es hat irgendwelchen Ärger wegen des Testa-
ments gegeben, und das Haus hat jahrelang leer gestanden, und
dann hat es noch ein paar Jahre gedauert, bis es verkauft
wurde ... Irgendjemand hat es gekauft, aber ich erinnere mich
nicht, was mit dem Käufer passiert ist, jedenfalls hat er nie hier
gewohnt. Wissen Sie nichts über den Verkäufer, von dem Sie es
übernommen haben?«

Millie schüttelte den Kopf. »Es ist alles über einen Anwalt
gelaufen. Ich hatte nicht den geringsten Kontakt zum
Verkäufer.«

Peggy sah sich schnell in den alten Mauern um. »Es macht
mich so traurig, es jetzt zu sehen.« Sie schenkte Millie ein
schwaches Lächeln. »Werden Sie die Bäckerei wirklich wieder
zum Leben erwecken?«

»Ich werde es versuchen«, antwortete Millie.

»Ich denke, die Leute hier würden sich darüber freuen. Es
ist schön und gut, nicht weit vom Dorf den Supermarkt zu
haben, aber ein Laden wie dieser könnte genau das sein, was

wir brauchen, um unserer Heimat wieder ein Herz zu geben – einen Ort, an dem Menschen zusammenkommen und sich entspannen.«

»Dafür gibt es doch das *Dog and Hare,* oder?«

Peggy lächelte. »Aber nicht alle trinken Alkohol. Haben Sie vor, neben der Bäckerei auch das Café wiederzueröffnen?«

»Ich wollte es versuchen, mal sehen, wie viel Nachfrage es dafür gäbe. Ich muss nur einige praktische Dinge klären. Wie das Thema Personal; ich glaube nicht, dass ich das alles allein schaffen werde, und ich fürchte, ich werde es mir anfangs nicht leisten können, Hilfe zu engagieren.«

»Ich denke, dass die Nachfrage nach einem Café groß sein wird. Und im Sommer werden Sie vielleicht Laufkundschaft haben, weil viele Leute auf dem Weg zu ihren Feriendomizilen an der Küste hier vorbeikommen.«

»So weit voraus habe ich wirklich noch nicht geplant!« Millie lachte.

»Sie fragen sich sicher, warum ich hergekommen bin«, sagte Peggy.

»Ein wenig, ja.«

»Ich ... na ja ... ich habe gestern Abend mit Ruth Evans geplaudert ...«

Millie erstarrte. Warum hatte sie das nicht kommen sehen? Natürlich ging es um Ruth. »Und ich habe gedacht, vielleicht könnten Sie mir helfen«, sagte Peggy mit einem Ausdruck verzweifelter Hoffnung auf dem Gesicht, während sie Millie genau beobachtete. »Ich weiß, Ruth hat gesagt, Sie wollten nicht, dass alle davon erfahren, und ich werde es keiner Menschenseele verraten, aber ich wäre Ihnen so dankbar, wenn Sie mir irgendetwas geben könnten.«

Millie seufzte. »Ich will ja helfen, aber so einfach ist das wirklich nicht.«

»Also können Sie mir nicht helfen?« Peggys Unterlippe zitterte tatsächlich. Millie glaubte nicht, dass sie jemals etwas so

Mitleiderregendes gesehen hatte, aber selbst wenn Peggy eine Masche abzog, zeigte sie die gewünschte Wirkung. Millies Herz flog ihr zu. Sie stieß einen weiteren, noch tieferen Seufzer aus. Wenn irgendjemand sagte, er würde es keiner Menschenseele verraten, bedeutete das wahrscheinlich, dass er es nur drei oder vier Menschenseelen verriet, die es ihrerseits weiteren drei oder vier Menschenseelen verrieten, sodass die Menge der informierten Seelen exponentiell wuchs, bis das ganze County Hampshire von Millies Heilmitteln erfuhr. Aber das änderte nichts an der Tatsache, dass Millie Peggy am Ende helfen würde, denn so sehr sie sich wünschte, Menschen um Armeslänge von sich fernzuhalten, würde ihr Gewissen ihr einfach nicht erlauben, sich abzuwenden.

»Was ist es denn, wobei ich helfen kann?«, fragte sie müde.

»Ich habe immer so eine schreckliche Migräne«, sagte Peggy, und ein dankbares Lächeln erhellte ihre Züge. »Angefangen hat es, als ich Teenager war. Ich kann Ihnen gar nicht sagen, wie sehr ich im Laufe der letzten vierzig Jahre gelitten habe.«

»Bekommen Sie denn keine Medikamente dagegen?«

»Oh, doch, aber oft wirken sie nicht. Sie lindern den Schmerz, aber die Migräne ist trotzdem da.«

»Was verursacht sie?«

»Die Ärzte sagen, es sei idiopathisch. Ich habe den Überblick darüber verloren, wie oft mir dieses Wort schon an den Kopf geworfen wurde.«

»Sie können keinen Grund finden und wollen nicht dumm klingen, daher benutzen sie ein hübsches, griechisches medizinisches Wort, das im Wesentlichen gar nichts bedeutet«, erklärte Millie.

»Genau.«

Sie dachte einen Moment lang nach. »Was Sie brauchen, ist etwas, das die Migräne an der Wurzel behandelt, um sie ein und für allemal loszuwerden.«

»Das könnten Sie tun?«

»Ich will nichts versprechen. Aber versuchen kann ich es, ja.« Millie schaute auf die Stapel mit Kartons, in denen sich ihre Ausrüstung und ihre Bücher befanden. »Ich werde einige Zeit brauchen, um etwas zusammenzustellen. Können Sie am Nachmittag zurückkommen?«

Peggy nickte wie ein eifriges Kind. »Um wie viel Uhr?«

Millie überlegte, was sie brauchen würde. Ohne ihre Bücher zurate zu ziehen, gab es Kräuter, von denen sie wusste, dass sie sie aus den nahen Hecken und dem Wald stibitzen musste. »Nach sechs. Das sollte reichen.«

»Vielen, vielen Dank«, sagte Peggy, als Millie sie subtil zur Tür schob. »Vielen herzlichen Dank ...«

»Ehrlich, es ist nicht der Rede wert. Ich hoffe nur, dass ich Ihnen helfen kann. Denken Sie daran – ich kann es nur versuchen, und vielleicht funktioniert es nicht.«

»Ich weiß, aber es ist der Versuch, der zählt. Das ist so nett von Ihnen. Ruth hat gesagt, Sie seien reizend, und sie hat recht.«

Millie spürte, wie ihr die Hitze in die Wangen kroch. »Bitte, keine Ursache. Wir sehen uns heute Abend, in Ordnung?«

Peggy strahlte sie an, bevor sie auf die Straße trat. Millie schaute ihr nach. Sie hoffte aufrichtig, dass sie helfen konnte; sie glaubte nicht, dass sie den enttäuschten Ausdruck auf Peggys Gesicht würde ertragen können, wenn sie versagte.

NEUN

Peggy war pflichtschuldigst genau eine Minute nach sechs wiedergekommen und sah sie nun ebenso vertrauens- wie hoffnungsvoll an. Angesichts dessen wurde Millie beinahe übel. Was sie tat, war keine exakte Wissenschaft und nicht immer zuverlässig, und obwohl die Zutaten, die sie benutzte, ausschließlich natürlichen Ursprungs waren, bestand immer die Möglichkeit – wenn auch nur entfernt – von Nebenwirkungen. Wobei sie versuchte, nicht über die Konsequenzen solcher Nebenwirkungen nachzugrübeln.

Im Laufe des Nachmittags hatte sie die örtlich zugänglichen Hecken nach Pflanzen durchstöbert, und während dieser Zeit war Millie nicht weniger als drei Mal von Dorfbewohnern angesprochen worden, die Ruths Geschichte inzwischen kannten. Einer davon war der ortsansässige Allgemeinarzt, der hatte wissen wollen, was sie Ruth gegeben hatte, und sie etwas verhohlen gewarnt hatte, sich nicht in Angelegenheiten einzumischen, für die die moderne Medizin besser geeignet sei. Obwohl der Tadel sie geschmerzt hatte, konnte Millie den Standpunkt des Arztes gut verstehen. Die beiden anderen Dorfbewohner waren selbst auch auf der

Suche nach Hilfe gewesen und hatten Millie deshalb angesprochen.

Was sollte sie tun? Die Angst, zu sehr in das Leben der Menschen einbezogen zu werden – weil immer die Gefahr bestand, dass sie sich auf Millie verließen, sie aber durchaus auch einmal außerstande sein konnte, zu helfen –, war hier genauso gegenwärtig, wie sie es daheim in Millrise gewesen war. Aber sie brauchte einen noch besseren Grund, um jemandem die Hilfe zu verweigern. Sie begriff langsam, dass Michaels Tod sie für immer verfolgen würde, aber vielleicht war es das Beste, darauf zu hoffen, dass es ihr gelang, die düsteren Gedanken wegzuschließen, damit sie sie nicht mehr in jedem Augenblick ihres Lebens verfolgten. Also versprach sie jedem hoffnungsvollen Dorfbewohner, sich etwas einfallen zu lassen. Als Gegenleistung hatten sie gelobt, ihr in jeder Weise bei der Bäckerei zu helfen, wie es ihnen nur möglich war. Millie hatte den Verdacht, dass der Beitrag dieser Menschen verlässlicher sein würde als ihr eigener, ganz gleich, wie gering er ausfallen mochte, aber wenn jemand sie um Hilfe bat, fiel es ihr schwer, Nein zu sagen.

Eine weitere sengend heiße Woche war verstrichen, in der Millie zur stolzen Besitzerin neuer Vorhänge für jedes Fenster ihres Hauses geworden war. Außerdem hatte sie jetzt Bodenleisten und eine neue Theke für den Laden, was sie ihren Nachbarn verdankte. Das machte die Bäckerei nicht gleich wieder betriebsfähig, aber es war ein Anfang. Millie hatte keine Ahnung, ob die Heilmittel, die sie den Hilfesuchenden ihrerseits gegeben hatte, wirkten, aber sie alle versicherten ihr, dass sie sich hundert Prozent besser fühlten, und sie war glücklich darüber, dass sie daran glaubten. Ihre Mutter hatte oft gesagt, der Glaube versetze Berge, und Millie war geneigt, ihr zuzustimmen.

Millie goss gerade die mit Begonien bepflanzten Hängekörbe, als sie ein nervöses Hüsteln hörte. Sie drehte sich um und sah Spencer hinter sich stehen, der sie mit einem zögerlichen Lächeln ansah.

»Spencer! Solltest du nicht die Köpfe der jungen Leute aus Honeybourne mit Weisheit füllen?« Millie schaute auf ihre Armbanduhr, überrascht festzustellen, dass der Tag ihr irgendwie durch die Finger geronnen und es schon kurz nach fünf war.

Sein Lächeln wurde breiter. »Ich habe schon vor langer Zeit entschieden, dass das eine undankbare Aufgabe ist. Jetzt geht es nur noch um die Kontrolle der Massen ... Wenn ich einen einzigen Jungen am Tag daran hindern kann, in der Nase zu bohren und den Inhalt selbiger nach den Mädchen vor ihm zu schnippen, dann werte ich das als Erfolg.«

»Kannst du ein Weilchen bleiben?«

»Das klingt nett. Hier ...« Spencer nahm ihr die verrostete Gießkanne ab. »Lass mich das für dich zu Ende bringen.«

Sie schenkte ihm ein dankbares Lächeln. »Ich habe Softdrinks im Haus – allerdings sind sie nicht sehr kalt, fürchte ich. Ich versuche, nicht zu viele Geräte gleichzeitig laufen zu lassen, bis die Elektrik im Haus neu verlegt ist, damit ich es nicht in Brand setze, daher habe ich den Kühlschrank gerade so kalt eingestellt, dass meine Lebensmittel nicht verderben, und das war es dann auch. Oder ich könnte dir eine Tasse Tee anbieten.«

»Ein Softdrink ist genau richtig«, antwortete er und hob die Kanne über den nächsten Korb. Er sprang mit einem scharfen Aufschrei zurück, als das Wasser an der Seite der Gießkanne hinaus und seinen Arm hinablief und sein Oberhemd durchnässte.

Millie kicherte. »Ich hätte dich warnen sollen, dass die Kanne ein wenig launisch ist. Ich fürchte, da ist irgendwo eine undichte Stelle.«

»Wie kommt es, dass du nicht nass geworden bist?«

Sie zuckte die Achseln. »Ich habe den Bogen inzwischen raus.«

»Zumindest hat mich das Wasser abgekühlt.« Er grinste sie verlegen an und wischte mit einer Hand über den dunklen Fleck auf seinem Hemd. »Es wird schnell trocknen.«

Während sie Gläser aus einem Schrank nahm, kam Spencer mit der Gießkanne herein.

»Ich habe sie alle gegossen«, berichtete er. »Wo soll ich das Ding hinstellen?«

»Es kann nach draußen hinters Haus.« Sie zeigte auf einen kleinen, gepflasterten Hof vor dem hinteren Fenster. Umgeben von vier hohen, mit üppig wuchernder Klematis und Geißblatt bewachsenen Mauern lag er tief im Schatten. Das Gerank war umso schöner, weil es über die Jahre verwildert war. Millie hatte bei ihrem Einzug erwogen, die Pflanzen zu stutzen, war aber bald zu dem Schluss gekommen, dass sie ihre ungestüme Freiheit lieber mochte, daher beließ sie sie so, wie sie waren. »Wir könnten uns auch dorthin setzen, wenn du möchtest. Es ist erheblich kühler als vorn, und, wenn du den Kalauer verzeihst, es ist hier drin heiß wie in einem verdammten Backofen.«

Spencer lachte. »Klingt toll.«

»Du findest an der Wand des Schuppens Klappstühle«, rief sie ihm nach, als er durch die Hintertür ging.

»Gut«, rief er zurück. Sie konnte nicht sagen, warum, aber Millie verspürte einen gewissen Rausch der Freude darüber, dass Spencer sie aufgesucht hatte. Er war sonst nie ohne Dylan oder Jasmine erschienen – er wirkte immer etwas zu schüchtern dafür –, und wenn er mit ihnen zusammen kam, war er zwar immer freundlich und charmant, ließ aber das Gespräch die anderen führen. Sie folgte ihm mit ihren Getränken nach draußen.

»Ich hatte gar keine Ahnung, dass es diesen kleinen Garten

überhaupt gibt«, bemerkte Spencer, der bereits auf einem der Klappstühle saß, als Millie herauskam. »Es ist toll hier. Witzig, dass ich mein ganzes Leben in diesem Dorf verbracht habe, ohne zu wissen, dass die Bäckerei mehr war als eine mit Brettern vernagelte Frontseite.«

Millie lächelte, als sie ihm ein Glas reichte. »Es ist schwer, über all die viele Arbeit hinwegzusehen, die das Haus noch braucht.«

»Ich nehme an, es bedarf eines Menschen mit Visionen«, pflichtete Spencer ihr bei. »Und dieser Mensch scheinst du zu sein. Ein Glück für Honeybourne, dass du hier aufgetaucht bist.«

»Ich bin mir da nicht so sicher. Ich werde mein Bestes geben, um ein Zuhause daraus zu machen, aber manchmal kommt es mir so vor, als hätte ich mir eine unmögliche Aufgabe gestellt.«

»Dylan hilft dir, nicht wahr?«

Millie nickte. »Ich kann nicht behaupten, dass mir wohl bei der Idee ist, aber er besteht darauf.«

»Du solltest dir das nicht zweimal sagen lassen. Es kommt nicht oft vor, dass Dylan jemandem einen Gefallen tut.« Spencer hielt inne und nippte an seinem Getränk. Über den Rand seines Glases hinweg schaute er Millie an, dann ließ er es sinken, öffnete den Mund, als wolle er etwas sagen, schloss ihn dann wieder und betrachtete sie schweigend, sein Gesichtsausdruck eine Spur weniger selbstsicher als noch einen Moment zuvor. Was Spencer und Dylan betraf: Zwischen den beiden gärte irgendetwas, das spürte Millie. Eigentlich konnte es jeder erkennen, der mehr als zehn Minuten in der Gesellschaft der beiden verbrachte. Doch vielleicht war jetzt nicht der richtige Zeitpunkt, um danach zu fragen.

»Mir ist durchaus klar, dass Hintergedanken im Spiel sein könnten«, antwortete sie stattdessen mit einem schiefen Lächeln. »Das ist einer der Gründe, warum mir bei der ganzen

Sache etwas unbehaglich ist. Du brauchst dir also keine Sorgen zu machen, wenn du es aussprichst.«

»Ich kenne Dylan. Er meint es gut, und ich glaube nicht, dass ihm überhaupt bewusst ist, dass alles, was er tut, den Eindruck erweckt, als seien Bedingungen daran geknüpft.«

Millie seufzte. »Wie auch immer. Ich brauche wirklich jede Hilfe hier, die ich bekommen kann.«

»Und er wird seine Sache gut machen. Es kostet viel Zeit, ihn zum Handeln zu bewegen, aber sobald er sich etwas in den Kopf gesetzt hat, macht er es richtig, und er gibt nicht auf.«

»Ich weiß nicht recht, ob ich mich jetzt besser oder schlechter fühle«, antwortete sie, und ihre Gedanken flatterten zurück zu der Nacht im Vollrausch, als Dylan sein Interesse an ihr sehr offensichtlich bekundet hatte. Und sie hatte ihn nicht umgehend zurückgewiesen. Aber seine Lippen waren so wunderbar weich und warm gewesen, seine Arme sicher und stark, und sein Körper schlank und muskulös ... und sie war so lange so einsam gewesen ...

»Er ist ein Filou, aber er würde dir niemals wehtun«, unterbrach Spencer ihre Gedanken. »Zumindest nicht mit Absicht. Er ist wirklich ein guter Junge.«

»Du hörst dich an, als wärst du neunzig.«

Spencer lachte. »Nach einem Tag bei der Arbeit fühle ich mich manchmal genauso. Und es gibt Zeiten, in denen unser kleiner Altersunterschied sich sehr groß anfühlt.«

»Als würde er den ganzen Spaß haben?«

»Etwas in der Art.«

»Aber es ist wichtig, was du tust. Wenn er morgen verschwinden würde, wer würde das auch nur bemerken? Ich meine, Jasmine würde es natürlich bemerken, aber wäre die Welt ohne ihn wirklich so anders?«

»Du würdest ihn vermissen ...«, antwortete Spencer mit Bedacht.

»Nur als Nachbarn«, entgegnete sie genauso bedächtig.

»Ich wette, du fragst dich, warum ich hergekommen bin«, sprach er munter weiter. Eine Spur zu munter, überlegte Millie. Sie hatte diese übertriebene Fröhlichkeit schon tausend Mal gesehen. Spencer war, durchzuckte es sie plötzlich, genauso verloren und einsam wie sie selbst.

»Klär mich auf«, bat sie.

»Die Kinder machen in diesem Halbjahr ein Sozialprojekt, bei dem es darum geht, andere Menschen mit unterschiedlichen Religionen und Glaubensvorstellungen zu respektieren. Wir haben uns all die üblichen Dinge angesehen – Christentum, Hinduismus, Islam ... Aber ich dachte, es wäre vielleicht interessant, auch einige unbekanntere Glaubensvorstellungen zu studieren. Ich weiß ...« Er hielt inne. »Als wir neulich nach Stonehenge gefahren sind, hatte ich das Gefühl, dass du eine Menge über dergleichen Dinge weißt ...«

»Spuck's schon aus.«

»Ich habe über den Wicca-Kult gelesen. Und mir fiel ein, dass das vielleicht etwas ist, womit du dich auskennst.«

»Ein wenig. Ich habe viel über Mythologie gelesen und Bücher über alternative Glaubenskonzepte.« Millies Geständnis kam für sie selbst überraschend. Aber Spencer hatte etwas an sich, das Vertrauen weckte. Sie spürte eine gewisse Seelenverwandtschaft mit ihm, er war jemand, der ihren Glauben und ihre Ansichten über die Welt respektieren würde.

»Meinst du, die Kinder würden davon profitieren, wenn sie davon hören?«

»Es sind ziemlich viele komplexe Vorstellungen, um sie so jungen Menschen zu erklären, und ich bin keine Expertin. Ich könnte mich zwar sicherlich ein wenig darüber schlau machen und ihnen einen kurzen Einblick geben, aber nicht besser, als du es selbst erzählen könntest.«

»Ich denke immer noch, dass du mehr weißt als ich.«

Millie lächelte. »Wäre es schlimm, wenn nicht? Ich

versuche nicht, dir meine Hilfe zu verweigern, es ist nur ...« Ihr Satz verklang im Nichts. Sie hatte keine ausreichend gute Ausrede parat abgesehen von der, dass sie ihr Wissen nicht mit jemand anderem teilen wollte.

Spencer wirkte einen Moment lang nachdenklich, dann nahm er einen großen Schluck von seiner Limonade. »Es ist in Ordnung.«

»Tut mir leid.«

»Millie ... Ich hoffe, du nimmst es mir nicht übel, wenn ich das sage, aber manchmal habe ich das Gefühl, als würdest du ein freundliches Ohr brauchen, um dir etwas von der Seele zu reden. Ich höre mir gern an, was du loswerden willst.«

Was würde er sich anhören, überlegte Millie. Wollte er mehr über ihre unmittelbaren Probleme wissen, oder spürte er tiefere Dinge und wollte ihr einfach helfen, die Last ihrer Vergangenheit zu schultern? Sobald die Katze aus dem Sack war, gab es kein Zurück. Das Angebot war verführerisch, denn es fraß sie von innen heraus auf, nie darüber sprechen zu dürfen, aber wann immer sich die Worte in ihrem Mund formten, hielt irgendetwas sie vom Sprechen ab. Was, wenn er schlecht von ihr dachte, sobald er die Wahrheit kannte? Was, wenn er allen anderen erzählte, was sie getan hatte, von dem schrecklichen, fatalen Fehler, der sie aus ihrem alten Leben in ein winziges Dorf in Hampshire hatte fliehen lassen? Würden sie sie wieder vertreiben, wenn sie Bescheid wüssten?

Durch die offene Hintertür glaubte Millie plötzlich, ein schwaches Klopfen zu hören. Sie legte den Kopf schräg, um zu lauschen, und fast sofort klopfte es abermals.

»Ich sollte wahrscheinlich nachsehen, wer es ist«, sagte Millie mit einem flauen Gefühl im Magen. Die Schlange von Dorfbewohnern, die ein Heilmittel wollten, wurde von Tag zu Tag länger.

Spencer nickte, und sie stand auf.

Kurz darauf kehrte sie mit Dylan zurück. Er blieb stehen,

die Andeutung eines Stirnrunzelns auf seinem Gesicht, und es verging ein Moment des Schweigens, während er Spencer musterte.

»Ich bin nur vorbeigekommen, um Millie um Hilfe zu bitten«, sagte Spencer unsicher.

Millie schaute mit einiger Verwirrung zwischen den beiden Männern hin und her. Wieder konnte sie diese Unterströmung wahrnehmen, und jetzt ließ sie sich nicht länger ignorieren. Oberflächlich betrachtet wirkte ihre Freundschaft alt und solide, aber irgendetwas stimmte da nicht. Millie suchte nach einem Grund, während sie beobachtete, wie die beiden wortlos miteinander kommunizierten, aber sie konnte nicht folgen.

»Hast du Probleme, den Deckel von deinem Marmeladenglas aufzuschrauben?«, fragte Dylan mit einem Grinsen.

»Du vielleicht?«, feuerte Spencer zurück, »da du ja ebenfalls hier zu sein scheinst.«

»Ich, mein Freund, bin nicht hier, um Millie um Hilfe zu bitten. Ich bin hergekommen, um selbst Hilfe anzubieten.«

»Dylan«, fiel Millie ihm ins Wort, »wir haben nur etwas getrunken. Kann ich dir auch etwas anbieten?«

»Was hast du denn da?« Dylan holte sich einen zusätzlichen Stuhl von der Wand an den Tisch und klappte ihn auseinander, um Platz zu nehmen.

»Nichts Alkoholisches, fürchte ich, aber ich kann Limonade bringen.«

Dylan zuckte die Achseln. »Tja, dann werde ich heute Nachmittag wohl ein braver Junge sein müssen. Limonade ist mir recht.«

Als sie zurückkam, lachten und scherzten die beiden Männer, und Millie fragte sich, ob sie sich den Augenblick der Verlegenheit und des Misstrauens zwischen ihnen nur eingebildet hatte.

»Ich habe heute Ruth Evans gesehen«, erzählte Dylan, als er mit einem Nicken sein Glas in Empfang nahm.

»Ach ja?«, antwortete Millie.

»Sie meinte, Peggy Nicholls sei bei dir gewesen, und du hättest ihr einen weiteren deiner Hippietränke gegeben.«

»Es war nicht der Rede wert«, entschuldigte Millie sich. »Sie hat gesagt, dass sie an Migräne leidet, und ich habe ihr lediglich ein einfaches Schmerzmittel auf Kräuterbasis gegeben.«

»Ruth zufolge ist Peggy vollkommen geheilt. Das würde ich nicht nichts nennen.«

Millie zwang sich zu einem Lachen. »Das kann sie nach so wenigen Tagen gar nicht beurteilen. Migräne kommt und geht – das weiß jeder.«

»Ich sage dir«, ließ Dylan nicht locker, »du solltest darüber nachdenken, deine Medizin zu verkaufen. Damit würdest du erheblich mehr Geld verdienen als mit Seife und Kuchen.«

»Und der erste skrupellose Kunde, der meint, er kann beweisen, dass du ein Scharlatan bist, würde dich verklagen«, schaltete Spencer sich ein.

Sowohl Millie als auch Dylan drehten sich abrupt zu ihm um.

»Ihr wisst, dass ich recht habe«, fuhr Spencer fort. »Entweder das, oder jemand wird sagen, dein Mittel hätte mehr geschadet als genutzt. Heutzutage schaut jeder nur nach seinem Vorteil, und ich fürchte, dass jemand so Nettes wie du eine hervorragende Zielscheibe abgeben würde, Millie.«

»So nett wie ich ...«, wiederholte Millie mit einem schwachen Lachen. »Du meinst jemanden, der so leichtgläubig und weich ist?«

»Du weißt, dass ich das nicht meine. Aber ich denke, du solltest diese Sache für dich behalten. Halte es klein, eine Gefälligkeit unter Freunden.«

Millie nippte an ihrem Glas. Spencer hatte nicht unrecht. Sie wusste das längst, aber es aus dem Mund einer anderen

Person zu hören, verstärkte ihre Ängste nur. Die Sache geriet jetzt schon außer Kontrolle.

»Ich denke, Spencer hat recht«, entschied sie.

»Äh, ernsthaft?«, stotterte Dylan.

»Tja, was ist deine Meinung dazu?«, fragte Spencer lächelnd, aber sein Ton war alles andere als versöhnlich.

»Ich finde, sie lässt sich eine wunderbare geschäftliche Chance durch die Lappen gehen.«

»Ja«, sagte Spencer, »weil du so viel über dieses Geschäft weißt.«

»Ich denke einfach, dass du übervorsichtig bist. Ich sehe keinen Sinn darin, eine solche Chance zu vergeuden. Damit könnte man viel mehr Geld verdienen, als indem man den ganzen Tag an heißen Öfen schuftet, und es wäre nicht annähernd so viel Arbeit.«

»Man kann eine Menge verlieren, wenn die Sache schiefgeht«, gab Spencer zu bedenken.

»O Mann, bist du je in deinem Leben ein Risiko eingegangen?«, rief Dylan. »Immer Mr Vorsichtig, Mr braver Schullehrer, Mr Stimme der Vernunft. Hörst du dir eigentlich mal selber zu?«

»Vergiss nicht, ich bin einmal ein Risiko eingegangen. Es ist nicht besonders gut ausgegangen, nicht wahr?«, gab Spencer mit versteinerter Miene zurück.

Dylan setzte zu einer Antwort an, aber Spencer stand auf.

»Danke für die Limonade, Millie, aber ich sollte jetzt lieber nach Hause gehen. Ich muss noch Arbeiten benoten.«

»Ich bringe dich zur Tür«, sagte Millie. »Und ich werde über deine Frage bezüglich des Schulprojektes nachdenken.«

»Danke. Das weiß ich zu schätzen.«

Spencer drehte sich kurz zu Dylan um, aber dieser schaute in sein Glas. »Man sieht sich.«

»Ja«, sagte Dylan, ohne aufzublicken.

Millie runzelte angesichts Dylans Verhalten die Stirn. Sie

sah Spencer an und stellte fest, dass er die Schultern mutlos hängen ließ, während sie ihm zur Ladentür folgte. Sein offensichtlicher Kummer tat ihr weh. Was auch immer in der Vergangenheit zwischen diesen beiden Männer vorgefallen war, die Gefühle lagen immer noch bloß. Jasmine hatte ihr flüchtig erzählt, dass die beiden sich zerstritten hätten, aber sie hatte nie erfahren, worum es bei diesem Streit gegangen war. Es schien, dass der Bruch trotz ihrer Bemühungen immer noch nicht ganz verheilt war. Millie wünschte sich in diesem Moment nichts mehr, als die Arme um Spencer zu legen und ihn an sich zu ziehen.

»Ich weiß nicht, ob es dir etwas bedeutet«, sagte sie mit bewusst leiser Stimme, »aber ich denke, dass du recht hast.«

Spencer schenkte ihr ein gepresstes Lächeln. »Das freut mich. Wie wäre es, wenn du in der Woche mal einen Abend rüberkommen würdest? Ich interessiere mich immer noch für das Thema, über das wir gesprochen haben.«

»Das klingt wunderbar. Danke für deinen Besuch.«

Millie winkte ihm von der Schwelle aus zu und schloss mit einem Seufzer die Tür. Als sie in den Garten zurückkehrte, verhärteten ihre Züge sich.

»Ich dachte, ihr zwei wärt Freunde.«

»Sind wir auch.«

»Was sollte das dann gerade? Warum reißt du dir ein Bein aus, damit er sich klein fühlt? So behandeln Freunde einander nicht.«

»Ich denke zufällig, dass er sich irrt, das ist alles.«

»Nein ...« Millie kniff die Augen zusammen und stemmte die Hände in die Hüften. »Das ist ganz und gar nicht alles.«

»Spencer kennt mich inzwischen gut genug. Er wird es mir nicht übelnehmen.«

»Ich fürchte, er hat es dir sehr übelgenommen. Du warst gemein und geringschätzig.«

»Findest du?«

»Ja.«

Dylan verschränkte die Arme. »Armer Spencer. Genau das denken immer alle. Er ist so lieb, so harmlos, so verletzlich. Man will ihn an sich drücken und beschützen.«

Millie hob die Brauen zu einer stummen Frage.

»Er ist nicht der, für den alle ihn halten«, fuhr Dylan fort.

»Na und?« Millie zuckte die Achseln, immer noch verärgert. Sie hatte nie gern zugehört, wenn jemand einen anderen verunglimpfte, der nicht zugegen war, um sich zu verteidigen, und das hier missfiel ihr ganz besonders. »Ich spreche aus, was ich denke, und ich denke zufällig, dass er ein freundlicher und sensibler Mensch ist. Außerdem ... wir haben alle unseren dunklen Geheimnisse. Wir haben das Recht darauf, sie für uns zu behalten, wenn man damit niemandem schadet.«

»Ach ja? Was ist denn dein dunkles Geheimnis?«

Millie konnte sich angesichts des flirtenden Untertons, der jetzt in seiner Stimme lag, ein Lächeln nicht verkneifen. Aber die Frage war gefährlich. Seine Launen waren genauso flüchtig wie Blätter im Herbstwind. »Vergiss mein Geheimnis, was ist deins?«

»Ich habe keine Geheimnisse. Kratz an der Oberfläche, und du bekommst mehr vom Selben.«

»Und das wäre?«

»Keine Ahnung. Diese Frage solltest du Jasmine stellen.«

Millie beobachtete ihn und wartete auf mehr, aber er hatte seine Aufmerksamkeit schon auf etwas anderes gerichtet. Er sah sich in dem winzigen, ummauerten Innenhof um.

»Behältst du das alles?«

»Wie meinst du das?«

»Wenn ich mit den Bauarbeiten anfange.«

Millie sah sich um und richtete den Blick dann wieder auf Dylan. »Warum sollte ich das loswerden wollen? Es ist wunderschön hier.«

»Aber du könntest einen Anbau hochziehen lassen, etwas, um mehr Platz fürs Geschäft zu haben. Es wäre sinnvoll.«

»Nein ...« Millie setzte sich. »Ich brauche irgendwo ein stilles Fleckchen, abseits des Geschäftes, einen Ort, an dem ich mich sammeln kann. Es gefällt mir hier draußen.«

»Deine Entscheidung.« Er streckte die Beine aus und gähnte. »Wie stehst du dazu, mich in den nächsten paar Wochen ziemlich oft hier zu haben?«

»Du kannst mit den Bauarbeiten anfangen?«

»Warum nicht? Ich habe sonst nicht viel zu tun.«

Millie lächelte. Trotz ihres Unbehagens bei der Idee, sich von Dylan unterstützen zu lassen, weil sie ihm danach eine Menge schuldig sein würde, und ihres Unbehagens darüber, wie er vielleicht würde bezahlt werden wollen, kribbelte es angesichts dieser Neuigkeit in ihrem Bauch. »Ich helfe dir«, sagte sie atemlos. »Ich werde nicht zu viel zunutze sein, aber ich werde tun, was ich kann.«

»Kannst du mit einem Zementmischer umgehen?«

Sie lachte. »Nein, aber zeig mir, wo der Schalter ist, ich kann es auf jeden Fall versuchen.«

»Ich werde am Montag ein paar Sachen herbringen. Bony wird mit mir den Anfang machen, danach muss er zu einer Baustelle nach Salisbury, aber er hat versprochen, von Zeit zu Zeit vorbeizuschauen.«

»Was ist mit Geld?«, fragte Millie zweifelnd. Die erste Welle der Aufregung wurde jetzt gedämpft von praktischeren und beunruhigenderen Erwägungen. »Was ist, wenn es nicht für die gesamten Arbeiten reicht?«

»Wenn du deine Mittelchen verkaufen würdest, wäre das kein Problem ...« Millie runzelte die Stirn und öffnete den Mund zu einem Protest, aber er lachte. »Ich weiß, ich weiß. Wir werden irgendein Arrangement treffen. Und zwar ein gangbares. Gib mir, was du jetzt entbehren kannst, damit wir anfangen können, und dann ziehen wir die Arbeiten durch und überlassen es Jasmine, den Rest aufzutreiben.«

»Es ist eine Menge Geld, um es so kurzfristig zu beschaffen.«

»Ich habe es nicht eilig, und Bony steckt immer bis zum Hals in Arbeit, er kann auf sein Geld warten. Mach dir deswegen keinen Kopf.«

»Du bist so nett zu mir gewesen. Alle waren nett. Ich weiß gar nicht, wie ich euch das danken kann.«

»Bleib eine Weile hier«, antwortete er mit einem Lächeln. »Versprich uns, dass du nicht allzu bald fortgehen wirst, das ist Bezahlung genug.«

»Das ist leicht zu versprechen. Ich bin oft genug umgezogen, dass es mir für ein ganzes Leben reicht.«

Im Lauf der nächsten Woche war Dylan so oft in ihrem Haus, dass Millie sich gründlich an seine Anwesenheit gewöhnte. Ohne es auch nur wahrzunehmen, fühlte sie sich in seiner Gesellschaft immer wohler. Ihre Gespräche in den Arbeitspausen wurden länger, vertrauter und offener. Und jedwede Sorgen, die Millie gehegt hatte, er könne ein schlampiger Arbeiter sein oder sich leicht von seiner Aufgabe ablenken lassen, waren bisher unbegründet. Zu ihrem Entzücken machte er kurzen Prozess mit dem alten, zerbröselnden Putz an den Wänden in der Küche, sodass jetzt ein Elektriker kommen und die Leitungen in Ordnung bringen konnte. Millie hatte kaum den Blick von seinen schweißglänzenden Muskeln abwenden können, wenn er arbeitete; ein Verlangen, wie sie es seit langer Zeit nicht mehr empfunden hatte, baute sich ihr auf.

»Du brauchst eine Pause«, entschied sie am Freitagnachmittag, während sie beobachtete, wie er mit freiem Oberkörper die alten Deckenbalken abschliff.

Als er ihre Stimme hörte, wirbelte er herum, rutschte auf der Leiter aus und wäre fast heruntergefallen. »Wie lange stehst du schon da? Ich dachte, du wärst ausgegangen.«

»Seit ungefähr zehn Minuten«, antwortete Millie mit einem hinterhältigen Lächeln. »Ich habe die Aussicht genossen.«

»Ach ja?« Dylan kam die Leiter herunter. Er sprang von der unteren Sprosse und ließ die Muskeln spielen. »Ein wenig verstaubt, aber trotzdem passabel, hm?«

»Ich meinte die Balken ... Sie sehen toll aus, jetzt, nachdem der ganze Dreck runter ist.«

Dylan grinste und setzte sich auf eine primitive Bank aus alten Holzkisten. Er hatte sie am ersten Tag selbst zusammengeschustert, damit er seine Pausen darauf verbringen konnte, ohne Millies andere Möbel zu beschmutzen, und sie war verblüfft über die liebenswerte Geste gewesen. Im Laufe der Woche hatte sie noch über so manch anderes gestaunt. Millie holte eine Dose Bier hinter ihrem Rücken hervor und hielt sie ihm hin.

Er griff nach der Dose und drehte sie, um das Etikett zu lesen. »Gutes Zeug.«

»Ich fand, du hättest für so viel harte Arbeit etwas Leckeres verdient.«

»Du hast auch ziemlich hart gearbeitet. Trinkst du keins?«

Millie schüttelte den Kopf. »Noch nicht, nein, für mich ist es noch ein wenig zu früh.«

Dylan leckte sich die Lippen und nahm schmatzend einen Schluck aus der Dose. »Es ist nie zu früh für ein gutes Bier.« Er klopfte auf die staubige Bank neben sich. »Hast du Lust, dich stattdessen zu mir zu setzen und mir dabei zuzuschauen, wie ich dein Bier trinke?«

»Warum nicht?« Sie nahm Platz. Die Luft zwischen ihnen schien über die Maßen aufgeladen zu sein, und Millie wurde sich plötzlich auf schmerzhafte Weise bewusst, dass sie reden wollte, dass sie die Spannung brechen wollte, die zischelte und knisterte und keinen vernünftigen Gedanken zuließ.

Schließlich sagte Dylan: »Seltsam, ich habe es diese Woche ziemlich genossen, zu arbeiten.« Er stieß ein leises Kichern aus.

»Ich hätte nie gedacht, dass ich mich das einmal sagen hören würde.«

»Seltsam, ich habe es auch ziemlich genossen.«

Er drehte sich zu ihr um. »Es gefällt dir tatsächlich, mich um dich zu haben?«

»So weit würde ich nun wieder nicht gehen.« Sie lachte. »Aber es war nicht *allzu* schrecklich.«

»Das ist schön zu hören.« Er nahm noch einen Schluck von seinem Bier und wischte sich mit einer Hand über die Stirn.

Millie versuchte, ihn nicht allzu offensichtlich zu beobachten, aber der Blick, der ein wenig zu lange auf seinen Lippen verweilte, ließ sich nicht verbergen, genauso wenig wie die Tatsache, dass ihre eigenen sich öffneten und ihr Puls sich beschleunigte. Konnte sie diesem Mann ihr Herz anvertrauen? Konnte er der Eine sein, der sie aus ihrem Schneckenhaus holte, der die Traurigkeit bannte, die sie quälte? Als sie sich das erste Mal begegnet waren, war ihr eine solche Vorstellung wenig wahrscheinlich erschienen, aber während der letzten Wochen hatte sie eine andere Seite an ihm kennengelernt. Die Freundlichkeit und Rücksichtnahme auf andere, die seine Schwester so offen zur Schau stellte, war bei ihm nur ein klein wenig tiefer vergraben, aber sie war trotzdem da.

»Ich habe das Bedürfnis, es irgendwie wiedergutzumachen«, bemerkte Millie und warf ihm einen koketten Blick zu.

»Da würde mir so das ein oder andere einfallen.« Er lächelte.

»Dann stell mich doch auf die Probe.«

Dylan zog ungläubig die Augenbrauen hoch und stellte sein Bier auf den Boden. »Ich weiß nicht, was du meinst ...«

»Oh, ich denke, das weißt du sehr wohl. In der Nacht, in der ich bei dir zu Hause geschlafen habe, warst du drauf und dran ...«

»Aber ich habe nicht ...«

»Nein, am Ende warst du der perfekte Gentleman. Ich war

betrunken, und du hast die Situation nicht ausgenutzt. Langsam denke ich, dass du nicht wirklich der Mann bist, den du alle anderen sehen lässt.«

»Pass auf, dass sich das nicht herumspricht. Mein Ruf wird ruiniert sein.«

Und dann beugte Millie sich vor und küsste ihn.

Fast sofort waren seine Hände überall, und Leidenschaft lag in jeder Liebkosung, als er ihren Kuss erwiderte. Er war verschwitzt und voller Staub, aber das kümmerte sie nicht. Er nestelte verzweifelt am oberen Knopf ihrer Bluse, aber dann hielt er plötzlich inne und fuhr zurück.

»Das ist nicht richtig ...«

Millie betrachtete ihn fragend. »Du weist mich zurück?«, fragte sie, aber mit einem schwachen Lächeln.

»Ich weiß. Die Welt steht Kopf, stimmt's?« Das Lächeln, mit dem er ihres erwiderte, war voller Verwirrung. Er fuhr sich mit einer Hand durchs Haar und zuckte die Achseln. »Jetzt betrachte ich meinen Ruf als wirklich und wahrhaftig zerstört.«

»Das finde ich nicht ...«

»Es ist einfach ... Ich mag dich wirklich, Millie. Ich meine, ich mag dich *richtig,* so wie ich das noch nie für irgendjemanden empfunden habe. Und ich will das hier, will es mehr als irgendetwas sonst. Aber nicht einfach so. Ich will, dass du mich ebenfalls magst.«

Millie hatte gehofft, dass er so reagieren würde. Vor ein paar Wochen hätte er sich, das wusste sie, auf ihr Angebot gestürzt, als Gegenleistung für die Arbeit an ihrem Haus mit ihm zu schlafen, aber da saß er und sagte, wie falsch das wäre. Sie war zerbrechlich, und sie musste sich des Mannes sicher sein, der die Aufgabe übernahm, ihr den Rücken zu stärken. Dylan Smith war ihr wie der unwahrscheinlichste aller Kandidaten vorgekommen, aber sein Verhalten heute zeigte ihr, dass er vielleicht doch der Richtige war.

Während er sie betrachtete, wurde Millie plötzlich bewusst,

wie verletzlich, wie jung er aussah. Alles, was er wollte, war Liebe. Jasmine hatte oft davon erzählt, wie sich der Tod ihrer Eltern auf sie ausgewirkt hatte, aber Dylan sprach nie darüber. Sie konnte jetzt spüren, dass es ihn bis ins Mark erschüttert, ihn so tief getroffen hatte, dass er es nicht einmal an sich heranließ, um die Wunde heilen zu lassen. Millie brauchte ebenfalls Heilung. Vielleicht passten sie doch gut zusammen. Vielleicht konnten sie einander heilen. Sie beugte sich vor, umfasste mit den Fingerspitzen sanft sein Kinn und fuhr über die feinen Haarstoppeln. Er sah sie unsicher an. Millie war erfüllt von einem neuen Mut. Sie hatte so lange darauf gewartet, dass das Universum ihr Leben aufs richtige Gleis zurückbrachte, aber das konnte sie durchaus selbst schaffen. Dies war der Punkt, an dem sie den Schritt ins Leere wagte, und sie würde fliegen oder fallen. Sie beugte sich vor und küsste ihn noch einmal.

»Wow ...«, flüsterte er, als sie ihre Lippen von seinen löste. Er hatte ihr diesmal die Führung allein überlassen, und sie wusste, dass das seine Art war, ihr Sicherheit zu vermitteln. »Davon könnte ich mehr vertragen.«

»Davon kannst du viel mehr bekommen.«

Millie lächelte. Sie beugte sich erneut zu ihm vor. Seine Finger kehrten zu ihrer Bluse zurück und nestelten an den Knöpfen, dann schob er die Hände in die erste Lücke im Stoff, um ihre Brüste zu streicheln, und sie schnappte nach Luft, als eine Welle des Verlangens sie erfasste, eine Welle, deren Gewalt sie überraschte.

Dann zog er sich atemlos wieder zurück, und sein Gesichtsausdruck war gequält. »Bist du dir sicher?«

»Ich war mir niemals sicherer.« Millie setzte sich diesmal rittlings auf ihn, fuhr ihm mit beiden Händen ins Haar, presste ihren Mund auf seinen und übernahm die Kontrolle über jede Bewegung, die sie jetzt machten. Sie hörte ihn unter sich stöhnen und wusste, dass er ihr in diesem Moment mit allen Fasern seines Seins gehörte. Ihr war heiß, und sie sehnte sich verzweifelt nach ihm, aber nicht so verzweifelt, wie er sich nach ihr sehnte. Die Vorstellung war berauschend.

Und dann donnerte ein Klopfen an der Ladentür durch das alte Haus.

»Musst du da hingehen?«, stieß Dylan hervor.

»Nein. Wer immer es ist, kann noch mal herkommen.« Millie küsste ihn abermals, und ihre Zunge tanzte mit seiner.

Es klopfte von Neuem, diesmal nachdrücklicher und beharrlicher. Millie zog sich mit einem Stirnrunzeln zurück.

»Das hört sich so an, als wollte dich jemand wirklich sprechen«, sagte Dylan. »Niemand ist ärgerlicher über das Timing dieser Person als ich, aber vielleicht solltest du die Tür öffnen.«

»Und wenn es deine Schwester ist?«

»Dann müssen wir einfach so tun, als hätten wir Scrabble gespielt.«

Millie kicherte und knöpfte sich die Bluse zu. »Bleib, wo du bist, während ich den Störenfried loswerde.«

»Ich werde warten. Du hast ja keine Ahnung, wie lange ich schon gewartet habe.« Der Ausdruck in seinen Augen war warm und aufrichtig, sodass Millie keinen Zweifel mehr an seinem Verlangen nach ihr hatte. Sie lächelte, als sie durch den Ladenraum zur Tür ging. Dann strich sie sich übers Haar, öffnete die Tür und rechnete vollauf damit, Jasmine oder Ruth zu sehen. Sie hatte sich bereits eine höfliche Entschuldigung zurechtgelegt.

Sie hielt jäh inne, und alle Farbe wich aus ihren Wangen, als die Tür aufschwang und ein Gesicht dahinter erschien, das sie lange nicht gesehen hatte, ein Gesicht, von dem sie gehofft hatte, es nie wiederzusehen.

»Hallo, Millicent«, begrüßte die Frau sie kalt. »Ich habe schon gedacht, ich würde dein Versteck niemals aufspüren.«

ELF

Millie taumelte gegen den Türrahmen. »Rowena«, murmelte sie schwach.

»Überrascht, mich zu sehen?«

»Wo ...«

»Willst du mich nicht hereinbitten?« Rowena trat zurück und unterzog das Haus einer kritischen Musterung. »Ich hätte dich nie für eine Frau gehalten, die in einer Abrissbude lebt.«

»Was machst du hier?«, zischte Millie, die langsam wieder klar denken konnte. »Wie hast du mich gefunden?«

»Das war gar nicht so schwer. Einige wohlplatzierte Fragen oben in Millrise, ein Zeitungsbericht hier unten über deine Pläne, dem ...«, sie krümmte die Finger zu Anführungszeichen, »dem Herzen des schläfrigen Dorfes Honeybourne neues Leben einzuhauchen, ein Plauderstündchen mit der örtlichen Klatschtante ... Und *voilà*.«

»Geh bitte.«

»Aber ich bin gerade erst hier aufgetaucht.«

»Und du bist nicht willkommen.«

»Oh ...« Rowena trat vor und drängte Millie zurück über die

Türschwelle und hinein ins Haus. »Ich denke, ich bin durchaus willkommen.«

»Warum musst du mich immer weiterquälen? Hast du nicht endlich genug? Es tut mir wirklich leid, was mit Michael passiert ist, aber findest du nicht, ich hätte inzwischen dafür bezahlt?«, rief Millie außer sich. Sie hatte so hart gearbeitet, um endlich den Ort zu finden, an dem sie neu anfangen konnte, und jetzt sollte ihr alles wieder entrissen werden.

»Es gibt keinen Preis, den du bezahlen kannst und der wiedergutmachen wird, wozu du ihn gebracht hast.«

»Rowena ... Bitte ...«

Und dann gaben Millies Beine fast unter ihr nach, als aus den hinteren Räumlichkeiten eine weitere Stimme erklang. Sie klammerte sich an die Ladentheke und versuchte, ihren Atem unter Kontrolle zu bringen.

»Millie ... Ist alles in Ordnung?« Dylan erschien in der Tür.

»Natürlich«, antwortete Millie steif.

»Ich habe dich gehört ...«, begann er, und Verwirrung trat in seine Züge, während er zwischen den beiden Frauen hin und her schaute. »Geht es dir gut?«

»Ich bin eine alte Freundin von Millie«, sagte Rowena und schob sich an Millie vorbei, bevor diese irgendetwas tun konnte. »Und Sie sind?«

»Ein Nachbar«, antwortete Dylan vorsichtig und sah Millie fragend an. Aber sie schaute nur auf ihre Füße hinab und wünschte sich verzweifelt, die Gefühle zu beherrschen, die ihr die Kehle zuschnürten. »Ich helfe bei den Renovierungsarbeiten.«

»Wie edelmütig von Ihnen. Und ich wette, Sie machen Ihre Sache obendrein fabelhaft.«

»Ich gebe mir Mühe«, erwiderte er.

»Und so gut aussehend ... Wissen Sie«, fuhr Rowena fort und musterte ihn von Kopf bis Fuß, »Sie erinnern mich stark an meinen Bruder.«

»Ach ja?«, fragte Dylan zögernd.

»Ich schätze Sie auf ungefähr das Alter, in dem er jetzt auch gewesen wäre.«

»Dylan ...« Millie hatte ihre Stimme wiedergefunden und hob den Blick. Mit den Augen versuchte sie ihm stumm zu übermitteln, was sie vor dem Neuankömmling nicht auszusprechen wagte. »Rowena und ich müssen einiges bereden. Es macht dir doch nichts aus, später noch mal herzukommen?«

Wieder schaute er von einer Frau zur anderen und versuchte offensichtlich, die Situation einzuschätzen. Dann nickte er. »Natürlich nicht. Du weißt ja, wo ich bin, wenn du mich brauchst ... Es war nett, Sie kennenzulernen, Rowena.«

Rowena nickte gleichgültig und setzte sich in den Erker. Millie begleitete Dylan zur Tür.

Er trat auf die Straße hinaus und drehte sich dann zu ihr um. »Bist du dir sicher, dass ich nicht bleiben soll?«, fragte er leise.

Millie schüttelte den Kopf. »Das muss ich selbst regeln. Ich wünschte, ich könnte dir davon erzählen, aber ich kann nicht ... noch nicht.«

»Schließ mich nicht aus, Millie. Wir sind über dieses Stadium inzwischen hinaus ... oder?«

»Ich werde dich nicht ausschließen, versprochen.«

Er zauderte einen Augenblick lang, unsicher, was die Umgangsformen für einen seltsamen Moment wie diesen, in dem er sich wiedergefunden hatte, wohl erforderten. Dann drehte er sich mit einem kaum hörbaren Seufzen um und machte sich auf den Weg zu seinem eigenen Haus. Millie schaute ihm nach, und Bedauern lag ihr wie ein Stein im Magen. Schon jetzt wusste sie, dass alles, worauf sie noch vor einer Stunde gehofft hatte, niemals wahr werden konnte. Sie würde niemals frei von den Schuldgefühlen sein, die sie quälten, von dem Fehler, der Rowena zurück an ihre Türschwelle getrieben hatte. Je eher sie das akzeptierte, umso weniger würde es wehtun.

»Du kannst nicht hierbleiben«, erklärte Millie, sobald sie die Tür hinter sich geschlossen und sich zu Rowena umgedreht hatte. »Ich habe keinen Platz.«

»Zerbrich dir darüber nicht den Kopf. Ich habe in einem Nachbardorf ein Cottage gemietet.«

»Wie lange willst du bleiben?«

Rowena schwieg einen Moment, während sie Millie durchdringend anstarrte. »So lange es dauert, dein Leben zu zerstören.«

»Das wird ihn nicht zurückbringen.«

»Es wird ihm Gerechtigkeit bringen und mir ein gutes Gefühl geben.«

»Wenn Michael dich so sehen würde, würde er dich verabscheuen, und das weißt du.«

»Da er nicht hier ist, um seine Meinung äußern zu können, weder so noch so, werden wir nie herausfinden, ob das stimmt, nicht wahr?« Sie sah sich in dem staubigen Raum um und zog eine gepflegte Braue hoch. »Es ist eine ziemliche Bruchbude, oder? Aber ich sehe, du hast einige Annehmlichkeiten ...« Ihr Blick fiel auf ein Sixpack Bier, von dem eine Dose fehlte. »Und du hast alles da, um Gäste zu bewirten. Versorgst du deine Handwerker immer mit Bier, während sie arbeiten? Du musst sehr beliebt sein.«

»Er hat eine Pause gemacht, und ihm war heiß.«

»Oh, er ist heiß, ja. Hast du ihn zu deinem nächsten Opfer auserkoren?«

»Was kannst du mir denn noch wegnehmen, Rowena? Ich meine, wirklich, was noch? Wirst du dein ganzes Leben damit verbringen, mir auf Schritt und Tritt zu folgen, damit du mich von da, wo auch immer ich hingehe, vertreiben kannst? Bist du wirklich so verblendet von Rachsucht? Wir waren mal Freundinnen. Ich habe Michael genauso geliebt wie du. Als er starb ...

war ich ebenfalls zornig und verletzt. Und ich weiß, es ist meine Schuld, aber ich kann es nicht ändern. Wenn du nicht aufhörst, diesen zerstörerischen Weg weiterzugehen, dann ...«

»Dann wird das deine Schuld sein. Du wirst auch das auf dem Gewissen haben, und ich werde jede Minute deines Leidens genießen.« Rowena stand auf und strich sich mit einem Hohngrinsen ihren langen, schwarzen Rock glatt. »Gott, wie dreckig das hier ist. Und es stinkt.«

»Rowena ...«

Die Angesprochene hob eine Hand, um Millie zum Schweigen zu bringen. »Denk nicht, dass das hier vorbei ist«, knurrte sie und ging zur Tür. »Es hat gerade erst angefangen.«

Jasmine beobachtete mit einem breiten Grinsen, wie die Drillinge kreischten und lachten, während sie ihre Schaukeln in schönster Geschwisterrivalität immer höher und höher in den Himmel trieben. Sie wandte sich Dylan zu, der neben ihr auf einer Gartenbank saß. Die Sonne zeichnete die fernen Baumwipfel nach, während sie ihren feurigen Abstieg für einen weiteren glühend heißen Abend begann.

»Vielen Dank, dass du die aufgestellt hast. Ich bitte Rich schon seit Wochen darum, aber er ist in seiner kreativen Blase, da ist es hoffnungslos, von ihm zu erwarten, dass er irgendetwas Praktisches erledigt.«

»Ah ... und wie entwickelt sich die oscarreife Filmmusik?«

»Ich glaube nicht, dass es sonderlich gut läuft ...« Jasmine senkte die Stimme, obwohl ihr Mann sich in seinem schalldichten Studio im Haus verbarrikadiert hatte. Das Lächeln auf ihren Lippen verblasste. »Es macht ihn schlecht gelaunt. Im Moment tut es den Kindern nicht gut, in seiner Nähe zu sein.«

»Ist es sehr schlimm?«

»Nichts, womit ich nicht fertig werde.« Sie stieß einen Seufzer aus. »Ich wünschte nur, er würde mit mir darüber reden. Das ist typisch Rich – ein großartiger Gefährte, wenn alles gut läuft, aber außerstande, jemanden an sich heranzulassen, wenn er mies drauf ist.«

»Ich nehme an, er will dich schonen.«

Jasmine lachte ein freudloses Lachen. »Ich nenne das nicht ›mich schonen‹. Man kann im Moment keine zwei Worte mit ihm sprechen, ohne sich einen Blick einzufangen, der einen auf der Stelle töten könnte. Es macht mir mehr Probleme, als ich sowieso jeden Tag habe. Wir sollten diese Sache zusammen durchstehen, darum geht es doch bei einer Ehe.«

»Er wird das sicher ablegen, sobald er wieder eine Glückssträhne hat.«

»Gott, ich hoffe es. Ich hoffe einfach, dass die Komponistenblockade alles ist, was ihm zusetzt, und dass nicht etwas Ernsteres dahintersteckt.«

»Lass dir nichts von diesem Mann gefallen.« Dylan nippte an seinem Bierglas. »Du bist viel zu gut für ihn, und er weiß es.«

Jasmine warf ihrem Bruder einen Seitenblick zu, aber sein Gesichtsausdruck verriet nicht einmal einen Anflug von Ironie. »Ich glaube, das ist das allererste Mal, dass du mir je ein Kompliment gemacht hast«, bemerkte sie.

»Gewöhn dich nicht daran.« Er ließ ein schnelles Grinsen aufblitzen.

»Wie laufen die Renovierungsarbeiten?«, fragte Jasmine. Richs Frust in letzter Zeit erschöpfte sie mehr, als sie zugeben wollte, und plötzlich bekam sie Lust, über etwas zu reden, das nicht das Mindeste damit zu tun hatte.

»Wirklich gut. Nächste Woche um diese Zeit, schätze ich, wird Millie in einem ihrer eigenen Backöfen ihr nächstes Blech Pasteten für Doug backen können.«

»Ernsthaft? Das ist wunderbar!«

»Ich meine, sie wird nicht einmal annähernd bereit für die Ladeneröffnung sein, aber die Backstube sollte mit Gas- und Stromanschlüssen für die Nutzung ausgerüstet sein. Sie redet ständig über Lebensmittelkontrolleure und solche Sachen, und sie sagt, sie dürfe da drin nicht backen, bis sie ihr Zertifikat hat, aber so wie ich es sehe, treibt sie noch nicht wirklichen Handel, sie spendet lediglich Lebensmittel als Gegenleistung für Gefälligkeiten, daher wüsste ich nicht, wie sie das in Schwierigkeiten bringen sollte.«

»Sie will alles richtig machen«, antwortete Jasmine weise. »Ich kann nichts Schlechtes daran finden. Und sie hat dich eine ganze Woche ertragen, ohne dir irgendetwas an den Kopf zu werfen ... Es muss wirklich gut laufen.«

Dylan lachte. »Wir verstehen uns besser, als ich mir hätte vorstellen können.«

Sie schwiegen ein paar Minuten lang, und nur das Kreischen der schaukelnden Kinder und der Vögel im nahen Wald durchdrang die Stille. Jasmine wartete darauf, dass er weitersprach, aber sein Blick war in die Ferne gerichtet, über den Garten hinweg und hinaus zu den Feldern, die ihn umgaben.

Schließlich brach Jasmine das Schweigen. »Du magst sie wirklich, nicht wahr?«

»Es ist verrückt, aber ...« Er schüttelte sich und grinste. »Sie lacht gern. Und sie ist auch ziemlich sexy.«

Jasmine seufzte. Seine Worte kamen einem Liebesgeständnis näher als alles andere, was sie je von ihm hören würde. Und es war auch mehr, als sie ihn je über irgendeine andere Frau hatte sagen hören. »Ziemlich sexy? Sie ist wunderschön.«

»Ja«, sagte er mit unüberhörbarer Sehnsucht in der Stimme. »Weit außerhalb meiner Liga.«

»Nicht, wenn du sie dir verdienst. Was zählt, sind die inneren Werte.«

»Klischeealarm ...« Dylan drehte sich mit einem spöttischen Grinsen zu ihr um.

»Halt die Klappe. Du weißt, was ich meine. Wenn du sie magst, vermassel es nicht, indem du dich wie ein Mistkerl benimmst.«

»Wie kannst du das über deinen kleinen Bruder sagen?«

»Weil ich ihn sehr gut kenne, deshalb.«

»Du liebst mich heiß und innig.«

»Traurigerweise ist das wahr. Aber das bedeutet nicht, dass du nicht manchmal ein Mistkerl sein kannst.«

»Sind nicht alle Männer Mistkerle?«

Jasmines Blick wanderte zum Haus hinüber, wo, wie sie vermutete, ihr Mann in einem dunklen, abgeschlossenen Raum fieberhaft arbeitete. »Manchmal. Gegenwärtig ziemlich oft.« Sie richtete ihre Aufmerksamkeit wieder auf Dylan. »Ich dachte eigentlich, dass Millie heute Abend vorbeikommen würde. Wir wollten Pläne für einen Handwerksmarkt in Lymington nächste Woche schmieden.« Sie sah auf ihre Armbanduhr. »Aber jetzt ist es langsam schon ein wenig zu spät für sie.«

»Es ist erst kurz nach neun«, wandte Dylan ein und schaute auf seine eigene Uhr. »Sie kommt bestimmt noch. Es sei denn, sie ist mit dieser Frau zusammen, die heute aufgetaucht ist.«

»Welche Frau?«

Er zuckte die Achseln. »Jemand namens Rowena. Sie sagte, dass sie eine Freundin von Millie ist, aus alten Zeiten.«

»Millie hat sie mir gegenüber nie erwähnt.«

»Millie erwähnt niemals irgendetwas aus ihrer Vergangenheit«, rief Dylan ihr ins Gedächtnis.

»Stimmt ... Und, wie war diese Rowena so? Mal sehen, ob wir herausfinden können, ob Millie eine ehemalige KGB-Spionin ist.«

»Um ehrlich zu sein, wenn ich bei jemandem zu Hause auftauchen und der Betreffende so angekotzt aussehen würde, würde ich es mir zweimal überlegen, zu bleiben.«

»Millie schien nicht erfreut zu sein, sie zu sehen?«

»Ganz im Gegenteil. Und Rowena ... Na ja, ich kann selbst auch nicht behaupten, dass ich sie besonders nett fand. Sie war unheimlich.«

»Wirklich?« Jasmines Gesichtsausdruck war nachdenklich, während sie die Drillinge im Auge behielt, die gerade ein kunstvolles, selbst ausgedachtes Spiel spielten. Es sah aus wie Schaukelfangen. »Kein Wunder, dass Millie sie nie erwähnt hat. Was sie wohl wollte?«

»Ich weiß es nicht, aber ihr Timing war lausig.«

Jasmine warf ihm erneut einen Seitenblick zu. »Ich wette, du hast dich noch weniger darüber gefreut, sie zu sehen.«

»Ich kann nicht gerade sagen, dass ich begeistert darüber war. Als ich nach Hause kam, musste ich sehr kalt duschen.«

»Also könnte aus euch beiden wirklich etwas werden?«

»Ich denke, die Möglichkeit besteht.«

»Und du meinst es ernst, wenn du sagst, du würdest sie nicht an der Nase herumführen?«

»Pfadfinderehrenwort.«

Jasmine lächelte. »Sie wäre eine fabelhafte Schwägerin.«

»Hölle, verdammt«, stotterte Dylan. »Immer langsam!«

Jasmine brach in Gekicher aus. »O mein Gott, es ist so leicht, dich in Angst und Schrecken zu versetzen!«

»Ey, hör auf damit. Willst du, dass ich einen Herzinfarkt kriege?«

»Oh, sei nicht so melodramatisch. Ich freue mich, wenn du sie magst und wenn sie dich mag und ihr zwei zusammenkommt. Ich mag sie selber sehr gern, und es wäre toll für uns alle, Zeit miteinander zu verbringen. Sieh einfach zu, dass es länger hält als eine Woche, hm?«

Millie ging auf dem gefliesten Boden des Ladens auf und ab. Zum fünften Mal in dieser Minute wanderte ihr Blick zum Fenster. Jedes Mal rechnete sie damit, Rowenas höhnisches Gesicht darin zu sehen. Die Schatten auf dem Boden der Bäckerei sagten ihr, dass die Sonne unterging. Sie hatte versprochen, sich heute Abend mit Jasmine zu treffen, aber irgendwie konnte sie sich nicht dazu überwinden, das Haus zu verlassen.

Was hatte Rowena vor? Millie hatte den Rest des Tages damit verbracht, zwanghaft darüber nachzugrübeln, und alle Gedanken an ihre herrlichen Minuten mit Dylan lösten sich in Luft auf und wichen Unbehagen und Furcht. Rowena hatte nicht so weit entfernt nach ihr gesucht, dass sie sie nun in Ruhe lassen würde. Millie war schon einmal vor ihr davongelaufen, und sie bezweifelte, dass sie die Kraft hätte, es abermals zu tun – geschweige denn die finanziellen Mittel, jetzt, da sie ihr gesamtes Geld in den Haufen aus Staub und Steinen investiert hatte, der sie gegenwärtig umgab. Wie viele Schutzkreise auch immer sie um sich herum zeichnete, sie konnte nicht verhindern, dass Rowena sich durch ihre Freunde und Nachbarn arbeitete und Gift verspritzte. Der Gedanke war furchteinflößend. Rowena hatte die Schläue, die Rachsucht und die Macht, Millies Leben zu zerstören, und es schien, als hätte sie die volle Absicht, genau das zu tun. Selbst als sie noch Freundinnen gewesen waren, hatte Millie immer ein wenig Angst vor Michaels Schwester gehabt; sie hatte immer etwas leicht Wahnsinniges an sich gehabt, das in Millie die Frage aufgeworfen hatte, wie weit sie gehen würde, um sich zu rächen, falls ihr jemand in die Quere kam. Es sah aus, als würde Millie es bald herausfinden.

Ein sanftes Klopfen erklang, und Millies Herz raste, bis Dylans Stimme durch den Briefschlitz drang. »Millie, bist du da?«

Mit einem tiefen Seufzer der Erleichterung zog Millie die Tür einen Spaltbreit auf. Dylan schien zu stutzen. Sie vermutete, dass sie genauso blass und angespannt wirkte, wie sie sich fühlte, aber ihr war nicht danach, sich darum zu scheren.

»Wir haben uns Sorgen gemacht ...«, hob Dylan zu sprechen an. »Ich meine, Jasmine hat sich Sorgen gemacht. Du hast gesagt, du würdest noch bei ihr vorbeischauen.«

»Tut mir leid. Ich fühle mich nicht besonders gut. Würdest du mich bei ihr entschuldigen?«

»Ich glaube nicht, dass sie eine Entschuldigung braucht. Sie wollte nur wissen, ob es dir gut geht.«

»Alles in Ordnung, ich bin einfach nur etwas mies drauf. Ich werde ihr eine WhatsApp schicken und mich bei ihr entschuldigen.«

»Kann ich irgendetwas für dich tun?«

»Nein, danke.«

Es folgte eine Pause. »Soll ich reinkommen?«

»Nein.« Noch eine Pause. Dylan schaute auf seinen Stiefel hinab, während er damit über die alte gemauerte Schwelle kratzte wie ein Kind, das gescholten worden war. »Soll ich morgen kommen? Ich kann die Arbeit an den Deckenbalken beenden, und vielleicht können wir den Rest von diesem Bier trinken?«

Millie schüttelte den Kopf. Es kostete sie all ihre Kraft, nicht in Tränen auszubrechen. Sie wusste, was sie tun musste. Rowena würde jede Beziehung im Keim ersticken, die auch nur das winzigste Versprechen auf Liebe beinhaltete, und ihre Methoden würden grausam sein. Millie musste die Sache mit Dylan beenden, bevor Rowena Wind davon bekam. Unterm Strich war es das Netteste, was sie tun konnte, zumindest um Dylans willen.

»Ich denke, wir sollten unsere Beziehung von jetzt an auf einem professionellen Level halten. Ich glaube nicht, dass du weiter für mich arbeiten solltest, bis ich dich vernünftig bezahlen kann.«

Dylan klappte der Unterkiefer herunter. »Ich verstehe nicht ...«

»Tut mir leid. Aber ich halte es für das Beste so.«

Er sah gekränkt aus, und das war wie ein Dolchstoß in Millies Herz. Doch sie musste stark bleiben.

»Aber heute ... Ich dachte, da wäre etwas zwischen uns ... Ich mag dich wirklich. Ich dachte ...«

»Es war ein dummer Fehler«, unterbrach Millie ihn. »Es tut mir leid, dass ich den falschen Eindruck vermittelt habe.«

Seine Züge verdüsterten sich. »Das hast du. Es tut mir leid, dass ich mir etwas anderes eingebildet habe.«

Und bevor sie eine Gelegenheit hatte zu antworten, war er auch schon davonstolziert. Millie sah ihm nach, wie er durch seine Gartenpforte ging und hinter der Hecke verschwand, und ihre Kehle schnürte sich zu. Aber es hatte keinen Sinn, zu weinen. Es musste sein.

ZWÖLF

Aus Nacht war Tag geworden, und Millie hatte kein Auge zugetan. Sie hatte alle Möglichkeiten durchgedacht, jede Lösung für ihr Problem, aber solang sie keinen Scharfschützen engagieren wollte, der Rowena erledigte (und der wertvolles Geld für das Verputzen ihrer Wände verschlingen würde), fand sie keinen passenden Ausweg. Eins stand fest: Wenn Rowena das nächste Mal anklopfen würde, und das würde sie, wollte Millie nicht da sein. Sie zog sich früh an und machte einen Spaziergang durch die Felder, die an das Dorf grenzten, während das erste Licht der Morgendämmerung über die Baumwipfel strich. Sie kostete die nach Tau duftende Kühle in der Luft aus, die bald vergehen würde, während sie selbst versuchte, den Kopf freizubekommen und ihre Gedanken zu beruhigen. Sie konnte nicht ständig dem Haus fernbleiben, aber sie konnte es Rowena so schwer wie möglich machen, sie zu finden. Sie überlegte, ob sie zu Jasmine gehen und sich dafür entschuldigen sollte, dass sie am vergangenen Abend nicht aufgetaucht war und ihr nicht einmal eine kurze Nachricht über WhatsApp geschickt hatte, wie sie es Dylan versprochen hatte. Aber sie musste Rowena von den Menschen fernhalten, die ihr am Herzen lagen, und wenn das bedeutete, dass sie eine Weile Abstand zu Jasmine halten musste, dann würde sie genau das tun. Zumindest bis sie einen Weg gefunden hatte, Rowena zur Vernunft zu bringen und von dem irren Plan abzuhalten, den sie offenbar ausheckte.

Ein wenig erfrischt nach ihrem morgendlichen Spaziergang kehrte Millie in die alte Bäckerei zurück und sammelte die Utensilien zusammen, die sie benötigen würde, um im Pub zu arbeiten. Der Plan hatte vorgesehen, dass sie dort Pasteten für die Mittagsgäste backen würde. Die Zutaten, die sie brauchte, würden sie vorrätig haben, hoffte Millie, anderenfalls bedeutete es einen Ausflug in eine größere Stadt, um die erforderlichen Dinge zu kaufen, bevor sie anfangen konnte. Eigentlich war es ihr egal, denn jeder Vorwand, eine Weile zu verschwinden, wäre ihr gerade recht, aber der Wirt würde vielleicht nicht so glücklich über die Verzögerung sein. Einige Zutaten hatte sie am vergangenen Nachmittag auch schon in Dougs großer Kühlkammer deponiert.

Als Millie im *Dog and Hare* ankam, erfuhr sie, dass Doug zu einem Bauernmarkt in einem Nachbardorf gefahren war. Colleen, seine Frau, war in der Küche bereits emsig mit der Vorbereitung verschiedener Gemüsesorten beschäftigt, aber sie versicherte Millie, dass es in der Küche reichlich Platz für sie beide gebe, und sie sei mehr als glücklich über die Gesellschaft. Millie schleppte dankbar ihre eigene Ausrüstung herein und verspürte einen Kitzel von Aufregung, als sie sich die gewaltige Stahllandschaft aus erstklassigen Geräten ansah, die ihr jetzt zur Verfügung standen, statt der trostlosen Backstube, die sie drüben bei sich hatte. Es fiel ihr allerdings auf, dass Colleen anders aussah als sonst. Wann immer sie einander bisher über den Weg gelaufen waren, hatte Millie gefunden, dass Colleen für eine Frau, die sie auf Anfang fünfzig schätzte, sehr jugendlich und glamourös wirkte. Sie war zurückhaltender und nachdenklicher als ihr geselliger und lauter Ehemann, aber sie strahlte eine aufrichtige Wärme aus, für die Millie sie nur umso lieber mochte. Heute sah Colleens Make-up aus, als hätte sie hastig ihre geschwollenen Augen verdeckt. Ihre Kleidung war exklusiv und so geschmackvoll wie immer, aber irgendetwas schien nicht richtig zu stimmen, so als hätte Colleen sich nicht darum gekümmert, welches Oberteil sie mit welchem Rock kombinierte. Während sie arbeiteten, herrschte größtenteils Stille, abgesehen von Radiogedudel im Hintergrund und einer Bemerkung hier und da über das Wetter oder den Zustand des Gastgewerbes. Millie merkte, dass diese widersprüchlichen Details Colleen betreffend sie immer mehr ablenkten. Sie hatte ihre eigenen Probleme, und mehr als genug davon, aber Millie konnte andere Menschen nicht leiden sehen. Die Kümmernisse anderer sorgten irgendwie dafür, ihre eigenen in den Hintergrund treten zu lassen. Schließlich konnte Millie es nicht länger ertragen. Obwohl sie wusste, dass sie damit vielleicht die Büchse der Pandora öffnete, musste sie einfach fragen. »Ist alles in Ordnung mit Ihnen?«

Colleen, die Möhren gewürfelt hatte, hielt inne und schaute auf. Ihre Unterlippe zitterte.

»Beachten Sie mich einfach nicht«, sagte Millie, die ihre Frage sofort bereute. »Ich trete immer in jedes Fettnäpfchen und stecke meine Nase in Angelegenheiten, die mich nichts angehen.« Sie hatte Colleen offensichtlich den Rest gegeben, indem sie ihr diese Frage gestellt hatte, und jetzt fragte sie sich, ob sie mehr geschadet als genutzt hatte.

»Nein ...«, antwortete Colleen, holte tief Luft und strich sich mit einem schlanken Finger unter beiden Augen entlang. »Ich hatte immer den Eindruck, dass Sie ein liebenswerter Mensch sind, und jetzt weiß ich es. Bitte, fühlen Sie sich deswegen nicht schlecht.«

Millie nickte schweigend und wartete auf mehr. Aber Colleen hackte weiter ihr Gemüse. Nach einem Moment widmete Millie ihre Aufmerksamkeit wieder ihrem eselsohrigen Rezeptbuch.

»Früher haben die Leute gesagt, ich würde gut aussehen«, begann Colleen zögernd, zu erklären.

Millie schenkte ihr ein ermutigendes Lächeln. »Das stimmt. Wenn ich Sie treffe, sehen Sie immer wunderschön aus.«

Colleen wedelte geringschätzig mit einer Hand vor ihrem Gesicht herum. »Mittlerweile ist das alles Make-up. Die Foundation wird mit jedem Jahr dicker, und es wird immer ein klein wenig schwerer, meine Figur zu retten. Ich sehe nicht mehr gut aus, nur gut erhalten.«

»Schönheit ist mehr als nur Aussehen. Sie sind innerlich schön, und das schimmert durch. Und jede neue Falte ist lediglich ein Zeugnis jeder wunderbaren Erfahrung, die Sie in Ihrem Leben gemacht haben.«

»Sie haben leicht reden. Sie sind noch jung und entzückend.« Sie zog die Nase hoch. »Ich habe bemerkt, wie die Männer Sie hier ansehen, mein Doug eingeschlossen ... wie sabbernde Hunde, die beobachten, wie ihnen jemand ihr Abendessen hinstellt.«

Millie kniff die Augen zusammen.

»Entschuldigung, entschuldigen Sie«, sagte Colleen hastig. »Ich wollte Sie nicht kränken. Es überrascht mich nicht, dass Sie angestarrt werden, und ich habe es nicht böse gemeint. Ich bin heute nicht ganz ich selbst, ignorieren Sie einfach alles, was ich sage.«

»Möchten Sie reden?«

»Nein ...« Colleen seufzte. »Doch. Ich schätze schon.«

Millie klappte das Rezeptbuch zu und lehnte sich an die Theke. »Ich bin ganz Ohr.«

»Ich werde mir zuerst einen Brandy und eine Limonade

holen. Doug soll ruhig über seinen kostbaren Lagerbestand jammern, ich werde ihn heute Nachmittag austrinken. Haben Sie Lust, mitzumachen?«

Millie nickte. Das Lahmlegen von ein paar Gehirnzellen erschien auch ihr reizvoll, das würde sie jedenfalls von ihren eigenen Sorgen ablenken. Tief in Gedanken versunken beobachtete sie, wie Colleen in Richtung Tresen verschwand, um ihre Drinks zu holen.

Es schien also, dass Doug der Kern von Colleens Unglück war. Es war offensichtlich, als sie einen Moment genauer darüber nachdachte. Einerseits war es vermutlich unklug, sich in einen Ehestreit hineinziehen zu lassen, andererseits wusste sie, dass sie nicht danebenstehen konnte, während ein so liebenswerter Mensch wie Colleen so unglücklich war. Zumindest konnte sie ihr zuhören, während sie sich alles von der Seele redete.

Colleen kehrte mit zwei hohen Gläsern mit Eiswürfeln zurück. »Ein Doppelter für uns beide«, sagte sie lächelnd und reichte eins der Gläser Millie. »Cheers.«

Millie nahm einen Schluck. Es war noch früh am Tag, aber es überraschte sie, wie gut ein großer Brandy mit Limonade zu dieser Vormittagszeit schmeckte. Vielleicht brauchte sie in ihrem eigenen zerbrechlichen Zustand den wärmenden, freundlichen Alkohol genauso dringend, wie Colleen ihn offenbar brauchte. Aus welchem Grund auch immer, es kam ihr nicht halb so falsch vor, wie es das vielleicht hätte tun sollen.

»Doug hat mir gestern Abend gesagt, dass er mich nicht liebt. Er hat es einfach aus blauem Himmel erwähnt, nachdem wir abgeschlossen hatten.« Colleens Lippen zitterten abermals, und sie kippte einen weiteren Schluck Brandy herunter, um die Gefühle in Schach zu halten. »Er hat gesagt, er findet mich nicht mehr attraktiv. Wir sind alt, weißt du, aber ich dachte, Ehepaare sollten akzeptieren, dass sie zusammen alt werden, und sie sollten einander für das lieben, was in ihren Herzen ist, nicht dafür, wie ihre Haut aussieht.«

»Da hast du recht«, stimmte Millie ihr zu und ging auf Colleens vertraulicheren Tonfall ein. »So sehe ich das auch. Denkt er, für ihn hätte die Zeit stillgestanden, während sie für dich weitermarschiert ist?«

Colleen stieß ein freudloses Lachen aus. »Ein sehr gutes Argument. Ich weiß es nicht. Ich habe ihn gefragt, ob er eine Affäre hat, und er hat es verneint. Ich habe ihn gefragt, ob er eine Affäre sucht, und er hat auch das verneint. Er liebt mich einfach nicht mehr, und damit ist der Fall erledigt.«

»Vielleicht fühlt er sich wie festgefahren und verwechselt das mit etwas anderem. Vielleicht kann er einfach nicht sehen, dass er dich immer noch liebt, weil ihr ständig hier seid und den Pub führt und niemals Zeit füreinander habt.«

Colleen nickte. »Vielleicht.«

»Und wie soll es jetzt weitergehen?«

»Er will den Pub verkaufen. Wir werden ihn aufgeben und getrennte Wege gehen.«

Millie riss die Augen auf. »Verdammter Mist.«

»Er muss sich schon seit Monaten so gefühlt haben, und er hat nie ein Wort gesagt ...« Colleen schniefte. »Ich komme mir wie eine Idiotin vor. Haben alle anderen mitgekriegt, dass er nicht glücklich war?«

»Das stimmt auf keinen Fall. Du bist keine Idiotin. Wie hättest du wissen können, was in seinem Herzen ist, wenn er es dir nicht sagt? Wenn er gleich etwas gesagt hätte, dann hättet ihr vielleicht beide an eurer Ehe arbeiten können.«

»Denkst du, dafür ist es jetzt zu spät?«

»Denkst du es? Du kennst ihn besser als ich.«

»Ich weiß nur, dass ich ihn von ganzem Herzen liebe. Ich kann ihn nicht gehen lassen, nicht kampflos.«

Millie hielt inne und schaute auf den Boden ihres Drinks. Sie hatte ein Déjà-vu, das sich anfühlte wie ein Schlag ins

Gesicht und das ihr einen Moment in ihrer eigenen Vergangenheit zeigte. Stunden später war Michael tot gewesen. Sie erbleichte bei der Erinnerung, und die Eiswürfel klirrten gegen ihr Glas, als sie zu zittern begann. Nachdem sie das Glas auf die Theke gestellt hatte, holte sie tief Luft und sah Colleen an, die nicht bemerkt zu haben schien, dass etwas nicht stimmte.

»Ich muss etwas tun, damit er mich wieder liebt«, fuhr Colleen fort. »Bloß was?«

Millie umklammerte die Kante der Arbeitsfläche, ihr schwirrte der Kopf. »Ich weiß es nicht. Vielleicht könntest du mit ihm reden?«, antwortete sie schwach.

»Er würde nicht zuhören. Sobald er sich über irgendetwas eine Meinung gebildet hat, ändert er sie nicht mehr.«

»Aber es geht hier nicht darum, zu entscheiden, wo man einen Urlaub verbringt oder wie viele Fässer Bier man bestellen soll ... Das hier ist eure Ehe. Er muss zuhören. Wie lange seid ihr zusammen?«

»Dreißig Jahre.«

»Na, siehst du ... Bitte sehr. Wer würde dreißig Jahre wegwerfen, ohne zuerst darüber zu reden?«

»Aber du könntest mir einen Liebestrank geben!«, platzte es aus Colleen heraus, dann schlug sie sich die Hand vor den Mund.

Millie versuchte zu sprechen, aber es kam kein Laut über ihre Lippen. War das eine Art grausames Karma?

»Das könntest du, stimmt's?«, fragte Colleen leise. »Ich meine, du hast allen anderen Sachen gegeben, die ihnen geholfen haben.«

»Colleen ... Ich weiß nicht, wovon du sprichst.«

»Von den Tränken.«

»Es sind keine Tränke, es sind nur einfache Kräutermittel.«

»Ruth hat mir erzählt, du könntest Magie wirken.«

Millie starrte sie an. Sie hatte Ruth definitiv falsch eingeschätzt.

»An dem, was ich tue, ist nichts Magisches. Ich kann nicht dafür sorgen, dass Menschen sich verlieben oder verliebt bleiben. Mich interessieren alte Heilmittel und die möglichen Verwendungen für Pflanzen und Kräuter, die unsere Vorfahren im Alltag benutzt haben, das ist alles«, sagte Millie und rang darum, die Verbitterung aus ihrem Ton herauszuhalten. Wenn sie eine solche Macht besäße, hätte sie nicht gezögert, sie zu benutzen; Michael wäre noch am Leben, und sie wäre immer noch in Millrise in dem Haus, das sie sich einst geteilt hatten, wäre immer noch überglücklich.

»Warum sagen dann alle, deine Tränke seien magisch? Ist es eine Lüge – wirken sie gar nicht?«

Millie brauchte nur Colleens Zweifel zu bestätigen, und es würde alles in Vergessenheit geraten. Sie würde weiterkochen, während sie Colleen voller Mitgefühl zuhörte, und die andere Frau würde sich den ganzen Schmerz von der Seele weinen. Es könnte so einfach sein. Aber Millie brachte es nicht fertig, zu leugnen, dass sie Menschen helfen konnte, wenn sie sie so verzweifelt darum baten, selbst wenn ihr Leben davon abgehangen hätte.

»Ich sage nicht, dass es eine Lüge ist, aber es gibt keinen Trank, den ich kenne, der den Lauf der Liebe verändern kann. Liebe lässt sich nicht beherrschen, weder von mir noch von irgendjemand anderem. Sie antwortet nicht, nur weil du nach ihr rufst. Liebe wirkt nur, was sie wirken will.«

Colleen dachte einen Moment nach. »Aber du könntest ihn dazu bringen, mich in einem anderen Licht zu sehen. Wenn er mich wieder begehren würde, würde er sich vielleicht erneut in mich verlieben?«

»Das kannst du genauso gut selbst bewirken.«

»Wie? Ich schminke mich ohnehin schon jeden Tag, und ich kleide mich, so gut ich kann. Ich lasse mir jede Woche die Haare machen, gehe zur Kosmetikerin ... Ich kann nicht mehr tun, als ich ohnehin schon tue, um gut auszusehen.«

»Vielleicht könntet ihr zwei auf einer anderen Ebene vertraut miteinander sein; vielleicht wird er dich dann wieder begehren, wenn er sich daran erinnert, was er anfangs an dir mochte ... Ich rede über mehr als Kleider und Haar; ich rede von den Gefühlen, die du in ihm geweckt hast, wenn du über seine Scherze gelacht hast, ich rede von deiner Freundlichkeit und deinem bezaubernden Wesen.«

»Ach ...« Colleen wirkte zunehmend verärgert. »Könntest du mir etwas geben, nur um die Falten ein wenig zu glätten? Irgendetwas? Alles wäre ein Anfang.«

Millie seufzte. Eine Backsteinmauer hätte mehr Verstand gehabt als Colleen in diesem Moment. Vielleicht konnte sie sie mit einem harmlosen Kräutergebräu abspeisen. Wenn der Glaube Berge wirklich versetzte, dann würde Colleen, wenn sie glaubte, Millies Placebo würde Wunder wirken, das Selbstbewusstsein haben, das sie vielleicht für Doug attraktiver machen würde. Das war wahrscheinlich die einzige Möglichkeit, wie sie Colleen loswerden konnte.

»Ich werde sehen, was ich tun kann.«

Colleen strahlte. »Danke! Ich hab immer gesagt, dass du eine tolle Frau bist.«

»Aber«, fügte Millie hinzu, »erzähl bitte niemandem davon ...« Vor ihrem inneren Auge standen die Dorfbewohner bereits Schlange, um dafür zu sorgen, dass jeder Herzenswunsch in Erfüllung ging, und langsam wurde ihr tatsächlich übel. »Ich werde dir später etwas herbringen.« Sie unterdrückte einen tiefen, frustrierten Seufzer.

»Nein ... Ich komme zu dir. Ich möchte nicht, dass Doug Wind davon kriegt.«

Millie überlegte, ob Colleen unwissentlich über das wahre Problem ihrer Ehe gestolpert war, mit diesem einen, scheinheiligen Satz. Aber sie hatte das Gefühl, dass Colleen das nicht begreifen würde, selbst wenn sie versuchte, es ihr zu erklären.

»Na schön«, stimmte sie zu. »Nur denk dran, du darfst es niemandem erzählen.«

»Das werde ich nicht«, beteuerte Colleen, deren Tränen jetzt getrocknet waren. Ihr Schritt war wieder federnder. »Es wird unser kleines Geheimnis sein.«

Millie war sich fast sicher, dass das genau die Worte waren, die Ruth gesagt hatte.

DREIZEHN

Auf dem Boden lag ein Zettel, als Millie die Ladentür der alten Bäckerei öffnete und über die Schwelle wankte. Sie hatte den ganzen Vormittag gebacken und Colleen zugehört, und später hatte sie beim Mittagsansturm im Pub geholfen und Doug gegenüber so tun müssen, als wisse sie nichts von seinen Eheproblemen, als er vom Markt zurückgekehrt war, und das alles hatte angesichts ihrer ohnehin blank liegenden Nerven seinen Tribut gefordert. Sie war erschöpft, körperlich wie emotional. Und sie musste auch noch Colleens falschen Trank vorbereiten. Es würde sie keine große Anstrengung kosten, aber er musste überzeugend sein.

Sie beäugte den Zettel einen Moment lang mit ängstlicher Miene, bevor sie die Tür hinter sich schloss. Das Blatt konnte von jedem kommen – sie vergaß ständig ihr Handy (das sie ohnehin nicht besonders schätzte), und Michael hatte oft darüber gescherzt, dass er ihr eine Nachricht per Eule schicken müsse, wann immer er etwas wolle.

Nach einem langen Moment der Unentschlossenheit bückte sie sich, um das sorgfältig gefaltete Stück Papier aufzuheben und auseinanderzufalten.

Ich habe dich angerufen, aber ich glaube, der Akku war leer oder es war ausgeschaltet, daher bin ich vorbeigekommen und habe gehofft, dich anzutreffen. Ich will nur wissen, dass mit dir alles in Ordnung ist. Dylan sagt, er mache sich ebenfalls Sorgen.

Ruf mich an.

Jasmine X

Millie ließ den Zettel auf die Theke fallen und machte sich daran, in Kartons zu suchen, was sie für Colleen brauchte. Getrocknete Kräuter würden den Zweck erfüllen, befand sie. Etwas Kamillenlösung würde helfen, sie zu beruhigen, und der darin enthaltene Alkohol ihr ein wenig Mut schenken.

Um halb neun war eine dankbare Colleen bereits da gewesen, um ihren Trank abzuholen, und nachdem Millie sie zur Tür begleitet hatte, wünschte sie sich nichts mehr, als ins Bett zu fallen. Es war ein langer Tag gewesen, und das mit buchstäblich null Schlaf. Sie war erledigt. Es gab einiges zu tun – es gab derzeit immer einiges zu tun –, aber das würde warten müssen. Sie wollte gerade abschließen, als es an der Tür klopfte. Millie erstarrte, ihr Schlüssel auf halbem Weg zum Schlüsselloch. Sie wartete. Es konnte Rowena sein. Natürlich konnte es auch Jasmine sein. Dieser Gedanke tat Millie fast genauso weh, aber sie wusste, dass es trotzdem eine schlechte Idee gewesen wäre, die Tür zu öffnen. Sie musste Jasmine von jetzt an etwas auf Abstand halten, um sie zu beschützen.

Gerade als die Stille sie hoffen ließ, sie sei damit durchgekommen, erschien am Erkerfenster ein Gesicht. Millies Hand flog zu ihrer Brust.

»Ruth ...«, sagte sie, riss die Tür auf und rief die Frau herein. »Sie haben mir fast einen Herzinfarkt beschert.« Nachdem sie sich schnell auf der Straße umgesehen hatte, schloss sie die Tür wieder und wandte sich ihrer Nachbarin zu. »Was kann ich für Sie tun?«, fragte sie und hatte Mühe, höflich zu klingen. Ihre Geduld mit Ruth schwand zunehmend, denn diese hatte ihr auf die eine oder andere Weise in den letzten Wochen einigen Ärger eingetragen.

»Diese Woche haben wir uns ja kaum gesehen«, begann Ruth. »Sie waren immer so beschäftigt ... und Dylan ist immer hier.«

»Er hat mir bei den Renovierungsarbeiten geholfen, wie Sie wissen. Und wir haben Sie am Donnerstagnachmittag zu Tee und Kuchen eingeladen, erinnern Sie sich?«

Ruth blinzelte, als koste es sie alles Gehirnschmalz, sich auf das Ereignis zu besinnen. Dann lächelte sie. »Ach ja, stimmt. Es gab diesen köstlichen Kokosbiskuit, den Sie backen.«

Es war ein Möhrenkuchen gewesen, aber manche Dinge ließ man besser unkorrigiert. »Wollten Sie etwas Spezielles von mir?«, fragte Millie. »Ich hatte eigentlich vor, früh zu Bett zu gehen.«

»Ooh, mit Dylan?«

»Nein!«, protestierte Millie schrill. »Was um alles in der Welt bringt Sie auf diese Idee?«

»Er war so oft hier, dass ich dachte, Sie beide wären inzwischen ein Paar.«

»Er arbeitet für mich, erinnern Sie sich?«

»Und die Art, wie er Sie ansieht ...« Ruth schürzte die Lippen und bedachte Millie mit dem beunruhigendsten Augenzwinkern, das sie je gesehen hatte.

»Er kann schauen, so viel er will«, erwiderte Millie trocken. »Also, ist das alles, weswegen Sie mit mir sprechen wollten?«

Ruth sah sie einen Moment mit leerem Gesichtsausdruck an. »Eigentlich schon ... Nein, Moment ... Ich habe gerade Colleen von hier weggehen sehen. Sie wirkte sehr glücklich. Haben Sie ihr kleines Problem mit Doug gelöst?«

Gab es denn in diesem Dorf überhaupt keine Geheimnisse?

Und wichtiger noch, wie schaffte es die Frau mit dem größten Mundwerk immer, sie auszugraben?

»Sie war vorhin ein wenig aufgebracht, und ich habe ihr ein Kamillengebräu mitgegeben, mehr nicht.«

»Ich habe Whisky mitgebracht«, fuhr Ruth fort.

Millie schob sie behutsam zur Tür. »Ich bin wirklich fix und fertig heute Abend, Ruth ... Würde es Ihnen schrecklich viel ausmachen, wenn wir das verschieben? Morgen Abend, hm?«

Ruth redete immer noch, als Millie die Tür hinter ihr schloss. Die Nachbarin meinte es nicht böse, und sie war eine entzückende alte Dame. Millie wusste das alles, aber dadurch wurde es nicht leichter, ihr zuzuhören, schon gar nicht an einem Abend wie diesem. Sie dachte an Dylan, und dieser nagende Zweifel kehrte zurück, der Stich des Bedauerns, die Erkenntnis, dass sie drauf und dran gewesen war, sich in ihn zu verlieben, dass er der Eine hätte sein können, der sie rettete und sie ihn ... Es war alles zu viel. Nachdem sie hastig den großen, eisernen Schlüssel in der Tür gedreht hatte, lief Millie nach oben und ließ sich weinend auf ihr Bett fallen.

»Ich werde mal nachsehen, ob es Millie gut geht.« Jasmine schnappte sich ihre Schlüssel von der Küchentheke. »Es hat mich die ganze Nacht nicht losgelassen.«

Rich schluckte ein Stück Buttertoast hinunter. Er schaute auf Jasmines Teller, auf dem ihr Frühstück buchstäblich unangerührt lag, dann sah er wieder seine Frau an. »Jetzt? Sie ist vielleicht noch nicht einmal auf.«

»Ja, Rich, jetzt. Was, wenn ihr etwas zugestoßen ist?«

»Was soll ihr denn in Honeybourne zustoßen? Könnte eine der Enten aus dem Teich sie angegriffen haben?«

Jasmine schürzte die Lippen. »Sehr witzig.«

»Sie kann es nicht brauchen, dass du alle zehn Minuten den

Kopf durch ihre Tür streckst. Vielleicht will sie einfach allein sein und ignoriert dich höflich.«

»Ich strecke meinen Kopf nicht alle zehn Minuten durch ihre Tür. Und ich bin nicht dumm, mir ist klar, dass Menschen Freiraum brauchen. Ich habe nur langsam das Gefühl, dass irgendetwas passiert ist. Du hast Dylan neulich Abend gehört – er hat gesagt, Millie ging es gut, bis diese Frau aufgetaucht ist, diese Rowena, und dann war sie plötzlich total entnervt.«

»Vielleicht ist sie ihre Geliebte.«

Die Falte zwischen Jasmines Brauen vertiefte sich. »Wenn du nichts Konstruktives zu sagen hast, dann kannst du den Mund halten.«

»Ich denke nur, dass du dich wegen nichts und wieder nichts aufregst. Millie ist eine erwachsene Frau, und wenn sie Hilfe braucht, wird sie dich darum bitten.«

»Das ist es ja gerade. Ich glaube nicht, dass sie das tun würde. Dafür ist sie zu stolz.«

»Aber nicht zu stolz, deinen Bruder unentgeltlich arbeiten zu lassen.«

»Dylan hat es angeboten. Und er arbeitet nicht unentgeltlich.«

Rich stieß einen ungeduldigen Seufzer aus. »Wie auch immer ... Geh und gib den guten Samariter. Aber komm nicht zu mir gerannt, wenn der Schuss nach hinten losgeht.«

Jasmine funkelte ihn an, die Arme fest vor der Brust verschränkt. »Nur weil deine Komposition nicht gut läuft, gibt dir das nicht das Recht, gemein zu allen zu sein. Ich habe einen Mann geheiratet, der früher einmal genauso besorgt gewesen wäre wie ich. Was ist aus ihm geworden?«

»Nichts ist aus ihm geworden. Und hör auf, alles auf meine Arbeit zu schieben. Es ist in Ordnung für dich, mit deinen kleinen Silberstückchen in deiner Werkstatt herumzuspielen, aber einer von uns muss richtiges Geld einfahren ...« Sobald er aufgehört hatte zu sprechen, verzog Rich das Gesicht zu einer gequälten Grimasse.

»Manchmal«, sagte Jasmine mit kalter Stimme, »hasse ich dich wirklich, Richard Green.«

»Jas ... Es tut mir leid ...«

Seine Entschuldigung blieb ungehört, da Jasmine die Küchentür schon hinter sich zugeschlagen hatte.

Millie öffnete die schwere Ladentür einen Spaltbreit und spähte dahinter hervor. Ihr Gesichtsausdruck war angespannt und vollkommen ohne ihre gewohnte Herzlichkeit. Für Jasmine sah es so aus, als hätte Dylan recht gehabt, als er berichtet hatte, dass irgendetwas dort nicht stimme.

»Ich habe heute ziemlich viel zu tun ...«, begann Millie, ohne abzuwarten, dass Jasmine etwas sagte. »Tut mir leid.«

»Ich wollte nur nachsehen, ob es dir gut geht ... Du bist nicht mehr rübergekommen.«

»Ja ... Ich ruf dich später an ...« Die Tür begann, sich zu schließen, aber dann erklang eine weitere Stimme, und die Tür schwang wieder auf.

»Du solltest deine neuen Freunde nicht meinetwegen wegschicken.« Eine Frau erschien und lächelte honigsüß. Sie hielt Jasmine die Hand hin, und Millie trat mit resignierter Miene beiseite. »Ich bin Rowena, eine alte Freundin von Millie aus dem Norden. Und Sie müssen Jasmine sein, es sei denn natürlich, es gibt noch mehr Ladys in Honeybourne mit rosafarbenem Haar ...«

»Ja ...«, antwortete Jasmine und versuchte, sich Klarheit über die Situation zu verschaffen. Was war hier los? Warum wirkte Millie so bedrückt? Das hier war die Frau, vor der Dylan sie gewarnt hatte. Ihr Bruder war im Allgemeinen nicht der Scharfsinnigste, wenn es darum ging, gefühlsgeladene Situationen zu durchschauen, aber in diesem Fall musste Jasmine ihm zustimmen.

Rowena wandte sich an Millie. »Willst du Jasmine nicht hereinbitten?«

»Ist schon gut, ich muss ohnehin weiter«, unterbrach Jasmine sie und sah Millie fragend an. »Ich bin nur vorbeigekommen, um mich davon zu überzeugen, dass alles in Ordnung ist.«

»Unsinn ... Ich bin mir sicher, Millie würde sich sehr freuen, wenn Sie hereinkämen.«

»Wenn Jasmine beschäftigt ist, kann sie sicher später noch mal herkommen.«

»Aber dann werde ich nicht hier sein, und ich möchte so gern alles über dein neues Leben mit deinen neuen Freunden erfahren«, beharrte Rowena, umfasste mit festem Griff Jasmines Arm und zerrte sie förmlich über die Türschwelle.

Millie verfolgte das Geschehen hilflos, und das beunruhigte Jasmine. Sie hatte immer so stark gewirkt, so gefasst, aber das hier war eine ganz andere Frau als die positive, energiegeladene Freundin, die die gewaltige Aufgabe übernommen hatte, die Bäckerei wieder in Schuss zu bringen, und die angesichts dieser Herausforderung niemals auch nur mit einer Wimper gezuckt hatte – zumindest nicht vor ihr. Jasmine sah diese Millie und wusste, dass etwas ganz und gar nicht stimmte.

»Vielleicht könnte ich tatsächlich ein Weilchen bleiben«, erklärte sie munter. »Es ist immer schön, neue Freunde zu finden.«

»Da kann ich Ihnen nur zustimmen«, entgegnete Rowena und schloss die Tür hinter Jasmine. Sie schlenderte zum Fenstersitz und hockte sich dorthin. Ein huldvolles Lächeln erhellte ihre Züge, während sie beobachtete, wie Jasmine auf der alten Holzbank Platz nahm. »Nun, ist das nicht nett?«

»Wie lange kennen Sie einander schon?«, erkundigte Jasmine sich. Sie schaute von einer Frau zur anderen – Rowena sah auf ihrem Platz im Erker aus wie die Katze, die den Kanarienvogel erwischt hatte, während Millie an der Theke lehnte, als befürchte sie, dass ihre Beine unter ihr nachgeben könnten.

»Oh«, sagte Rowena, »es kommt mir wie eine Ewigkeit vor. Was meinst du, Millie, wie lange kennen wir uns schon?«

Millie zuckte die Achseln.

Rowena sah einen Moment lang nachdenklich drein. »Du warst ungefähr vier Jahre mit Michael zusammen ... und wir kannten uns schon vorher ...« Sie lächelte, aber Jasmine erinnerte ihr Lächeln an einen Haifisch, eine Zurschaustellung von Zähnen vor dem tödlichen Zuschnappen. »Schließlich«, fuhr Rowena an Jasmine gewandt fort, »war ich diejenige, die ihr Michael vorgestellt hat ... und wir wissen ja alle, wie das geendet hat ...«

»Oh«, antwortete Jasmine und fragte sich, was die andere Frau sonst noch von ihr zu hören erwartete. Sie fand es seltsam, dass Millie diesen Michael noch nie erwähnt hatte, ging aber davon aus, dass sie ihre Gründe hatte, und das war genug für sie, bis ihre Freundin bereit war, ihr mehr zu erzählen. Und wenn sie es niemals tat, dann war auch das ihre Angelegenheit. Jasmine empfand es nicht als ihre Aufgabe, ein Urteil zu fällen, sie wollte Trost spenden oder eine Vertraute sein, sollte Millie das jemals brauchen.

»Und«, riss Rowena Jasmine aus ihren Gedanken, »Sie sind auch geschäftlich aktiv? Und ich höre, dass Sie Drillinge haben und einen entzückenden Ehemann.«

Jasmine sah Millie an, die ihr offenbar mit einem einzigen Blick zu übermitteln suchte, dass diese Informationen nicht von ihr gekommen waren. »Ich ...«

»Honeybourne ist so ein freundliches und offenes Dorf«, sprach Rowena weiter. »Es braucht nicht viel, dass seine Bewohner erzählen, was sie über die Leute wissen. Sie und Ihr Mann scheinen hier in der Gegend kleine Berühmtheiten zu sein. Muss etwas mit Ihrer Fruchtbarkeit zu tun haben.«

»So in der Art«, bestätigte Jasmine. Die Vorstellung, dass diese Frau bereits so viel über sie wusste, nachdem sie sich etwa fünf Minuten im Dorf aufgehalten hatte, war beunruhigend. »Die Lokalzeitung hat tatsächlich kurz über uns berichtet, und ein Ereignis wie die Geburt von Drillingen ist an einem kleinen Ort wie diesem wohl ziemlich denkwürdig.«

»Vor allem wenn die Eltern selbst solche überlebensgroßen Gestalten sind.«

»Ich bin mir nicht sicher, was Sie meinen ...«

»Ein Filmmusikkomponist, seine rosahaarige Frau und ein Haus mit einer riesigen, metallenen Poseidonstatue im Garten? Sie beide sind nicht direkt Mr und Mrs Durchschnitt, hm?«

»So habe ich das noch nie betrachtet. Und ich glaube eigentlich nicht, dass die anderen Dorfbewohner uns wirklich so sehen. Ich meine, wir haben unser ganzes Leben hier verbracht, daher gehören wir quasi einfach zum Mobiliar.« Jasmine verkniff es sich, die Stirn zu runzeln. Sie war in der Absicht hiergeblieben, mehr über diese Frau in Erfahrung zu bringen, aber stattdessen war anscheinend sie diejenige, die einem Verhör unterzogen wurde und Mühe hatte, das Gespräch zu ihrem Vorteil zu wenden. Also drehte sie sich stattdessen zu Millie um. »Wie habt ihr zwei euch kennengelernt?«

Rowena sprang mit ihrer Antwort ein, bevor Millie auch nur den Mund geöffnet hatte. »Wir sind irgendwie in denselben Freundeskreis hineingeraten. Wir hatten ein gemeinsames ... *Interesse*, und das hat uns zusammengeführt.« Sie zwinkerte Millie zu. »Habe ich nicht recht?«

»Ich wollte Rowena die Gegend zeigen«, erwiderte Millie, als hätte sie die eigentliche Frage nicht gehört. »Ich denke, wir sollten bald aufbrechen. Du hast bestimmt noch jede Menge vor heute«, fügte sie hinzu und sah Jasmine mit einem flehentlichen Blick an, zuzustimmen.

»O ja«, sagte Jasmine. »Ich bin nur für einen kurzen Besuch

vorbeigekommen. Aber jetzt, nachdem ich gesehen habe, dass es dir gut geht, werde ich mich wieder verdrücken. Ich habe noch viel zu tun.«

Millie lächelte dankbar, als Jasmine zur Ladentür ging.

Als die Tür sich hinter ihr schloss, bekam Jasmine Rowena nicht aus dem Kopf. Dylan hatte recht gehabt, irgendetwas stimmte nicht mit ihr, obwohl sie absolut nett und freundlich gewesen war. Oder vielleicht konnte man ihr Benehmen eher mit *entnervend, übertrieben freundlich* beschreiben. Jasmine suchte am wolkenlosen Himmel nach einer göttlichen Eingebung. Als kein Blitz aus all dem Blau schoss, stieß sie einen Seufzer aus und machte sich auf den Weg zu Dylan, um ihn aus dem Bett zu holen. Sie brauchte eine zweite Meinung von jemandem, der ihr nahestand, jemandem, dem sie vertraute, und im Moment war Rich nicht der Mann, an den sie sich deshalb wenden konnte.

Jasmine musste fünfmal an die Haustür klopfen und eine Handvoll Steine gegen Dylans Schlafzimmerfenster werfen, um ihn endlich aufzuwecken.

»Was zur Hölle?« Dylan erschien in Boxershorts in der Tür, die Haare standen in alle Himmelsrichtungen vom Kopf ab, und seine Augen waren verklebt vom Schlaf. »Es ist noch mitten in der Nacht.«

»Sei nicht so ein Arschloch.« Jasmine schob sich an ihm vorbei. »Und setz Wasser auf.«

Dylan schloss die Tür, tappte hinter ihr her, gähnte und kratzte sich am Bauch. »Ich weiß nicht, wie Rich es mit dir aushält. Eine Tyrannin, das ist es, was du bist. Dschingis Khan wäre zu Stein erstarrt, wenn du ihm auch nur einen Blick zugeworfen hättest.«

»Es ist ein wunderschöner Tag, und du hättest längst auf

sein sollen«, wies Jasmine ihn zurecht. »Das Leben geht an dir vorbei, während du in diesem Loch vor dich hin faulst.«

»O Gott ...« Dylan ging zum Spülbecken und füllte den Wasserkocher. »Irgendetwas hat dich heute Morgen gestochen. Hast du dich mit Rich gestritten?«

Jasmine dachte an ihren Wortwechsel an diesem Morgen. Vielleicht hatte ihre gegenwärtige Unruhe tatsächlich etwas damit zu tun und nicht nur mit dem, was sie zwischen Millie und Rowena beobachtet hatte. Die Streitigkeiten daheim waren häufiger geworden, die spitzen Bemerkungen, Scharmützel am Waschbecken, missbilligenden Blicke und heruntergeschluckten Beleidigungen. Irgendetwas hatte ihre Ehe aus dem Lot gebracht, und Jasmine wünschte, sie würde begreifen, was es war, aber es war wie Rauch, und so schnell ihre Hand sich um die Antwort schloss, war sie auch schon wieder verschwunden. Halsstarrig, wie sie war, weigerte sie sich, es sich einzugestehen, und sie konnte nichts tun, als die Gedanken beiseitezuschieben und zu hoffen, dass die Dinge sich von selbst regelten.

»Millies *Freundin* ...« Jasmine betonte das Wort sarkastisch, als sie an Dylans Esstisch Platz nahm. »Du mochtest sie nicht?«

»Das ist vielleicht ein wenig zu viel gesagt.«

»Ich weiß. Aber ich war gerade drüben, und sie ist jetzt dort. Ich muss sagen, nachdem ich sie kennengelernt habe, bin ich ganz deiner Meinung. Und Millie scheint sich in ihrer Nähe nicht besonders wohl zu fühlen.«

»Ja ... Noch seltsamer ist, dass sie gestern Abend hier vorbeigeschaut hat.«

»Rowena?«, fragte Jasmine und beugte sich vor.

Dylan nickte. »Sie ist einfach nur hergekommen, hat vor der Tür gestanden, mir haufenweise Fragen gestellt und mir dann das da gegeben ...« Er deutete mit dem Kopf auf eine Weinflasche, die auf der Küchentheke stand.

»Warum sollte sie so etwas tun?«

»Keine Ahnung – um nett zu sein? Manche Leute sind so. Vielleicht war sie entzückt von dem Wunder, das Honeybourne ist, und will herziehen.«

Jasmines Blick wanderte zu der Flasche. »Ich denke, du solltest das lieber nicht trinken.«

»Warum um alles in der Welt sollte ich das nicht tun? Du klingst irre.«

»Ich weiß ...«, antwortete Jasmine. »Ich kann nicht dagegen an.«

»Eigentlich war ich gestern Abend kurz davor, das Ding leer zu machen. Ich wollte Rowena eigentlich hereinbitten, nur um nett zu sein, du verstehst schon, aber dann ...«

»Was dann?«, hakte Jasmine nach.

»Ich weiß nicht. Millie stand am Fenster ihres Hauses, und ich hatte einfach das Gefühl, dass ... dass ich es nicht tun sollte. Ich kann es nicht erklären.«

»Aha! Also denkst du doch, dass mit Rowena etwas nicht stimmt!«

»Ich dachte, es könnte so aussehen, als würde ich auf sie stehen«, sagte Dylan. Plötzlich wirkte er todernst. »Ich meine, Rowena ist attraktiv, und ich wollte nicht, dass Millie denkt, ich hätte ein Auge auf sie geworfen ... oder dass zwischen uns irgendetwas laufen würde ...«

»Du hast Millie wirklich gern, nicht wahr?« Jasmines Stimme war jetzt sanfter. Sie betrachtete ihren Bruder, und ihr Herz flog ihm zu. Sie konnte an ihm herumnörgeln, dass er sein Haus und seine Finanzen in Ordnung halten sollte, sie konnte seine Wäsche waschen, wenn er zu faul dazu war, sie konnte seine Schränke auswischen, wenn die Bakterien Seuchenpopulationsstärke erreichten, sie konnte ihm hier und da eine Mahlzeit kochen ... Aber es gab einige Dinge, die sich absolut ihrer Macht entzogen und bei denen sie nichts tun konnte. Mehr denn je wünschte sie sich, dass er die richtige Frau fand, um endlich zur Ruhe zu kommen. Seit dem Tod ihrer Eltern ließ er sich über die unberechenbare See des Lebens treiben. Sie hatte Glück gehabt, Rich zu finden, aber Dylan ... Er war so hoffnungslos vom Kurs abgekommen, dass er es nie lange genug aushielt, um einer Frau wirklich nahezukommen und solche Bande mit ihr zu knüpfen.

Ohne Antwort stand er von seinem Stuhl auf und holte zwei Gläser aus dem Schrank.

»Dylan? Setz dich wieder.«

Er drehte sich zu ihr um. »Es spielt ohnehin keine Rolle mehr. Sie hat mir gesagt, wir hätten keine Zukunft. Ich weiß nicht, warum es mir etwas ausgemacht hat, dass sie das denkt. Wahrscheinlich sollte ich Rowena einfach vögeln.«

»Dafür bist du zu schade«, wandte Jasmine ein. »Und tief im Innern weißt du, dass dir das nicht entspricht. So bist du nicht. Wenn du dein wahres Ich gelegentlich an die Oberfläche treten lassen würdest, wäre deine Prinzessin vielleicht in der Lage, dich zu finden.«

»Mein wahres Ich? Du meinst diesen totalen Loser, der nicht einmal einen Job hat?«

»Du entscheidest dich dafür, keinen Job haben. Genau davon rede ich. Wenn du deine Fehler kennst, warum machst du sie dann ständig wieder?«

»Die Antwort auf diese Frage kenne ich nicht einmal selbst. Ich wünschte, ich wüsste sie. Es ist, als wäre ich auf Selbstzerstörung programmiert oder so, und kann nichts dagegen tun. Ich hätte gedacht ... Millie, die Arbeit in der Bäckerei ... Es war etwas, worauf ich mich konzentrieren konnte ...« Er fuhr sich durchs Haar und schaute auf die Theke. »Vielleicht sollte ich diesen Wein jetzt öffnen. Hast du Lust auf einen Drink?«

Jasmine stand auf und stellte die Flasche neben der Hintertür auf den Boden. »Wag es nicht! Wenn du aufräumst – im nächsten Jahrtausend oder wann auch immer das sein mag –, musst du diesen Wein wegwerfen. Und wenn du Millie willst, dann leg dich ein wenig mehr ins Zeug und hör mit dieser Miesmacherei auf.«

»Sie will mich nicht.«

»Oh, doch, sie will dich. Mir ist nicht entgangen, wie sie dich ansieht. Irgendetwas hält sie zurück, und ich wette, dieses Etwas ist Rowena. Du hast selbst gesagt, dass Millie plötzlich ganz distanziert geworden ist, als sie aufgetaucht ist.«

»Ja, aber ...«

»Kein Aber.«

Dylan schwieg einen Moment, während er seine Schwester mit nachdenklicher Miene musterte. »Das sind ja ganz neue Töne«, bemerkte er schließlich. »Ich dachte, du wärst total gegen mich und Millie. Wenn ich mich recht erinnere, hast du mir mehr oder weniger gedroht, nie wieder mit mir zu sprechen, wenn ich auch nur in ihre Richtung atme.«

»Das war, bevor mir klar geworden ist, dass du es tatsächlich ernst mit ihr meinst.«

Er lächelte schief. »Also jetzt, wo sie mich nicht will, bekomme ich endlich deinen Segen? Ist das nicht ein bisschen ironisch?«

»Mehr als ein bisschen«, pflichtete Jasmine ihm mit einem kläglichen Lächeln bei. »Ist es nicht witzig, wie das Leben eine Kehrtwende machen kann?«

»Das ist es ...«, antwortete Dylan. Dann reckte er sich und gähnte wieder. »Also, ich glaube, du wolltest mir gerade eine Tasse Tee kochen.«

Es hatte einiges dazugehört, Rowena loszuwerden, aber schließlich war sie dann doch gegangen und hatte Millie als Nervenbündel zurückgelassen. Das war vor mehreren Stunden gewesen. Millie hatte keine Ahnung, wohin die Frau als Nächstes gehen würde, und der Gedanke daran machte ihr schreckliche Angst. Am vergangenen Abend hatte sie beobachtet, wie sie zu Dylan gegangen war, mit ihm geredet und ihm eine Flasche überreicht hatte. (Und sie war maßlos erleichtert gewesen, dass er sie nicht hereingebeten hatte.) Aber was das betraf, gab es nicht viel, das sie tun konnte, auch wenn sie am liebsten über die Wiese gerannt wäre und ihm zugerufen hätte, dass er sich nicht mit ihr einlassen solle. Sie würde Rowenas Lügen keine Glaubwürdigkeit verleihen, indem sie sich als gefährliche Irre präsentierte. Bestenfalls konnte sie hoffen, dass Rowena auf dem Rückweg in ihre Unterkunft war. Auch wenn sie nur für kurze Zeit verschwand, bekäme Millie in dem Fall wenigstens eine winzige Ruhepause vor deren psychologischem Dauerfeuer.

Rowena war hinterhältig, und sie war schlau. Selbst als sie noch Freundinnen gewesen waren, hatte Millie ein wenig Angst vor ihr gehabt. Sie konnte unendlich viel Schaden anrichten, wenn sie wollte, und Millie wusste, dass sie noch nicht einmal damit angefangen hatte. Es wurde ihr zunehmend und deprimierenderweise klar, dass sie nicht in Honeybourne bleiben konnte. Aber um fortzugehen, musste sie zumindest versuchen, sich aus dem finanziellen Schlamassel zu retten, in dem sie gelandet war. Die Bäckerei befand sich nicht in einem Zustand, in dem sie sie verkaufen konnte. Rowena würde sich über Millies Optionen nur allzu im Klaren sein, und sie würde sich ein Bein ausreißen, um ihr alles so schwer wie möglich zu machen, aber Millie musste tun, was sie konnte, bevor die Axt fiel.

All diese Gedanken schossen ihr durch den Kopf, während sie die Zutaten für ein Blech Rindfleisch-Bier-Pasteten für das Abendessen ins *Dog and Hare* schleppte. Auf keinen Fall wollte sie mit Colleen in einer Küche eingesperrt sein, aber das war einfach eine weitere Tortur, die sie würde ertragen müssen, wenn sie nicht vollkommen untergehen wollte. Rowena versuchte, ihr Leben zu zerstören, und anscheinend hatte sich die Welt verschworen, ihr dabei zu helfen, und vielleicht verdiente Millie es ja sogar ... Aber das bedeutete nicht, dass sie es jetzt schon akzeptieren musste.

Millie klopfte an die Hintertür des Pubs. Kurz darauf begrüßte sie eine strahlende Colleen und winkte sie herein.

»Oh, Millie, ich bin so glücklich, dich zu sehen!«

»Wirklich?«, antwortete Millie leicht verwundert.

»Ja, ja! Doug und ich ...« Colleen zögerte und errötete leicht. »Nun, sagen wir einfach, was immer du mir gegeben hast, es hat funktioniert.« Sie senkte die Stimme und fuhr mit einem heiseren Kichern fort: »Er konnte gestern Nacht gar nicht die Hände von mir lassen.«

»Ach nein?«

Colleen griff sich Millies Tüte und klatschte sie auf den Tisch. Dann zog sie sie am Arm in den Barbereich. »Das schreit nach einem Drink zur Feier des Tages.«

»Für mich ist es noch ein wenig früh ...«, begann Millie, aber Colleen tat ihre Ausrede mit einer knappen Handbewegung ab.

»Du musst mir Gesellschaft leisten. Das habe ich alles dir zu verdanken. Ruth hatte recht, du bist bemerkenswert!«

»Das bin ich nicht. Wirklich nicht.« Millies Gedanken überschlugen sich – sie hatte Colleen etwas gegeben, bei dem es sich um nicht mehr als ein Stärkungsmittel aus Kräutern handelte. Was immer sich zwischen ihr und Doug verändert hatte, lag an den beiden, nicht an ihr. Sie musste zugeben, dass sie ein wenig verwirrt war. »Ich staune selbst darüber, wie schnell und wie nachhaltig es gewirkt zu haben scheint.«

»Oh, sei nicht so bescheiden.«

»Ich bin nicht bescheiden. Ich glaube, dass du und Doug das allein hinbekommen habt, was wunderbar ist, und ich freue mich wirklich für euch beide.«

Colleen tippte sich an die Nase. »Ich verstehe. Du willst nicht, dass die Leute wissen, wozu du fähig bist. So etwas hat deine Freundin auch gesagt.«

Millie starrte sie an und spürte, wie ihr alles Blut aus dem Gesicht wich. »Meine Freundin?«

»Sie ist wieder gegangen, kurz bevor du hergekommen bist. Sie meinte, sie würde sich später mit dir treffen und wolle dich nicht stören, während du arbeitest.«

»Hat sie ihren Namen gesagt?«

»Ehrlich gesagt erinnere ich mich nicht ... Sie war groß, tolles Haar, dunkelhäutig ...«

Rowena. Millie hätte wissen müssen, dass sie der Versuchung nicht widerstehen konnte, noch mehr Ärger zu machen. Aber wie brachte sie die Leute dazu, ihr so viel über Millies neues Leben in Honeybourne zu erzählen? Arbeitete sie sich systematisch durch das ganze Dorf, bis sie alle Einwohner befragt hatte?

»Sie ist heute hier gewesen?«, fragte sie benommen.

»Schon ganz früh. Ich war draußen vor dem Haus und habe die Blumen in den Hängekörben gegossen, als wir ins Gespräch gekommen sind. Mir ist sofort aufgefallen, dass sie einen ähnlichen Akzent hat wie du. Als ich das erwähnt habe, sagte sie, sie stamme aus deiner alten Stadt und sei auf Besuch bei dir.«

»Was hat sie sonst noch gesagt?«

»Dass sie dich sehr gut kennt, ihr seid praktisch Schwestern, hat sie gesagt. Natürlich habe ich sie auf eine Tasse Kaffee hereingebeten. Sie konnte erkennen, dass mir etwas Gutes widerfahren war, hat gesagt, sie würde es in meiner Aura sehen.« Colleen grinste, und Millie unterdrückte ein entsetztes Stöhnen. »Also habe ich ihr erzählt, dass sie richtigliegt. Doug hat kurz Hallo gesagt, bevor er zum Großmarkt aufgebrochen ist, und sie konnte an seinem Gesicht erkennen, dass auch ihm etwas Gutes widerfahren war.«

»Was hast du ihr erzählt?«

»Du meinst, von den Problemen zwischen Doug und mir?« Einen Moment lang wirkte Colleen ein wenig gekränkt. Aber dann kehrte ihr Lächeln zurück. »Ich würde über so etwas nicht mit einer Fremden sprechen.«

Millie dachte kurz über die Tatsache nach, dass Colleen mit ihr nur allzu gern ihre Eheprobleme besprochen hatte und dass sie selbst kaum mehr war als eine Fremde, aber sie hielt es für klüger, die andere Frau nicht darauf hinzuweisen. Was ihr immer größere Sorgen bereitete, waren Rowenas Pläne und dass sie Millie ständig einen Schritt voraus zu sein schien.

Colleen sprach weiter: »Ich habe gesagt, du seist eine bemerkenswerte Person und dass du einen guten Einfluss auf das Leben der Menschen hier hast und dass alle dich wirklich gernhaben ... Ich denke, sie hat sich sehr für dich gefreut. Sie meinte, sie hat den Eindruck, dass Dylan Smith ein Auge auf dich geworfen hat, und ich habe bestätigt, dass das ziemlich sicher zutrifft und dass es langsam Zeit wird, dass er mit einer netten Frau eine Familie gründet. Und dann habe ich gesagt, ich hoffe, diese Frau bist du, denn er scheint wirklich auf dich zu stehen – nichts für ungut –, und dass du dich schon sehr gut mit seiner Schwester verstehst. Und sie hat geantwortet, sie hofft, du würdest alles bekommen, was du verdienst.«

Millie spürte, wie ihr am ganzen Leib eiskalt wurde, trotz der Hitze in dem sonnengewärmten Pub. Sie war davon überzeugt, dass Rowena dafür sorgen würde. Das Problem war, dass Rowena eine ganz andere Vorstellung von dem hatte, was Millie verdiente, als alle anderen.

VIERZEHN

Millie hatte ihre Entscheidung getroffen. Sie musste Dylan aufsuchen und ihn irgendwie warnen. Sie hatte keine Ahnung, was Rowena vorhatte, und noch weniger hatte sie eine Ahnung, wie Dylan auf ein solches Gespräch reagieren würde, aber sie würde es sich niemals verzeihen, wenn ihm etwas zustieße und sie nichts unternommen hatte, um es zu verhindern. Sie wusste nur, dass Rowena eine Warnung ausgesprochen hatte. Sie hatte gewusst, dass Millie ins *Dog and Hare* gehen würde, um Pasteten zu backen – und deshalb war sie absichtlich kurz zuvor dorthin gegangen, um Colleen abzupassen, bevor Millie eintraf. Rowena war ihr ständig einen Schritt voraus – nein, fünf Schritte. Und dieses Spiel war ihre widerwärtige Art, Millie mitzuteilen, dass es nur eine Frage der Zeit sei, bevor sie ihr das Herz herausriss.

Ohne Verdacht zu erregen und obendrein eine Menge Unmut, hatte Millie Colleen auf keinen Fall hängen lassen können, daher hatte sie die Pasteten für den Abend backen müssen, bevor sie gehen konnte. Jetzt marschierte sie nach Hause, erfüllt von der verzweifelten Frage, was die verlorenen

Stunden vielleicht für ihre Mission bedeuteten. War Rowena ihr bereits zuvorgekommen?

Als sie um die Ecke bog, fiel ihr Blick auf das Tor zu Dylans Garten und den Gartenweg. Es schien alles ruhig zu sein. Schnurstracks ging sie auf das winzige Cottage zu.

»Huhu! Millie!«

Millie stöhnte, drehte sich um und zwang sich zu einem Lächeln. »Hallo, Ruth, wie geht es Ihnen?«

»Nicht so schnell!« Ruth keuchte, als sie über die Straße gewatschelt kam und mit Millies langen Schritten mitzuhalten versuchte. »Ihretwegen kriege ich noch einen Herzinfarkt.«

»Tut mir leid ...« Millie schaute wieder zu dem Cottage hinüber und dann erneut zu Ruth, und schließlich biss sie sich auf die Unterlippe. »Was kann ich für Sie tun?«

»Es geht mehr darum, was ich für Sie tun kann. Ich habe jemanden, der Ihnen helfen will. Diana vom Frauenverein kennt einen Zimmermann aus dem Nachbardorf. Ehrlich gesagt glaube ich, dass sie ihn eine Spur zu gut kennt ... Muss alles von ihrer Hormonersatztherapie kommen ... Sie ist nicht mehr dieselbe, nachdem Derek sie verlassen hat ... Wie dem auch sei, sie sagt, dass Russ – so heißt er – Ihnen für jedwede Holzarbeiten ein sehr gutes Angebot machen könnte ...«

Millie ließ sie weiterplappern, und ihre Verzweiflung wuchs mit jeder verstreichenden Sekunde.

»Ruth«, unterbrach sie die andere Frau, als sie es nicht länger ertragen konnte, »vielleicht können wir später eine Tasse Tee zusammen trinken, und dann können Sie mir alles darüber erzählen. Jetzt habe ich es etwas eilig ...«

Ruth betrachtete Dylans Cottage, dann zwinkerte sie Millie kess zu. »O ja. Es überrascht mich nicht, dass Sie es eilig haben, diesen schnuckeligen Burschen zu sehen.«

Bei jeder anderen Gelegenheit hätte Millie vielleicht über Ruths Wortwahl gelacht. Aber jetzt nickte sie nur. »Es geht lediglich um die Renovierungsarbeiten.«

»Natürlich ...«, antwortete Ruth in einem vielsagenden Ton. »Die Renovierungsarbeiten ...« Aber dann schaute sie wieder zu dem Cottage hinüber, lächelte und winkte jemandem zu. Als Millie sich umdrehte, um festzustellen, wer es war, erstarrte sie.

Rowena begrüßte sie mit einem spöttischen Winken, bevor sie Dylans Vorgarten querte.

»Ist das nicht Ihre Freundin?«, fragte Ruth.

Millie nickte vage, während sie beobachtete, wie Dylan die Tür öffnete. Er sah sie mit fragender Miene an, bevor Rowena das Wort an ihn richtete. Millie wünschte sich verzweifelt, sie hätte hören können, was die beiden sagten, und dass sie Ruth loswerden und hinüberrennen konnte, um dem, was immer Rowena plante, einen Riegel vorzuschieben. Aber das Ganze schien sich inzwischen zu einer derart vertrackten Situation ausgewachsen zu haben, dass sie nicht wusste, was sie tun sollte, ohne in Dylans Augen auszusehen wie eine Irre oder eine Psychopathin, was ihrer Sache nicht im Mindesten nutzen würde. Ruth, oberste Tratschtante des Dorfs, würde mit großem Entzücken das Gerücht über jedwedes seltsame Verhalten ihrerseits streuen.

»Sieht aus, als hätte sie auch ein Auge auf Dylan Smith geworfen. Oh, er hat eine Schwäche für die Ladys, dieser Bursche«, gurrte Ruth.

Millie schaute zu, wie Rowena näher zu Dylan trat und ihm etwas ins Ohr flüsterte. Einen Moment später trat er beiseite, um sie vorbeigehen zu lassen, dann schloss sich die Tür hinter ihnen. Millie hoffte, dass es nicht das war, wonach es aussah, und sie wünschte, sie hätte sich deswegen nicht gar so elend gefühlt. Eine Frau, die die ultimative Verführerin war, und ein Mann mit einem Ruf als Schürzenjäger – soweit Millie erkennen konnte, gab es nur eine Möglichkeit, wie das enden würde. Aber der Gedanke an Dylans Verrat war es nicht, was sie am meisten verletzte; es war die Tatsache, dass Rowena ihn als Marionette benutzte, um sich an der Frau zu rächen, von der sie glaubte, sie habe ihren Bruder getötet. Das stieß Millie das Messer wirklich ins Herz.

»Wollten Sie ihn nicht besuchen?«, fragte Ruth, als Millie sich in Richtung der Bäckerei umdrehte.

»Nicht jetzt«, antwortete Millie mit dumpfer Stimme. »Die Angelegenheit kann warten.«

»Ich habe deine Launen satt«, brüllte Jasmine.

»Und ich habe deine verdammten Hormone satt«, knurrte Rich zurück.

»Wag es nicht, das auf die Hormone zu schieben!«

»Du denkst anscheinend, es sei ausschließlich dein Ding, einen schlechten Tag zu haben. Weißt du, ich kann auch schlechte Tage haben.«

»Schlechte Tage sind alles, was du hattest, seit du diesen blöden Vertrag bekommen hast. Wenn ich gewusst hätte, was das mit dir machen würde, hätte ich die Haustür zugenagelt, damit du nicht zu dem Meeting hättest gehen können!«

»Wenn meine Ehefrau mich vielleicht etwas mehr unterstützen würde, statt herumzurennen und einen Riesenwirbel um jede Streunerin zu machen, die zufällig in unserem Dorf auftaucht, hätte ich nicht gar so viele schlechte Tage. Das hat nichts mit meinem Vertrag zu tun!«

»Du bist ein Armleuchter, Richard Green!«

»Du bist ein Miststück, Jasmine Green, also passen wir gut zusammen.«

Ein ängstliches kleines Gesicht erschien in der Küchentür. »Reuben sagt, er kann nicht schlafen«, flüsterte Rebecca, als sie sich zu ihr umdrehten.

»Ich komme gleich«, sagte Jasmine und versuchte, ihre Stimme ruhig zu halten. »Sag ihm, er soll sich ins Bett legen, ich decke euch alle zu, sobald ich kann.«

»Das heißt, wenn sie nicht herumläuft und ihre Kummerkastennummer für wildfremde Leute abzieht«, warf Rich ein.

»Millie ist nicht wildfremd für mich!«, schoss Jasmine zurück, während Rebecca wieder durch den Flur und die Treppe hinaufrannte. »Ich verstehe nicht, warum du solche Probleme mit ihr hast.«

»Weil du seit ihrer Ankunft anscheinend über nichts anderes redest.«

»Und was ist daran so schlimm?«

»Es macht mich stinksauer.«

Jasmine stemmte die Hände in die Hüften. »Bist du *eifersüchtig?*«

»Natürlich nicht. Es ist ohnehin nicht nur das. Aber du bist immer irgendwo anders mit irgendetwas beschäftigt. Die Kinder und ich kommen an zweiter Stelle hinter jedem anderen Scheißer in diesem Dorf, vielleicht sogar an dritter Stelle, wenn man deine heißgeliebte Werkstatt mitrechnet.«

»Du hattest früher nie ein Problem mit der Werkstatt. Weißt du, wir müssen uns irgendwie unseren Lebensunterhalt verdienen.«

»Aber du denkst anscheinend, deine Arbeit wäre wichtiger als meine. Ich habe keine eigens gebaute Werkstatt ...«

»Du hast ein Studio«, unterbrach Jasmine ihn.

»Ich habe ein Studio, das sich im Haus befindet. Ich kann nicht weg von der Familie, wenn ich arbeite. Im Gegensatz zu dir.«

»Was ... Willst du damit sagen, dass du die Werkstatt willst? Wie soll ich im Haus einen Schweißbrenner benutzen?«

»Das meine ich nicht. Du hörst verdammt noch mal nicht zu, wie immer.«

»Willst du damit sagen, dass du nicht gern mit der Familie zusammen bist?«

»Wenn ich versuche zu arbeiten, nein!«

»Nun, dann habe ich Neuigkeiten für dich, Kumpel. Du

bist verantwortlich dafür, dass du drei Kinder hast, und sie leben hier, ob es dir gefällt oder nicht.«

»Und manchmal wünschte ich, ich würde das nicht gar so genau wissen!«

Jasmine knirschte mit den Zähnen und starrte ihn an. »Willst du, dass wir gehen?«, fragte sie mit leiser Stimme. »Ist es das, was du willst?«

»Ehrlich, ich weiß es nicht.« Rich fuhr sich durchs Haar und starrte auf seine Füße. »Ich weiß es wirklich nicht, Jas. Aber manchmal fühle ich mich hier wie das fünfte Rad am Wagen. Dein Geschäft ist erfolgreicher als meins, du bist besser als ich in der Elternrolle, du gehörst tatsächlich in dieses Dorf, auf eine Weise, wie ich niemals dazugehören werde ...«

»Ich kann nicht fassen, dass du lauter solche Sachen sagst!«, stieß Jasmine hervor und kämpfte gegen Tränen an. Es waren keine Tränen der Traurigkeit, sondern der Frustration. »Hast du irgendeine Ahnung, wie selbstsüchtig das klingt?«

»Mag sein, dass es selbstsüchtig klingt. Aber ich empfinde so.«

»Na schön, ich weiß Bescheid. Also werde ich dir einfach ein Bett auf dem Sofa zurechtmachen, nachdem ich die Kinder zugedeckt habe. Oder vielleicht möchtest du ja gern in der Werkstatt schlafen, da sie dir so gut gefällt. Darf ich dir außerdem ins Gedächtnis rufen, dass ich die Kinder jeden Abend ins Bett bringe? Nicht, weil ich besser darin bin, sondern weil es dir einfach zu viel Mühe ist. Man muss sich anstrengen, um Mutter oder Vater zu sein, Rich, und manchmal muss man sich anstrengen, um ein anständiger Mensch zu sein.« Jasmine drehte sich um und ging in Richtung Treppe. Rich rief ihr etwas nach, aber sie eilte weiter.

Dieser Streit hatte schon seit einer ganzen Weile in der Luft gelegen; Jasmine hatte beobachtet, wie er einer dunklen Wolke gleich vom Horizont herangezogen kam, ohne zu wissen, wie sie ihn aufhalten konnte. Was sie nicht vorausgesehen hatte, war das Ende dieses Streits. Sie war sich immer so sicher gewesen, dass Rich sie liebte, dass sie niemals die Art, wie sie mit ihm ihr Leben lebte, auch nur infrage gestellt hatte. Vielleicht verlangte sie wirklich zu viel von ihm, vielleicht hielt sie ihn tatsächlich für selbstverständlich. Aber andererseits, warum sollte sie ihre Träume aufgeben, die Dinge aufgeben, die sie vom Leben wollte, nur weil sie Ehefrau und Mutter war? Würde er seine Musik aufgeben? Sie bezweifelte es.

Sie musste reden, brauchte jemanden, der ihr half, die Sache zu verarbeiten. Und während sie ihre Drillinge, die sie mit großen Augen ansahen, ins Bett brachte und ihnen versicherte, es sei alles gut und dass Mummy und Daddy sich zwar angeschrien hätten, dass das aber keine Scheidung bedeuten würde, wusste sie nicht, ob sie sich dessen überhaupt selbst noch sicher war. Ein Leben ohne Rich war undenkbar, aber zum ersten Mal in ihrer Ehe war die Möglichkeit auf den Tisch gekommen.

Also beschloss sie, Dylan zu besuchen. Er taugte nicht viel, wenn es um Ratschläge ging, aber in Ermangelung irgendeiner anderen Person würde er zumindest ein freundliches Gesicht machen und einen Kühlschrank voller Bier haben. Vielleicht würde es auch guttun, die Sicht eines anderen Mannes auf die Situation zu hören.

Aber als sie wieder nach unten kam, war Rich nirgends zu sehen. Sie fand einen Zettel auf dem Kaminsims, der sie darüber informierte, dass er ins *Dog and Hare* gegangen war. Ein wenig egoistisch und sehr klischeehaft, dachte sie mit frisch aufkeimendem Zorn. Aber es sah ganz danach aus, als würde sie ihren Abend hier verbringen müssen, in dem stillen Haus.

Sie griff nach ihrem Telefon und wählte Dylans Nummer, doch er ging nicht an den Apparat. Da ihr nicht einfiel, was für eine Nachricht sie hinterlassen konnte, beendete sie den Anruf einfach. Dann schwebten ihre Finger über Millies Nummer. Aber an diesem Morgen hatte es ihrer Freundin so offensichtlich widerstrebt, sie um sich zu haben. Ob es an Rowena gelegen hatte oder nicht, konnte sie nicht sagen, aber es schien ihr im Moment keine allzu gute Idee zu sein, sie anzurufen. Mit einem Seufzer kramte Jasmine frisches Bettzeug heraus, das sie für Rich aufs Sofa warf, bevor sie zu einer schlaflosen Nacht allein in ihrer beider Bett nach oben ging.

Am nächsten Morgen rüttelte Jasmine einen schnarchenden Rich wach und stellte fest, dass der Kater, den er im Pub erworben hatte, seine Laune nicht gerade hob. Nach einem angespannten Wortwechsel waren sie widerstrebend und voller Ärger übereingekommen, dass Rich die Kinder wecken und in die Schule bringen würde, während Jasmine zu Dylan hinüberging (unter dem Vorwand, dass sie ausgeliehenes Werkzeug von ihm zurückfordern wollte). Also machte sich Jasmine zum Haus ihres Bruders auf. Ihre Stimmung war bestenfalls mies und verwirrt. Nach Dylans Maßstäben war es noch früh, und er würde sie dafür hassen, dass sie ihn wieder einmal aus dem Bett zerrte, aber sie brauchte ihn.

Die Morgenluft war drückend und heiß und schwül wie vor einem Gewitter. Jasmine schaute zu den Wolken, die sich am Horizont zusammenballten, und wünschte, es würde einfach regnen, damit sie es hinter sich hatten. Dieses Gefühl ähnelte ein wenig dem, das sie nach ihrer Auseinandersetzung mit Rich gerade eben erfüllte. Wenn er aus ihrer Ehe Kleinholz machen wollte, sollte er es auf der Stelle tun. Dann würde sie zumindest nicht mehr in diesem schrecklichen Vakuum leben und konnte entscheiden, wie es weitergehen sollte. Obwohl sie immer noch nicht recht glauben konnte, dass er etwas Derartiges auch nur in Erwägung gezogen hatte, würde sie sich jetzt, da er den Gedanken ausgesprochen hatte, nicht als Geisel halten lassen. Sie kannte Paare, deren miserable Ehen von der ständigen Androhung einer Scheidung gekennzeichnet waren,

Ehen, bei denen weder der eine noch der andere Partner diesen Sprung jemals wagte, und sie hatte schon sehr früh beschlossen, dass sie und Rich niemals eins dieser Paare sein würden.

In Dylans Cottage war alles still, und die Vorhänge waren zugezogen, als Jasmine den Weg zur Haustür entlangtrottete. Sie hatte nichts anderes erwartet, aber irgendwie ärgerte es sie. Sie hob die Hand, um an die Tür zu klopfen ...

Millie konnte sich nicht daran erinnern, wann sie endlich eingenickt war, aber als Tageslicht ihr Zimmer erfüllte und sie aus dem Schlaf riss, hatte sie nicht das Gefühl, besonders lange geschlafen zu haben. Ihr erster zusammenhängender Gedanke galt der Frage, was Rowena heute für sie in petto haben würde. Sie wusste nicht, was in der vergangenen Nacht in Dylans Haus passiert oder nicht passiert sein mochte, konnte aber trotzdem an kaum etwas anderes denken. Millie wollte nicht glauben, dass Dylan so schwach sein würde, aber stand es ihr zu, sich darüber aufzuregen? Sie hatte jeden Anspruch auf ihn aufgegeben und kein Recht, Rowena darum zu bitten, ihr irgendwelchen Schmerz zu ersparen. Es war nur ein Bruchteil des Schmerzes, den sie selbst Rowena zugefügt hatte, und dabei spielte es keine Rolle, ob es ein Fehler gewesen war. Sie wusste, dass Rowena nicht glücklich sein würde, bis sie selbst vollkommen am Ende war.

Sie überlegte, Jasmine aufzusuchen. Natürlich konnte sie sie anrufen, aber das Gespräch, das sie brauchte, konnte nur persönlich stattfinden. Wenn sie Dylan bereits verloren hatte, dann musste sie versuchen, seine Schwester zu retten. Doch es war noch zu früh – Jasmine machte bestimmt gerade die Kinder für die Schule fertig, und sie wollte die Drillinge definitiv nicht in Hörweite haben. Denn Millie hatte beschlossen, dass es an der Zeit war, in Bezug auf ihre Vergangenheit reinen Tisch zu machen. Rowena würde ihr Leben in Honeybourne ohnehin für sie zerstören, sodass sie nichts mehr zu verlieren hatte.

Sie würde eine Stunde warten und dann Jasmine in ihrer Werkstatt besuchen.

Nach dem dritten Klopfen, auf das keine Reaktion folgte, wollte Jasmine gerade hinters Haus gehen und den alten Trick – Kieselsteinchen ans Fenster werfen – ausprobieren, als die Haustür aufschwang. Vor ihr stand, perfekt geschminkt, das Haar geglättet und glänzend und mit nichts anderem bekleidet als einem von Dylans Hemden, Rowena.

Jasmine konnte ein Aufkeuchen nicht unterdrücken.

»Guten Morgen«, begrüßte Rowena sie glattzüngig und mit diesem Lächeln, das Jasmine an einen Hai erinnerte. »Suchen Sie nach Ihrem Bruder? Ich fürchte, er schläft noch.«

»Was ...?« Jasmine spürte, wie ihr die Hitze ins Gesicht schoss. Was zur Hölle hatte Dylan jetzt wieder angestellt? Sie würde ihn umbringen. Zumindest würde sie nie wieder ein Wort glauben, das aus seinem verlogenen Mund kam.

»Ich kann ihn wecken, wenn Sie das wirklich wollen«, fügte Rowena hinzu. »Aber er war sooo müde, dass er schläft wie ein Murmeltier.«

Jasmine hatte gerade den Mund zu einer Antwort geöffnet, als ein Schlurfen erklang, Dylan an die Tür getaumelt kam und Rowena unbeholfen zur Seite stieß.

»Jas ...«

»Du kannst es dir sparen, Dylan. Ich will es nicht hören.« Jasmine funkelte ihn an. Sie wandte sich um und entfernte sich mit langen, entschlossenen Schritten.

»Jasmine!«, wiederholte Dylan. Er klang so, als sei er immer noch sturzbesoffen, und Jasmine kochte bei dem Gedanken. Was immer sie vorgehabt hatte, ihm in ihrer Stunde der Not anzuvertrauen, jetzt war offensichtlich geworden, dass sie aus dieser Ecke keine Unterstützung erwarten konnte. Ihr Bruder war immer noch so unreif und verantwortungslos wie nur je. Es war, als hätte sie ein viertes Kind, aber eins, das sie nicht im Griff hatte, ganz gleich, wie oft sie es schimpfte. Sie drehte sich um und sah ihn an der Haustür stehen. Er schaute an sich herab und stellte offenbar gerade fest, dass er nichts anderes am Leib trug als eine Boxershorts. Dann schien er eine Entscheidung zu treffen. Rowena verfolgte das Ganze mit müder Erheiterung, die Arme verschränkt, während sie lässig am Türrahmen lehnte.

Er stolperte den Weg entlang und rief erneut ihren Namen. Jasmine trat auf die Straße, entschlossen, so weit wie möglich von dieser ganzen schrecklichen Situation wegzukommen.

»Jas ...« Dylan griff nach ihrem Arm und wirbelte sie herum. »Es ist nicht so, wie du denkst ...«

»Halt die Klappe, Dylan. Ich kenne dich gut genug, also erspar mir die schreienden und, offen gesagt, beleidigenden Lügen.«

»Ich lüge nicht ...« Er wirkte verwirrt und sah Rowena an, die sie beide immer noch mit einem halb gelangweilten, halb amüsierten Gesichtsausdruck beobachtete. »Bitte, lass mich ...« Er umklammerte seinen Kopf. »Ich weiß nicht ...«

Jasmine entriss ihm ihren Arm. Sie schaute gerade rechtzeitig auf, um zu sehen, wie Millie aus ihrer Haustür trat und erstarrte, als sie die Szene in sich aufnahm.

Jasmine drehte sich um und sah Millie an. Dann wankte Dylan an ihr vorbei zu der alten Bäckerei.

»Millie ...«

Millie warf nur einen einzigen Blick auf ihn, und alle Farbe wich aus ihrem Gesicht. Rowena kam nun ebenfalls herüber, ein Lächeln umspielte ihre Mundwinkel. Millie wandte sich zu ihr.

»Was hast du getan?«, stieß sie hervor.

»Oh, du weißt, was ich getan habe«, antwortete Rowena honigsüß. »Und du weißt auch, warum.«

Millie sah abermals Dylan an. Sein Blick war getrübt und sein Gesichtsausdruck verwirrt, als wisse er nicht recht, wo er war. Dann wandte sie sich wieder an Rowena. »Ich habe Michael nicht absichtlich wehgetan, das weißt du! Ich habe ihn geliebt! Ich habe alles in meiner Macht Stehende getan, um ihn nicht zu verletzen, aber wir haben eine Lüge gelebt ...« Sie deutete auf Dylan. »*Das* habe ich ihm nicht angetan.«

»Es tut weh, nicht wahr?«

Millie stürzte sich mit einem Schrei auf sie. Bevor sie wusste, wie ihr geschah, hielt Jasmine Millie an beiden Armen fest und rang mit ihr, um zu verhindern, dass sie sich auf Rowena stürzte. Dylan setzte sich mitten auf die Straße und verfolgte benommen das ganze Spektakel.

»Er wollte dich nicht«, zischte Millie. »Es war nur Sex.«

»Ich fürchte, du wirst herausfinden, dass er mich sehr wohl wollte. Alle Männer wollen mich.«

»Du Miststück!«

»Millie!«, rief Jasmine und hielt sie fest. »Bitte, hör auf damit! Erzähl mir, was zur Hölle hier los ist!«

»Ja, Millicent«, krähte Rowena. »Warum erzählst du ihr nicht, was los ist? Warum erzählst du ihr nicht alles über meinen Bruder ...«

»Nein!«, schrie Millie. Tränen schossen ihr in die Augen.

»Und wie du ihm das Herz gebrochen hast ...«

»Bitte«, flehte Millie und wehrte sich schon weniger gegen Jasmines festen Griff.

»Erzähl Jasmine, wie du ihn dazu getrieben hast, sich das Leben zu nehmen.« Rowena kam näher und senkte die Stimme. »Und als wäre nichts passiert, hast du dir ein weiteres ahnungsloses Opfer gesucht ... Wird das hier genauso enden?«

Millie schaute zu Dylan hinüber, der sie mit leeren Augen anstarrte. »Ich wollte doch nur ...«

»Du hast Michael getötet.«

»Nein ...« Millies Stimme war jetzt kaum mehr als ein Flüstern.

»Du hast ihn getötet, Millicent Hopkin, so sicher, als hättest du ihm eine Waffe an den Kopf gehalten. Du hast seine Hoffnungen und Träume für die Zukunft zerstört, und deinetwegen hat er geglaubt, es gäbe nichts mehr, wofür es sich für ihn zu leben lohnte.« Rowena richtete das Wort an Jasmine, die immer noch hinter Millie stand und ihren schlaffen Arm hielt. »Sie sollten sich glücklich schätzen, dass alles, was Dylan aus diesem kleinen Abenteuer mitnimmt, guter Sex ist. Wenn sie ihre Krallen in ihn geschlagen hätte, wäre Ihr Bruder am Ende möglicherweise genauso tot gewesen wie meiner.«

Ohne ein weiteres Wort drehte Rowena sich auf dem Absatz um und ging gelassen zurück zu Dylans Cottage. Millie starrte ihr nach, bis die andere Frau darin verschwunden war. Sie spürte, wie Jasmine ihren Arm losließ, und wandte sich zu ihr um.

»Jasmine, es tut mir so leid!« Millie schluchzte. »Ich wollte nicht, dass irgendetwas von alldem passiert, ich hatte nicht vor, Michael wehzutun – du musst mir glauben!«

»Ich weiß nicht, was ich denken soll«, antwortete Jasmine mit dumpfer Stimme.

»Rowena ist wahnsinnig«, flehte Millie. »Sie wird vor nichts Halt machen, um ihre Rache zu bekommen. Sie bestraft mich für etwas, das sie als Mord betrachtet, aber ich wollte nicht, dass Michael stirbt, ich schwöre es!«

»Das glaube ich dir. Ich denke nicht, dass du fähig bist, jemandem absichtlich solchen Schmerz zuzufügen. Was ich jedoch nicht fassen kann, ist, dass du uns nicht gewarnt hast. Du hast diese Frau in unser Leben gelassen und hast uns nicht gewarnt, wozu sie fähig ist.«

Millie schaute zu Dylans Cottage hinüber und sah, dass Rowena bereits wieder ihre eigenen Kleider trug und aufbrach. Sie schenkte Ruth Evans ein Lächeln, die anscheinend während der ganzen Zeit am Straßenrand gestanden und beobachtet hatte, was sich hier zutrug. Dann drehte sie sich erneut um und sah, dass Jasmine Dylan auf die Füße zog.

»Was zur Hölle stimmt nicht mit dir, Dylan?« Jasmine sah ihn an, aber er antwortete nicht. Stattdessen verdrehte er nur dramatisch die Augen und erwiderte ihren Blick.

»Ich denke, es geht um etwas, das Rowena getan hat ...«, begann Millie, aber Jasmine fiel ihr ins Wort.

»Du hättest uns warnen müssen«, wiederholte sie. »Du hättest all das verhindern können.«

»Ich wollte es nicht, Millie ...«, nuschelte Dylan, als Jasmine ihn zurück zum Haus zog. »Ich liebe dich!«, rief er über seine Schulter. »Ich meine es ernst, ich liebe dich wirklich. Ich weiß nicht, warum ich mit ihr geschlafen habe; ich stehe nicht einmal auf sie ...«

Millies Tränen flossen immer heftiger. Inmitten des ganzen Chaos dieses Morgens war Dylans plötzliches Eingeständnis die grausamste Wunde. Empfand er wirklich so? Während sie beobachtete, wie Jasmine ihn stolpernd zu seinem Haus zurückzerrte, wurde ihr jäh bewusst, dass sie sich ebenfalls in ihn verliebt hatte. Aber nachdem er gehört hatte, was sie Michael angetan hatte, würde er nie wieder etwas mit ihr zu tun haben wollen, und Jasmine hasste sie jetzt so sehr, dass eine Beziehung zwischen ihnen, selbst wenn er eine wollte, niemals akzeptiert werden würde. Sie hatte sie beide verloren. Rowena hatte alles ruiniert, genau wie sie versprochen hatte.

FÜNFZEHN

Jasmine ließ Dylan schlafen und schloss die Schlafzimmertür.
Es setzte ihr zu, ihn nach all diesen Jahren wieder so verletzt zu
sehen. Sie fühlte sich an Zeiten erinnert, als er von der Schule
nach Hause gekommen war und sich wegen irgendeiner Schikane in den Schlaf geweint hatte, während Jasmine verzweifelt
versucht hatte, ihn zu trösten. Dann dachte sie an den Tag, an
dem sie vom Tod ihrer Eltern erfahren hatte, als Dylan vor
Trauer zusammengebrochen war und sie die Starke hatte sein
müssen, die ihn ins Bett brachte und sich dazu zwang, die
Hausarbeit zu verrichten, als sei nichts passiert. Sie war immer
seine große Schwester gewesen, und sie würde es jetzt auch
sein.

Sie setzte sich an den Küchentisch und starrte die Wand
an. Vielleicht hatte Rich doch recht gehabt, und sie hätten
Millie nicht vertrauen dürfen. Rowena war offensichtlich noto-
risch eifersüchtig, aber wenn ihre Anschuldigungen zutrafen,
was sagte das dann über Millie aus? Jasmine musste nicht nur
begreifen, was Dylan getan hatte, nachdem er mehr oder
weniger seine Liebe zu Millie bekundet hatte, sie musste sich

auch der Tatsache stellen, dass die Freundin, die sie als liebenswerte, rücksichtsvolle Person kennengelernt hatte, einen solchen Schaden anrichten konnte, dass ein Mann in den Selbstmord getrieben wurde. Was für eine Frau war das? Keine Frau, die Jasmine in der Nähe ihrer Familie haben wollte. Und in ihrem Kielwasser brachte sie Menschen wie Rowena mit. Selbst wenn Millie nichts von all dem beabsichtigt hatte, selbst wenn sie keine entscheidende Rolle beim Tod ihres Ex-Freundes gespielt hatte, hätte sie den Schlamassel, in dem sie sich jetzt befanden, verhindern können, wenn sie einfach ehrlich gewesen wäre.

Obwohl sie Dylan sehr gut kannte und wusste, welchen Unfug er anrichten konnte, kam ihr irgendetwas an dieser Situation nicht richtig vor. Seine gegenwärtige Befindlichkeit war anders als jeder Kater, den sie je erlebt hatte. Ihr Blick wanderte über die Reste des vorangegangenen Abends. Auf der Theke standen zwei Weingläser, daneben eine offene Weinflasche. Jasmine stieß ein Stöhnen aus, als sie den Wein erkannte, vor dem sie Dylan ausdrücklich gewarnt hatte. Sie stand vom Tisch auf und schnupperte vorsichtig an der Flasche. Der Geruch erschien ihr ziemlich normal. Aber als sie länger darüber nachdachte, verstand sie nicht, warum Dylan Rowena überhaupt ins Haus gelassen hatte. Er war kein Fan dieser Frau nach dem, was er Jasmine erzählt hatte, und es erschien ihr kaum wahrscheinlich, dass er den Wunsch verspürt haben sollte, Zeit mit ihr zu verbringen. Es sei denn, er hatte bereits begonnen, den Wein zu trinken, bevor Rowena aufgetaucht war, sodass er angenehm beduselt und leichtsinnig gewesen war. Oder vielleicht hatte er sie aus einem anderen Grund ins Haus gelassen.

Sie seufzte und stellte die Flasche beiseite, bevor sie den Wasserhahn aufdrehte und etwas Spülmittel auf einen Lappen gab. Rich hatte sich inzwischen wahrscheinlich in seinem

Studio eingeschlossen, und sie war nicht in der Stimmung, mit ihm zu reden, trotz der Dinge, die hier passiert waren und über die hier geredet werden musste. Sie wollte bei Dylan bleiben, bis er aufwachte, um sich davon zu überzeugen, dass es ihm gut ging, vielleicht sogar um einige Antworten aus ihm herauszuholen. Wenn sie lange warten musste, konnte sie sich genauso gut nützlich machen.

Irgendwann gegen Mittag drückte Jasmine vorsichtig die Schlafzimmertür auf, um nach Dylan zu sehen. Während des Vormittags hatte es einige neurotische Augenblicke gegeben, in denen sie sich eingeredet hatte, er sei irgendwie ins Koma gefallen oder an seinem eigenen Erbrochenen erstickt, und sie hatte häufiger als wirklich nötig nach ihm gesehen. Jedes Mal hatte er tief und fest geschlafen, und nichts hatte auf Probleme hingedeutet. Diesmal drehte er sich um, als die Tür knarrte, und öffnete die Augen.

»Du siehst besser aus«, sagte sie, während er sich die Augen rieb und sich aufrecht hinsetzte.

»Ich fühle mich auch besser ... denke ich. Obwohl ich nicht recht weiß, wovon ich mich schlecht gefühlt habe.«

»Du kannst dich an nichts erinnern?«

»Ich habe eine vage Erinnerung daran, dass ich in meinen Boxershorts draußen auf der Straße war. Und ich bin ziemlich oft hingefallen. Es ist seltsam, ich erinnere mich daran, aber es fühlt sich so an, als hätte ich jemand anders diese Dinge tun sehen, statt mich selbst.«

Jasmine ging zu ihm hinüber und schob seine Beine zur Seite, damit sie sich auf die Bettkante setzen konnte. Ein muffiger Geruch erfüllte den Raum, und sie nahm sich vor, zu lüften, sobald Dylan aufgestanden war. »Du warst sternhagelvoll, daher überrascht mich das nicht.«

Er kniff die Augen zusammen. »Ich war betrunken, so viel weiß ich noch. Aber ich weiß nicht, ob es nur das war. Eine solche Wirkung von Alkohol habe ich noch nie erlebt. Es ist so, als hätte mich jemand unter Drogen gesetzt. Wie Rohypnol oder so.«

Jasmine starrte ihn an.

»Das klingt verrückt, ich weiß«, murmelte Dylan und kratzte sich ausgiebig am Kopf. »Aber andererseits klingen seit Millies Ankunft hier viele Dinge verrückt.«

»Erwähne sie nicht.« Jasmine zog einen Schmollmund.

»Aber es war Rowenas Schuld, nicht ihre. Ich erinnere mich nicht einmal mehr ... Gott, Jas, es ist schrecklich, verdammt. Ich erinnere mich nicht einmal mehr daran, was mich dazu gebracht hat, es zu tun.«

»Hast du mit ihr geschlafen?«, fragte Jasmine leise. Das war eine Frage, auf die sie keine Antwort hören wollte, aber sie fühlte sich trotzdem gezwungen, sie zu stellen. Obwohl sie ihn häufig mit seinem Liebesleben aufzog und ihn dafür tadelte, wollte sie unterm Strich doch keine schmutzigen Einzelheiten darüber wissen, was ihr kleiner Bruder in seinem Schlafzimmer trieb, erst recht nicht mit einer Frau wie Rowena.

Er nickte langsam. »Ich glaube, ja. Aber ich wollte es nicht. Glaubst du mir das?«

»Ja.«

»Es war, als ob ... Ich wusste, dass das, was ich tat, schlecht war, aber ich konnte nicht damit aufhören. Ich wollte nicht mit ihr schlafen, doch irgendetwas hat mich dazu getrieben. Ich konnte nicht aufhören, an Millies Gesicht zu denken, wenn sie uns hätte sehen können, aber Rowena hat immer wieder auf mich eingeredet, dass ich sie lieben soll, und es war, als müsste ich gehorchen. Aber gleichzeitig erinnere ich mich nicht an irgendwelche Details. Ich würde gern denken, dass das bedeutet, dass ich nicht mit ihr geschlafen habe. Vielleicht glaube ich nur, ich hätte es getan?«, fügte er hoffnungsvoll hinzu.

»Das weiß Gott allein«, antwortete Jasmine. »Ich jedenfalls nicht. Ob du mit ihr geschlafen hast oder nicht, der Schaden ist jetzt angerichtet.«

Er stieß einen tiefen Seufzer aus. »Ich fühle mich wie ein totaler Scheißkerl, und ich denke, unterm Strich ist es egal, ob ich mit ihr geschlafen habe oder nicht. Für mich zählt nur, dass Millie es denkt.« Er lächelte kläglich. »Es gab eine Zeit, da hätte ich die Vorstellung von wildem Sex auf Drogen ziemlich attraktiv gefunden.«

»Vielleicht wirst du ja langsam alt.« Jasmine lächelte.

»Millie hat uns heute Morgen gesehen, nicht wahr? Und ich schätze, es hat einen ziemlich üblen Eindruck gemacht.«

»Sie war draußen auf der Straße, als du in deinen Boxershorts herausgerannt gekommen bist. Sie und Rowena sind gewaltig aneinandergeraten. Hast du das mit Millies Ex gewusst? Oder hast du die Gründe gekannt, warum sie überhaupt nach Honeybourne gekommen ist?«

»Nein. Sollte ich es wissen?«

»Er hat sich das Leben genommen. Rowena hat gesagt, der Grund dafür war irgendetwas, das Millie getan hat. Sie sagt, sie hätte ihren Bruder dazu gebracht, es zu tun.«

»Das klingt irgendwie nicht richtig. Millie wäre zu so etwas gar nicht in der Lage, jedenfalls nicht absichtlich.«

»In den letzten Tagen haben wir etwas anderes feststellen müssen. Schau dir nur an, was gestern Nacht mit dir passiert ist.«

»Das war nicht Millies Schuld.«

»Es war im Prinzip sehr wohl ihre Schuld.«

Er sah sie mit einem nachdenklichen Blick an. »Was denkst du wirklich?«, fragte er nach einem kurzen Schweigen. »Glaubst du tief im Innern, dass Millie ein schlechter Mensch ist?«

»Ich will es nicht glauben. Aber ich will auch nicht, dass sie in der Nähe von Menschen ist, die ich liebe. Ich denke nicht, dass sie ein schlechter Mensch ist, aber ich denke, dass sie Unheil mit sich bringt. Sie hat eine Vergangenheit, die loszulassen sie noch nicht bereit ist. Und die Menschen in ihrem Umfeld laufen Gefahr, darin verwickelt zu werden.«

Dylan ließ sich wieder auf sein Kissen fallen und starrte zur Decke empor. »Vielleicht hast du recht.«

»Warum in alles in der Welt hast du Rowena hereingelassen? Es ist nicht so, als würdest du sie mögen.«

»Sie wollte mit mir über Millie reden. Ich schätze, ich hätte sie in die Wüste schicken sollen, aber ich konnte nicht anders, ich wollte wissen, worum es ging.«

»Und was hat sie dir erzählt?«

Er rümpfte die Nase. »Ich weiß nicht. Sie hat gesagt, wir sollten den Wein öffnen, bevor wir uns damit befassen ... und du weißt, dass man mir so etwas nicht zweimal zu sagen braucht, wenn es um Alkohol geht ... und danach ist alles etwas wirr.«

»Das tut mir leid.«

Er drehte sich auf die Seite. »Was tut dir leid?«

»Du hast Millie wirklich gemocht.«

»Ja. Das wird mir eine Lehre sein in puncto Treue.«

»Du hast gesagt ... Heute morgen auf der Straße hast du ihr gesagt, dass du sie liebst. War das dein Ernst?«

»Scheiße, verdammt, habe ich das wirklich getan?«

Jasmine nickte, und ein Lächeln umspielte ihre Lippen. »Du hast es nicht ehrlich gemeint?«

»Jetzt weiß ich, dass ich high gewesen sein muss, aber ... Ich weiß nicht. Vielleicht habe ich es ernst gemeint.«

An der Ladentür ertönte ein leises Klopfen. Millie hatte den Überblick darüber verloren, wie viele Male sie sich inzwischen vor Ruth versteckt hatte, als die alte Frau durch das Erkerfenster gespäht hatte. Sie konnte heute niemandem gegenübertreten, am wenigstens Ruth Evans. Die Ereignisse des Morgens waren demütigend, schmerzhaft und beschämend gewesen ... Und sie hätte ebenso gut jedes andere Adjektiv aufzählen können, mit dem man das Gefühl beschrieb, wenn einem das Herz aus der Brust gerissen wurde. Sie hatte den Vormittag damit zugebracht, sich vollbekleidet unter der Bettdecke zu verkriechen, trotz der feuchten Hitze, die durch das obere Stockwerk der Bäckerei wehte. Sie hätte alles getan, um die Welt auszublenden. Vom Bett aus hatte sie Leute durch den Briefkastenschlitz rufen hören: Ruth, Colleen, Peggy ... Wie schnell verbreiteten sich in diesem Dorf Neuigkeiten? Aber keine Jasmine und kein Dylan. Auch keine Rowena, was das betraf, und sie wusste nicht, ob diese Tatsache Grund zur Erleichterung oder zur Sorge war.

Sie bezweifelte, dass es für Rowena jetzt noch irgendwelche Gründe gab, im Dorf zu bleiben, nachdem sie erreicht hatte, wozu sie hergekommen war. Aber während der Tag langsam verging, wurde ihr klar, dass eine Entscheidung getroffen werden musste. Es war Zeit für Schadensbegrenzung, und sie musste ihre Sachen packen. Jetzt würde niemand in Honeybourne sie mehr hierhaben wollen, und sie machte den Leuten keinen Vorwurf daraus. In finanzieller Hinsicht würde es so ziemlich ihren Ruin bedeuten. In emotionaler Hinsicht war es die einzige Entscheidung, die sie jetzt noch retten konnte. Sie musste Honeybourne verlassen und einen neuen Ort finden, um dort sesshaft zu werden. Es kam ihr extrem vor, aber wenn sie ihren Namen änderte, würde Rowena sie vielleicht nicht noch einmal aufspüren. Sie würde für sich bleiben und sich irgendwo an einem kleinen Ort ein ruhiges Leben aufbauen, irgendwo in der finstersten Provinz, die praktisch auf keiner Karte verzeichnet war. Und wichtiger noch, es würde keine Männer mehr geben, niemals mehr. Es gab einfach keine

Garantie, dass sie ihnen nicht wehtun würde, das galt ganz besonders für diejenigen, die ihr wirklich am Herzen lagen.

Sie warf gerade einen Stapel Bücher in einen Karton, als es erneut an der Tür klopfte. Wie zuvor zog sie sich schnell ins Hinterzimmer zurück und wartete darauf, dass ihr Besucher wegging. Es folgte ein zweites Klopfen, dann ein drittes. Eine Pause, und dann, als Millie dachte, ihr Besucher wäre endlich gegangen, drang eine Stimme durch den Briefkastenschlitz.

»Ich weiß, dass du da drin bist, Millie ... Ich will mich nur davon überzeugen, dass es dir gut geht, und ich bleibe hier, daher wirst du irgendwann die Tür öffnen müssen.«

Einerseits sehnte sie sich verzweifelt nach ein wenig Trost, nach jemandem zum Reden, jemandem, dem sie ihre Seite der Geschichte erklären konnte. Andererseits hatte sie sich selbst eingeredet, dass sie es nicht verdiente, und dass der Rest des Dorfes ebenfalls glaubte, dass sie es nicht verdiente, daher zögerte sie.

»Komm schon ... Bitte.« Er senkte die Stimme. »Ruth spielt auf der Straße die Stalkerin, und wenn du mich nicht bald reinlässt, wird sie mich sehen, und dann wirst du ihrem Tratschradar nicht entkommen können.«

Millie konnte sich ein kleines Lächeln nicht verkneifen, als sie durch den Laden ging. Sie öffnete die Tür. Spencer stand vor ihr und sah sie ängstlich an.

»Ich habe gehört, was heute Morgen passiert ist ... Na ja, die Stille-Post-Version, die die Runde durchs Dorf macht. Es klang unangenehm.« Er trat ein, und Millie schloss hastig die Tür. »Willst du mir erzählen, was *wirklich* passiert ist?«

»Komm mit ins Hinterzimmer«, forderte Millie ihn auf. »Hast du Zeit für einen Drink?«

»Ich muss einige Arbeiten benoten, aber wenn ich gegen acht nach Hause gehe, sollte ich das noch erledigen können.«

»Wer hat dir davon erzählt?«, fragte Millie, während sie ihn von der Ladentür wegführte.

»Terri ...«

Millie drehte sich zu ihm um und zog fragend die Brauen hoch.

»Vom Zeitungskiosk«, erklärte er.

»Ich habe den Mann nie kennengelernt ...«

»Die Frau«, korrigierte Spencer sie mit einem Lächeln. »Ich weiß nicht, woher sie es hatte. Ich bin nach der Arbeit nur kurz vorbeigegangen, um die Zeitungsrechnung zu bezahlen. Du bist anscheinend eine Mörderin, die aus dem Dorf vertrieben werden sollte.«

»Dann werde ich auf keinen Fall in absehbarer Zeit dort vorbeischauen. Sie könnte eine Mistgabel hinter der Theke stehen haben. Was hat sie denn sonst noch gesagt?«

»Eine Menge Dinge, von denen ich wusste, dass sie nicht wahr sind. Deshalb bin ich hergekommen. Ich weiß, wie die Leute hier sein können, es gibt eine Menge guter Seelen im Dorf, und größtenteils sind die Leute freundlich, aber Neuigkeiten verbreiten sich schnell, und die Dorfbewohner vollziehen ziemlich flink einen Schulterschluss gegen Außenseiter, wenn sie denken, dass diese Außenseiter für Ärger im Dorf sorgen werden.«

»Das habe ich vermutet. Und das ist auch der Grund, warum ich meine Sachen packe.«

Spencer schob die Hände tief in seine Taschen und sah sich im Raum um. Offene Kartons standen neben hastig aufgetürmten Haufen von Besitztümern, die darauf warteten, eingepackt zu werden. »Das kommt mir etwas extrem vor. Wenn die Leute hören, was wirklich passiert ist, wird doch gewiss Gras über die Sache wachsen?«

»Genau darum geht es ja. Was wirklich passiert ist, ist so ziemlich genauso schlimm, wie die Menschen glauben.«

»Ich glaube keine Minute ...«

Millie hob eine Hand, um ihn zum Schweigen zu bringen. »Du glaubst nicht, dass ich jemanden töten könnte? Ich habe keine Waffe an seinen Kopf gedrückt oder ihm die Kehle aufgeschlitzt – aber trotzdem war es meine Schuld.«

Spencer sah sie an.

»Du kannst jetzt gehen, wenn du willst. Ich würde dir keinen Vorwurf daraus machen.«

Einen Moment lang sagte er nichts, dann antwortete er ihr. »Ich halte mich für einen guten Menschenkenner. Und ich glaube nicht, dass ich einen Grund habe, zu gehen, und wenn du reden willst, bin ich auch ein guter Zuhörer. Vielleicht kann ich mir ein eigenes Bild machen, ob du wirklich eine kaltblütige Killerin bist oder nicht.«

Millie hob einen Karton von ihrer Bank und bedeutete Spencer, Platz zu nehmen, dann setzte sie sich neben ihn. »Bist du dir sicher, dass du das hören willst?«

»Natürlich.«

Millie holte tief Luft. »Michael war mein Seelenverwandter. Wir hatten keine gemeinsamen Interessen und fast in allen Fällen vollkommen entgegengesetzte Ansichten, was die Welt betraf, wir haben sogar die Musik und die Filme verabscheut, die der andere mochte ... Aber es gab etwas, das uns verbunden hat. Ich kann es nicht beschreiben, doch es war, als könnte ich nicht atmen, es sei denn, er atmete mit mir ...«

Spencer nickte abermals. Doch diesmal lag Traurigkeit in seinen Zügen. »Ich kenne das Gefühl«, sagte er leise. Als er nicht weitersprach, setzte Millie ihren Bericht fort.

»Doch eines Tages hat sich alles geändert. Ich weiß nicht, warum oder wie, aber ich habe anders empfunden. So etwas kommt vor, und ich nehme an, die Unterschiede zwischen uns sind einfach immer zahlreicher und gravierender geworden, und ich begriff, dass ich mich entliebt hatte. Einige Monate lang haben wir irgendwie weitergemacht, und während der ganzen Zeit habe ich eine Lüge gelebt und ihn denken lassen, ich würde immer noch eine Zukunft für uns sehen, weil ich zu große Angst davor hatte, ihm den Schmerz zuzufügen, von dem ich wusste, dass er kommen würde, wenn ich ihm die Wahrheit sagte. Ich hatte ihn immer noch von Herzen lieb, als einen Freund, und ich habe mir verzweifelt gewünscht, ihm den Schmerz ersparen zu können. Es war schrecklich, jeden Tag lächeln und ihm sagen zu müssen, dass alles in Ordnung wäre, und ich hatte furchtbare Angst davor, was es mit ihm machen würde, wenn ich ihm die Wahrheit sagte. Ich nehme an, ich wollte irgendwie, dass ich mich wieder in ihn verliebte, dass ich das wiederfand, was wir mal hatten. Es fühlte sich an, als wäre es meine Schuld, als würde etwas nicht mit mir stimmen, weil ich diesen unglaublichen, freundlichen und sanften Mann nicht lieben konnte, während jede Frau sich hätte glücklich schätzen können, einen solchen Mann zu haben, einen Mann, den ich nicht verdiente. Ich habe mir immer von Neuem eingeredet, dass alles wieder gut werden würde, wenn ich der Sache nur Zeit gab. Tief im Innern wusste ich, dass das nicht passieren würde, aber alles war besser, als ihm das Herz zu brechen.« Ihre Augen füllten sich mit Tränen, und sie schniefte.

Spencer verlagerte sein Gewicht ein wenig und rückte ihr unmerklich näher, als sei er sich nicht sicher, ob er sie tröstend in den Arm nehmen sollte. Millie ihrerseits rückte weg, um sich zu distanzieren, davon überzeugt, dass sie sein Mitgefühl und die Erleichterung nicht verdiente, die eine Umarmung ihr verschaffen würde.

»Eine Weile war es ganz in Ordnung«, fuhr Millie fort. »Ich wusste, dass es falsch war, aber ich habe nie gedacht, dass dieses Abwarten tatsächlich schlimme Auswirkungen haben könnte – nun, abgesehen von der Kränkung. Ich musste den richtigen Augenblick abpassen, um es ihm so schonend wie möglich beizubringen. Aber dann hat er mir einen Heiratsantrag gemacht ...« Sie schaute mit gequälter Miene auf und versuchte, Spencers Reaktion abzuschätzen. »Willst du wirklich mehr hören?«

Er nickte.

»Es war unmöglich für mich, weiter so zu tun als ob, auf keinen Fall konnte ich einen Mann heiraten, den ich nicht liebte, so sehr ich ihm den Kummer auch ersparen wollte. Ich musste ihn zurückweisen, und als er eine Erklärung verlangte, waren all meine guten Absichten für die Katz. Ich musste ihm die Wahrheit sagen. Ich musste ihm das Messer ins Herz stoßen, und ich habe mich wie die abscheulichste Frau auf der ganzen Welt gefühlt. Vielleicht war ich das ja. Ich hatte nicht nur seine Träume von einer idyllischen Zukunft als verheiratetem Mann zerstört, er hatte auch erfahren, dass die ganzen vergangenen Monate nichts als eine Scharade gewesen waren. Er hat kein einziges Wort darüber verloren, wo er hinwollte, sondern das Haus verlassen, in dem wir als Paar gelebt hatten. Dann ist er in den Wald gegangen und hat sich erhängt.«

Spencer klappte der Unterkiefer herunter. Instinktiv wich er vor ihr zurück. Sie versuchte, vor ihm zu verbergen, dass sie es bemerkt hatte.

»Ich wusste, dass du schlecht von mir denken würdest, sobald du meine Geschichte kennst«, murmelte sie. »Ich habe mir solche Mühe gegeben, das Richtige zu tun, dass alles ganz furchtbar schiefgegangen ist. Aber egal, du willst mich wahrscheinlich sowieso nie wiedersehen.«

»Nein! Ich meine ... Du würdest doch keine Dummheiten machen, oder?«

»Wie mich zu erhängen?« Sie schenkte ihm ein klägliches Lächeln. »Das würde ich nie tun.«

Spencer schien mit ihrer Antwort zufrieden zu sein und entspannte sich. Einen Moment lang sah er sie nachdenklich an. »Ich verstehe nicht, was ihn dazu getrieben hat. Neigte er zu Depressionen?«

»Ich habe ihn dazu getrieben.«

»Das glaube ich nicht.« Spencer lehnte sich zurück und blickte ihr ruhig und fest in die Augen. »Hast du je in Erwägung gezogen, dass Michael irgendwie psychisch instabil gewesen sein könnte, was ihn zu der Tat getrieben haben könnte?«

»Wenn es so war, habe ich es auf jeden Fall schlimmer gemacht.«

»Du könntest auch lediglich einen Nerv getroffen, einen Selbstmordgedanken ausgelöst haben, der sich irgendwann ohnehin offenbart hätte, ganz gleich, was du getan hättest oder was in eurer Beziehung passiert wäre. Vielleicht hätte irgendwann in zehn Jahren ein x-beliebiges Lebensereignis ihn auf dieselbe Weise in den Wald getrieben. Eine Tat von solchen Ausmaßen, Millie ... Er hat sich das Leben genommen. Das ist etwas Riesiges. Es muss aus seinem Innern gekommen sein. Ich glaube keine Sekunde lang, dass du ihn dazu hättest bringen können.«

Millie zuckte die Achseln. »Ich weiß, was du zu tun versuchst, und es ist sehr süß von dir, aber nicht angebracht. Es ist passiert, ich leide darunter und verdiene es.«

»Und was hat diese Frau damit zu tun?«

»Rowena ist Michaels Schwester. Bei der Beerdigung war ich völlig außer mir. Die Leute haben mich gefragt, was passiert ist, und ich wusste nicht, was ich sagen sollte. Die Polizei hatte natürlich seinen Brief, daher war die offizielle Version die, die sie sich anhand dieses Schreibens zusammengereimt hatten. Aber die Menschen in unserem Umfeld wussten, dass mehr dahintersteckte. Eine meiner Freundinnen hat mich gefragt, und dann ist alles herausgekommen. Ehe ich wusste, wie mir geschah, hatte sie es Rowena erzählt. Danach war mein Leben in Millrise die Hölle. Ich habe ein paar Monate durchgehalten, aber dann wurde alles zu viel. Ich habe gesehen, dass die Bäckerei hier zum Verkauf stand, und mir eingeredet, ich käme hierher, um ein Geschäft zu gründen, aber in Wirklichkeit habe ich meine Sachen gepackt und bin davongelaufen.«

»Und jetzt, nachdem sie dich gefunden hat, will sie da weitermachen, wo sie aufgehört hat?«

»So in etwa. Als sie bei Dylan war ... Na ja, es war ihre Art, mir etwas wegzunehmen, auf die gleiche Weise, wie ich es ihrer Meinung nach ihr angetan hatte. Es war ihre Art, dafür zu sorgen, dass mich nie wieder ein Mann liebt.«

»Dann stimmt es also?« Spencer stieß einen leisen Pfiff aus. »Er hat schon immer mit dem Schwanz gedacht, aber ich hätte nicht geglaubt, dass er derart tief sinken würde.«

Millie zuckte die Achseln. »Ich weiß nicht, ich mache ihm keinen Vorwurf daraus. Sie ist sehr überzeugend und sehr attraktiv. Ich bin einfach nur froh, dass ihm nichts zugestoßen ist.«

»Du empfindest etwas für Dylan?«

Millie schaute von den Fingernägeln auf, an denen sie herumgespielt hatte, und sah einen Ausdruck auf Spencers Gesicht, den sie nicht zu deuten vermochte.

»Ich weiß nicht ... Da war etwas, ja.«

»Du solltest vorsichtig sein.«

»Das sagen mir alle. Aber es spielt wohl kaum noch eine Rolle.« Sie zwang sich zu einem Lächeln.

»Also gehst du wirklich fort?«

»Ich habe keine Wahl.«

»Man hat immer eine Wahl. Wenn du wegläufst, wird sie dich dann nicht einfach weiterverfolgen?«

»Vielleicht. Ich werde ihr eben immer einen Schritt voraus sein müssen.«

Spencer stieß den Atem aus und fuhr sich durchs Haar. »Das ist verrückt. Bleib und rede mit den Leuten hier. Erkläre es so, wie du es mir erklärt hast, dann werden sie dich unterstützen. Rowena wird belangt werden wegen so etwas wie Psychoterror und Schikane. Kannst du nicht die Polizei hinzuziehen?«

»Was soll ich denen erzählen? Dass ich einen Mann dazu gebracht habe, sich das Leben zu nehmen, und dass seine

Schwester jetzt auf Rache sinnt. Ich fürchte, das wäre keine so tolle Idee.«

»Niemand sollte so leben müssen wie du jetzt.«

»Aber ich lebe noch. Das ist alles, was Rowena interessiert.«

»Warum hat sie dann nicht versucht, dich zu ermorden und die Sache auf diese Weise zu erledigen?«

»Weil das zu einfach und zu nett wäre. Ich muss fortgehen.«

»Das ist nicht die Lösung.«

»Spencer ... Du bist süß und großzügig, und ich weiß dein offenes Ohr und dein Mitgefühl zu schätzen, aber du kannst das nicht verstehen. Wie auch? Dein Zuhause ist Honeybourne, du passt hierher, alle kennen und lieben dich ...«

»So ist es nicht immer gewesen. Einmal bin ich fortgegangen.«

»Um zu studieren.«

»Das war nicht der einzige Grund.«

»Was ist passiert?«

»Die Liebe war für mich genauso unberechenbar und herzzerreißend wie für dich ... Das ist passiert.«

»Ich verstehe nicht ...«

»Ich war in jemanden verliebt, war es jahrelang gewesen. Für sie war ich nie mehr als ein leicht schräger Freund. Aber ich habe der Familie sehr nahe gestanden und hatte sie alle gern. Ich empfand es so, dass sie mich ebenfalls alle mochten. Eines Tages bin ich zu dem Schluss gekommen, dass ich es nicht länger ertragen konnte. Sie hatte angefangen, sich mit jemandem zu treffen, und die Sache schien ernst zu werden. Ich hatte sie von ferne lieben können, dachte, dass sie vielleicht irgendwann solche Gefühle auch für mich entwickeln würde, aber jetzt, mit diesem neuen Mann, schien sie mir endgültig zu entgleiten.«

»Was hast du getan?«

»Ich habe mich meinem besten Freund anvertraut. Ich habe

ihm erzählt, dass ich diese Frau immer geliebt habe und ihr jetzt sagen wollte, wie ich empfinde, bevor es zu spät war. Er war ganz dafür, meinte, das Leben sei zu kurz, nur zu. Also habe ich es getan.«

»Was ist passiert?«

»Es hat mir eine Tracht Prügel von meinem besten Freund eingetragen, nachdem sie mir einen Korb gegeben hatte. Vielleicht hätte ich ihm sagen sollen, um wen es sich bei der Frau handelte, bevor ich losgezogen bin und ihr meine Liebe erklärt habe.«

»War sie seine Freundin?«

Spencer schüttelte den Kopf. »Seine Schwester.«

Millie runzelte die Stirn. »Also musstest du gehen?«

»Ich hielt es für das Beste. Aber während meiner Abwesenheit habe ich mich mit allem, was passiert war, abgefunden, und ich habe das Dorf vermisst. Ich habe gehört, dass sie geheiratet hatte und überglücklich war. Sie hat die ganze Sache wirklich cool aufgenommen, und jetzt sind wir wieder irgendwie Freunde.«

»Weiß ihr Mann davon?«

»Rich? Nein, ich ...«

»Moment mal! Hast du Rich gesagt? Du meinst Richard Green?«

»Ich dachte, du wüsstest ...«

»Gott, nein! Dann war die Frau also Jasmine?«

Er lächelte kläglich.

»Und Dylan hat dich verprügelt?«

»Um fair zu sein, er hatte wahrscheinlich nicht ganz unrecht. Sie war glücklich, und alle haben Rich geliebt. Dass ich reingegrätscht bin, hat niemandem gefallen.«

»Aber du hast sie geliebt. Es ist kein Verbrechen, sich in die falsche Person zu verlieben.«

»Nein, das ist es nicht. Doch es verursacht Probleme ... Vielleicht sind wir beide, du und ich, ja gar nicht so verschieden, wie du vielleicht denkst.«

»Vielleicht sollten wir zusammen unglücklich und verwirrt von der Liebe sein. Wir werden dagegen rebellieren: *Nieder mit der Liebe!*«

»Das wäre eine Idee.« Er zog die Brauen hoch, und Millie konnte nicht anders, sie brach in Lachen aus. Spencer hatte immer diese beruhigende Wirkung auf sie. Sie wünschte, sie hätte mehr für ihn empfinden können als Freundschaft. Er passte viel besser zu ihr als Dylan Smith, und doch bekam sie Dylans Gesicht nicht aus dem Kopf.

»Ich bin so froh, dass du zu mir gekommen bist«, sagte sie.

»Und ich bin froh, dass du mich hereingelassen hast. Packen wir diese Kartons wieder aus?«

Millie warf einen Blick auf ihre halb eingepackten Habseligkeiten und schüttelte den Kopf. »Deine Situation ist ganz anders als meine. Ich habe eigentlich keine Bande, die mich hier festhalten.«

»Was ist mit der Bäckerei?«

»Du meinst die Bäckerei, die zu eröffnen ich mir niemals werde leisten können? Soll sich jemand anders darüber Sorgen machen.«

Sie fischte in der Tasche ihrer Jeans und holte einen Schlüssel hervor. »Willst du ihn?«, fragte sie und ließ den Schlüssel vor seinem Gesicht baumeln.

»Nein, danke.« Er lachte. »Ich denke, ich werde beim Unterrichten bleiben.« Dann wurde seine Miene wieder ernst. »Wohin wirst du gehen?«

Sie zuckte die Achseln. »Keine Ahnung. Wie ich höre, soll Schottland zu dieser Jahreszeit hübsch sein.«

»Könntest du dir nicht etwas Wärmeres aussuchen? Wenn ich dich besuchen komme, will ich keinen Haufen Thermounterwäsche mitschleppen.«

»Du würdest mich besuchen?« Millie lächelte.

»Natürlich. Niemand sollte ohne einen Freund auf dieser Welt dastehen. Doch vielleicht solltest du, bevor du eine Entscheidung triffst, mit den Leuten reden, von denen du denkst, du hättest ihnen unrecht getan. Du wirst vielleicht feststellen, dass sie nicht so verärgert sind, wie du meinst.«

»Nein, das glaube ich nicht. Es ist für alle am besten, wenn ich gehe.«

SECHZEHN

Jasmine, der nicht der Sinn nach einer Unterhaltung stand, hatte in der hintersten Ecke des Schulhofs gewartet und die Drillinge abgeholt, ohne auch nur Nettigkeiten mit irgendjemandem zu tauschen, nicht einmal mit Spencer. Ihr Kopf war immer noch voll von den Dingen, die sie am diesem Morgen gesehen und gehört hatte, und von dem Gespräch, das sie mit Dylan geführt hatte. Er tat so, als sei alles in Ordnung, aber hinter dieser gespielten Großtuerei war er nach wie vor ein verletzlicher Junge. Wenn er sich in Millie verliebt hatte, dann schuldete sie es ihm vielleicht, mit Millie zu sprechen, sich ihre Version dessen anzuhören, was wirklich mit Rowenas Bruder passiert war, und herauszufinden, wie es von da an für sie alle weitergehen könnte.

Auf dem Heimweg waren die Drillinge voll von den Eindrücken ihres Schultages gewesen, hatten gekreischt und gelacht, waren über Bordsteine gesprungen und hatte Zäune erklommen, und sie hatten sich abwechselnd gezankt und umarmt. Es war Hintergrundrauschen, und Jasmine blendete es aus, immer noch gedankenversunken, bis Rebeccas Frage sie in die Realität zurückkriss.

»Wird Daddy noch zu Hause sein?«

Jasmine drehte sich abrupt zu ihr um. »Natürlich. Weshalb sagst du das?«

»Ich dachte einfach ... Wir dachten ...« Ihre Worte verloren sich, und sie sah ihre Geschwister hilflos an.

»In allen Familien gibt es mal Streit«, erwiderte Jasmine mit der beruhigendsten Stimme, die sie aufbringen konnte. »Ihr drei tut das ständig.«

»Aber wir können uns nicht scheiden lassen«, entgegnete Rebecca.

»Wir auch nicht.« Jasmine lächelte. »Wie sollte euer Daddy morgens seine Socken finden, wenn ich nicht da wäre, um ihm zu zeigen, wo sie liegen?«

Rebecca wirkte eindeutig erleichtert. »Was gibt es zum Abendessen?«

»Ich weiß nicht. Was würdet ihr zu dicken, fetten Hamburgern sagen?«

»Juhu!«, riefen alle Kinder wie aus einem Mund.

Sie lächelte, als sie das Tor aufdrückte, und die Kinder liefen um die riesige Statue im Garten herum, die sie im Vorbeigehen alle liebevoll tätschelten. Jasmine hatte es immer zu ihrer obersten Priorität gemacht, ihnen die schönste, erfüllteste und interessanteste Kindheit zu schenken, die sie konnte, und sie hegte die Hoffnung, dass die kleinen Dinge, wie das Tätscheln von Poseidons Pobacke, wann immer sie an ihm vorbeigingen, ihnen wunderschöne Erinnerungen an ihre Kindheit schenken würden, Erinnerungen, die ihnen teuer sein würden, wenn sie selbst und Rich längst tot waren.

Die Tür zum Wintergarten stand offen, und sie marschierten hindurch und warfen unterwegs ihre Schultaschen ab. Mit einem Seufzen sammelte Jasmine sie ein. Wie oft sie ihnen auch sagte, dass sie ihre Sachen wegräumen sollten, es bewirkte nie etwas, und heute war sie nicht in der Stimmung, sich darüber zu ärgern. Sie hörte Richs Stimme durch den Flur schallen, als er die Drillinge begrüßte, und ihr Herz schien aus dem Takt zu geraten. Sie hoffte, dass sie sich irrte, dass er nur leeres Gerede von sich gegeben und nichts von all dem wirklich ernst gemeint hatte, was er am vergangenen Abend gesagt hatte. Sie hoffte, dass er sie in die Arme nehmen, sie küssen und ihr sagen würde, es tue ihm leid und alles sei in Ordnung. Denn das war es, oder? Ganz gleich, wie zornig sie auf ihn gewesen war, sie hatte nie eine Trennung in Erwägung gezogen. Es musste ihm doch genauso gehen. Die drückende, schwüle Hitze im Haus, die von dem heraufziehenden Unwetter kündete, schien ihre Stimmung und ihre Ängste widerzuspiegeln.

»Wie wäre es, wenn ihr eure Schuluniformen auszieht, und dann erzählt ihr mir alles?«, sagte Rich zu den Kindern, als Jasmine in der Tür zum Flur erschien. Sie beobachtete, wie die drei eifrig nickten und die Treppe hinaufhüpften.

Sobald sie außer Hörweite waren, drehte sich Rich zu Jasmine um, seine Stimme gereizt. »Wie geht es Dylan?«

»Gut. Als ich mich verabschiedet habe, war er schon fast wieder der Alte.«

»Hast du ihn in die Notaufnahme gebracht? Oder zumindest zu Dr Wood?«

»Es geht ihm gut. Was immer es war, er hat es ausgeschlafen.«

»Wir sollten die Polizei verständigen. Diese Frau ist eine Gefahr für die Öffentlichkeit.«

»Du reagierst übertrieben«, antwortete Jasmine gereizt. Sie war an diesem Morgen genauso wütend gewesen, aber irgendwie kam ihr das Drama, das Rich aus den Vorfällen machte, zu heftig für das vor, was sie ihm zuvor am Telefon erklärt hatte. Und jetzt wünschte sie sich langsam, sie hätte ihm nicht gar so viel erzählt. In seiner Stimme lag eine beinahe selbstgerechte Häme.

»Soweit ich erkennen kann, ist Rowena inzwischen verschwunden. Sie hat getan, was sie hier tun wollte.«

»Ich spreche nicht von Rowena. Das ganze Dorf redet darüber ...«

»Worüber?«

»Dass Millie jemanden getötet hat.«

»Du weißt doch, wie die Leute hier tratschen. Das ist höchstens die halbe Wahrheit.«

»In einer Halbwahrheit steckt trotzdem etwas Wahrheit.«

»Findest du nicht, dass Millie genug durchgemacht hat? Meinst du nicht, es ist schlimm genug, dass irgendeine Irre sie quer durchs Land verfolgt und Gerüchte über sie verbreitet, damit Idioten wie wir Dörfler sie weitererzählen können?«

»Das hast du vorhin nicht gesagt ...«

»Vorhin war ich wütend! Ich habe mir Sorgen um Dylan gemacht. Ich habe nicht klar gedacht. Aber du hast es auf Millie abgesehen, seit sie hierher gezogen ist. Ich verstehe nicht, was sie dir getan hat.«

»Das kannst du nicht sehen, obwohl es direkt vor deinen Augen ist? Wir streiten uns schon wieder ihretwegen! Das ist mein Problem!«

»Den Streit hast du angefangen. Ich kann nicht glauben, dass du dich so schäbig benimmst. Du solltest darüberstehen, Rich. Der Mann, den ich geheiratet habe, hätte jedenfalls darübergestanden.«

»Also ziehst du eine Frau, die du kaum kennst, mir vor?«

»Mach dich nicht lächerlich! Ich sage nur, dass wir ihr die Chance geben sollten, uns ihre Seite der Geschichte zu erzählen, statt einer Person zu glauben, die gerade erst im Dorf aufgetaucht ist und die dann jemanden unter Drogen gesetzt und sexuell missbraucht hat, bevor sie in aller Öffentlichkeit eine sehr ernste Anschuldigung hinausposaunt hat. Wenn du mich fragst, ist es doch klar, welche der beiden Frauen zuverlässiger ist.«

Rich hielt für einen Moment inne, dann senkte er die

Stimme. »Warum hat Dylan Rowena überhaupt hereingelassen?«

»Weil sie gesagt hat, sie will mit ihm über Millie sprechen.«

Sein Blick war triumphierend. »Na bitte! Da haben wir es ja.«

»Oh, werd erwachsen, Rich!«

»Ich habe recht, was sie betrifft, und du kannst es nicht ertragen.«

»Du hast unrecht. Und du kannst *das* nicht ertragen.«

»Ich kann das zu allem anderen nicht auch noch gebrauchen.« Rich drängte sich an ihr vorbei in die Küche. Sie beobachtete, wie er durch den Wintergarten marschierte und hinaus durch die Hintertür.

Im Haus herrschte eine geradezu ohrenbetäubende Stille. Jasmine war klar, dass die Drillinge wahrscheinlich den ganzen Streit mitbekommen hatten. Sie würde es ihnen später erklären müssen, aber im Moment fiel es ihr schon schwer, sich die Sache selbst zu erklären. Was war aus ihrer Beziehung geworden? Rich war zornig, und er litt, aber die Gründe, die er ihr nannte, schienen ihr für sich genommen nicht auszureichen. Und sie konnte nicht umhin, Millie jedes Mal verteidigen zu wollen, wenn er anklagend mit dem Finger auf sie zeigte. Er hatte recht, sie kannten sie kaum, aber deshalb war es noch lange nicht in Ordnung, ihr so zu misstrauen. Je länger sie an diesem Tag über Millie nachgedacht hatte, je mehr sie und Dylan über sie gesprochen hatten und über die Dinge, die geschehen waren, umso mehr begriff sie, dass Millie ein Opfer war. Was immer sie getan hatte, es rechtfertigte nicht, dass man sie so behandelte. Und dann galt es auch, an Dylan zu denken, der aufrichtige Gefühle für Millie zu hegen schien und der jetzt genauso um eine Beziehung trauerte, die offensichtlich zum Scheitern verurteilt war, bevor sie überhaupt begonnen hatte.

Erschöpft schleppte sie sich in die Küche, um mit den Vorbereitungen für das Abendessen anzufangen, und stellte fest, dass Rich sein Handy dagelassen hatte. Sie stieß einen leisen Fluch aus. Jetzt konnte sie ihn nicht erreichen, wenn sie wollte. Noch etwas, worüber sie sich ärgerte. Er hatte es wahrscheinlich mit Absicht getan.

Jasmine nahm ein Päckchen mit Hackfleisch aus dem Kühlschrank und begann, die Burgerpattys zu formen, die sie den Drillingen versprochen hatte. Sie hackte und knetete wie ein Roboter, während ihre Gedanken sich überschlugen. Alle schienen auf die eine oder andere Weise zu leiden, und Jasmine verabscheute es, das mit anzusehen; sie verspürte immer den Wunsch, allen zu helfen, und für gewöhnlich fand sie auch einen Weg, nur diesmal nicht, wie es schien.

Reuben kam herbeigeschlendert. »Ist Daddy ausgegangen?« Ruckartig wurde sie aus ihren Gedanken gerissen.

»Ich habe dich gar nicht hereinkommen hören.« Sie lächelte. »Hast du dich absichtlich so angeschlichen?«

Er lächelte unsicher. »Isst Daddy mit uns zu Abend?«

»Ich nehme es an. Er ist unterwegs, um etwas zu erledigen.«

»Was denn?«

»Nur eine Kleinigkeit. Er wird nicht lange wegbleiben.«

Reuben schwieg einen Moment, dann nickte er ernst.

»Geh ein Weilchen spielen.« Jasmine schlug ein Ei in eine Schale.

»Dürfen wir nach draußen gehen?«

Der Himmel war von einem bleiernen Grau, die Wolken hingen tief, als versuchten sie, die Erde zu ersticken. »Es sieht nach Gewitter aus«, antwortete sie, dachte an Rich und fragte sich, ob er jetzt irgendwo unter einem Dach war oder nicht. »Ihr solltet besser oben spielen. Habt ihr Hausaufgaben auf?«

Reuben schüttelte den Kopf. »Heute nicht. Ich glaube, Mr Johns hatte es eilig, weil er gesagt hat, er würde uns etwas aufgeben, aber dann hat er es doch nicht getan und uns einfach weggeschickt.«

»Hm. Na schön. Geht spielen oder seht fern. Ich rufe euch, wenn euer Essen fertig ist.«

»Was ist mit Daddy? Warten wir auf ihn?«

Jasmine sah abermals aus dem Fenster. »Nein. Ich denke, wir werden ein Weilchen auf uns allein gestellt sein.«

Das Abendessen war bedrückend. Die Anspannung war förmlich greifbar, während sich draußen die Wolken immer finsterer zusammenballten. Jasmine wurde immer nervöser und ärgerlicher, je länger Rich fortblieb, und die Kinder fingen ihre Stimmung instinktiv auf.

Um halb acht ließ Jasmine das erste von drei Bädern ein, eins für jedes Kind, die sich inzwischen weigerten, die Badewanne miteinander zu teilen. Badeabende waren deswegen immer anstrengend, und normalerweise teilten sie und Rich sich die Aufgabe. Heute sah es so aus, als müsse sie es allein bewerkstelligen. Während sie auf dem Wannenrand saß und beobachtete, wie das Wasser sich zu einem Meer aus Bläschen ausdehnte, dachte sie an Richs Handy, das in der Küche auf der Arbeitsplatte lag. Sie hasste Schnüffler ... So etwas war geschmacklos, und sie fühlte sich bei dem Gedanken wie eine dieser Frauen, die sie nie hatte werden wollen: argwöhnisch, unvernünftig, ewig paranoid. Ihr Vertrauen war immer unerschütterlich gewesen, und doch schlich sich zum ersten Mal das Wort *Affäre* in ihr Bewusstsein.

Als die Badewanne angefüllt war von wohlduftendem Schaum, den sie mit einem von Millies natürlichen Rezepten produziert hatte, rief Jasmine Reuben als Ersten herein und ließ die beiden Mädchen im Kinderzimmer weiterspielen. Dann ging sie wieder nach unten. Von Rich keine Spur. Sie trat zum Fenster. Der Himmel war über dem Horizont jetzt so dunkel, dass er fast schiefergrau wirkte, und schließlich ließ sie den Blick über die Felder jenseits des Gartens wandern. Rich unternahm manchmal einen Spaziergang, wenn er nachdenken wollte. Aber seine vertraute Gestalt war nirgendwo zu sehen. Sie öffnete die Haustür, ging durch den Garten und beschirmte ihre Augen, um in der Dunkelheit den Weg besser sehen zu können, aber alles war ruhig und friedlich, diese spezielle Stille vor einem Unwetter, in der selbst die Vögel sich zu verstecken schienen, um vor ihm zu fliehen.

Als sie wieder im Haus war, trocknete sie Reuben ab, steckte ihn in seinen Pyjama und wiederholte die ganze Prozedur mit den beiden Mädchen, bis alle drei gegen neun im Bett lagen. Immer noch keine Spur von Rich.

Jasmine ließ sich aufs Sofa fallen und schaltete den Fernseher ein. Aber sie war angespannt und wartete mit allen Sinnen auf ein Anzeichen von Richs Heimkehr, sodass sie gar nicht mitbekam, was lief. Schließlich stand sie mit einem ungeduldigen Seufzer auf und holte sich Richs Telefon.

Das Erste, was ihr auffiel, war ein Anruf in Abwesenheit. *OLLIE.* Richs Agent. Ollie hätte normalerweise längst Feierabend gehabt. Der Zeitpunkt des Anrufs konnte auf eine sehr gute oder eine sehr schlechte Neuigkeit hindeuten. Sie überlegte, ihn zurückzurufen, aber sie sprach nicht oft mit Ollie, und außerdem, was immer es war, Rich sollte es zuerst erfahren.

Stattdessen öffnete sie seine Anrufliste und sah zu ihrer Erleichterung, dass dort keine nicht unbekannten Nummern aufgelistet waren. Sie tadelte sich im Geiste für ihre Dummheit und wollte das Handy gerade weglegen, als etwas sie zurückhielt.

Sie hatte ihn oft ermahnt, weil er keinen PIN-Code für sein Handy benutzte, aber jetzt war sie sehr erleichtert darüber, dass er ihren Rat ignoriert hatte. Sie loggte sie sich in sein E-Mail-Konto ein und scrollte durch die Nachrichten.

Um kurz nach zwei an diesem Nachmittag war eine E-Mail von Ollie angekommen. Jasmine sah, dass sie bereits geöffnet worden war, also musste Rich sie gelesen haben. Ihr Finger schwebte über der Nachricht. Sie wusste, dass es wahrscheinlich unverzeihlich war, was sie gleich tun würde, aber sie hatte langsam das Gefühl, als würde ihre Welt implodieren. Rich verbarg etwas vor ihr, und sie musste wissen, was es war. Ohne einen weiteren Gedanken daran zu verschwenden, öffnete sie die Nachricht und überflog sie.

Hi Rich,

ich muss dringend mit dir sprechen. Wie du weißt, haben die Filmleute bei World's End Pictures ein ziemlich ungünstiges Feedback gegeben, und ich fürchte, sie drängen auf einen anderen Komponisten. Ich habe mein Bestes getan, sie davon zu überzeugen, dass es eine schlechte Idee ist, aber ich muss ihnen irgendetwas schicken, um sie bei der Stange zu halten. Welche Fortschritte macht das Projekt denn? Ich befürchte, dass wir diesen Auftrag verlieren werden, wenn ich ihnen nicht bald etwas vorzeigen kann.

Ruf mich an, wenn du das hier gelesen hast.

Ollie

Jasmine las die E-Mail noch einmal. Sie schaute nach, ob es noch andere gab, aber das schien die einzige zu sein. Rich wirkte seit Wochen unausgeglichen. Sie war daran gewöhnt, dass er reizbar war, wann immer er an einer neuen Komposition arbeitete, aber das legte sich stets, sobald der Job erledigt war. Dass es diesmal schlimmer war als sonst, hatte sie der Tatsache zugeschrieben, dass dies der größte Auftrag seiner Karriere war. Er hatte ihr nie anvertraut, dass er Schwierigkeiten hatte zu komponieren, und obwohl sie die Anzeichen gesehen hatte, hatte sie das Ausmaß des Problems nicht wirklich verstanden und geglaubt, er würde es irgendwie bewältigen, wie immer.

Erneut wanderte ihr Blick zum Himmel draußen, und die Sorge, die ihr wie ein Stein im Magen lag, drohte, sie niederzudrücken. Nach dem verpassten Anruf zu urteilen, sah es nicht so aus, als hätte Rich Ollie zurückgerufen. Hatte er Angst davor? Wenn er den Auftrag verlor, würde ihn das zerreißen. Er hatte ihn als Wendepunkt für das Geschick der Familie betrachtet, und Jasmine wusste, dass er sich wie ein absoluter Versager fühlen würde, wenn das alles schiefging. Bei seiner Stimmungslage ließ sich nicht vorhersagen, was er vielleicht tun würde. Und sie hatte ihn vertrieben. Ganz in Anspruch genommen von ihren eigenen Problemen, hatte sie die Anzeichen nicht gesehen, hatte ihm nicht die Zeit gegeben, darüber zu reden. Wenn ihm etwas zustieß ... O Gott, wenn ihm etwas zustieß, würde es ganz allein ihre Schuld sein.

SIEBZEHN

Spencer hatte sie beim Packen unterbrochen, aber Millie war dankbar gewesen für seine Gesellschaft. Sie hatte eine Flasche Brandy aufgemacht, und angenehm gewärmt von dessen Wirkung waren Gedanken an Besitztümer und Kartons fast aus ihrem Kopf verschwunden, während aus seinem die Schulnoten verdrängt worden waren.

Als das Klopfen an der Tür durch die alte Bäckerei dröhnte wie ein Donnerschlag, sprang Millie fast von ihrem Stuhl. Sie warf Spencer einen erschrockenen Blick zu. Mit rosigen Wangen und ein wenig wacklig auf den Beinen schenkte er ihr ein freundliches Lächeln.

»Das wird nur Ruth sein«, sagte er mit schläfriger Stimme.

»Es ist ein wenig spät für sie.« Millie sah auf ihre Armbanduhr.

»Ja, aber du hast ihr ein Rätsel präsentiert, dem sie nicht wird widerstehen können. Wenn du die Tür nicht öffnest, wird sie die ganze Nacht auf sein und vor Neugier verrückt werden.

»Ich kann jetzt nicht mir ihr reden.«

Spencer zuckte die Achseln. Ein zweites Klopfen ertönte.

Millie hielt den Atem an und legte einen Finger auf ihre Lippen.

Einen Moment lang saßen sie schweigend da und sahen einander an. Sie wollte gerade ihrer Erleichterung Ausdruck verleihen, als ein drittes Klopfen von einem Ruf durch den Briefschlitz begleitet wurde.

»Millie!«

Spencer fuhr hoch, und alle Zeichen von Beschwipstheit waren plötzlich verschwunden. »Dylan«, flüsterte er.

»Was meinst du, was will er?«, antwortete Millie mit gleichermaßen gedämpfter Stimme.

»Dich, so wie es sich anhört.«

Sie schüttelte den Kopf. »Ich weiß nicht ... Ich kann ihm jetzt nicht gegenübertreten.«

»Ich glaube auch nicht, dass er allzu erfreut wäre, mich hier zu sehen.«

»Das hat nichts mit ihm zu tun«, schoss Millie zurück und hatte plötzlich das Bedürfnis, Spencer zu verteidigen. »Ich entscheide selbst, mit wem ich befreundet bin.«

Spencer starrte sie einen Moment lang an, dann brach er in Gelächter aus. »In dir hat er seinen Meister gefunden, nicht wahr?«

»Das ist nicht witzig.«

»Doch, ist es. Wir benehmen uns lächerlich und paranoid. Du solltest die Tür öffnen.«

Millie stieß einen Seufzer aus. »Ist wohl so, ja.«

Sie stieß die Tür auf und sah Dylan auf der Schwelle stehen. Sie hatte kaum einen Blick auf ihn geworfen, da studierte sie sein Gesicht bereits eingehend nach Anzeichen einer Krankheit oder einer Verletzung.

»Lässt du mich rein?«, fragte Dylan. Er deutete mit dem Daumen auf den sich verdunkelnden Himmel. »Ich fürchte, ich werde gleich Regen abkriegen.«

Millie trat zurück, und er schloss die Tür hinter sich.

»Ich wollte erklären ...«

Millie hob eine Hand, um ihn zum Schweigen zu bringen. »Ich sollte diejenige sein, die dir etwas erklärt.«

»Aber heute Morgen ... Ich meine die Sache mit Rowena ...« Er fuhr sich durchs Haar, und seine Aufgewühltheit zeigte sich im Stocken seiner Stimme. Dies war ein Dylan, den Millie nicht kannte, und sein Anblick brachte all ihre Schuldgefühle schmerzhaft zurück. »Ich wünschte, du hättest das nicht sehen müssen.«

»Das wünschte ich auch. Aber ich kann dir nicht zum Vorwurf machen, worüber du keine Kontrolle hattest. Wenn irgendjemanden in dieser Sache Schuld trifft, dann mich. Ich bin nur froh, dass es dir gut geht.«

»Ist das wahr?«

»Ich ...«

»Die Dinge, die ihr gesagt habt, du und Rowena. Ist irgendetwas davon wahr?«

»Würde es alles besser oder schlimmer machen, wenn ich Ja sage?«

Dylan schenkte ihr ein gepresstes Lächeln. »Das weiß ich wirklich nicht. Es ist schwer, es in den Kopf zu bekommen.«

»Das verstehe ich. Es tut mir leid, dass du da mit hineingezogen worden bist ... Du weißt schon, mit dem Wein und allen. Das war unverzeihlich.«

»Ich hatte schon schlimmere Trips, nachdem ich Pilze aus der Gegend konsumiert hatte, daher bin ich mir ziemlich sicher, dass in dieser Flasche mehr war als Wein, denn ich erkenne die Wirkung.« Millie zog die Brauen hoch, und er lachte leise. »Mach nicht so ein schockiertes Gesicht. Ich bin nicht immer so engelsgleich gewesen.«

»Du hasst mich nicht?«

»Nein, ich hasse dich nicht.«

»Solltest du aber.«

»Sei nicht dumm. Es war nicht deine Schuld.«

»Doch, war es. Und alle werden es so sehen.«

Es folgte eine Pause. Dylan schob die Hände tief in seine Taschen, und dann tauchte Spencer auf, trat in die Tür und nickte Dylan zum Gruß knapp zu.

»Oh«, begann Dylan, »wenn ich bei irgendetwas störe ...«

»Tust du nicht«, beteuerte Millie schnell. »Er hilft mir beim Packen.«

Dylans verärgertes Stirnrunzeln machte einem erschrockenen Ausdruck Platz. »Du gehst fort?«

»Ich wüsste nicht, was ich sonst tun kann.«

Dylan schaute zu Spencer hinüber, der die Hände hob. »Ich habe versucht, sie zur Vernunft zu bringen, aber sie ist fest entschlossen, zu verschwinden.«

Millie musterte ihn. »Wir haben es besprochen, und du hast mir zugestimmt.«

»Nein, habe ich nicht. Ich habe gesagt, ich würde dir helfen, wenn du darauf bestehst, zu gehen. Das sind zwei sehr unterschiedliche Dinge. Ich finde nicht, dass du gehen solltest. Du solltest keinen Millimeter weichen und Rowena zeigen, dass du dich nicht mehr von ihr schikanieren lässt und dass du in Honeybourne Wurzeln schlagen wirst, ob es ihr gefällt oder nicht.«

»Was ist mit den Einwohnern von Honeybourne? Sie werden vielleicht nicht so scharf darauf sein.«

»Wir sind zwei davon, und wir sind es.« Spencer sah Dylan an, der zustimmend nickte.

»Ich denke, da werdet ihr die beiden Einzigen sein.« Millie stieß einen Seufzer aus. »Ich habe heute Morgen den Ausdruck auf Jasmines Gesicht gesehen. Ich glaube nicht, dass sie je wieder mit mir sprechen wird. Das allein ist Grund genug für mich, fortzugehen.«

»Hört mal, ich finde, ihr zwei müsst unter vier Augen miteinander reden«, warf Spencer ein. »Also werde ich unsere Gläser spülen und mich dann vom Acker machen.«

Dylan fasste Millie sanft an den Schultern. »Hast du mir deshalb gesagt, wir könnten nicht zusammen sein?«

Millie öffnete den Mund, um zu widersprechen. Aber was hatte das für einen Sinn? Sie hatte alle Menschen, die ihr im Lauf der letzten Wochen ans Herz gewachsen waren, beschützen wollen, und dabei war sie kläglich gescheitert. Sie nickte.

»Ich will nicht, dass du gehst«, sagte Dylan leise und sah ihr in die Augen. »Und ich denke, du bist vielleicht die erste Frau, zu der ich das je gesagt und es ernst gemeint habe.«

»Ich habe keine andere Wahl.«

»Geht es darum, dass ich mit ihr geschlafen habe? Denn ich glaube nicht ...«

Millie schüttelte den Kopf. »Ich weiß, wie sie ist, und was passiert ist, ist passiert. Aber was ist, wenn sie noch nicht fertig ist? Ich kann dich nicht in noch größere Gefahr bringen, und ich will auch nicht, dass sie noch mehr Freunde von mir gegen mich aufbringt; es ist nicht fair, da irgendjemanden mit hineinzuziehen.«

»Ich werde schon mit ihr fertig. Gebranntes Kind und so weiter.«

Millie schüttelte den Kopf. »Selbst ich habe sie unterschätzt. Ich mache mir Sorgen, dass sie vielleicht noch weiter gehen würde, und dieses Risiko ist mir zu groß.«

»Weil du mich magst?« Dylan schenkte ihr ein verschmitztes Grinsen, und Millie konnte sich ein kleines Lächeln ihrerseits nicht verkneifen.

»Wenn es so einfach wäre. Du bist nicht der Einzige, um den ich mir Sorgen mache. Jeder, der mir irgendetwas bedeutet, ist eine Zielscheibe.«

»Das halbe Dorf weiß, was passiert ist«, antwortete er mit einem kläglichen Lächeln. »Zumindest kennen die Leute eine Version davon. Aber sie wissen alle, dass Rowena Ärger bedeutet. Also wird jeder, dem sie über den Weg läuft, auf der Hut sein. Sie wird die Leute nicht noch einmal täuschen.«

»Sie braucht sie nicht zu täuschen, sie kann auch so genug Unruhe stiften.«

»Wir können es ihr mit gleicher Münze heimzahlen. Hast du jemals den Film *The Wicker Man* gesehen?«

Millies Lächeln kehrte zurück. »Ich weiß, du versuchst, die Sache zu verniedlichen, aber du kannst nicht leugnen, was dir gestern Nacht zugestoßen ist. Was auch immer du denkst, dass sie dir verabreicht hat, sie hat dich erwischt, und du warst ihr ausgeliefert. Sie ist in der Lage, das wieder zu tun.« Sie entzog sich sanft seinem Griff. »Es tut mir leid, aber fortzugehen ist meine einzige Möglichkeit, um sicherzustellen, dass das nicht passiert.«

»Und was ist, wenn sie dir ins nächste Dorf folgt?«, fragte Dylan, während sie zur Ladentür ging, um ihn hinauszubegleiten. »Und ins übernächste und überübernächste? Willst du den Rest deines Lebens als Eremitin verbringen, nur für den Fall des Falles?«

»Ja«, antwortete Millie.

»Nie und immer!« Er trat zu ihr und nahm ihre Hand von der Tür. »Dafür bist du zu witzig, zu schlau und zu schön. Alles, was du bist, ist ein Geschenk, wie kannst du das der Welt vorenthalten? Ohne dich ist das Leben ein dunklerer Ort, und ich werde nicht tatenlos zusehen und das zulassen.«

»Du weißt nicht, mit wem du dich anlegst«, schoss Millie zurück. Warum konnte er ihre Entscheidung nicht akzeptieren? Warum erkannte er nicht, dass es das Beste für sie alle war? Und warum musste er ausgerechnet diesen Augenblick wählen, um den echten Dylan Smith zu zeigen – einen rücksichtsvollen, sensiblen, beredten Mann, den Mann, von dem sie immer gewusst hatte, dass er in ihm steckte? Warum musste er es ihr so verdammt schwer machen, ihn jetzt zu verlassen?

Er fasste sie an den Schultern und schaute auf sie herab. Sie stand wie gebannt da in dem Wissen, dass er sie gleich küssen und all ihre stoische Entschlossenheit zunichtemachen würde, und sie konnte nichts tun, um ihn daran zu hindern. In ihrem Herzen wollte sie das auch gar nicht. Aber als der Augenblick kam, wurde er von einem verzweifelten Hämmern an der Tür zerschmettert, das sie beide auseinanderspringen ließ. Spencer kam aus dem hinteren Zimmer herbeigelaufen. Wenn es Rowena war, hatte Millie zumindest die beiden besten Verbündeten auf ihrer Seite, auf die sie hoffen konnte. Von dieser Erkenntnis ermutigt, drückte sie mit zitternden Händen die Klinke herunter und zog die Tür auf.

Jasmine stand auf der Schwelle, und das Haar wallte ihr wild um die Schultern. Sie trug Sportschuhe unter ihren Leinenhosen und hatte sich in einen Regenmantel gehüllt. Sie hatte die Drillinge im Schlepptau, und Ruth bildete die Nachhut. Sie funkelte Dylan an.

»Ich versuche schon seit Stunden, dich anzurufen! Gehst du eigentlich jemals an dein Handy?«

»Was ist denn los?«

»Ich habe Ihnen gleich gesagt, dass er hier ist«, meldete Ruth sich zu Wort, aber niemand beachtete sie.

»Ist Rich bei dir?«, fragte Jasmine scharf.

»Nein ...«

»Hast du ihn gesehen?«

»Heute nicht. Ist was passiert?«

Jasmine sah Millie an. »Hast du ihn heute Abend gesehen?«

Millie schüttelte den Kopf.

»Ich auch nicht«, stellte Spencer fest, der auch zur Tür kam.

»Ich kann ihn nicht finden«, sagte Jasmine.

»Vielleicht hat er keinen Empfang mit seinem Handy?«,

überlegte Dylan laut. »Um das *Dog and Hare* herum sind einige Funklöcher ...«

»Nein!«, antwortete sie wie aus der Pistole geschossen und mit erstickter Stimme. »Er hat sein Handy nicht dabei.«

»Aber er wird auftauchen. Warst du schon im Pub?«

»Ich war überall. Niemand hat ihn gesehen. Ich weiß nicht, was ich tun soll.«

Millie schaute ihre Freundin hilflos an. Sie wollte sie trösten und ihr Möglichstes tun, um zu helfen. Aber sie wusste nicht recht, ob das willkommen gewesen wäre.

»Was sollen wir tun?«, fragte Spencer. »Wir können ihn suchen gehen, wenn du möchtest.«

»Wie lange ist er denn schon verschwunden?«, fragte Dylan.

Jasmine zuckte die Achseln. »Vier Stunden, vielleicht fünf.«

Dylan sah die Zwillinge an, ihre großen, ängstlichen Augen. Offensichtlich färbte die Furcht ihrer Mutter auf sie ab. »Hey, Kids, wie sieht's aus? Hättet ihr Lust auf einen Abend im Pub?«

Jasmine öffnete den Mund, aber Dylan kam ihr zuvor. »Das wird cool. Ich fahre sie hin, und sie können sich zu Colleen ins Hinterzimmer setzen, während wir diese Angelegenheit klären. Wenn es spät wird, können sie in einem der Gästezimmer übernachten. Colleen wird nichts dagegen haben.«

»Das ist eine gute Idee«, pflichtete Spencer ihm bei. »Ich rufe schnell an.« Er lief davon, um sein Handy zu holen. Dylan betrachtete Jasmine. »Komm rein und setz dich.«

»Ich werde mit euch in den Pub gehen«, begann sie, aber Dylan hielt sie auf.

»Ich schaffe das schon. Du musst überlegen, wo Rich sein könnte.«

»Ich weiß es nicht. Ich habe es an allen Orten probiert, die mir eingefallen sind. Er ist bei keinem seiner Freunde oder im

Pub oder in irgendeiner seiner sonstigen Lieblingskneipen. Wir ...«

»Nicht jetzt«, unterbrach Dylan sie und sah zu den Kindern hinüber, die aufmerksam zuhörten. »Erzähl es mir später. Oder erzähl es Millie und Spencer, wenn ich weg bin. Ruth ...« Er drehte sich zu der alten Dame um, die zu den Kindern hinübergeschlendert war. »Würde es Ihnen etwas ausmachen, mich ins *Dog and Hare* zu begleiten? Ich könnte ein zusätzliches Paar Hände gebrauchen, um diese kleinen Schurken in Schach zu halten.« Er zwinkerte ihr kokett zu, und Ruth quietschte ihre Antwort förmlich heraus.

»Ooh, ja!«

»Nun, dann sollten wir wohl einen Zahn zulegen. Es ist schon halb elf, und wir wollen doch nicht ewig durchhalten.«

»Genau«, warf Jasmine ein und versuchte, fröhlich zu wirken. »Es sind keine Schulferien, also könnt ihr definitiv nicht die ganze Nacht aufbleiben.«

Millie lächelte. Sie war beeindruckt von Dylans Fähigkeit, ihnen Ruth vom Hals zu schaffen, ohne dass diese den Eindruck gewann, dass sie ihnen im Weg sein könnte. Und es war beruhigend zu sehen, dass etwas von dem flirtenden, charmanten Filou nach wie vor vorhanden war. Der neue Dylan, den sie langsam kennenlernte, war sowohl attraktiv als auch in gleichem Maße seltsam verwirrend. Aber ihr Lächeln verschwand, als ihr im selben Moment klar wurde, dass von ihr erwartet wurde, sich um Jasmine zu kümmern. Und jetzt, da sie von Jasmines und Spencers Vergangenheit wusste, fragte sie sich, ob seine Anwesenheit die Dinge besser oder schlimmer machen würde.

Spencer kam mit seinem Telefon in der Hand zurück. »Colleen sagt, sie würde die drei liebend gern sehen und holt gerade schon ein Eis für jeden aus der Tiefkühltruhe. Ich habe ihr keine Details erzählt, nur dass wir einen kleinen Notfall haben.«

»Guter Mann.« Dylan nickte anerkennend. Dann drehte er sich zu den Kindern um. »Gut, dass ihr eure Regenmäntel über den Pyjamas anhabt, ihr werdet sie vielleicht brauchen.«

Inzwischen brach die Nacht herein. Und noch beunruhigender, auch der Sturm war fast da.

»Jas ...«, sagte Dylan sanft. Als sie sich zu ihm umdrehte, deutete er mit dem Kopf auf die Drillinge.

Sie bückte sich, um jedes der Kinder auf den Kopf zu küssen. »Seid brav bei Colleen, ja?«

Sie alle nickten.

»Wirst du Daddy finden?«, fragte Rachel.

»Natürlich. Er ist wahrscheinlich einfach nur zu irgendjemandem gegangen, an den ich nicht gedacht habe, und er wird mich sehr dumm finden, wenn er auftaucht.«

Rachel wirkte nicht überzeugt, aber sie folgte den anderen wortlos, als Dylan Ruth den Arm hinhielt und dann nach den Kindern pfiff, damit sie mit ihm in die Nacht hinausgingen. Spencer, Jasmine und Millie blieben zurück und schauten einander an, während im Raum unheimliche Stille einkehrte.

»Kann ich dir irgendetwas bringen?«, fragte Millie Jasmine verlegen, als die Spannung unerträglich wurde.

Jasmine trat von einem Fuß auf den anderen. Sie hüllte sich fester in ihren Regenmantel, trotz der Wärme im Raum.

»Nein ... Danke.«

Spencer legte Jasmine tröstend einen Arm um die Schultern. »Er taucht schon wieder auf. Es wird alles gut werden.«

»Ich weiß, ich versuche ja, vernünftig zu sein, aber ...«

»Aber was?«, hakte Spencer nach. »Was ist passiert?«

Jasmine seufzte. »Wir hatten einen ganz schrecklichen Streit. Und wir haben beide Dinge gesagt ... Das Wort Scheidung ist gefallen. Und da war ...« Jasmine stockte. Millie sah Spencer an und versuchte, seine Miene zu deuten. Was immer seine Gefühle bei der Aussicht darauf waren, dass Jasmine und Rich sich trennen könnten, er ließ sich nichts anmerken. Millies Bewunderung für ihn wuchs noch, aber ihr Mitleid ebenso. Er war jedermanns Fels in der Brandung: Freundlich, selbstlos, charakterstark bis ins Letzte, und doch war er so offensichtlich einsam. Ein Mann wie er verdiente es nicht, einsam zu sein. Millie wusste nicht, ob er immer noch etwas für Jasmine empfand, aber wenn es so war, würde diese Situation hart für ihn sein.

»Millie«, sagte Spencer, »haben wir noch etwas von diesem Brandy übrig?«

»Klar.« Sie drehte sich um, wollte die Flasche und ein Glas holen, aber Jasmine bremste sie.

»Es geht mir gut. Ich muss einen klaren Kopf behalten.«

»Ein Schlückchen davon wird dich beruhigen«, beharrte Spencer.

»Wie kann ich hier sitzen und Brandy trinken, wenn ich nicht weiß, wo er ist? Er könnte überall sein, könnte in einem Graben liegen oder an einem Baum hängen ...«

Millie schnappte nach Luft. Selbst Spencer sah Jasmine erschrocken an.

»So etwas würde er doch nicht tun, oder?«, fragte er, und alle Farbe schien aus seinem Gesicht zu weichen.

»Ehrlich, ich weiß es nicht.«

Spencer rannte ins Hinterzimmer und kam eine Sekunde später zurück, während er sich gleichzeitig eine dünne Jacke anzog. »Dann lasst uns ihn suchen gehen. Ich habe mein Handy dabei. Dylan kann uns erreichen, wenn er die Kinder abgesetzt hat.«

»Ich werde dich begleiten«, begann Millie, aber Spencer fiel ihr ins Wort.

»Du musst hierbleiben.«

»Ich will helfen!«

»Das kannst du besser, indem du auf Dylan wartest. Sag ihm, dass wir uns auf die Suche nach Rich gemacht haben, und wir werden dort anfangen, wo die alte Seilschaukel ist. Er wird wissen, wo das ist.«

»Seilschaukel?«, wiederholte Millie.

»Das hört sich komischer an, als es ist«, antwortete Spencer, bevor er Jasmine energisch nach draußen schob und die Ladentür hinter ihnen zuknallte.

Millie verbrachte die nächsten zehn Minuten damit, im Raum auf und ab zu gehen. Er fühlte sich riesig an und viel zu still in den Nachwehen des Dramas, das sich dort entfaltet hatte, und sie fühlte sich zunehmend nutzlos. Millie war fast zu der Entscheidung gekommen, für Dylan eine Notiz an die Tür zu kleben und sich zu Spencer und Jasmine zu gesellen, als Dylan wieder auftauchte. Er war tropfnass und schüttelte sich den Regen aus dem Haar, als sie ihn hereinließ.

Er sah sich im Raum um.

»Wo ist Jas?«

»Sie ist mit Spencer weggegangen. Die beiden haben sich große Sorgen um Rich gemacht. Ich soll dir ausrichten, dass sie an der Stelle mit ihrer Suche anfangen würden, wo die alte Seilschaukel ist.«

Dylans Miene verdüsterte sich. »Was zur Hölle ist heute passiert?«

»Wie meinst du das?«

»Das ist eine berüchtigte Stelle ... Sie ist ...« Er wandte sich wieder zur Tür um. »Ich muss sie suchen.«

»Berüchtigt wofür?«, rief Millie, als er die Tür aufriss. Er wirbelte zu ihr herum.

»Sagen wir einfach, es gibt dort jede Menge kräftige Äste an den Bäumen, und Autoreifen sind nicht immer die einzigen Dinge, die daran schwingen.«

Eine Welle der Übelkeit erfasste Millie, und der Boden schien unter ihren Füßen wegzusacken. »O mein Gott«, flüsterte sie.

»Warte hier«, sagte Dylan und drehte sich wieder zur Tür um.

»Nein!« Millie hielt ihn am Arm fest. »Ich muss mitkommen!«

»Du musst hierbleiben. Da braut sich ein schlimmes Unwetter zusammen.«

»Das ist mir egal. Bitte ... Ich kann nicht einfach hierbleiben und warten ...«

Dylan wandte sich wieder ihr zu und hielt inne. Sein Gesichtsausdruck war undeutbar, und er schien seine Optionen abzuwägen. Millie sah ihm forschend ins Gesicht, während sie auf seine Antwort wartete. Sie hatte schreckliche Angst, dass Rowena irgendetwas damit zu tun hatte, so irrational das klang, und noch größer war ihre Angst, dass ihre Ankunft in Honeybourne irgendwie zu den gegenwärtigen Ereignissen beigetragen hatte, als sei sie ein wandelnder Fluch. Wenn Rich etwas zustieß, wenn irgendeinem von ihnen etwas zustieß, könnte sie sich das nie verzeihen. Sie musste irgendetwas tun, um zu helfen, wie unbedeutend es auch sein mochte. Mit den anderen zu suchen, war das Einzige, was ihr einfiel.

Einen Moment später nickte Dylan. »Hast du ein paar gute Stiefel? Es wird ziemlich matschig dort draußen. Du brauchst außerdem eine wasserfeste Jacke ... und eine Taschenlampe, wenn du eine hast.«

Millie raste von einem Raum zum nächsten und holte sich, was sie brauchte, dann kehrte sie zu Dylan zurück, der in der Tür von einem Fuß auf den anderen trat.

»Bereit?«, fragte er.

Mit einem energischen Nicken folgte Millie ihm, als er sie ins Unwetter hinausführte.

Während der ersten Viertelstunde herrschte angespanntes Schweigen, unterbrochen nur vom Heulen des Windes und dem Prasseln von Regen auf Millies Kapuze, während sie sie verzweifelt auf ihrem Kopf festhielt. Die Straßen von Honeybourne waren beleuchtet, wenn auch nur spärlich, aber als sie hinter dem Dorf querfeldein gingen, wurde es mühsamer, im Licht der Taschenlampe, die Millie mitgebracht hatte, voranzukommen. Das unwegsame Gelände zwang sie beide, ihre Schritte zu verlangsamen, und erlaubte es ihnen endlich, einige Worte zu wechseln.

»Wie weit ist es noch?«, fragte Millie und wischte sich den Regen aus den Augen.

»Noch zehn Minuten oder so. Aber das gilt für einen guten Tag. Heute Abend sind es eher fünfzehn oder zwanzig.«

»Was ist, wenn Rich nicht dort ist?«

»Dann suchen wir woanders. Du solltest dir mehr Sorgen darüber machen, was zu tun ist, wenn er tatsächlich dort ist.«

»Du hast ihn gern, nicht wahr?«

»Natürlich. Er ist wie ein Bruder für mich.« Millie atmete ein paarmal tief durch. Die nächste Frage entschlüpfte ihr, als hätte sie ihren eigenen Willen. »Ist das der Grund, warum du Spencer vertrieben hast?«

Dylan drehte sich abrupt um, sein Gesichtsausdruck im Dunkel verborgen. »Wie meinst du das?«

»Ich weiß das mit ... Spencer und Jasmine.«

»Zwischen Spencer und Jasmine ist nichts vorgefallen.«

»Das habe ich nicht gemeint. Aber ich weiß, wie Spencer für sie empfunden hat.«

»Er hätte das nicht ausplaudern sollen.«

»Er konnte nicht dagegen an. Und hör mal ... Heute Abend war er der Erste, der sich auf die Suche nach Rich machen wollte. Also ist das alles Schnee von gestern, nicht wahr?«

»Das würde ich nicht sagen. Spencer lässt sich nicht in die Karten gucken. Ich denke, wenn er auch nur die kleinste Chance sähe, würde er sie nutzen.«

»Aber er scheint so gut befreundet mit den beiden zu sein.«

»Rich weiß nichts davon, und Jas ist zu versöhnlich.

Außerdem ist es ein kleines Dorf; man muss mit den Leuten auskommen, wenn man hier leben will.«

»Er hält hohe Stücke auf dich, nach wie vor.«

»Wie gesagt, wir müssen hier miteinander auskommen.«

»Es steckt mehr dahinter, das spüre ich.«

»Als Kinder waren wir immer bei uns zu Hause«, sagte Dylan. »Ich dachte, das hätte daran gelegen, dass wir Kumpel waren, und ich habe mich geschmeichelt gefühlt. Er war älter als ich, und wenn man ein Teenager ist, ist ein winziger Altersunterschied gewaltig. Mir war nie klar, dass es ihm um Jasmine ging, schon damals.«

»Es muss mehr als das gewesen sein. Er findet noch jetzt, dass du toll bist.«

»Vielleicht inzwischen, aber damals war ich ein nerviger kleiner Fratz. Ein nützlicher Fratz, aber trotzdem nervig. Er hat schnell begriffen, dass es Jasmine glücklich machte, wenn er nett zu mir war. Es hatte nichts damit zu tun, dass wir irgendetwas gemeinsam gehabt hätten, er hat mich nur benutzt.«

»Das ist ein wenig hart.«

»Ich glaube nicht, dass ihm bewusst war, was da tat. Aber das ändert nichts.«

»Benimmst du dich ihm gegenüber jetzt deshalb so frostig?«

»Müssen wir über dieses Thema reden?«

»Nein ... Aber ich dachte einfach, die Situation wäre entspannter, wenn wir über etwas reden würden.«

»Ich wäre entspannter, wenn wir über die Verteidigung von ManU in der vergangenen Saison reden würden.«

»Warum hasst du ihn nach all dieser Zeit immer noch so?«

Dylan blieb stehen. »Was bringt dich auf die Idee, dass ich ihn hasse?«

»Manchmal kommt es mir einfach so vor.«

»Das liegt daran, dass du die Fakten nicht kennst.«

»Dann setz mich ins Bild.«

Dylan ging weiter, und Millie stapfte neben ihm her.

»Ich vertraue ihm einfach nicht immer.«

»Das ist witzig, denn ich glaube, ihm geht es genauso mit dir.«

»Was bringt dich auf diese Idee?«

»Nichts Bestimmtes ...«

»Er hat dich vor mir gewarnt. Ich bin der geborene Casanova, stimmt's?«

Millie lächelte matt.

»Ich hatte einige feste Freundinnen, und daran gibt es nichts auszusetzen. Er sollte es mal selbst probieren. Deshalb vertraue ich ihm nicht. Worauf wartet er?«

»Auf die richtige Frau?«

»Oder auf die Frau, die er die ganze Zeit über gewollt hat.«

»Und ich Idiotin habe mir eingebildet, du wärst eifersüchtig, weil zwischen mir und Spencer etwas laufen könnte.«

»Nein ... Obwohl Ruth mir erzählt hat, sie sei überzeugt davon, dass da etwas läuft, vor allem, weil er den ganzen Nachmittag bei dir gewesen ist und du nicht an die Tür gegangen bist. Ich denke, sie hat auf eine Geschichte über Ausschweifungen und verschwitzte Laken gehofft. Ich habe ihr den Zahn gezogen, als wir die Kinder ins *Dog and Hare* gebracht haben.«

»Wie kannst du dir so sicher sein, dass es heute Nachmittag bei mir nicht jede Menge verschwitzte Laken gegeben hat?«

»Ich kenne Spencer.«

»Das behauptest du. Aber er kann nicht für den Rest seines Lebens auf diese eine Frau warten. Er ist ja nicht Greyfriars Bobby, du weißt schon, dieser Polizistenhund, der bis zu seinem eigenen Tod jeden Tag auf dem Grab seines Herrchen gewacht hat.«

Dylan schwieg einen Moment. Als er wieder sprach, wünschte Millie, er hätte es nicht getan. »Liebe bringt uns dazu, seltsame und törichte Dinge zu tun. Das weißt du bestimmt besser als jeder andere.«

Darauf hatte sie keine Antwort, daher konzentrierte Millie

sich darauf, die Taschenlampe auf den Boden zu richten und aufzupassen, wo sie hintrat.

Nach fünf Minuten Schweigen hob Dylan eine Hand zum Zeichen, dass sie stehen bleiben sollte.

»Hörst du das?«

»Klingt wie Jasmine ... und Rich!«

Erleichterung überkam Millie. Sie setzten sich wieder in Bewegung und folgten den Stimmen. Und dann zerriss ein Schrei die Nachtluft.

ACHTZEHN

Spencer und Jasmine liefen durchs Dorf und über die Felder in ihrer Eile, zur alten Seilschaukel zu gelangen. Sie waren beide nass bis auf die Haut und mehrmals umgeknickt, Flüche wurden gemurmelt, aber sie rannten weiter und riefen dabei Richs Namen. Jasmine war so dankbar dafür, den verlässlichen Spencer an ihrer Seite zu wissen. Nach allem, was in der Vergangenheit passiert war, hätte sie ihm keinen Vorwurf gemacht, wenn er nie wieder mit ihr hätte sprechen wollen, aber in dem Jahr, seit er wieder in Honeybourne war, hatte er kein einziges Mal irgendein Anzeichen von Verbitterung gezeigt. Er hatte es ertragen, dass sie mit einem anderen Mann verheiratet war und drei Kinder mit ihm hatte. Er unterrichtete ihre Kinder und begegnete ihnen mit nichts als Freundlichkeit und Fairness, wie allen, die er kannte. Sie fand es wunderbar, dass sie immer noch Freunde sein konnten. Wenn sie schon nicht Dylan oder Rich an ihrer Seite haben konnte, gab es niemand Besseren für sie als Spencer Johns.

Spencer, der in Eile und ohne Taschenlampe aufgebrochen war, benutzte seine Handytaschenlampe. Das Licht war schwach, und er musste es sparsam einsetzen, damit das Handy im Regen nicht nass wurde, aber es war das Beste, was sie hatten. Er fischte es jetzt aus seiner Tasche und ließ den kläglichen Strahl über die Landschaft wandern. Dann hielt er inne und schnappte nach Luft.

»Gute Neuigkeiten ... Bis zur Seilschaukel ist es nicht mehr weit.«

»Gibt es auch schlechte Nachrichten?«, fragte Jasmine, der vor Angst flau im Magen war.

»Ich weiß nicht. Ich dachte, ich hätte etwas gesehen, aber ich kann es nicht mit Bestimmtheit sagen.«

Mit größter Vorsicht und fast blind bahnten sie sich ihren Weg einen Hügel hinauf und schlidderten auf der anderen Seite die Böschung hinunter bis zu der Stelle, an der über einer Plattform eine Seilschaukel hing. Für gewöhnlich war der Fluss an dieser Stelle nicht allzu tief und ziemlich zahm. In all den Jahren, die sie als Kinder hier gespielt hatten, war niemand ernsthaft verletzt worden – zumindest nicht im Fluss. Aber damals, in den Siebzigern, hatte man hier binnen sechs Monaten zwei Selbstmordopfer gefunden, die sich an den nahen Bäumen erhängt hatten. Seither hatte es keinen solchen Vorfall mehr gegeben, aber Geschichten über Spuk und Geister machten die Runde, ausgeschmückt von Teenagern, und man hatte dem Hügel den Namen Galgenberg gegeben.

In dieser Nacht hatte die schiere Menge des Regens den Fluss über die Ufer treten lassen, und sie konnten das Wasser unter ihnen rauschen hören, eine gefährliche und unsichtbare Naturgewalt.

Spencer kramte sein Handy aus seiner durchweichten Tasche und ließ das Licht erneut aufblitzen. Und plötzlich erhellte es ein blasses, unheimliches Gesicht. Jasmine schrie. Bis sie sah, dass es Rich war, der unter der Plattform saß, über und über bedeckt mit Schlamm und mit unverkennbar trüben Augen. Er hielt eine Flasche umklammert. Bei ihrer Ankunft sah er zu ihnen auf, sagte aber nichts, während er sich bemühte, die Augen offen zu halten.

»Sturzbesoffen«, urteilte Spencer, und die Erleichterung in seiner Stimme war unüberhörbar. »Na toll, Rich.«

»Verdammt!«, schrie Jasmine und versuchte, die Tränen zurückzuhalten, die den ganzen Abend über gedroht hatten, sie zu überwältigen. »Wir haben überall nach dir gesucht!«

»Warum?«, nuschelte Rich.

»Was zum Teufel denkst du, warum? Niemand hatte eine Ahnung, wohin du gegangen bist!« Sie deutete mit einer Hand auf den Fluss. »Nach allem, was wir wussten, hättest du mit dem Gesicht nach unten dort drinliegen können!«

»Wahrscheinlich der beste Platz für mich«, antwortete Rich. »Ich hab drüber nachgedacht ...« Er hob den Blick zu dem dunklen Baldachin der Bäume über ihnen. »Ich habe daran gedacht, mich an einem Ast aufzuhängen ... Aber dann hatte ich doch zu große Angst. Jämmerlich, hm?«

»Richard Green ... Wenn ich dich je wieder etwas Derartiges sagen höre, werde ich dich höchstpersönlich in den Fluss werfen!«

»Ja, aber du wärst ohne mich besser dran. Sehen wir den Tatsachen ins Auge, ich bin ein Versager.«

»Hör auf damit!«, rief Jasmine. Sie holte tief Luft, um sich beruhigen, dann ließ sie sich neben ihm unter der Plattform nieder, und als sie weitersprach, war ihre Stimme sanfter. »Ich weiß nicht, was ich ohne dich tun sollte. Ich hatte noch nie solche Angst wie heute Nacht.«

Er schwenkte die fast leere Flasche, während er antwortete. »Ich weiß nicht, warum du mich erträgst. Du könntest jeden Mann haben ... *jeden* Mann ... und trotzdem bleibst du bei mir ... Mann, Jas, ich kann dir rein gar nichts bieten. Ich habe keinen richtigen Job, und der, den ich habe, den kann ich nicht ...«

»Pscht!«, unterbrach Jasmine ihn, nahm ihm die Flasche ab

und stellte sie beiseite. »Du kapierst es nicht, oder? Es spielt keine Rolle, welchen Job du hast, ob wir arm oder reich sind, ob du fett oder kahlköpfig wirst oder im Bett furzt ... Ich will nur dich, egal was du bist oder tust. Du bedeutest mir alles, und mein Leben wäre ohne dich sinnlos. Ich werde nie, niemals aufhören, dich zu lieben. Je eher du das in deinen vernebelten Kopf kriegst, umso schneller können wir raus aus diesem Regen und nach Hause gehen.«

»Du kannst mir nicht erzählen, dass ...«

»Natürlich kann ich das.« Sie beugte sich vor, um ihn sachte zu küssen, zog sich jedoch mit einer Grimasse wieder zurück. »Du stinkst. Was zur Hölle hast du getrunken?«

»Spielt keine Rolle. He ... Lass mich hier, damit ich verrotte ...« Er sah auf und versuchte, sich auf Spencer zu konzentrieren, der heruntergekommen war, um sich zu ihnen auf das enge Plätzchen unter der hölzernen Plattform zu gesellen. Dort war es feucht und schmutzig, aber zumindest bot die Stelle einen gewissen Schutz vor dem Regen. »Spencer zum Beispiel ...«, nuschelte Rich, »würde deine Zuneigung viel eher verdienen. Ich wette, du magst sie ein ganz klein wenig, nicht wahr, Spence?«

»Hör auf damit«, sagte Jasmine abermals.

»Komm schon, Spencer ... Bring sie nach Hause, kümmere dich um sie, wie ich es nicht kann ...«

»Rich!« Jasmine sah Spencer hoffnungslos an, und ihr wurde schwer ums Herz mit jedem Wort, das ihr betrunkener Ehemann äußerte.

»Jasmine Johns ... das klingt gut!« Rich lachte. »Ein gutes, ehrliches Tagewerk von Mr Johns, festes Einkommen und sogar jemand, der den Kindern bei ihren Hausaufgaben helfen kann.«

»Schön, das reicht jetzt«, warf Spencer ein. Er klang, als sei er kurz vor dem Zusammenbruch, und Jasmine hatte plötzlich größere Angst vor dem, was er tun könnte, als vor dem, wozu

Rich imstande war. »Du willst sie wirklich loswerden? Ich wäre überglücklich, sie zu bekommen. Sie verdient keinen selbstsüchtigen Loser wie dich.«

»Spencer ... nicht ...«, flehte Jasmine, aber er fuhr fort.

»Wie wäre es damit? Ich liebe Jasmine und habe sie immer geliebt. Ich gehe dir ein Seil holen und helfe dir, es an einem stabilen Ast zu befestigen, du narzisstischer Idiot, und wenn du aufgehört hast zu zucken, werde ich sie nach Hause bringen und das Leben mit ihr führen, das du mir gestohlen hast.«

»Spencer!«, kreischte Jasmine. »Hör auf damit!«

»Womit soll ich aufhören? Soll ich aufhören, deinem Mann zu sagen, dass er sich nicht länger im Selbstmitleid suhlen und dankbar dafür sein soll, dass er eine wunderschöne Frau und drei wunderschöne Kinder hat? Dass er dankbar dafür sein sollte, dass er nicht Nacht für Nacht darüber nachgrübeln muss, was hätte sein können, während die einzige Frau, die er jemals wollte, einem egoistischen Schwein von Mann hinterherrennt und versucht, ihn glücklich zu machen? Aber natürlich wird er niemals glücklich sein, denn er ist Richard Green, und die Welt ist Richard Green etwas schuldig. Er hat gerade gehört, wie du dein Herz ausgeschüttet hast, und es ist immer noch nicht Beweis genug, dass du ihn liebst. Wenn du willst, dass ich aufhöre, dann werde ich das tun, aber nur, weil du mich darum gebeten hast.«

Rich starrte Spencer in dem funzeligen Licht an, das der jämmerliche Strahl von dessen Handytaschenlampe erzeugte, und seine Kinnlade war leicht dümmlich heruntergeklappt. »Ich sollte dich k.o. schlagen.«

»Mach doch!«, stachelte Spencer ihn an. »Ich würde mich gerade sehr über den Vorwand freuen, dich in den Fluss zu werfen.«

»Bitte ...« Jasmine begann zu schluchzen. »Bitte, Spencer, tu das nicht.«

»Dann«, Spencer hielt schwer atmend inne, »sag deinem

Mann, er soll aufhören, ein Arsch zu sein, und an seiner Ehe arbeiten. Denn er hat recht, die Männer stehen Schlange, um seinen Platz einzunehmen.« Ohne ein weiteres Wort machte er sich daran, die Böschung wieder hochzuklettern.

»Es tut mir leid«, sagte Rich kleinlaut.

»Ich will einfach nur nach Hause«, erwiderte Jasmine.

Rich nickte. Mit Jasmines Hilfe verließ er den Schutz der hölzernen Plattform, und sie standen da und betrachteten den steilen Hang, den Spencer erklomm.

»Schaffst du es da hinauf?«, fragte Jasmine.

»Tut mir leid, dass ich besoffen bin. Du musst mich gerade hassen.«

Jasmine presste die Lippen zu einer harten Linie aufeinander. Sie war höllisch sauer und verärgert über beide Männer, aber es ging über ihre Vorstellungskraft, was Spencer in diesem Moment empfinden musste. Sie wünschte, sie hätte etwas für ihn tun können. Sie vermutete, dass seine Rede teilweise darauf abzielte, Richard aus seiner Lethargie zu reißen, aber damit hatte er auch für immer eine Kluft zwischen ihnen geschaffen. Wie konnten sie weiter Freunde sein, jetzt, da Rich die Wahrheit kannte? Es war eine weitere selbstlose Tat in einer ganzen Reihe selbstloser Taten um ihretwillen. Sie hätte ihn niemals so lieben können, wie sie Rich liebte, aber trotzdem mochte sie ihn, und seine Worte klingelten noch immer in ihren Ohren und brachen ihr schier das Herz. Sie versuchte, die Melancholie abzuschütteln, die die blinde Panik der vergangenen Stunden verdrängt hatte, und darüber nachzudenken, wie sie Rich in Sicherheit bringen konnte. Die Uferböschung war viel trügerischer als noch vor zehn Minuten, als sie hinuntergerutscht waren.

»Vorsicht, der Regen hat die Erde aufgeweicht. Wir werden es ruhig angehen müssen und bei jedem Schritt prüfen, ob der Hang uns trägt.« Sie wandte sich Rich zu. »Kapiert? Ich kann es jetzt nicht gebrauchen, dich als betrunkenen Idioten an meiner Seite zu haben. Spar dir das, bis wir nach Hause kommen.«

Er nickte langsam. Sie erwog, Spencer zurückzurufen, damit er ihr half, aber sie konnte sich nicht dazu überwinden. Stattdessen beschloss sie, Rich selbst nach oben zu helfen, wie auch immer.

Noch während ihr diese Gedanken durch den Kopf gingen, zerriss ein greller, zackiger Blitz den Himmel, unmittelbar gefolgt von einem ohrenbetäubenden Donnerschlag. Der Blitz war so hell, dass jeder Stein und jede Unebenheit deutlich beleuchtet wurden. Jasmine schaute genau hin und prägte sich ein, was sie bei diesem flüchtigen Blick hatte erkennen können.

»Komm, wir sollten lieber da hinaufgehen.« Jasmine führte Rich am Ellbogen zu dem am einfachsten aussehenden Anstieg, und die Nähe des Gewitters erfüllte sie mit einem neuen Gefühl von Dringlichkeit.

Rich stolperte und glitt aus, und stützte sich unbeholfen in dem steinigen Schlamm ab. Sie rutschten fast so viele Male hinunter, wie sie nach oben vorankamen. Aber nach einer Zeit, die Jasmine wie Stunden erschien, hatten sie Spencer fast eingeholt, der trotz seines Vorsprungs nicht viel weiter gekommen war.

Er drehte sich um und wartete auf einem schmalen Felsvorsprung auf sie. »Es ist schrecklich hier. Gott weiß, wie wir es nach Hause schaffen sollen.«

Jasmine verzog das Gesicht. Obwohl sie jetzt wirklich Angst hatte, dass sie vielleicht die ganze Nacht hier verbringen und auf Rettung warten mussten, war sie froh, zu hören, dass all der Zorn in Spencers Stimme verebbt war und er wieder mehr so klang wie der alte, verlässliche Spencer, den sie kannte und liebte.

»Meinst du, ich sollte Millie anrufen und fragen, ob sie uns einen Rettungswagen herschicken kann?«, schlug er vor.

»Das erscheint mir ein wenig extrem«, antwortete Jasmine zweifelnd. »Wir kommen schon irgendwie hinauf.«

»Das Ufer ist während des ganzen Sommers in der Hitze hart geworden, und jetzt wird es mit der Regenmenge eines ganzen Monats überflutet. Es löst sich hier oben brockenweise ab, Jas. Wenn wir einen falschen Schritt tun – unten tobt der Fluss.«

»Wir werden schon nicht abstürzen«, rief Rich. »Außerdem ist der Fluss ohnehin nicht so tief ... ein Kind könnte da durchwaten und wäre in einer halben Stunde im *Dog and Hare*.«

Spencer presste den Mund zusammen. Es lag immer noch Spannung zwischen den beiden Männern, und Richs Bemerkung war offensichtlich ein Seitenhieb auf Spencer gewesen.

»Rich ...«, zischte Jasmine, »er versucht nur, vernünftig zu sein. Einer von uns muss es sein, und du bist jedenfalls nicht dazu in der Lage. Schau dich doch mal um ...« Sie sah zurück in Richtung Fluss. In der Dunkelheit war er schwer zu erkennen, aber das Wasser gurgelte und rauschte, und das Krachen von Treibgut in den Wellen, das ab und zu ans Ufer prallte, sagte ihr, dass der Fluss viel tiefer war als gewöhnlich.

»Ich rufe Dylan an«, entschied Spencer, »und bitte ihn, ein Seil oder so herzubringen, um uns nach oben zu helfen.«

Noch während er sprach, hörte Jasmine ein schmatzendes, malmendes Geräusch. Lose Steine und Äste kullerten die Böschung hinab auf sie zu, schnell gefolgt von einem größeren Brocken Erde.

»JAS ...«

Spencers Schrei brach jäh ab. Dann zuckte ein weiterer Blitz über den Himmel, und während er die Landschaft erhellte, sah sie einen Schatten, der auf sie zuraste. Sie stieß Rich beiseite und griff verzweifelt nach einem rudernden Arm, fasste aber ins Leere. Spencer verschwand unter ihnen, als der Himmel wieder schwarz wurde, und ein Donnergrollen erfüllte die benommene Stille.

Als sie das unheilverkündende Klatschen hörte, rief Jasmine: »SPENCER!«

Es kam keine Antwort.

»Spencer!«, brüllte Rich. »Spencer, Kumpel, ist mit dir alles in Ordnung?«

Immer noch nichts.

»Spencer ... bitte!«, rief Jasmine in die tintenschwarze Leere. Dann drehte sie sich zu Rich um. »Wir müssen da runter.«

Sie begannen den Abstieg in einem Tempo, das ausschließlich von dem instabilen Flussufer unter ihnen diktiert wurde, und plötzlich hörten sie einen Ruf, der Jasmine mit unaussprechlicher Erleichterung erfüllt.

»Hey! Bist du das, Jas?«

Oben auf der Böschung stand Dylan und rief zu ihnen herab. Ein zweiter Schatten gesellte sich zu ihm.

»Ja! Gott sei Dank, dass ihr hier seid!«

»Wir haben einen Schrei gehört«, fügte Millie hinzu. »Ist alles in Ordnung?«

»Ich glaube, Spencer ist verletzt. Wir können ihn nicht sehen, aber ich habe ihn in den Fluss stürzen hören, und er reagiert nicht.«

»Scheiße ... Ich komme runter«, rief Dylan.

»Es ist zu gefährlich!« Jasmine verlagerte ihr Gewicht von einem Fuß auf den anderen, um festen Stand bemüht, während ein weiterer Teil des Flussufers sich lockerte. Ein neuerlicher Blitz folgte. In dem kurzen Moment, in dem die Szene beleuchtet wurde, sah Jasmine, dass jemand bereits viel schneller, als sicher war, auf dem Weg nach unten war. Aber es war nicht Dylan, es war Millie.

»Was zur Hölle machst du da?«, rief Jasmine.

»Ich kann helfen«, sagte Millie.

»Wenn sie runtergeht, komme ich auch.« Dylan folgte ihr

und schlitterte so schnell hinunter, dass er sie binnen Sekunden eingeholt hatte.

Kurz darauf waren sie auf einer Höhe mit Jasmine und Rich. Millie blieb nicht stehen, sondern schlitterte weiter auf dem Hintern den Hang hinab und überließ es den anderen dreien, ihr zu folgen.

Am Fluss packte Jasmine eine nahe Baumwurzel, um ihren Schwung zu bremsen, und betete, dass es den Männern gelang, das Gleiche zu tun. Sie blinzelte in den Strahl der Taschenlampe, den Millie über das Ufer gleiten ließ, um den Fluss abzusuchen. Sie mussten Spencer finden, aber der Zustand, in dem er vielleicht war, erfüllte Jasmine mit kalter Furcht. Wenn ihm irgendetwas zugestoßen war, in dieser Nacht und unter diesen Umständen, würde sie sich das niemals verzeihen, und sie wusste nicht, ob sie dann jemals in der Lage sein würde, Rich zu vergeben. Der Fluss sah normal aus, abgesehen von Zweigen und Blättern, die über seine gurgelnden Oberfläche hinwegrasten. Schweigend folgten sie dem Lichtstrahl, um flussabwärts zu suchen und dann an beiden Ufern.

Da sahen sie es. Das unförmige Bündel von Kleidern und Gliedmaßen, ausgestreckt am Fuß des Hangs nicht weit von der Stelle entfernt, wo sie waren. Er lag reglos und mit dem Gesicht nach unten da, mit Blättern in seinem dunklen Haar, während um ihn herum Wasser brandete. Glücklicherweise lag er wenigstens am Ufer, abseits der Strömung, die ihn weiter flussabwärts getragen hätte. Jasmine stockte der Atem.

»SPENCER!«, rief sie, als sie auf ihn zu watete.

Rich und Dylan zerrten Spencer aus dem Wasser. Jasmine drängte sich nach vorn, beugte sich über ihn und drehte ihn um, und ihr Herz hämmerte wild, während kalte Übelkeit sie beschlich. Er hatte eine Schnittwunde seitlich am Kopf, die heftig blutete, und das harte Taschenlampenlicht verlieh ihm eine gräuliche Blässe. Es sah übel aus.

Millie reichte Dylan die Taschenlampe und zog Jasmine

behutsam aus dem Weg. »Lass mich mal sehen.« Sie beugte sich über Spencer und lauschte. »Er atmet nicht. Er muss Wasser in der Lunge haben.«

Jasmine beobachtete halb angstvoll, halb ehrfürchtig, wie Millie arbeitete, um ihn zu retten. Sie hatte noch nie etwas Derartiges gesehen, und schon gar nicht hatte sie Millie je so gesehen: Gelassen, kenntnisreich und selbstbewusst gab sie Anweisungen für Spencers Positionierung und das Licht, bis er nach einigen angstvollen Minuten hustete.

»Das war unglaublich!«, murmelte Rich mit gedämpfter Stimme und sprach damit aus, was Jasmine dachte.

Millie zuckte die Achseln. »Ich habe nur ein paar Tipps in Erster Hilfe aufgeschnappt, weiter nichts.« Ihr Gesichtsausdruck war angespannt, als sie den steilen Abhang musterte, der sich jetzt in seiner Gesamtheit über ihnen erstreckte. Dann wanderte ihr Blick zu Spencer zurück, der sich immer noch nicht bewegte, obwohl er jetzt atmete. »Auf keinen Fall kriegen wir ihn dort hinauf. Jemand muss einen Rettungswagen rufen.«

Dylan nickte. »Das werde ich übernehmen.«

Jasmine setzte sich neben Spencer. Sie streichelte sein Haar und zog ihren Regenmantel aus, um ihn zuzudecken. Sie wusste, dass er bereits tropfnass war, aber irgendetwas musste sie für ihn tun. Er hatte ihre Ehe gerettet, möglicherweise sogar Richs Leben, und seine Bemühungen hätten ihn fast das eigene Leben gekostet. Sie sah zu Rich auf, als ein weiterer gegabelter Blitz über den Himmel zuckte. Richs Blick streifte über sie beide hinweg und dann zum Fluss. Sein Gesichtsausdruck war undeutbar. Vielleicht war er eifersüchtig. Vielleicht schmerzten ihn noch immer Spencers grimmige Enthüllungen, die dieser jahrelang in sich hineingefressen hatte. Im Moment war sie zwar froh darüber, dass Rich in Sicherheit war, aber seine Gefühle kümmerten sie nicht besonders. Irgendwann würde sie ihm verzeihen, doch nicht heute Nacht.

»Sie sind unterwegs«, unterbrach Dylan ihre Gedanken. »Was zur Hölle ist hier passiert?«

»Es ist eine lange Geschichte«, antwortete Jasmine.

»Ich bin mir sicher, dass die Rettungsmannschaft es nicht erwarten kann, sie zu hören«, versetzte er trocken, »vor allem, nachdem wir sie in einer solchen Nacht aus ihren Betten gerissen haben.«

Jasmine und Rich sahen einander an.

»Wie geht es Spencer?«, fragte Dylan.

Millie richtete ihre Aufmerksamkeit wieder auf den Patienten. »Ich denke, dass er jetzt normal atmet ... Aber die Kopfverletzung wird genäht werden müssen. In diesem Licht ist es schwer festzustellen, ob er sich noch andere Verletzungen zugezogen hat. Und er ist immer noch bewusstlos.«

»Dann lasst uns hoffen, dass die Sanitäter bald hier eintreffen.« Dylan kam vorsichtig herbei und trat neben Millie, die vor Spencer kniete, dann reichte er die Taschenlampe an Jasmine weiter und zog Millie auf die Füße. Sie stieß ein überraschtes kleines Aufkeuchen aus, als er seine Lippen energisch auf ihre drückte.

Jasmine sah Rich an, der leicht die Augenbrauen hochzog. Sie konnte sich ein kleines Lächeln ihrerseits nicht verkneifen.

Dylan grinste, als er Millie losließ. »Es ist eine seltsame, gefährliche Nacht, und das bringt einen dazu, seltsame und gefährliche Dinge zu tun.« Er umarmte sie. »Du bist unglaublich.«

»Ich weiß nicht, ob das der richtige Zeitpunkt ist ...«, antwortete Millie unsicher.

»Ja, stimmt«, unterbrach Dylan sie, seine Stimme wurde wieder schneidend. »Danke, dass du mich daran erinnerst. Ich schulde Rich eine Tracht Prügel, weil er sich wie ein Arschloch benommen hat.«

»Es tut mir leid«, sagte Rich leise.

»Du musst mal ein paar Dinge klarkriegen. Du hast drei

Kinder, die im Moment fast den Verstand verlieren, weil sie nicht wissen, wo ihr Dad ist. Denkst du denn überhaupt nicht an solche Sachen?«, fragte Dylan. »Sie kennen die Geschichte, wie ihre Großeltern umgekommen sind, für sie ist das ein realistisches Szenario. Sie können sich ein paar Dinge selbst zusammenreimen und wissen, dass es, wenn es mir und Jasmine passieren konnte, jedem passieren kann.«

»Ich weiß«, sagte Rich. »Du hast recht. Ich muss mich bei allen entschuldigen.« Sein Blick wanderte zu Spencer. »Selbst bei ihm.«

Dylan runzelte die Stirn, als er von einem zum anderen schaute, ein Schatten glitt über seine Züge, doch dann hellten sie sich auf. »Aber ihr vertragt euch wieder?«, fragte er Jasmine.

Sie nickte und warf Rich einen fragenden Blick zu. »Ich denke, ja ...«

Rich wand sich ein wenig, als er erneut zu Spencer schaute. »Du willst nicht ... Du weißt schon, nach dem, was du heute Nacht gehört hast ...«

Jasmine schüttelte den Kopf. »Sei kein Dummkopf. Ich habe dir gesagt, dass ich dich liebe, und ich habe es ernst gemeint.«

Spencer stöhnte leise. Jasmine drehte sich zu ihm um und strich ihm das Haar aus der Stirn. »Ich hoffe, du erholst dich wieder«, murmelte sie.

NEUNZEHN

Millie öffnete die Augen. Das Gesicht des schlafenden Dylan kam verschwommen in Sicht. Sein Atem kitzelte sie an der Wange, und sie lächelte. Dann drehte sie leicht den Kopf und schaute auf die Uhr auf ihrem Nachttisch. Es war nach Mittag, aber wenn man bedachte, was sie alle in der Nacht zuvor durchgemacht hatte, war sie erstaunt, dass sie überhaupt so früh aufgewacht war.

Sie hatten Spencer für die Nacht zur Beobachtung im Krankenhaus gelassen. Er hatte kurz das Bewusstsein wiedererlangt und war verwirrt gewesen, aber der Arzt hatte ihnen versichert, dass all seine vorläufigen Untersuchungen nichts Schlimmes ergeben hatten. Nach seinem Martyrium war ein wenig Verwirrung das Geringste, womit sie zu rechnen hatten. Nicht lange, nachdem er aufgewacht war, war er bereits wieder eingeschlafen. Jasmine hatte darauf bestanden, an seinem Bett zu sitzen, und die Schwestern hatten ihr Decken gebracht, während Rich mit einem Taxi nach Honeybourne zurückgefahren war. Er wurde langsam wieder nüchtern und hatte versprochen, direkt ins *Dog and Hare* zu gehen, um die Kinder wissen zu lassen, dass alles gut war. Alle fünf waren durchweicht und voller Schlamm gewesen, und es hatte einige erstaunte Blicke gegeben, als sie versucht hatten, eine geschönte Version der nächtlichen Ereignisse vorzulegen. Dylan und Millie waren mit einem eigenen Taxi nach Hause gefahren, ungefähr eine Stunde nach Rich, und Jasmine hatte, als sie gegangen waren, in einem Sessel an Spencers Bett geschlafen.

Und als das Taxi sie beide draußen vor der Bäckerei abgesetzt hatte, hatte Dylan dem Wagen schweigend nachgeschaut und Millie dann erneut geküsst. Von dem Moment an war sie verloren gewesen. Es scherte sie beide nicht, dass sie bis auf die Knochen durchnässt waren und zitterten, dass ihre Kleider voller Schlamm und sie selbst erschöpft waren. Dylan hatte sie hochgehoben und ins Schlafzimmer hinaufgetragen. Dort hatte er sie aufs Bett gelegt und sie mit so viel Zärtlichkeit geliebt, dass sie kaum glauben konnte, dass dies derselbe Mann war, den sie bei ihrer Ankunft in Honeybourne kennengelernt hatte. Sie gab sich ihm vorbehaltlos hin, auf eine Weise, wie sie das noch nie getan hatte, nicht einmal mit Michael. Anschließend lagen sie einer in den Armen des anderen, gedankenversunken, und Millie fragte sich, ob das alles eine seltsame Reaktion auf die nächtlichen Ereignisse war. Vielleicht würde im kalten Licht des Morgens alles wieder genauso trostlos und hoffnungslos aussehen wie zuvor.

Aber als sie ihn jetzt betrachtete, wusste sie, dass ein neuer Name unauslöschlich in ihr Herz geschrieben stand. Sie hatte keine Ahnung, was das bedeutete, ob sie fortgehen musste, wie sie vorgehabt hatte, um ihn zu beschützen, oder ob sie bei ihm bleiben konnte. Sie hoffte nur, dass er genauso empfand.

Er regte sich, und dann sah er sie an. »Hallo, du.« Er lächelte.

»Selber hallo. Wie fühlst du dich?«

»Großartig. Was ist mit dir?«

»Auch ziemlich großartig.« Sie rollte sich auf die Seite, und er öffnete die Arme, damit sie sich an ihn kuscheln konnte. »Ich nehme an, du hast Hunger?«

»Kommt drauf an, was auf der Speisekarte steht ...« Sein Mund fand ihren, und er schob die Hände in ihr Haar, dann übermannte ihn die Erregung in ihren Armen. Eine Leidenschaft, der die vergangene Nacht nichts hatte anhaben können, überkam Millie, und sie gab sich ihm erneut hin.

Es war Viertel nach drei, als Millie aufwachte und erneut auf die Uhr auf dem Nachttisch sah. Ihr Magen knurrte so laut, dass sie sich wunderte, wieso das Getöse Dylan nicht geweckt hatte. Als sie versuchte, sich aus seiner Umarmung zu lösen, ohne ihn aus dem Schlaf zu reißen, umfasste er sie noch fester um die Taille und grinste. »Denk nicht, dass du mir so leicht entkommst.«

»Ich dachte, du schläfst noch«, sagte Millie und küsste ihn sachte. Er öffnete die Augen und schenkte ihr ein verschmitztes Lächeln.

»Ich wollte, dass du das denkst. Sehen Typen nicht angeblich süßer aus, wenn sie schlafen?«

»Das kommt auf die Menge Sabber an, die sie dabei produzieren.«

»Hart, aber gerecht.« Er stützte sich auf einen Ellbogen. »Willst du ein Frühstück?«

»Da wir in meinem Haus sind, sollte ich dir diese Frage stellen, oder?«

»Ich breche die Regeln gern.«

Millie zog die Brauen hoch. »Das hatte ich bereits vermutet.«

Ein Klopfen an der Ladentür hallte durchs Haus, und Millie fuhr hoch.

»Ist alles in Ordnung mit dir?« Dylan legte ihr schützend eine Hand auf den Arm.

»Es ist Rowena. Ich weiß es.«

»Nein. Das glaube ich nicht. Nicht nach dem gestrigen Tag.« Er schwang sich aus dem Bett und mopste Millie das Laken, um es sich um die Taille zu binden, bevor er zum Fenster ging. Millie zog die Beine an die Brust und fühlte sich in ihrer Nacktheit entblößt und verletzlich. Er reckte den Hals, um auf die Straße unter dem Fenster zu schauen, und dann drehte er sich mit einem trägen Grinsen um.

»Es ist Ruth.«

Millie stieß einen Seufzer der Erleichterung aus.

»Soll ich zur Tür gehen?«, fragte er.

»Nein! Stell dir nur vor, was sie sagen würde!«

»Genau ...« Er ließ das Laken zu Boden fallen und schnappte sich eine Socke, die er dann um seinen Penis herum zu arrangieren versuchte. »Geht das so?«

»Dylan!«, kreischte Millie.

Er rannte lachend aus dem Raum und die Treppe hinunter. Millie sprang aus dem Bett und schlüpfte hastig in sein achtlos beiseite geworfenes Oberhemd, um ihm nachzujagen.

»Wag es nicht«, rief sie.

Sie raste in den Laden, aber es war zu spät. Die Tür zur Straße war geöffnet, und Dylan stand vor Ruth, die den Mund nicht wieder zubekam.

»Morgen ...«, sagte er freundlich. »Oder eigentlich ist es ja wohl schon eher Nachmittag, nicht wahr? Ich bin mir nicht ganz sicher, wie lange wir im Bett gelegen haben.«

Zum ersten Mal, seit Millie sie kannte, wirkte Ruth sprachlos. Sie starrte Dylan nur an, den Blick fest auf einen bestimmten Bereich seines Körpers geheftet.

»Ich komme ein andermal wieder ...«, brachte sie schließlich mit schwacher Stimme hervor.

»Sicher, Ruth? Denn es würde keine Mühe bereiten, Ihnen eine Tasse Tee zu kochen. Natürlich müssten wir uns vorher anziehen und vielleicht einen Happen essen, denn wir hatten bei all dem Sex keine Zeit bis jetzt, aber das würde Ihnen sicher nichts ausmachen, oder?«

Ruth schüttelte stumm den Kopf. Und dann drehte sie sich ohne ein weiteres Wort um und ging.

Dylan ließ die Tür zufallen und wirbelte mit einem boshaften Grinsen herum. »Hast du ihr Gesicht gesehen? Sie wird schnurstracks zum *Dog and Hare* gehen, um mit Colleen zu sprechen!«

»Weshalb hast du das getan?«

»Es war witzig.«

»Nein, war es nicht ...« Millie verschränkte die Arme vor der Brust und funkelte ihn an. Aber dann erschien ein Lächeln in ihrem Mundwinkel, und sie konnte nicht verhindern, dass es immer breiter wurde. »Ein klein wenig komisch war es vielleicht schon.«

»Sie wird so bald nicht wieder hier herumschnüffeln.«

»Das denkst du.« Millie lachte. »Täusch dich bei dieser Frau mal lieber nicht. Wahrscheinlich ist sie genau jetzt auf dem Rückweg, um noch einmal einen Blick zu riskieren.«

»Nun, wer kann ihr einen Vorwurf daraus machen, wenn ein so prächtiges Exemplar der männlichen Spezies zur Schau gestellt wird?«

»Und noch dazu so bescheiden ...«

Dylan grinste. »Natürlich. Also, wie wäre es, wenn wir uns etwas zu essen organisieren, wo wir schon mal auf sind? Ich weiß nicht, wie es dir geht, aber ich bin halb verhungert. Wenn du willst, können wir uns irgendwo ein spätes Mittagessen genehmigen. Ich lade dich ein.«

»Bis wir so weit sind, wird es eher ein Abendessen sein. Was hältst du davon, schnell einen Happen hier zu essen und dann im Krankenhaus anzurufen, um herauszufinden, in welchem Zustand Spencer ist? Ausgehen können wir später immer noch.«

»Jasmine wird anrufen, um uns auf den neuesten Stand zu

bringen«, antwortete er sorglos. »In solchen Dingen ist sie verlässlich.«

»Wie es ihr, Rich und den Kindern wohl geht?«, überlegte Millie laut. »Was auch immer gestern Abend passiert ist, es muss etwas Ernstes gewesen sein. Ist so etwas schon einmal vorgekommen?«

»Meines Wissens nach nicht, nein. Aber wenn es ein Paar auf der Erde gibt, das füreinander bestimmt ist, dann sind es diese beiden. Ich bin mir sicher, sie werden das wunderbar hinkriegen.« Er umfasste mit beiden Händen ihren Kopf und küsste sie auf die Stirn. »Ich könnte mir ein paar frische Anziehsachen von gegenüber holen. Und während ich dort bin, springe ich vielleicht auch noch kurz unter die Dusche ... Hast du Lust, mir den Rücken einzuseifen?«

»Keine Chance. Ich denke, das schaffst du allein.«

»Ooh ...« Er griff sich in einer melodramatischen Geste an die Brust. »Du weißt, wie man das Herz eines Mannes bricht.«

»Halt die Klappe.« Sie lachte.

Mit einem schnellen Grinsen lief er durchs Wohnzimmer zur Treppe. Millie hörte seine Schritte über sich. Es war seltsam, dieser Beweis der Anwesenheit einer anderen Person in der Bäckerei, aber schön. Es war etwas, woran sie sich gewöhnen könnte.

Einen Moment später kam er mit nacktem Oberkörper und einem Morgenrock über dem Arm zurück. »Tauschen wir?«

»Entschuldige, das hatte ich ganz vergessen«, sagte Millie und versuchte, nicht zu erröten, als sie ihm das Hemd zurückgab und den Morgenrock überstreifte. Im Licht des Tages und außerhalb ihres Schlafzimmers machte es sie verlegen, nackt vor ihm zu stehen.

»Kommst du zurecht?«, fragte er, während er sich das Hemd zuknöpfte.

»Du gehst nur über den Platz.« Sie lächelte.

»Du weißt, was ich meine.«

Sie nickte. »Ich denke, ja. Danke.«

»Nein ... Ich danke *dir*.« Er zog sie an sich und küsste sie zärtlich. »Danke, dass du in mein Leben getreten bist. Danke, dass du gestern Nacht so ein Fels in der Brandung warst, und danke, dass du ganz im Allgemeinen umwerfend bist.«

»Wow!« Millie trat zurück und betrachtete ihn mit hochgezogenen Brauen und einem schiefen Lächeln im Gesicht. »Ich sollte häufiger umwerfend sein.«

Dylan lachte unbeschwert, küsste sie noch einmal und machte sich dann auf den Weg zur Tür. »Geh nicht weg, ich bin gleich zurück.«

»Das werde ich nicht. Vielleicht mache ich mir nicht mal die Mühe, mich anzuziehen.«

»Ist mir recht ... Weniger Stoff, den ich runterreißen muss, wenn ich zurückkomme.« Mit diesen Worten ging er hinaus in die Sonne, die wieder schien und das Unwetter der vergangenen Nacht vertrieben hatte. Millie blinzelte, während sie in der Tür stand und zusah, wie er die Wiese überquerte. Die Zeichenhaftigkeit des Wetters war an sie nicht verschwendet. So schien es in Honeybourne in den letzten Tagen überhaupt zu sein, dass über jedem Silberstreif am Horizont eine dicke, fette, dämonische Wolke hing, die nur darauf wartete, alles in ihre Dunkelheit einzuschließen. Sie fragte sich, wann die nächste Wolke kommen würde, um ihr Dylan wegzunehmen.

Dylan kehrte zwei Stunden später mit einer Flasche gutem Shiraz zurück, außerdem brachte er eine große Auflaufform mit glühend heißer Lasagne mit, in Folie gewickeltes Knoblauchbrot und eine Schüssel mit frischem Salat. Als Millie ihn entzückt fragte, woher er das alles habe, tippte er sich nur auf die Nase, befahl ihr, sich hinzusetzen, und machte sich daran, ihre Schränke nach den Dingen zu durchstöbern, die er brauchte, um den Tisch zu decken. Millie vermutete, dass er

Colleen dazu gebracht hatte, das alles für ihn zuzubereiten, aber es war eine Geste, die ihr Gesicht schmerzen ließ, so breit lächelte sie. Sie hatte lange Zeit nicht glauben können, dass ein Mann sie mit etwas anderem als Verachtung behandeln würde, jedenfalls meinte sie, nicht mehr zu verdienen. Aber Dylan schien sie wirklich etwas zu bedeuten. Selbst wenn es nicht von Dauer war oder sich in wenigen Wochen in Luft auflöste, nahm sie sich vor, dass sie an dieser Erinnerung festhalten und nicht zulassen wollte, dass etwas sie trübte, so wie all ihre Erinnerungen an Michael getrübt waren.

Millie betrachtete gerade ihre zweite Portion Lasagne, als eine WhatsApp auf Dylans Handy einging. Er leckte sich Knoblauchbutter von den Fingern und griff danach.

»Es ist Jas. Sie schreibt, dass Spencer grünes Licht bekommen hat. Sie bringen ihn jetzt nach Hause.«

Millie lächelte. »Das sind fantastische Neuigkeiten.« Sie hatte vor einer Weile mit Jasmine telefoniert und verstand jetzt erheblich besser, was gestern Nacht passiert war und warum. Sie fühlte mit Spencer, einem Mann, der Besseres verdiente als das Blatt, das das Leben ihm ausgeteilt hatte. Spencer war ein guter Mann – attraktiv, gütig, witzig und süß, der beste Freund, den eine Frau sich wünschen konnte. Er würde eines Tages seine Prinzessin finden, davon war sie überzeugt. Vielleicht musste er nur ein Weilchen länger mit einem gläsernen Pantoffel herumlaufen.

Millies Lächeln geriet ein wenig ins Stocken, als sie darüber nachdachte, wie viel Dylan von dem wusste, was Spencer in der vergangenen Nacht gesagt und getan hatte.

»Ich werde nicht noch einmal über ihn herfallen, wenn es das ist, was du denkst«, unterbrach Dylan ihre Gedanken.

»Woher weißt du ...?«

»Jasmine hat mir ein wenig erzählt. Sie hat mich angerufen, kurz nachdem sie das Gespräch mit dir beendet hatte, und mir eine sehr strenge Ermahnung zukommen lassen.«

»Ist es in Ordnung für dich? Was er zu Jasmine gesagt hat?«

»Ich weiß nicht ... Ich kann nur sagen, dass ich bis jetzt keine Ahnung hatte, was es bedeutet, verrückt nach jemandem zu sein, und was es mit einem macht. Ich habe ihn verachtet; ich dachte, es wäre irgendwie eine Schwäche, ein Versagen, etwas, das man ihm mit einem ordentlichen Hieb austreiben könnte. Aber jetzt tut er mir einfach leid. Es muss so hart sein, jemanden zu lieben und zu wissen, dass man ihn niemals bekommen wird ... noch härter, jeden Tag in seinem Schatten zu leben und trotzdem ein anständiger Mensch zu bleiben. Gestern Abend hat er sich auf die Suche nach Rich gemacht, um dessen Ehe mit Jas zu retten. Ich würde sagen, der Kerl ist in Ordnung.«

»Was für ein Kompliment.« Millie lächelte. »Es freut mich, dass du es so siehst. Ich denke, er hat genug durchgemacht.«

»Genau wie du ...« Dylan beugte sich über den Tisch und drückte ihre Hand. »Wenn du es mir erlaubst, würde ich gern zumindest versuchen, dich glücklich zu machen.«

»Das hast du bereits getan.« Sie beugte sich ebenfalls vor und küsste ihn.

»Hm«, murmelte er, als er sich von ihr löste. »Du schmeckst nach Knoblauch, genauso, wie ich dich mag.«

»Frechdachs!« Millie lachte.

»Es könnte sein ...« Er stand von seinem Stuhl auf, hatte den Tisch im nächsten Augenblick umrundet und sie auf die Arme genommen. »Das Schlafzimmer, Mylady?«

»Was ist, wenn Jasmine und Rich uns besuchen kommen, nachdem sie Spencer nach Hause gebracht haben?«

»Dann werden sie sehr laut klopfen müssen ...«

»Du bist schrecklich.« Millie kicherte. »Was ist mit diesem Abendessen?«

»Tolle Idee, mal was anderes: Wir könnten es voneinander essen!«

»Du bist so ein Idiot!«, rief Millie, und ihr Gekicher wurde noch frecher.

Dylan schwang sie herum und marschierte zu der Tür, die zur Treppe führte. Er war kaum auf halbem Wege durch den Raum gekommen, als es an der Tür klopfte.

»Du musst dir eine Klingel zulegen«, bemerkte Dylan mit einem gespielten Stirnrunzeln. »Und irgendein Kamerasystem, damit wir wissen, wer es ist und wann wir das Klingeln ignorieren können.«

»Ich wette, es sind Jasmine und Rich.«

»Es könnte Ruth sein. Soll ich noch mal für sie blankziehen?«

»Nein! Ich spähe schnell aus dem Fenster, und wenn es Ruth ist, werde ich die Tür nicht öffnen ... Versprochen.«

Mit einem theatralischen Seufzer stellte er Millie auf den Boden, und sie ging zum Fenster. Als sie sich wieder zu ihm umdrehte, verriet ihr Gesichtsausdruck Dylan alles, was er wissen musste. Sein Kiefer verkrampfte sich.

»Lass mich die Tür öffnen«, knurrte er.

»Nein! Du wirst nur alles noch schlimmer machen«, flüsterte Millie.

»Ich werde diese ganze Angelegenheit ein für alle Mal beenden. Du kannst nicht so in Furcht leben, nicht mehr. Was immer du ihr ihrer Meinung nach schuldig warst, hast du zehntausendfach bezahlt.«

»So einfach ist das nicht ... Sie wird irgendetwas tun. Sie ist schlau, und sie kann mit einem Fingerschnippen das ganze Dorf gegen mich aufbringen. Wenn du an meiner Seite stehst, bist du ebenfalls in Gefahr.«

Er kam auf sie zu und fasste sie an den Schultern, um sie zu sich umzudrehen. »Nach dem, was du gestern Nacht getan hast? Du hast Spencer das Leben gerettet, und wahrscheinlich hast du damit auch Richs und Jasmines Ehe gerettet. Niemand in diesem Dorf wird sich gegen dich wenden, was auch immer sie sagt.«

»Wie kannst du dir da so sicher sein?«

»Weil ich dafür sorgen werde, dass es so kommt, und wenn es das Letzte ist, was ich tue.«

»Dylan ... Nein!«

Aber er öffnete die Tür, und Rowena musterte ihn mit einem verschlagenen Lächeln von Kopf bis Fuß.

»Was willst du?«, fragte Dylan.

»Bittest du mich nicht herein?« Rowena schlenderte an ihm vorbei. »Oho ...« Sie schaute vielsagend zwischen Dylan und Millie hin und her. »Ich habe Gerüchte gehört, hatte aber keine Ahnung, wie unersättlich du bist. Zwei in ebenso vielen Tagen ... Ich hätte Millie für etwas wählerischer gehalten, aber ... Es macht mir nichts aus zu teilen, wenn es ihr auch nichts ausmacht.«

»Du weißt, dass das nicht sein Werk war!«, rief Millie. »Er hätte nicht in einer Million Jahren mit dir geschlafen, wenn er bei klarem Verstand gewesen wäre!«

»Und woher weißt du, dass er nicht bei klarem Verstand war? Er hat mich reingelassen, nicht wahr? An dem Punkt war noch kein Wein im Spiel, und ein paar Drinks genügen nicht, um jemanden dazu zu bringen, etwas zu tun, das er nicht tun will ...«

»Schwachsinn!«, zischte Dylan. »In meinem Haus steht eine leere Weinflasche, und ich habe vor herauszufinden, was sonst noch darin war. Ich glaube keine Minute lang, dass es nur Alkohol war. Höchstwahrscheinlich hat der Wein ein Betäubungsmittel oder LSD enthalten, und wenn die Polizei mir hilft herauszufinden, was es ist, werde ich Anzeige gegen dich erstatten.«

»Wofür? Dass du eine schöne Zeit mit mir hattest?«

»Wegen schwerer Körperverletzung. Du hast mich dazu gezwungen, etwas gegen meinen Willen zu tun ... Such dir etwas aus, ich bin mir sicher, der Polizei fallen noch viele weitere Begriffe dafür ein.«

»Es hat auf mich nicht den Eindruck gemacht, dass es gegen deinen Willen geschehen ist. Wenn ich mich recht erinnere, warst du ziemlich ... Wie drücke ich es am besten aus ... energiegeladen.«

Millie sah Dylan an, und in diesem Moment konnte sie so deutlich in seine Seele blicken, als hätte er sie für sie entblößt. Rowena wollte ihn mürbe machen, bis er wieder zu dem hohlen Mann wurde, den sie kennengelernt hatte, als sie in Honeybourne angekommen war. Er hatte seither einen so weiten Weg hinter sich gebracht, dass Millie das nicht zulassen konnte. Sie hatte bereits ein Leben gerettet, und es wurde Zeit, noch eins zu retten.

»Es ist mir egal!«, rief sie.

Rowena starrte sie an, im ersten Moment überrumpelt.

»Es ist mir egal«, wiederholte Millie. »Es ist mir egal, mit wie vielen Frauen er geschlafen hat, weil das vor meiner Zeit war. Mich interessiert nur, was von jetzt an passiert.«

Rowena verschränkte die Arme vor der Brust, und ihre Dreistigkeit war wieder da. »Und was bringt dich auf die Idee, er könne von jetzt an treu sein? Die Katze lässt das Mausen nicht.«

»Vielleicht hat die Katze auch ein Mitspracherecht?«, warf Dylan ein. »Ich bin übrigens auch noch da.«

»Oh, das weiß ich, Großer ...« Rowena grinste. »Meine Güte, du bist heute aber streitlustig!«

»Hör auf damit!« Dylan ging auf sie zu, sein Kiefer verspannt und seine Miene steinern. »Das ist deine letzte Chance, verschwinde und lass dich nie wieder blicken!«

»Das könnte ich machen ... Aber ich weiß nicht, was es nutzen würde. Siehst du nicht, dass ich versuche, dir das Leben zu retten? Weißt du, was sie meinem Bruder angetan hat?«

»Das hat sich dein Bruder selbst angetan. Sie konnte ihn

ebenso wenig dazu zwingen, sich das Leben zu nehmen, wie du mich jemals dazu bringen könntest, noch einmal in deine Nähe zu kommen.«

»Sie hat ihm das Herz gebrochen und seine Seele herausgerissen!«, kreischte Rowena.

»Nein, hat sie nicht!«, brüllte Dylan sie an. »Es ist mir wirklich scheißegal, was du denkst, denn ich kenne sie. Du verschwindest jetzt, und du kommst nicht zurück. Und wenn du auch nur daran denkst, weitere Dorfbewohner zu vergiften – an Geist oder Körper oder sonst wie –, vergiss es, denn es interessiert niemanden.«

Rowena funkelte zuerst ihn und dann Millie zornig an. »Das werden wir ja sehen«, zischte sie. Und dann war sie fort.

Millie sah Dylan unglücklich an. »Ich habe dir prophezeit, dass sie nicht nachgeben wird.«

»Es gibt Mittel und Wege, sie dazu zu zwingen. Hast du ihre Kontaktdaten?«

»Nicht von ihrem gegenwärtigen Aufenthaltsort, ich kenne nur ihre Adresse in Millrise. Warum?«

»Weil ich ein oder zwei Gefälligkeiten einfordern werde, die ihr den Wind aus den Segeln nehmen. Keine Sorge«, fügte er schnell hinzu, »ich lasse sie nicht zusammenschlagen oder so, ich will sie nur genügend erschrecken, dass sie uns in Ruhe lässt.«

Millie schwieg ein Weilchen und starrte ins Leere. »Meinst du wirklich, sie hat dir etwas in den Wein getan?«

Er nickte. »Halluzinogene hätten mir vorgaukeln können, dass ich in jener Nacht getan habe, was sie behauptet. Je länger ich darüber nachdenke, umso mehr Einzelheiten fügen sich zusammen. Was ich dachte, es wäre passiert, was ich dachte, ich hätte es getan ... Es ergibt keinen Sinn mehr.«

»Das brauchst du nicht zu sagen, damit ich mich besser fühle, weißt du?«, antwortete Millie mit gequälter Miene. »Ich verstehe es, und ich habe dir bereits verziehen.«

»Aber was ist, wenn es nichts zu verzeihen gab? Wäre das nicht viel, viel besser? Wenn ich herausfinden kann, was in dieser Flasche war, dann habe ich vielleicht die Antwort.«

»Aber was ist, wenn die Antwort nicht so ausfällt, wie wir es uns erhofft haben?«

»Dann ...« Er hielt inne und fuhr sich durchs Haar. »Dann müssen wir hoffen, dass wir stark genug sind, damit fertigzuwerden.«

Millie nickte. »In Ordnung. Also, was ist der Plan?«

Er bedachte sie mit einem schiefen Grinsen. »Nun, ehrlich gesagt hängt alles von Spencer ab. Aber ich denke, er wird überglücklich sein zu helfen.«

»Du weißt, dass du mich um alles bitten kannst.« Spencer reichte Millie ein Glas Cola. Er sah erschöpft aus, und die Wunde an seiner Stirn war jetzt eine leuchtend rote Linie mit schmalen Pflastern darüber. Die Prellungen in seinem Gesicht waren zu ordentlichen Hämatomen herangewachsen. Aber er hatte Millie und Dylan ein herzliches Lächeln geschenkt, als er die Haustür geöffnet hatte, und seither hatte er nicht aufgehört zu lächeln. Millie konnte sich das Gefühl nicht verkneifen, dass es vielleicht das Lächeln eines Clowns mit einem gebrochenen Herzen war, aber trotzdem war er offensichtlich froh darüber, wieder zu Hause zu sein und sie zu sehen.

»Dein Kumpel, der in diesem Chemiekurs auf der Uni war ...«

»Darren? Mit dem ich mir eine Bude geteilt habe?«

»Den meine ich, ja. Hat er Zugang zu einem Labor?«

»Ich denke schon, klar. Er ist ein führender Drogenforscher für eine große deutsche Firma. Warum?«

»Ich muss etwas analysieren lassen. Denkst du, er könnte das tun?«

»Solange du nicht von ihm willst, dass er Crystal Meth

kocht, kann ich ihn fragen.«

»Momentan nicht, nein!« Dylan lachte und holte die Weinflasche hervor, die Rowena ihm gegeben hatte. Spencer beugte sich vor und musterte sie mit zusammengekniffenen Augen.

»Das ist ja seltsam«, sagte er. »Ist das die legendäre Flasche? Bei all der Aufregung habe ich vergessen zu erwähnen, dass jemand mir vor einigen Abenden genau so eine Flasche vor die Tür gestellt hat. Es war wahrscheinlich zur selben Zeit, als du sie bekommen hast.«

Millie tauschte einen erschrockenen Blick mit Dylan.

»Du hast sie doch nicht getrunken, oder?«

Spencer schüttelte den Kopf. »So dumm bin ich nun auch wieder nicht. Warum sollte ich Wein aus einer Flasche trinken, die einfach so auf meiner Türschwelle auftaucht?«

»Ich war so dumm«, sagte Dylan.

Spencer schenkte ihm ein mitfühlendes Lächeln. »Betrachte es als Erfahrung, Kumpel. Was glaubst du denn, was drin war?«

»Keine Ahnung. LSD vielleicht?«

Spencer nahm ihm die Flasche ab. »Ich werde fragen. Und ich werde ihm auch die andere Flasche geben, wenn ich schon mal dabei bin, damit er die ebenfalls auf seltsame Substanzen untersuchen kann. Was machen wir, wenn wir etwas Illegales finden? Zeigen wir sie bei der Polizei an?«

Dylan warf Millie einen Blick zu. »Nur wenn uns nichts anderes übrig bleibt.« Das Leben war für Millie auch ohne neue Komplikationen schwierig genug. »Aber ich habe einen Freund, der eine gefälschte einstweilige Verfügung aufsetzen kann, und mit ein wenig Glück werden wir nicht mehr brauchen, um sie endgültig loszuwerden.«

»Wow ... cool. Aber wieso soll der Wein dann überhaupt analysiert werden?«

Dylan griff nach Millies Hand und drückte sie. »Für unseren Seelenfrieden«, antwortete er. »Damit wir endlich alle unsere Geister in der Vergangenheit lassen können, wo sie hingehören.«

Das Lichtspiel an den Wänden im Schlafzimmer verriet Jasmine, dass es später Morgen war. Es war ungewöhnlich, dass die Kinder so lange schliefen, aber die Stille im Haus bedeutete, dass es wohl so sein musste. Sie runzelte die Stirn und drehte sich um, dann sah sie, dass die andere Hälfte des Bettes leer war. Auf dem Kissen lag ein Zettel.

Ich bin mit den Kindern auf Bärenjagd in die Felder gegangen. Wir werden zum Mittagessen zurück sein. Zieh etwas Hübsches an, denn ich führe dich aus. Und bitte keine Einwendungen, weil wir angeblich pleite sind.

Rich x

Jasmine lächelte und drückte das Gesicht wieder ins Kissen. Rich gab sich solche Mühe seit dieser schrecklichen Gewitternacht bei der Seilschaukel. Er übernahm mehr Verantwortung für die Kinder, interessierte sich mehr für ihr Geschäft, und er benahm sich Millie gegenüber freundlich und großzügig. Sie wollte ihm die Anerkennung zollen, die er für all das verdiente, aber sie fragte sich dennoch, ob irgendetwas von all dem nachhalten würde. Wie lange würde es dauern, bis er vergaß, dass er ein besserer Dad, ein besserer Ehemann und ein besserer Nachbar sein sollte, und erneut in seine alten Gepflogenheiten verfiel? Er hatte ihr wieder und wieder gesagt, dass er sie liebe und sie nicht verlieren wolle, aber wie konnte sie das wirklich glauben, wie konnte sie sich in ihrer Ehe sicher und geborgen fühlen nach allem, was er nur wenige Tage zuvor gesagt und getan hatte?

Auch Spencer war täglich in ihren Gedanken und häufig in

einem Kontext, der einfach nicht richtig war. Sie ertappte sich zunehmend dabei, dass sie darüber nachgrübelte, was er in jener Nacht gesagt hatte – Worte der Leidenschaft, die sich in ihr Gedächtnis eingegraben hatten. Sie schlängelten sich in ihr Herz, schlugen dort Wurzeln und ließen sie an ihren Gefühlen für Rich zweifeln und darüber nachgrübeln, was hätte sein können. Als Spencer ihr vor all jenen Jahren seine Gefühle offenbart hatte, hatte sie darüber gelacht, fest davon überzeugt, dass es nur eine törichte Schwärmerei des schrulligen Freundes ihres Bruders war. Aber wenn er sie schon so lange liebte ... Was hieß das?

Jasmine glaubte an Schicksal, und im Moment schienen alle Zeichen darauf hinzudeuten, dass ihr Schicksal vielleicht Spencer war und nicht Rich. Aber sie liebte Rich, oder? Rich war der Vater ihrer Kinder, und sie hatte ihn immer für ihren Seelenverwandten gehalten, für jemanden, mit dem sie alle Höhen und Tiefen durchschritt, eine Konstante in ihrem Leben. Wie passten ihre Gedanken an Spencer damit zusammen? Sie hatte versucht, sie abzuschütteln, aber sie ließen sich einfach nicht zurückdrängen. Mit einem tiefen Seufzer schwang sie sich aus dem Bett. Es gab etwas, das sie tun musste.

Jasmine ließ den Blick über die stille Reihe von Cottages schweifen, während sie darauf wartete, dass Spencer die Tür öffnete. Sie tat nichts Unrechtes ... Zumindest glaubte sie nicht, dass es so war ... Aber irgendwie steckte ihr eine Art Schuldgefühl im Hals.

Als er endlich mit einem müden Lächeln die Tür öffnete, konnte sie gar nicht schnell genug ins Haus schlüpfen.

»Wie geht es dir?«, fragte sie, während er sie in den Wintergarten führte, wo er ein improvisiertes Tagesbett aufgestellt hatte. Auf der Bettdecke verstreut lagen Übungsbücher und Stifte.

»Ich habe Klassenarbeiten zensiert. Ich mag krankge-schrieben sein, aber diese Sachen korrigieren sich nicht von selbst.« Er lächelte.

»Toll, dass du das machst«, antwortete Jasmine ausweichend. »Zumindest fühlst du dich gesund genug dafür.«

»Es geht mir gut, ehrlich. Ich nutze die Tatsache aus, dass ich ein Weilchen den Invaliden spielen kann und eine legitime Ausrede habe, den ganzen Tag im Pyjama herumzulümmeln.«

»Zumindest ist es jetzt etwas kühler geworden.«

Spencer zog leicht die Augenbrauen hoch, als er einen Stapel Bücher von einem Stuhl fegte und ihr bedeutete, Platz zu nehmen. »Ja. Obwohl mir irgendetwas sagt, dass du nicht vorbeigekommen bist, um übers Wetter zu sprechen.«

»Ist das so offensichtlich?«

Er nickte. »Normalerweise bist du nicht so langweilig.«

Jasmine hockte sich auf die Kante des Stuhls, während er es sich wieder unter der Decke bequem machte. »Wir müssen über diese Nacht reden. Die Nacht deines Unfalls, als ...«

Spencer schenkte ihr ein schiefes Lächeln. »Als ich mich benommen habe wie das letzte Arschloch?«

»Nein. Als du Dinge gesagt hast, die ich nicht wusste. Ich meine, ich nehme an, dass ich es wusste, zumindest ein klein wenig, aber das Ausmaß deiner ...«

»Liebe?«, unterbrach er sie. »Du kannst es ruhig ausspre-chen, denn es tut jetzt nicht mehr so weh.«

»Ach nein?«

»Ich habe dich und Rich zusammen gesehen, und da hat es klick gemacht, schätze ich. Ich wusste natürlich, dass ihr viel füreinander empfindet, aber die Angst in deinen Augen, als du dachtest, du hättest ihn verloren ... Ich kann mir nicht vorstel-len, dass irgendein anderer Mann solche Gefühle in dir wecken würde.«

»Ich hatte auch Angst um dich.«

»Das war nicht das Gleiche, und das weißt du.«

»Das ist es ja gerade ...« Jasmine holte tief Luft. »Ich weiß nicht mehr, was ich fühle. Ich bin so verwirrt.«

»Nein ...« Spencer verzog das Gesicht. »Bitte, tu mir das nicht an.«

Jasmine nickte ruckartig. »Ich weiß. Es tut mir leid. Und ich wäre heute nicht hergekommen, wenn es mir nicht ernst wäre.«

»Begreifst du nicht, dass du alles noch schlimmer machst? Du musst damit aufhören. Es spielt jetzt keine Rolle mehr, und du musst es dir aus dem Kopf schlagen.« Er hielt inne. »Wie dem auch sei, ich werde Honeybourne verlassen.«

»Was?«

»Ich habe mich für ein Austauschprogramm beworben. Ein Lehrer aus Colorado wird herkommen, und ich werde ein Jahr lang an seiner Schule unterrichten.«

»Aber warum? Warum so plötzlich?«

Er runzelte die Stirn. »Musst du das wirklich fragen?«

»Du darfst deswegen nicht fortgehen. Du gehörst nach Honeybourne. Es ist dein Zuhause.«

»Ja, und das wird es immer sein. Aber im Moment muss ich erst mal weg von hier, einen klaren Kopf kriegen und mein Herz heilen lassen. Als ich damals fortgegangen bin, war es vermutlich nicht weit genug. Diesmal werden uns Tausende von Meilen trennen, und mir wird nichts anderes übrig bleiben, als mich in ein neues Leben zu stürzen. Es wird mir guttun.«

»Meinst du wirklich?«

Er nickte.

»Die Kinder werden dich schrecklich vermissen.«

»Ich werde sie auch vermissen. Aber wir haben Skype. Ich werde mich regelmäßig melden.«

Jasmine schaute schweigend aus dem Fenster.

»Es ist das Beste so«, sagte Spencer behutsam.

»Ich weiß. Aber ich werde dich vermissen.«

»Ich werde dich auch vermissen.«

Sie verfielen erneut in ein kurzes Schweigen.

»Wie wäre es mit einem Sandwich?«, fragte Spencer mit erzwungener Munterkeit. »Es ist fast Mittag, und ich habe langsam Kohldampf.«

Jasmine sah auf ihre Armbanduhr. Sie musste noch eine Stunde totschlagen, bevor Rich zurückkam, aber irgendwie schien es nichts mehr zu sagen zu geben. »Ich sollte wieder nach Hause gehen. Rich ist mit den Kindern unterwegs, aber sie werden bald zurück sein und zu Mittag essen wollen.«

»Klar.«

Jasmine stand auf. »Du brauchst dir nicht die Mühe zu machen, mich hinauszubegleiten.« In der Tür drehte sie sich dann noch einmal um. »Du wirst in dieser Sache auf keinen Fall deine Meinung ändern?«

»Nein. Freu dich einfach für mich.«

»Ich werde es versuchen. Versprochen.«

Als Millie die Haustür öffnete, wedelte Dylan vor ihrer Nase mit einem Stück Papier wie ein überdrehter Schuljunge mit einem guten Zeugnis.

»Deine Gasrechnung?«, fragte Millie mit einem schiefen Lächeln und trat beiseite, um ihn vorbeizulassen.

Dylan schloss die Tür hinter sich, packte Millie und zog sie zu einem leidenschaftlichen Kuss an sich.

»Wow«, sagte Millie, als er sie losließ. »Du solltest häufiger deine Gasrechnung bekommen.« Sie wirkte ein wenig überrascht, als Dylan lachte und sie noch einmal küsste. »Also, was ist das für ein rätselhafter Brief, der wie ein Aphrodisiakum wirkt?«

»Das Laborergebnis!«, antwortete Dylan und schwenkte noch einmal das Papier.

»Und?«

Seit jener schicksalsträchtigen Nacht mit dem Unwetter, in dem das ganze Ausmaß von Rowenas Intrigen offenbar geworden war, waren zwei Wochen verstrichen. Dylan hatte seinen Freund überredet, die gefälschte einstweilige Verfügung zu entwerfen, und da sie nicht wussten, wo Rowena sich aufhielt, hatten sie sie an eine gemeinsame Bekannte geschickt, die, wie Millie wusste, der Versuchung nicht würde widerstehen können, den Brief zu öffnen und Rowena unverzüglich anzurufen, um sie zu warnen. Was immer sie von der Rechtmäßigkeit der einstweiligen Verfügung gehalten hatte, Rowena war seither nicht mehr in Honeybourne aufgetaucht. Und Dylan hatte Wort gehalten und dafür gesorgt, dass die Dorfbewohner, falls Rowena doch noch einmal zurückkam, zu Millie halten würden, bevor sie einer Fremden Gehör schenkten. Das war das befriedigendste Ergebnis von allen für Millie – dass sie in Honeybourne keine Außenseiterin mehr war. Die Dorfbewohner akzeptierten sie inzwischen definitiv als eine der ihren.

Doch der Zwischenfall, über den sie und Dylan bewusst nicht sprachen, wenn sie zusammen waren, aus Angst davor, dass es irgendwie ihre intimen Augenblicke trüben würde, hing noch immer über ihnen. Die Antwort, die er ihr jetzt gab, würde all das ändern. Sie wusste bereits, was es war. Sie musste es nur hören, damit es in die Wirklichkeit einsickerte.

»Ich hatte recht. Irgendwelche Stoffe halluzinogener Pilze. Auf keinen Fall hätte ich mein bestes Stück in diesem Zustand hochgekriegt, geschweige denn, dass ich hätte tun können, was sie behauptet hat ...«

»Also hattet ihr überhaupt keinen Sex?«

Dylan grinste sie verlegen an. »Ich habe als Teenager genug Pilze auf den Feldern hier gesammelt, und ich habe in Clubs genug LSD eingeworfen, um zu wissen, dass ich und LSD nicht gut zusammenpassen, wenn es darum geht, mein bestes Stück in Habachtstellung zu bringen.«

»Aber sie konnte dir einreden, dass es dir gelungen ist?«, fragte Millie zweifelnd.

»Das steht außer Frage. Das ist ja gerade das Witzige an

Halluzinogenen – es braucht nur sehr wenig Suggestion, und man kann dich von so ziemlich allem überzeugen, obwohl du den Gegenbeweis direkt vor Augen hast. Einmal war ich mit ein paar Kumpels auf einem Friedhof. Ein Igel hat auf dem Pfad gesessen, und sie haben mir alle erzählt, es sei ein Totenschädel aus einem der Gräber. Ich konnte sehen, dass es ein Igel war, aber das hat keine Rolle gespielt, ich bin trotzdem ausgeflippt wegen des Totenschädels. Genauso ist es in diesem Fall – Rowena brauchte sich nur ein wenig auf mir zu rekeln und die passenden Laute von sich zu geben ...« Millies Schaudern ließ ihn wie versteinert innehalten. »He ... Ist alles in Ordnung mit dir?« Er nahm sie in die Arme. »Weine nicht.«

»Es ist nur ... Wie kann das für dich alles in Ordnung sein? Sie hat deinem Gehirn übel mitgespielt, und du redest darüber, als wäre das gar nichts. Und es ist alles meine Schuld. Wegen mir war sie hier, wegen der Dinge, die ich getan habe.«

»Wir haben doch über das Thema gesprochen«, antwortete er sanft. »Was immer du getan hast, Michaels Tod war nicht deine Schuld. Wenn du jemals darüber hinwegkommen willst ... Wenn aus *uns* jemals mehr werden soll, musst du das akzeptieren. Michael hat sich selbst das Leben genommen, und unterm Strich konnte niemand anderer als er selbst diese Entscheidung treffen.« Er ließ sie los und sah ihr fest in die Augen. »Tief im Innern musst du das doch wissen.«

Millie schniefte und nickte. »Einerseits weiß ich das eigentlich. Andererseits habe ich mir deswegen so lange so furchtbare Vorwürfe gemacht, und Rowena hat meine Schuldgefühle noch verstärkt. Mittlerweile ist es fast unmöglich, sie abzuschütteln.«

»Aber das musst du. Denn ich bin so glücklich darüber, wie alles ausgegangen ist, dass es abgesehen vom Offensichtlichen etwas sehr Wichtiges bedeuten muss.«

»Und das wäre?«

»Es muss bedeuten, dass ich dich liebe, Millicent Hopkin.«

ZWANZIG

Eine Schar vertrauter und weniger bekannter Menschen war vor der Alten Bäckerei erschienen. Nach vielen Gesprächen hatte Millie ihren Laden am Ende »Alte Bäckerei« getauft, weil sie ihr Zuhause in Gedanken von Anfang an so genannt hatte, und der Name erschien ihr so gut wie jeder andere. Doch jetzt wirkte die Bäckerei gar nicht mehr so alt, überlegte sie, während sie ihre wunderschön restaurierte Fassade betrachtete. Es war hart gewesen seit ihrer Ankunft im vergangenen Sommer, mit großen Träumen und einem ziemlich leeren Bankkonto, und es hatte Zeiten gegeben, in denen sie dachte, sie würde diesen Tag niemals erleben. Jetzt und mit der strahlenden Frühlingssonne, die ihren Rücken wärmte, hatte sie das Gefühl, dass ihr Herz vor Stolz fast platzte. Sie hatte sich das hier aufgebaut, zusammen mit Dylan, ein Zeugnis der Liebe, die mit jedem Tag stärker wurde. Sie hatte immer ein gutes Gefühl in Bezug auf die Bäckerei und Honeybourne gehabt, vom ersten Augenblick an, als sie das Gebäude online gesehen hatte, ihr war nur nicht bewusst gewesen, dass es ihr bestimmt war, daraus mehr als ein Geschäft zu machen.

Das Summen von Gesprächen und Gelächter hob Millies

Laune noch mehr. Großes Interesse und hohe Erwartungen waren bekundet worden, als sie endlich das Eröffnungsdatum verraten hatte, aber Millie hatte angenommen, dass die Leute nur höflich sein wollten. Wenn man jedoch bedachte, wie viele Dorfbewohner zu ihrer Eröffnung erschienen waren, mussten sie wohl doch wirklich Vorfreude gehegt haben. Entweder das, oder sie waren wegen des kostenlosen Weins gekommen, dachte sie mit einem schwachen Lächeln.

»Ist das so gut?«, rief Dylan von der Leiter. Er befestigte gerade das Ende der bunten Wimpelkette.

Millie beschirmte die Augen und blinzelte zu ihm empor. »Sieht toll aus. Jetzt komm runter, bevor du dir noch das Genick brichst.«

»Komisch ...«, sagte Dylan, als er seinen Abstieg begann, »es schien dir nicht so viel auszumachen, als ich bei Schnee und Eis dein Dach repariert habe.«

»An dem Tag warst du nicht allein, du Spinner. Du hattest Bony bei dir. Und es war auch keine große Eröffnung im Spiel. Nichts schreckt Menschen von Kuchenkäufen so sehr ab wie ein verrenkter Leichnam an der Ladentür.«

»Oh, verstehe ...«, sagte Dylan und wischte sich die Hände an seiner Jeans ab. »Das sind also deine Prioritäten. Ich belege einen schwachen zweiten Platz hinter deiner heiß geliebten Bäckerei.«

Millie reckte sich, um ihn zu küssen. »So ein Quatsch. Du könntest niemals den zweiten Platz hinter irgendetwas belegen.«

»Daran werde ich dich erinnern, wenn Brad Pitt vorbeikommt.«

Millie grinste. »Hast du etwas von Spencer gehört? Was hat er noch gleich gesagt, wann sein Flugzeug landet?«

»Keine Panik, er wird kommen. Er hat gesagt, wir können ohne ihn anfangen.«

»Das will ich aber nicht.«

Dylan deutete mit dem Kopf auf Ruth, die neben Rich in einem der bequemen Stühle draußen saß. Die beiden kicherten wie unartige Kinder. Sie sahen bereits ziemlich angeschickert aus. »Du wirst es aber vielleicht müssen. Frank Stephensons berühmter Cidre ist in diesem Jahr ein besonders starkes Gebräu. In einer halben Stunde wird niemand mehr auf den Füßen stehen.«

Millie runzelte die Stirn. »Kannst du ihn nicht bitten, den Cidre ein Weilchen zu verstecken? Und den Leuten für den Moment einfach schönen, normalen Wein ausschenken, bis wir zumindest das Band durchschnitten haben?«

»Ich fürchte, dafür ist es schon zu spät. Wenn wir jetzt den Vorrat an Cidre zum Versiegen bringen, wird es eine Meuterei geben.«

»Verflixt. Kannst du Spencer eine WhatsApp schicken und fragen, wo er ist?«

»Nein, kann ich nicht. Er hat versprochen zu kommen, und das wird er. Hör auf, dir Stress zu machen. Es wird alles einfach wunderbar laufen.«

»Es ist nur ...«

»Ich weiß, du hast es heute Morgen ungefähr eine Million Mal gesagt. Aber es war meine Entscheidung, das Cottage zu verkaufen und dein Partner zu werden. Ich habe diese Wahl getroffen, weil ich Vertrauen in dich habe, und was du auch sagst, ich weiß, dass du mich nicht im Stich lassen oder mich um mein Erbe bringen wirst.« Er betrachtete sie mit einem verschmitzten Grinsen. »Außerdem, wie sonst hätte ich dich überreden sollen, mich bei dir einziehen zu lassen?«

Millie lachte und stieß ihm mit den Ellbogen in die Rippen. »Du bist so durchschaubar.«

»Wie ein Stück Frischhaltefolie.«

Millie spürte eine Berührung am Arm, und als sie sich umdrehte, stand Jasmine vor ihr. »Wo warst du denn abgeblieben?«

»Ich habe versucht, den Ausbruch des Dritten Weltkriegs wegen eines Ententeichspiels zu verhindern«, berichtete Jasmine mit einem entnervten Seufzen. »Kann ich denn irgendwie helfen, jetzt, wo die Kinder einen kurzen Waffenstillstand geschlossen haben?«

»Eigentlich nicht ...« Millie sah Dylan an, der zustimmend nickte.

»Ich denke, wir haben alles im Griff, Schwesterherz.«

Jasmine pustete sich eine verirrte Locke aus der Stirn. »Wie ihr meint. Irgendwas Neues von Spencer?«

»Noch nicht, und uns läuft die Zeit davon«, antwortete Millie. »Dylan will ihm keine WhatsApp schicken.«

»Schreib ihm nur, wenn du wie eine Nervensäge klingen willst«, antwortete Dylan lässig. »Ich verschwinde jetzt, um ein Wort mit Frank Stephenson zu reden.«

»Wag es nicht, etwas von diesem Cidre zu trinken!«, rief Millie ihm nach. Als Dylan sich entfernte, hievte Rich sich aus seinem Gartenstuhl hoch und kam herbeigeschlendert, leicht wankend und die Hände in den Hosentaschen.

»Tolle Party«, sagte er und zwinkerte Millie zu.

»Bei so viel Cidre, wie du intus hast, würdest du auch die Weihnachtspredigt glatt für einen illegalen Rave halten«, entgegnete Jasmine.

In diesem Moment näherte sich ihnen der Pfarrer, der ebenfalls ein Glas radioaktive Flüssigkeit umklammert hielt. »Frank hat sich mit dem Gebräu dieses Jahres selbst übertroffen«, bemerkte er wohlgelaunt.

»Genau das habe ich gerade auch gesagt«, pflichtete Rich ihm bei.

»Das hier ist ein wunderbares Fest«, sprach der Pfarrer an Millie gewandt weiter. »Ich weiß, wir hatten noch nicht allzu viel Gelegenheit, einander kennenzulernen, aber ich möchte Sie gern offiziell in Honeybourne willkommen heißen. Sollten Sie mich jemals brauchen, steht meine Tür Ihnen immer offen.«

»Vor allem wenn du Kuchen mitbringst«, warf Rich kichernd ein.

»Ja, ganz richtig.« Der Pfarrer strahlte sie alle an. Dann richtete er das Wort an Rich. »Wenn ich Sie schon mal beim Wickel habe, möchte ich Sie bitten, mir am Sonntag an der Orgel auszuhelfen. Mrs Potts geht es sehr schlecht, und wir haben niemanden, der einspringen kann ...«

Während die beiden die Details klärten, nahm Jasmine Millie beiseite und beobachtete ihren Mann, während sie sprach. »Er denkt immer noch, dass dieser kleine Erfolgstrank, den du für ihn gebraut hast, echt ist. Meinst du, wir sollten es ihm sagen?«

»Er war während der letzten Monate ein regelrechter Mozart, nicht wahr?«

Jasmine nickte. »Wie ein neuer Mensch.«

»Dann lass ihn in dem Glauben, der Trank wäre echt. Er ist glücklich und produktiv, und du bist glücklich, die Kinder sind glücklich ...« Sie zwinkerte ihr zu. »Was er nicht weiß, macht ihn nicht heiß.«

Ein träges Lächeln breitete sich in Jasmines Gesicht aus. »Ich hoffe es. Aber Gott steh mir bei, wenn er es jemals herausbekommt.«

»Nun, von mir wird er es nicht erfahren.«

»Solange mein heiß geliebter Bruder sich nicht verplappert.«

»Was bringt dich auf die Idee, dass er davon weiß? Eine Frau braucht ihre Geheimnisse.«

»Was tuschelt ihr zwei da?« Dylan kam herbeigeschlendert, die Hände tief in seinen Taschen.

»Wir haben nur darüber geredet, wie gut du heute aussiehst«, antwortete Millie mit einem hinterhältigen Lächeln.

»Du hast vielleicht darüber geredet, aber meine Schwester eher nicht.«

Jasmine reagierte nicht. Stattdessen wurde ihr Blick von einer Stelle hinter ihm angezogen.

»Spencer ist da!«, rief sie freudig.

Millie und Dylan wirbelten herum und sahen, wie er durch die Menge auf sie zukam. Der Pulk der Leute, die ihr Entzücken über seine Rückkehr zum Ausdruck bringen wollten, hielt ihn auf. Die Dorfbewohner fragten ihn nach seinem Leben in Amerika und wollten wissen, wann er endgültig zurückkommen werde. So höflich er konnte, gab er ihnen knappe Antworten und versprach, später ausführlicher mit ihnen zu reden. Millie und Dylan tauschten ein breites Grinsen, während sie beobachteten, wie er sich durch die Menge kämpfte.

»Er ist wie ein Promi. Denk dran, einen Knicks zu machen«, stellte Dylan fest.

»Geht in Ordnung.« Millie lachte.

»Wer ist diese Frau hinter ihm?«, fragte Jasmine. »Moment mal ... Hält er ihre Hand?«

Sie schauten noch einmal hin und bemerkten jetzt die zierliche Rothaarige, die in seinem Kielwasser folgte. Sie war keine Einheimische, und er schien sie tatsächlich an der Hand zu halten, während er sie durchs Gedränge führte.

»Verdammt ...« Spencer grinste, als er es endlich bis zu ihnen schaffte. »Ihr hättet ein paar Ordner anheuern sollen.«

»Manche Leute sind nie zufrieden, hm?«, sagte Dylan mit einem Stirnrunzeln zu Millie. »Du lädst ihn zu der Party des Jahrhunderts ein, und er hat trotzdem etwas zu jammern ... Undankbarer Mistkerl.«

»Und wie ich sehe, bist du immer noch garstig«, warf Spencer ein.

Beide Männer umarmten einander stürmisch. Dylan schlug Spencer auf den Rücken und lachte. »Es ist so schön, dich zu sehen, Mann. Es war seltsam ohne dich.«

Spencers Grinsen wurde noch breiter, und er löste sich aus

ihrer Umarmung. »Du meinst, du hast mich tatsächlich vermisst?«

»Natürlich hatte ich viel zu viel damit zu tun, Sex zu haben, anstatt dich zu vermissen. Ich hatte einfach nur niemanden, auf dem ich herumtrampeln konnte in den wenigen Momenten, in denen es meine Freundin geschafft hat, mich runterzumachen.

»Beachte ihn gar nicht.« Millie lächelte, als Spencer sich ihr zuwandte, um als Nächstes sie zu umarmen. »Er ist immer noch ein Idiot.«

Dann drehte Spencer sich zu Jasmine um, und plötzlich trat ein schüchternes Lächeln an die Stelle des unbeholfenen Grinsens.

»Ich habe dich auch vermisst«, murmelte Jasmine, während sie einander ebenfalls umarmten. »Und die Kinder ebenso. Sie fragen jeden Tag, ob schon ein Jahr vergangen ist.«

Als sie einander losgelassen hatten, drehte Spencer sich zu der jungen Frau um, die ihm gefolgt war. »Dylan, Millie, Jasmine ... Ich möchte euch Tori vorstellen.«

»Ich habe so viel von Ihnen allen gehört«, sagte Tori, dann trat sie vor, um Hände zu schütteln.

»O Gott«, sagte Dylan. »Und trotzdem sind Sie hergekommen, um uns zu besuchen. Sie müssen wirklich mutig sein.«

Tori stieß ein entzückendes Kichern aus. Sie war zierlich, nicht viel größer als eins fünfzig, und sie hatte lange, feuerrote, fransig geschnittenes Haare, die das dunkle Blau ihrer Augen betonten. Außerdem trug sie einen winzigen Diamantstecker in der Nase. Sie machte den Eindruck, als könne man viel Spaß mit ihr haben.

»Also ...«, begann Jasmine, »Sie und Spencer ...«

»Ja, wir sind ein Paar«, schaltete Spencer sich ein. »Nein, sie braucht keinen Blindenhund, und sie ist ziemlich gut bei Verstand, vielen Dank. Gibt es noch weitere Scherze, die ihr gern über meine mangelhafte Eignung als Freund machen wollt ... Dylan?«

»Ich wollte euch eigentlich fragen, wo ihr euch kennengelernt habt«, antwortete Jasmine. »Es muss ganz schön gefunkt haben, da du sie offensichtlich überredet hast, Tausende von Meilen mit dir zu fliegen, um in Großbritanniens winzigstem Dorf an der Eröffnung einer Bäckerei teilzunehmen.«

»Großbritanniens betrunkenstem Dorf«, korrigierte Dylan sie. »Franks Cidre macht die Runde; du solltest Tori ein Glas besorgen. Das wäre eine tolle Einführung in das britische Leben.«

»Vielleicht ist das eine, die sie nicht braucht.« Spencer lächelte. »Tori unterrichtet an der Grundschule in Riversmeet, wo ich derzeit auch arbeite.«

»Sobald dieser süße Typ mit dem niedlichen Akzent aufgetaucht ist, wusste ich einfach, dass ich ihn etwas besser kennenlernen musste«, gab Tori preis.

»Aber dann ist er verschwunden, und Sie mussten sich stattdessen mit Spencer begnügen?«, fragte Dylan.

»Sehr witzig, Dylan.« Spencer streckte ihm den Mittelfinger entgegen, und Dylan brüllte vor Lachen.

»Mr Johns! Das sollten Sie die Kinder lieber nicht sehen lassen!«

Wie aus dem Nichts tauchte Ruth auf, magisch angezogen vom Schauplatz von neuen Gerüchten, so wie ein Magnet von einem Eisenträger angezogen wird. »Spencer!«, nuschelte sie. »Wie schön, dich zu sehen! Und wer ist das?« Sie zeigte mit einem wackelnden Finger auf Tori, die den Neuankömmling mit vagem Erschrecken betrachtete.

»Wie spät ist es?«, fragte Millie Dylan, während sich gleichzeitig Rich der Gruppe anschloss. Spencer und Tori wurden weggezogen, um verhört und mit Cidre versorgt zu werden.

»Wir haben noch zehn Minuten«, antwortete Dylan mit einem Blick auf seine Armbanduhr. »Es ist alles geregelt, entspann dich.«

»Ich habe Schmetterlinge im Bauch«, murmelte Millie.

»Ich auch, wie es der Zufall so will«, antwortet Dylan. »Es ist schön zu sehen, dass es ihm offensichtlich gut geht«, fügte er hinzu und blickte in die Richtung, wo Ruth Spencer gerade eine Umarmung aufzwang. Für eine so alte Frau schien sie ihm überraschende Schwierigkeiten zu bereiten. Tori besah sich das Ganze mit verwunderter Miene.

»Ich wusste, dass Spencer zurechtkommen würde«, bemerkte Millie. »Das haben mir die Karten verraten.«

»O ja ...« Dylan grinste. »Hast du sie auch für dich befragt, mein Medium? Ich wüsste gern, in was für ein Schlamassel diese Bäckerei mich bringen wird.«

»Du hast erst vor ein paar Minuten gesagt, es wäre das Beste gewesen, was du je getan hast, dich auf die Bäckerei einzulassen«, entgegnete Millie.

»Ein Mann darf doch seine Meinung ändern, oder?«

Millie lächelte. »Ich habe mir die Karten tatsächlich gelegt ... Erst gestern Abend, während du im Sessel geschnarcht hast.«

»Und was hast du für uns vorhergesehen?«

»Ich habe jede Menge schlaflose Nächte gesehen, einen schwerwiegenden Geldmangel, einige geringfügig stressige Situationen ... Und einen Haufen Kacke und Kotze.«

»Was zur Hölle planst du, in die Pasteten zu geben?«

Jasmine lachte schallend. »Ich glaube nicht, dass ich Tarotkarten brauche, um zu verstehen, worauf das hinausläuft.«

»Dann lasst mich an dem Geheimnis teilhaben.« Dylan grinste. »Was ist das für eine Sache, von der anscheinend nur Frauen eine Ahnung haben?«

Ein Lächeln breitete sich in Millies Zügen aus.

Jasmine lächelte ebenfalls, obwohl sie ihre Vermutung für sich behielt, denn sie begriff, dass es eher nicht ihre Aufgabe war, eine Neuigkeit auszuposaunen, die Dylans Miene nach zu urteilen offensichtlich noch nicht ausposaunt worden war. »Ich lasse euch zwei lieber mal allein, damit ihr in Ruhe plaudern könnt«, sagte sie und schlüpfte davon.

Millie schaute zu Dylan auf. »Ich bin schwanger.«

»Hölle! Bist du dir sicher?«

Dylan sah benommen aus. Seine Hand zitterte jetzt, als er sich damit durchs Haar fuhr.

Millie nickte.

»Wie lange weißt du es schon?«

»Seit ungefähr zwei Tagen.«

»Und du bist nicht auf die Idee gekommen, es mir sofort zu sagen?«

»Ich wollte es ... Aber wir waren so beschäftigt mit der Organisation des heutigen Tages, und ich wollte nicht, dass du noch etwas hattest, worum du dir Sorgen machen musstest ... Bitte sei mir nicht böse.«

Er starrte sie an. »Ich bin dir nicht böse. Ich bin nur ...«

»Wir sollten irgendwo hingehen, wo es etwas ruhiger ist«, unterbrach Millie ihn. Sie fasste ihn an der Hand und führte ihn um das Haus herum in den abgeschiedenen Garten hinter der Bäckerei. Sobald sie das Tor hinter sich geschlossen hatte, standen sie im Schatten hoher Mauern. »Es tut mir leid. Ich hätte es dir früher erzählen sollen, und es war blöd, das mit Witzen über die Karten zu machen. Inmitten der ganzen Vorfreude ... na ja, da dachte ich, dass so eine aufregende Neuigkeit ganz gut dazu passt.«

»Ist schon gut«, beschwichtigte Dylan sie.

»Du siehst nicht so aus, als würdest du es gut finden.«

»Ich finde es wunderbar. Was ist mit dir? Ist dir schlecht? Brauchst du irgendetwas? Wirst du arbeiten können? Was ist mit ...«

Millie hob eine Hand, um ihn zu bremsen. »Ich fühle mich gut. Ich bin wohl noch nicht weit genug, um schon morgendliche Übelkeit zu verspüren. Was das Backen betrifft, werde ich vielleicht für eine Weile Hilfe brauchen, aber wir werden eine

Lösung finden. Ich mag schwanger sein, aber du und die Bäckerei seid immer noch wichtig. Daran wird sich niemals etwas ändern.«

Dylan setzte sich auf eine steinerne Bank und schaute zu ihr auf.

»Was denkst du?«, fragte Millie, nahm neben ihm Platz und strich ihm das Haar aus der Stirn. »Was es auch ist, du kannst es mir sagen.«

»Ich werde Papa«, sagte er leise.

»Ja.«

»Ich ... ein Papa?«

»Ja.«

»Ein echter Papa, der Papasachen macht ...«

»Ja«, antwortete Millie. »Hast du Angst?«

»Ich habe eine Scheißangst.«

Millie ergriff seine Hand. »Ich auch. Aber wir schaffen das schon, nicht wahr?«

»Ich nehme es an ...« Er betrachtete sie. »Was ist, wenn ich dich enttäusche?«

»Wirst du nicht.«

»Woher weißt du das?«

»Ich weiß es, weil ich dich kenne. Es wird wunderbar.«

»Wenn Jasmine gut zurechtkommt, kann es eigentlich nicht allzu hart sein.«

»Und sie hat drei.«

»O Gott!«, rief Dylan mit erstickter Stimme. »Du denkst doch nicht, dass Drillinge in der Familie liegen?«

»Ich hoffe es nicht«, antwortete Millie. »So etwas ist ziemlich selten.«

»Ach ja?«

Sie nickte. »Sind dir jemals andere Drillinge über den Weg gelaufen?«

»Ich glaube nicht, nein.«

»Vielleicht bekommen wir ja Zwillinge.«

»Das ist fast genauso schlimm.«

Millie küsste ihn. »Wenn sie wie du sind, macht es mir nichts aus, selbst wenn wir zwanzig kriegen.«

»Zwanzig von meiner Sorte wären schrecklich. Nimm Vernunft an, Frau.«

Sie lachte und küsste ihn abermals. »Dann erwärmst du dich langsam für die Idee?«

»Ich nehme an, das wird Rich das Maul stopfen. Er hat immer alle Trümpfe in der Hand, wenn es darum geht, wer die dicksten Eier in Honeybourne hat.«

»Jetzt nicht mehr. Du wirst einen wunderbaren Dad abgeben. Ich habe dich mit Jasmines Kindern gesehen.«

»Meinst du?«

»Ich weiß es.«

Er holte tief Luft. »Na schön. Liefert mir das einen Vorwand, um mich mit Franks Gebräu zu besaufen?«

»Das tut es.«

»Können wir es den Leuten erzählen?«

»Ich denke, Jasmine hat es bereits erraten.«

»Ja, wahrscheinlich. Was ist mit allen anderen?«

Millie zuckte die Achseln. »Vielleicht erzählen wir es fürs Erste nur engen Freunden?«

»Ja, in Ordnung.«

Jasmine rief ihnen durch das Gartentor zu: »Zeit für die große Eröffnungszeremonie. Habt ihr alles besprochen?«

»Haben wir?« Millie stand auf, um Jasmine hereinzulassen.

»Alles in Ordnung«, beteuerte Dylan, und etwas von seinem alten Selbstbewusstsein kehrte bereits zurück. »Wir haben beschlossen, dass wir ebenfalls Drillinge bekommen, damit wir Rich endlich das Maul stopfen können.«

Jasmine schlang die Arme um ihn. »Du wirst fantastisch sein.« Sie ließ ihn los und umarmte auch Millie stürmisch. »Ihr beide. Aber jetzt müsst ihr eine Bäckerei eröffnen, also kommt mit und stellt euch der Öffentlichkeit.« Sie ließ sie allein und eilte um das Gebäude herum, um ihren Platz in der Menge einzunehmen.

»Wir sollten besser gehorchen«, murmelte Dylan und sah Millie an. Dann hielt er inne. »Diese kleinen Tränke, die du für alle braust, du weißt schon?«

Millie zog die Brauen hoch. »Willst du einen davon? Weshalb um alles in der Welt denn das?«

»Ich wollte dich fragen, ob du mir einen mixen kannst, um einen guten Dad aus mir zu machen.«

»Dafür brauchen wir keinen Kräutertrank. Ich habe Vertrauen zu dir.«

»Ach ja?«, fragte Dylan, als sie Hand in Hand um die Bäckerei herumgingen, wo alle auf sie warteten.

»Ja. Und weißt du, was noch? Ich liebe dich.«

»Das ist traurig. Bestimmt gibt es ein Heilmittel dagegen. Das ist ein weiterer Trank, den du wirst brauen müssen.«

»Ich will kein Heilmittel. Ich will irrsinnig glücklich mit den Dingen sein, genau so, wie sie jetzt sind.«

Als sie die Ecke umrundeten, begannen alle zu applaudieren. Mitten in der Menge wischte Jasmine sich eine heimliche Träne aus dem Auge, während sie ihre drei Kinder fest an sich drückte. Rich stand neben ihr und legte einen Arm um sie.

»Spencer hat Tori gerade einen Antrag gemacht«, flüsterte er.

Jasmine drehte sich um und starrte ihn an. »Den Teufel hat er getan!«

»Und sie hat Ja gesagt!«

»Den Teufel hat sie getan!«

Rich brach in Gelächter aus. »Dachte ich mir, dass du das sagen würdest.«

»Aber ich freue mich darüber«, erklärte Jasmine. »Sie wirkt entzückend ... Und ich habe vielleicht mein eigenes Geheimnis«, fügte sie hinzu.

»Ach ja? Und was wäre das?«

»Ich denke, es ist etwas, das Dylan und Millie dir erzählen müssen.«

Dann wurde feierlich das Band durchgeschnitten. Dylan riss ein paar Witze darüber, dass er den ganzen Kuchen aufessen würde, Millie sprach ihren von Herzen kommenden Dank aus, in wenigen Worten, die ihr zu banal erschienen, um wirklich auszudrücken, wie dankbar sie für ihr neues Leben war, aber andererseits wusste sie, dass es keine Worte gab, die stark genug gewesen wären, um diesem Gefühl Ausdruck zu verleihen. Die Ansprachen endeten, und die Zuschauer jubelten, als die Schleife vor der geöffneten Tür der Bäckerei endgültig fiel.

»Wir haben heute einen Haufen Sachen gebacken. Bedient euch und esst, so viel ihr könnt!«, rief Millie, bevor sie beiseitetrat, um die Besucher durchzulassen. Dylan drückte sie in einer leidenschaftlichen Umarmung an sich und küsste sie, und Ruth sah mit aus den Höhlen quellenden Augen und schwachen Knien zu.

Jasmine beugte sich zu Rich vor, während sie beobachtete, wie ihre drei Kinder auf den versprochenen Kuchen zu rannten. »Weißt du«, sagte sie mit einem zufriedenen Seufzer, »ich glaube wirklich nicht, dass es auf der Welt einen glücklicheren Ort zum Leben gibt als diesen hier.«

MEHR VON BOOKOUTURE DEUTSCHLAND

Für mehr Infos rund um Bookouture Deutschland und unsere Bücher melde dich für unseren Newsletter an:

deutschland.bookouture.com/subscribe/

Oder folge uns auf Social Media:

 facebook.com/bookouturedeutschland

 twitter.com/bookouturede

 instagram.com/bookouturedeutschland

ich schreibe, ist der Hauptgrund, warum ich es überhaupt tue. Und wenn ihr wollt, probiert aus, ob euch meine anderen Bücher auch gefallen. Außerdem plane ich ein Wiedersehen mit Millie, Dylan, Jasmine und Rich und all den anderen Einwohnern von Honeybourne in der Weihnachtszeit. Ich hoffe, ihr seid dann wieder mit dabei, jedenfalls seid ihr definitiv eingeladen.

Ich danke euch, dass ihr mein Buch gelesen habt, und hoffe, euch bei der Fortsetzung wieder begrüßen zu dürfen.

Alles Liebe,

Tilly x

facebook.com/TillyTennant

twitter.com/TillyTenWriter

DANKSAGUNG

Die Liste der Menschen, die mir auf meinem bisherigen Weg als Autorin zur Seite gestanden und mich ermutigt haben, ist schier endlos, und es würde ein ganzes Buch erfordern, sie alle aufzuzählen. Mein Dank geht jedoch an jeden einzelnen von euch – euer Engagement, ob klein oder groß, war von unschätzbarem Wert und ist mir wichtiger, als ich in Worte fassen kann.

Es gibt allerdings einige Menschen, die ich unbedingt erwähnen muss. Natürlich meine Familie, die jeden Wutanfall von mir über den Fehlschlag eines Plots erträgt und mir trotzdem erlaubt, bei ihr zu leben. Die Mitarbeiter:innen des Royal Stoke University Hospitals, die mich schon viel länger ein Doppelleben führen lassen, als es akzeptabel ist. Die Dozent:innen der Fakultät für Englisch und Kreatives Schreiben der Universität Staffordshire, die in mir ein Talent sahen, das es wert war, gefördert zu werden, und die mich weiter unterstützt haben – auch lange, nachdem sie nicht mehr dafür bezahlt wurden. Sie sind nicht nur Tutor:innen, sondern auch Freund:innen.

Ich muss dem Team von Bookouture dafür danken, dass sie mir eine Chance gegeben haben, insbesondere Kim Nash und Lydia Vassar-Smith. Ihr Vertrauen und ihre Ermutigung bedeuten mir sehr viel.

Eine besondere Erwähnung verdient meine Freundin Louise Coquio, die nie zu beschäftigt ist, wenn es darum geht, einen ersten Entwurf zu lesen, egal wie schrecklich er ist, und immer mit einem endlosen Vorrat an Tee und Mitgefühl zur

Stelle ist. Auch Kath Hickton, die einfach immer da ist und das schon seit über dreißig Jahren. Ich muss Mel Sherratt und Holly Martin danken, Schriftstellerkolleginnen und wunderbare Freundinnen, die mich über die Jahre hinweg unglaublich unterstützt haben und an deren Schultern ich mich in den dunklen Momenten ausweinen konnte. Victoria Stone, mein Lackmustest und meine Cheerleaderin, die mir fröhlich genau das sagt, was sie denkt! Ein Dankeschön geht auch an Jack Croxall, Dan Thompson und Jaimie Admans: brillante Autoren, die meinen Weg von Anfang an begleitet und mich so sehr unterstützt haben.

Dank schulde ich auch all den Blogger:innen, Leser:innen und allen anderen, die sich für meine Arbeit eingesetzt, sie rezensiert, geteilt oder mir einfach nur gesagt haben, dass sie sie mögen. Jede dieser Aktionen ist unbezahlbar, und ihr seid alle ganz besondere Menschen.

Zu guter Letzt ist da noch meine Agentin, Peta Nightingale. Wo soll ich anfangen? Sie ist mehr als eine Agentin, sie ist eine Freundin, und sie hat nie den Glauben an mich verloren, auch wenn ich selbst den Glauben verloren habe. Sie ist unglaublich fleißig, unendlich geduldig und warmherzig, und es macht einfach Spaß, mit ihr ein Glas Prosecco zu trinken! Ohne sie und das Team der LAW-Literaturagentur würde ich das hier jetzt nicht schreiben, und *Die kleine Dorfbäckerei* wäre höchstwahrscheinlich nicht mehr als ein verstaubtes Manuskript in einem Regal.